연경재 성해응 문학 연구

연경재 성해응 문학 연구

지은이 손혜리(孫惠莉, Son, Hye-ri)는 경북대 한문학과를 졸업하고 성균관대에서 박사학위를 받았다. 민족문화추진회 국역연수원 연수부와 일반연구부를 수료하였다. 경북대·고려대·성균관대에서 연구교수를 역임하였으며, 현재 성균관대 대동문화연구원의 책임연구원이다. 주요 논저로는, 「조선 후기 문인들의 고염무顧炎武에 대한 인식과 수용」, 「성완成琬의 『일동록日東錄』 연구」, 「조선 후기 문인들의 백두산 유람과 기록에 대하여」, 「18~19세기 초반 문인들의 서화 감상과 비평에 관한 연구」, 「당주鐺洲 박종朴琮의 『백두산유록白頭山遊錄』 연구」, 『유배지에서 역사를 노래하다』(공역), 『열하를 여행하며 시를 짓다』(공역) 등이 있다.

연경재 성해응 문학 연구

초판 인쇄 2011년 11월 15일 **초판 발행** 2011년 11월 20일
지은이 손혜리 **펴낸이** 박성모 **펴낸곳** 소명출판 **출판등록** 제13-522호
주소 서울시 서초구 서초동 1621-18 란빌딩 1층
전화 02-585-7840 **팩스** 02-585-7848 **전자우편** somyong@korea.com **홈페이지** www.somyong.co.kr

값 21,000원
ISBN 978-89-5626-631-2 93810

경기도 포천시 가산면 금현리 입구에 있는 창녕 성씨 세거지 비석

성해응 공적비

경기도 포천시 가산면 금현리 113번지에 소재한 성해응의 묘

성해응 묘비

성대중 공적비

경기도 포천시 소흘읍 초가팔리 31번지에 소재한 성대중의 묘

경기도 포천시 가산면 금현리에 소재한 창녕 성씨 상곡공파 묘들

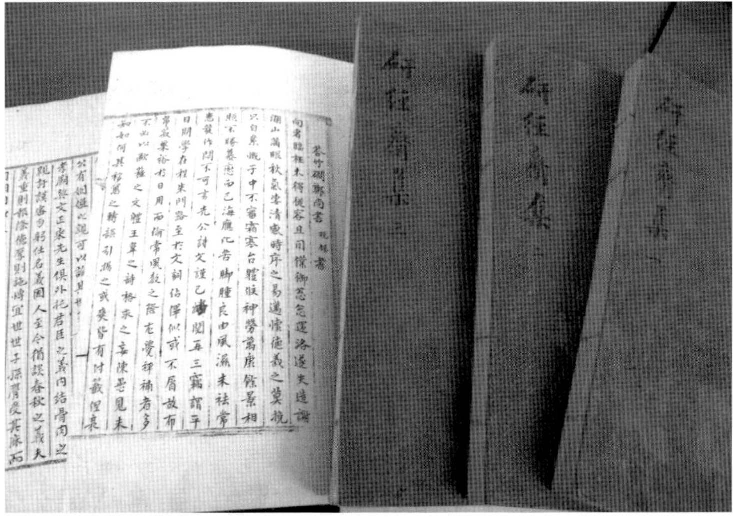

『연경재전집』(고려대 소장본)

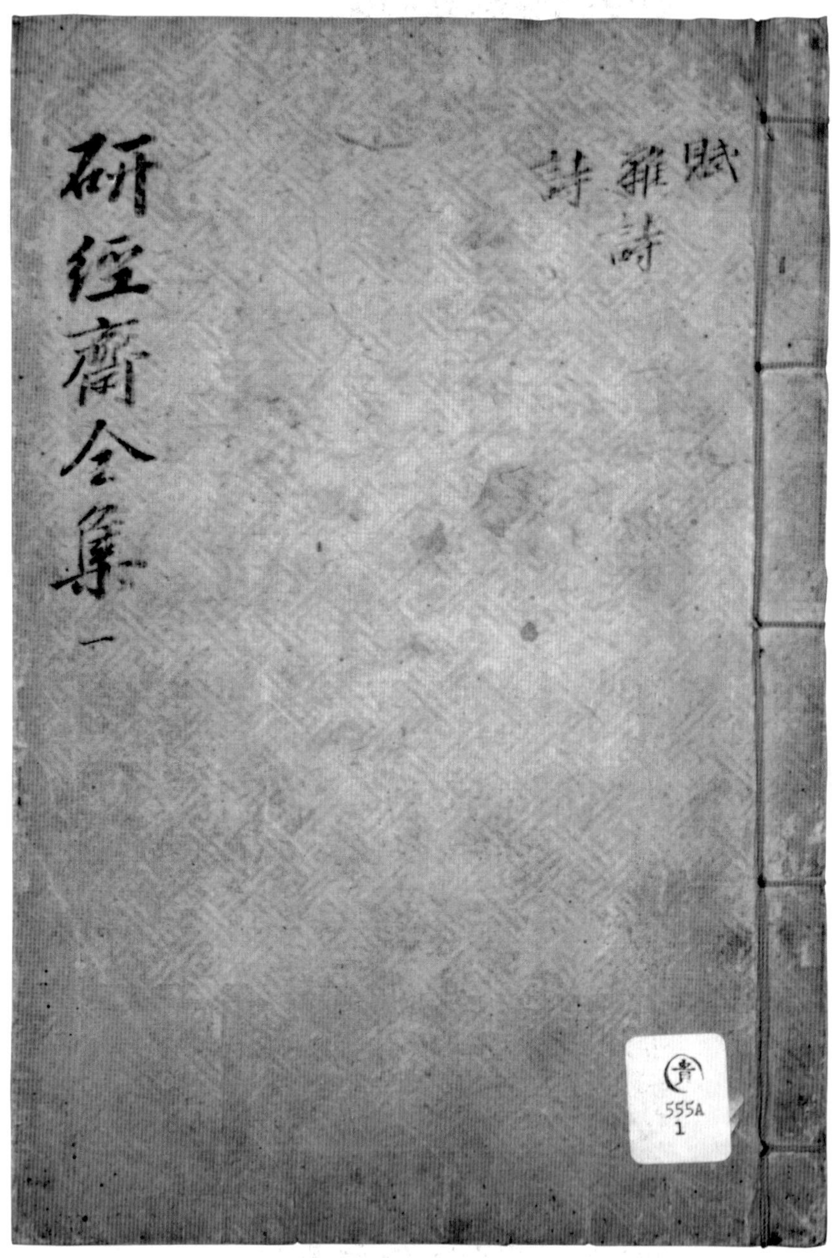

『연경재전집』(고려대 소장본)

연경재 성해응 문학 연구

A Study on the literature of Yeonkyungjae Seong, Hae-eung

손혜리

소명출판

머리말을 어떻게 쓸까 한참을 고민한 끝에, 그야말로 '머리말'의 취지에 맞도록 필자가 이 책을 쓰게 된 동기와 연구목적 및 방향 등을 간략하게 소개하여 녹자의 이해를 놉기로 한다.

필자가 창녕 성씨(昌寧 成氏) 상곡공파(桑谷公派) 출신의 문인들—성대중(成大中), 성해응(成海應)—에게 관심을 기울이게 된 것은 석사 과정 때로 올라간다. 학위논문의 주제를 정해야 할 무렵, 지도교수는 연경재 성해응을 추천하셨다. 학계에서 아직 연구되지 않은 중요한 인물이란 것이 그 이유였다. 성해응은 조선 후기 정조 · 순조 연간에 활동한 학자이자 문인으로, 경사자집(經史子集)을 두루 아우른 150여 권의 『연경재전집(研經齋全集)』을 저술한 바 있다. 이처럼 방대한 저술을 남겼음에도 아직까지 본격적으로 연구되지 않은 이유를 몇 가지 들 수 있는데, 무엇보다 성해응은 "경은 길이고 역사는 거울이다"라고 하여 '경사(經史)'를 학문의 본령으로 천명하였으며 실제 문집에서 '경사'에 대한 기록이 많은 비중을 차지한다. 아마도 이러한 이유 때문에 성해응의 문학은 연구자들의 시선에서 비껴있었던 듯하다.

필자도 이 점을 염두에 두고 관련 자료를 검토하던 중 성해응의 부친인 성대중을 알게 되었다. 성대중은 서족 출신으로 문과급제를 한데다 통신사행에 서기로 종사하였으며 정조가 문체반정을 단행하였을 때 순정한 고문을 구사한다 하여 종3품 북청부사에 제수된 인물이다. 서족 출신으로는 가장 높은 관직에 오른 사람인 것이다. 성대중이 이처럼 출세하게 된 데에는 무엇보다 그의 학문적, 문학적 역량에 기인한 바 크다. 이에 석사학위 논문으로 「청성(靑城) 성대중(成大中)의 문학 활동과 문학론」을 쓰게 되었으며, 그 과정에서 창녕 성씨 상곡공파 문중으로부터 세상에 공개되지 않은 귀중한 문헌과 그 소재처를 입수할 수 있었다. 이러한 자료와 작업을 바탕으로 필자는 성해응의 학문과 문학에 대해서 본격적으로 연구하게 되었다.

성해응은 사마시에 합격한 뒤 규장각 검서관에 등용되어 국내외의 각종 최신 문헌과 귀중본을 두루 열람할 수 있는 기회를 얻었다. 또 검서관으로 근무하고 있던 이덕무·유득공·박제가 등 연암그룹 북학파 실학자들과 본격적으로 교유하며 학문적으로 많은 영향을 받음으로써 학적 역량을 한껏 제고시켰다. 당시 성대중이 교서관의 교리로 재직하고 있어 부자가 규장내외각에서 함께 근무하며 문운(文運)을 드날리는 영광을 입었으니, 이때가 바로 창녕 성씨가의 최전성기였다.

성해응은 정조 사후 음성 현감 등을 역임하다 물러난 뒤 고향 포천에서 저술에 몰두하였다. 그 결과물이 150여 권의 『연경재전집』으로, 이는 성해응의 학적 역량과 기록에 대한 강렬한 의지의 소산이다. 『연경재전집』은 그 방대한 분량도 분량이지만, 18~19세기 당대의 학문과 사상, 문학, 역사, 지리, 서화, 고동 등 그야말로 다양한 분야에 대한 백과전서식의 저술로 자료적 가치가 크다. 40여 권의 문학작품은 거사직필

(據事直筆)의 글쓰기 태도를 구사하여 직서적으로 서술된 것이 대부분인데, 이 중에는 성해응의 문학적 역량이 잘 발현된 작품들이 있어 주목을 요한다. 바로 이러한 작품들이 그동안 학자로 규정되었던 성해응을 학자이자 문인으로 재규정할 수 있는 근거가 된다. 필자는 이러한 작품군을 집중적으로 조명하여 그 속에 표출된 성해응의 작가의식과 문학적 역량 및 그 의의 등을 규명하고자 하였다.

이 책은 필자의 박사학위 논문인 「연경재(研經齋) 성해응(成海應) 산문(散文)의 연구(研究)」를 저본으로 한 뒤 성해응의 한시와 서화에 대한 의론을 더한 것으로, 그야말로 성해응의 문학세계를 아우른 종합적 연구이다. 박사학위를 취득한 후 적지 않은 시간이 흘렀다. 십여 년에 걸친 성해응의 문학에 대한 연구는 이 책을 통해 일단락되는 셈이다. 이제 홀가분한 마음으로 보다 다양한 영역을 공부해 보고자 한다. 여기에는 성해응 연구를 통해서 얻은 여러 가지 자료와 식견 등이 근간이 될 것임은 물론이다.

그동안의 연구 성과를 한 권의 책으로 엮을 수 있게 되기까지 많은 분들의 학은(學恩)을 입었다. 먼저 박사학위 논문을 심사하고 꼼꼼하게 지도해주신 임형택, 이희목, 심경호, 안대회 선생님께 깊이 감사드린다. 특히 경인 임형택 선생님은 정돈되지 않은 논문의 체계를 잡아주셨으며, 이후 민족문학사연구소 한문분과에서 원전 강독을 통해 자료에 대한 접근 방법과 시각 및 한국한문학에 대한 거시적인 안목을 제시해 주셨다. 지도교수이신 진재교 선생님은 학문과 인생의 스승으로서 게으르고 예민한 기질을 소유한 필자를 늘 격려해 주시며 학문의 길로 인도하셨다. 실시학사(實是學舍)의 벽사 이우성 선생님은 강직한 선비정신을 바탕으로 학문하는 태도와 역사의식에 대한 객관성과 엄정함을 가르쳐 주셨다. 필자는 이 분들에게서 연구자로서 갖추어야 할 소양과 학문에 대한 진정성과 사명감을 배웠다.

출판업계의 어려운 상황에도 불구하고 학술서적의 출간을 흔쾌히 허락해 주신 소명출판의 박성모 사장님과 편집 일체를 담당해 주신 공홍 부장님과 김다영님께도 감사드린다. 그리고 연구자의 길을 갈 수 있도록 묵묵히 뒷바라지 해주신 부모님께 이 책이 작은 기쁨이 되었으면 한다. 앞으로 걸어가야 할 길이 멀고 험난하다는 것을 잘 알고 있다. 한 걸음씩 힘차게 나아갈 것임을 다짐해 본다.

2011년 10월 도봉산 자락에서
손혜리

| 차례 |

제1장

서론

  성해응(成海應, 1760~1839)은 조선 후기 정조·순조 연간에 활동한 학자이자 문인이다. 그의 가문은 관리로 크게 현달한 인물은 없지만, 종고조 성완(成琬, 1639~1710)이 일본사행에 제술관(製述官)으로 참여한 것을 비롯하여 종증조 성몽량(成夢良, 1673~1735)과 부친 성대중(成大中, 1732~1809)이 서기(書記)로 활약한 바 있다. 통신사행은 창녕 성씨 가(家)의 세직(世職)이었던 셈이다. 일본사행시 제술관이나 서기의 경우, 으레 문한이 뛰어난 서족(庶族) 출신의 문사들이 주로 도맡았다는 사실을 염두에 둔다면, 성해응의 가문은 서족의 명문가이자 문한가였음을 알 수 있다.[1]

1　성해응 가(家)는 여러 대에 걸쳐 소과와 문과 합격자를 배출하였다. 선조의 경우 成琬·成璟·成夢良이 진사를 지냈고, 부친인 成大中은 문과급제자로 종3품 북청부사를 지냈으며, 성해응 본인과 그의 아우 成海運을 비롯하여 아들 成憲曾과 조카 成祐曾·成翼曾, 그리고 종손자 成英鎬·成容鎬 등이 진사를 지낸 바 있으니, 그의 가문적 위상을 가늠할 수 있다.(『昌寧成氏桑谷公派譜』, 미화출판사, 1985)

정조가 재임하던 18세기 후반 성대중과 성해응 부자는 교서관 교리
와 규장각 검서관으로 재직하면서, 가문의 영광은 정점에 이르게 된다.
규장각의 검서관은 서족 출신으로 학문적 역량이 뛰어난 인사들을 선
발하였기 때문이다. 성해응은 당시 국가에서 주관하는 각종 편찬사업
에 참여함으로써 규장각에 비장(秘藏)된 국내외의 많은 진귀한 서적을
열람하는 기회를 얻어, 보다 풍부한 지적 체험을 하는 계기가 되었다.
또 그는 이덕무(李德懋)·유득공(柳得恭)·박제가(朴齊家)·이서구(李
書九) 등 당대 최고의 학자들과 학문적 교유를 나누며 학적 역량을 한껏
제고(提高)시켰다.

정조가 사망(1800)한 뒤, 성해응은 다른 서족 출신 문사들의 처지와
비슷하게 외직을 전전하다 고향으로 물러난 후 저술에 치력하였다. 그
결과 150여 권에 달하는 방대한 분량의 『연경재전집(研經齋全集)』을 저
술하였는데, 이는 그 분량은 차치하고라도 18~19세기 당대의 학문과
사상·문학·역사·지리·서화·금석 등을 아우르는 것으로 학술
적·자료적 가치가 크다. 『연경재전집』은 본집(本集)·외집(外集)·속
집(續集)으로 구성되어 있는데, 그 중 외집은 경사자집(經史子集)의 사
부(四部)체계로 이루어져 이 시기 유행한 총서류 글쓰기의 한 전형을 보
여준다는 점에서도 유의미하다. 성해응의 문학 역시 풍부한 내용과 다
채로운 글쓰기의 양상을 보여주는 만큼 흥미롭다.

이처럼 성해응은 조선 후기의 주목할 만한 학자이자 문인임에도 불
구하고 지금까지 그에 대한 연구는 소략한 형편이다. 이는 다른 검서관
출신의 학인들이 일찍부터 학계의 주목을 받은 것과는 그 양상이 다르
다. 성해응에 대해서는 먼저 경학을 중심으로 연구가 이루어졌다. 이병
도(李丙燾)가 그 선편을 잡았는데,[2] "한학(漢學)과 송학(宋學)을 합하여

하나로 하며, 역사·지리·경제 및 기타 다른 방면에도 두루 미쳐 풍부하게 집성한 자는 오직 성연경재(成研經齋)와 정다산(丁茶山) 두 선생일 뿐이니, 두 선생은 통유(通儒)라고 이를 만하다”[3]고 하였다. 성해응의 학술을 한학과 송학을 아우르는 것으로 파악하고, 정약용과 더불어 '통유'라고 병칭할 만큼 그의 박학한 학문세계를 고평하였다. 아울러 성해응의 경학에 독창적이고 신예한 견해가 없음을 지적하고, 이는 성해응 자신의 문제라기보다 정주학(程朱學)이 지배 사상이던 당시 학풍의 시대적 한계라고 파악하여 그의 경학적 성취를 긍정적으로 평가하였다.[4] 당시에는 정주학이 매우 성행하였으므로 특이하고 독창적인 견해는 바로 배척되고 금기시되었기에 성해응 역시 시대적 한계를 벗어나지 못한 것으로 파악하였던 것이다. 그러나 이러한 평가는 단지 시대적 한계와 결부시켜 성해응의 학술적 성격을 평가함으로써 성해응 개인이 하저 성향을 객관적으로 바라보지 못한 면이 있긴 하되, 성해응의 학술과 경학을 처음으로 주목하여 학문적으로 접근했다는 데 일정한 의의가 있다.

서경요(徐坰遙)는 성해응의 학문적 기반과 방향은 고증학적인 특색이 있다고 전제한 뒤, 그의 고증학은 연경(研經)에 있어 항상 평심화기(平心和氣)하는 입장에서 전인(前人)의 경설(經說)을 배격하지 않고, 다

2　성해응의 오세손인 成長慶씨에 따르면, 장경씨와 같은 항렬이자 직계 종손인 成世慶씨가 이병도 박사와 내외종간이 된다고 한다. 이러한 까닭으로, 이병도 박사는 창녕 성씨가의 문헌 중 상당수를 보유한 것으로 알려져 있으며, 成大中의 필사본 문집인『靑城雜記』도 그가 처음으로 학계에 소개하였다. 이 박사가 타계한 후 창녕 성씨가의 문헌은 대부분 고려대 육당문고에 편입되었고 일부는 이 박사의 아들이 소장한 것으로 알려졌으나 현재 그 소재는 확실치 않다.

3　李丙燾,「成研經齋與其學術略述」,『稻葉還曆記念滿鮮史論業』, 1938, 729~730면. “其合漢學宋學而一之, 旁及歷史地志經濟其他, 裒然集成者, 惟成研經齋丁茶山兩先生而已, 兩先生可謂通儒也.”

4　李丙燾,『한국유학사』, 아세아문화사, 1987, 433~443면.

만 그 오류를 지적하여 상합(相合)함이 없으면 새로운 견해를 펴는 실사(實事)와 실리(實理)가 실심(實心)으로 한데 어울려지는 종합적인 학문 태도에서 비롯한다고 보았다. 이어 경학관의 특징으로 고증학적인 원용(援用)과 박문약례(博文約禮)의 정신과 한송절충의 요소를 지적하였다. 이는 성해응의 경학연구가 한학과 송학의 절충을 통해 원시유학(原始儒學)의 실제성을 회복하고 성인의 수훈(垂訓)의 진상을 파악하고자 한 것으로 평가한 것이다.[5] 기본 시각은 이병도와 다르지 않으며, 성해응 경학과 고증학의 현실적 함의를 원시유학에 환원시킨 문제점을 노출하였다. 사실 그의 경학과 고증학이 실사와 실리가 실심으로 한데 어울려지는 종합적인 학문 태도에 바탕하여 원시유학으로 환원되는 것에 있다기보다, 이러한 성격의 현실적 의미와 학술사적 맥락을 우선 질문하지 못한 한계가 없지 않다.

김문식(金文植)은 18~19세기에 활동한 경학가로 정조·성해응·홍석주(洪奭周)·정약용(丁若鏞)을 지목하면서, 성해응의 생애와 교유인물 그리고 저작에 대해서 자세하게 다루었다. 그리고 그의 경학 연구는 경전에 나타난 성인의 본뜻을 파악하고 이를 현실정치에 응용하는데 목표를 둔 것으로 경세학과의 연결을 상정하고 있으며, 한학을 그 중심에 두고 송학의 절충을 바탕으로 한다고 파악하였다. 다만 성해응의 방대한 저술은 해당분야에 대한 자신의 독자적 견해를 밝힌 것이라기보다는 그 분야에 관한 자료를 광범위하게 집성한 일종의 백과사전이었다는 평가를 내리고 있다.[6] 그러나 한학과 송학을 절충하여 경세적 지

5　徐坰遙,「成海應의 經學思想에 관한 考察」,『대동문화연구』15집, 성균관대 대동문화연구원, 1982, 5~16면.
6　金文植,「成海應의 漢學중심적 漢宋折衷論과 經世論」,『조선 후기 경학사상 연구』, 일조각, 1996.

향을 보여준 것인지, 아니면 한학과 송학의 장점을 아울러 섭취하면서 자기 나름의 학문 태도와 학술적 비전을 표출한 것인지에 대해서는 이론의 여지가 없지 않다.

성해응은 경서 중에서 특히 『시경(詩經)』과 『예기(禮記)』에 관한 많은 기록을 남긴 바 있는데, 이러한 사실에 초점을 둔 연구가 있다. 즉 성해응은 시경학사에 통시적 안목을 지니고 있었으며 분분한 제설들을 통합·정리하고자 하는 의도가 있었다고 평가한 연구 결과가 제출되었다.[7] 『시경』의 권위를 고려해 볼 때 새로운 견해를 제출하기 어려웠던 실정과 『시경』 해석의 두 축인 시서설(詩序說)과 주자설(朱子說)이 절대적 지위를 점유하였던 시경학사를 감안해 볼 때, 시의 본의(本義)를 밝히고자 시서(詩序)와 주자 해석의 득실을 검토하고 조심스럽게 자신의 창견을 제시한 시경연구태도를 고평하였다.

조선 후기 경학사에 뚜렷한 족적을 남긴 경학가로, 성해응과 신작(申綽)을 조망하고 이들이 시경학에 접근한 실상을 규명한 논의도 있다. 『시경』 연구에 있어 청학(淸學)의 일정한 성과는 인정하고 일부는 그 나름대로의 연구를 통하여 미진한 부분에 대하여 보완하는 면모를 지녔다고 평가하였다.[8]

한편, 성해응의 문학에 관한 연구는 비교적 최근에 이루어졌다. 먼저 기사(記事)가 주목을 받았는데, 조선 후기 기사 연구에서 항상 언급될 만큼 작품성이 뛰어난 것이 많기 때문이다.[9] 장르적 특성을 밝힌 연구

---

7   楊沅錫, 「研經齋 成海應의 詩經學 硏究」, 고려대 석사논문, 2000.
8   이병찬, 「성해응과 신작의 고증적 시경학 연구」, 『한국한문학연구』 30집, 한국한문학회, 2002.
9   曹蒼錄, 「조선 후기 기사연구」, 성균관대 석사논문, 1992; 陳在教, 「구연전통과 이조후기 서사양식의 변모」, 『한국한문학연구』 22집, 1998; 鄭煥局, 「조선 후기 인물기사의 전개와 그 성격」, 『한국한문학연구』 29집, 2002.

는 기사의 성립과정과 특징 및 전·야담·소설과의 장르적 대비에 초점을 두었다.[10] 그러나 성해응의 기사는 대부분 인물, 그 중에서도 전통적인 유교 가치 이념을 충실히 실천한 인물군을 포착하여 입전한 것임을 감안한다면, 내용적으로 접근하는 것이 성해응 기사의 특징을 보다 효과적으로 드러낼 수 있을 것이다. 이러한 점을 염두에 두고 시각을 예각화하여 인물기사에 초점을 맞춘 연구가 있다. 병자호란 때 활약한 인물군과 하층민으로서 직분에 충실한 인물군 그리고 여성의 정절을 형상화한 작품군에 주목하여, 그들이 각각 '충렬'을 고취하는 양상과 의미를 규명하였다.[11]

성해응의 전(傳)을 주목한 연구가 이어졌는데, 성해응은 한 인간으로서의 주체적 자아를 지키기 위해 열을 실천한 하층여성들을 대거 전으로 특기한 바 있다. 그가 사회적으로 소외된 계층에 남다른 관심과 연민을 가지고 그들을 입전하는데 치력하였음을 확인하고 아울러 형상화의 특징을 고찰하여 전 작품을 집중적으로 규명하였다.[12]

이처럼 성해응의 학술에 관한 선행 연구는, 한학과 송학을 합하여 절충한 것과 광범위한 자료를 두루 모아 집대성한 점은 높이 평가한 반면 연구의 독창성이나 창견(創見)이 부족하다는 의견으로 수렴된다. 이러한 평가는 일견 적실해 보이지만, 한학과 송학을 절충했다는 것은 대립하는 둘 이상의 욕구를 불완전하게나마 만족시키려 하는 것을 의미하는데 그런 의미에서 '절충'이라는 용어는 타당하지 않다.

---

10 李京美, 「연경재 성해응의 기사연구」, 경북대 석사논문, 1998.
11 손혜리, 「연경재 성해응의 인물기사 연구—충렬의 드러냄과 그 의미」, 『민족문학사연구』 24호, 2004.
12 손혜리, 「연경재 성해응의 열녀전에 대하여—입전의식과 그 형상화를 중심으로」, 『한국한문학연구』 35집, 한국한문학회, 2005.

성해응은 한학과 송학을 합하여 그 요체를 잡을 것[苟能合漢學宋學, 而俱操其要]을 여러 차례 강조한 바 있다. 즉 치학(治學)의 태도로 삼은 것이다. 이것은 앞서 선행연구자들이 논의한 한학송학의 절충과는 그 의미가 다르다. 불완전하게나마 만족시키려는 '절충'이라기보다는 그 장점을 각각 취하여 극대화하고자 하는 '겸장(兼掌)'의 의미가 보다 강한 것임을 알 수 있다. 본고는 이 점을 염두에 두고 한학과 송학의 장점을 겸장하고자 하였던 학문 태도를 통해 그의 학문관과 문학세계를 규명할 것이다.

다음으로 성해응의 경학연구는 독창성이나 창견이 부족한가? 경학 분야에 대해서는 필자의 역량이 미치지 못하므로 단언하기는 어렵지만, 성해응의 학문관이나 저술태도 등을 규명할 수 있는 자료의 분석을 통해 객관적인 평가를 내리고자 한다.

성해응은 '경은 길이고 사는 거울이다[經者道也, 史者鑑也]'[13]고 하여 경사(經史)를 학문의 본령으로 천명하였다. 또 '연경재(研經齋)'라는 자호(自號)를 붙일 만큼 평생 동안 경(經)의 연구에 치력하였다. 그는 자신과 다른 타인의 견해를 일방적으로 배격하지 않고 다만 그 오류만을 지적하여 기록하고 후인(後人)의 객관적인 평가를 기다리는 균형 잡힌 시각과 저술태도를 견지하였다. 그러므로 그의 방대한 저술은 대부분 거사직필(據事直筆)의 기록이다. 바로 이러한 기록 태도가 그에게 독창성이나 창견이 부족하다는 불명예를 안겨준 것은 아닐까? 이것은 경학뿐만 아니라 그의 문학 연구에 있어서도 중요한 문제이다. 필자는 이에 대해서 그의 학문관과 저술 태도를 규명한 뒤 구체적인 작품 분석을 통해서 논의하고자 한다.

13　成海應, 『研經齋全集』 속집 책17, 「研經齋府君行狀」.

　　성해응의 문학에 관한 선행 연구는 전과 기사를 우선 주목하여 의리를 실천한 인물들을 문학적 대상으로 대거 포섭한 실상과 그 성과를 확인하였다. 그런데 이는 성해응의 저술 중 극히 일부분에 불과하다. 40여 권에 달하는 시문(詩文)은 일부를 제외하고는 연구대상에서조차 빠져 있는 실정이다. 그 이유는 문학작품의 성과와 문인으로서의 자질보다는 경학과 사학 관련 저술을 우선시하여 그를 학자로 인식하였기 때문으로 보인다. 물론 성해응은 박학한 지식과 고증적 학풍에 근거를 둔 빼어난 학인(學人)임에 분명하지만, 앞서 언급하였듯이 기실 성해응의 학문적 면모 또한 그의 문학적 성취와 인간적인 면모를 바탕에 두어야 학예(學藝)의 체계는 물론 그가 남긴 성취의 적실한 위상을 세울 수 있을 것이다.

　　그럼에도 불구하고 지금까지의 연구 결과를 보면 그의 저술과 문학적 성취에 대하여 단편적이고 특정 부분에 편중한 성과만을 내고 만 감이 없지 않다. 이제 성해응이 남긴 문학작품을 전체적으로 조망하여 보다 적극적으로 해명해야 한다. 본고는 이러한 인식 하에 성해응의 문학에 대해서 연구하고자 한다. 논의의 중심에 산문을 두었는데, 이것은 그의 문학 중에서 산문이 차지하는 비중이 절대적이며 또 성해응의 문학적 역량과 특징이 잘 표출되었다고 판단되기 때문이다. 이를 통해 그동안 학자로서 알려졌던 성해응을 문인으로 재평가할 수 있을 것으로 기대된다.

　　본 연구는 다음의 순서로 논의를 진행하고자 한다. 먼저 2장에서는 성해응의 가문적 배경과 교유관계를 고찰하여 학문과 문학의 배경을 규명할 것이다. 그는 오세문학(五世文學)이라 일컬어진 서족의 명문가에서 태어나 학문과 사상에 있어 특히 가학(家學)의 영향을 많이 받았다. 더불어 부친 대부터 내려온 세교(世交)와 검서관으로 재직하면서 본격적으로 사귀게 된 문인학자들과의 교유가 그의 학문과 저술활동에 많은 영향을 준 만큼, 이를 중심으로 살펴볼 것이다.

3장에서는 학문관과 문예인식에 대해서 논의하고자 한다. 성해응은 '한송겸장(漢宋兼掌)'의 학문자세를 견지한 바, 송학의 의리관에 근본을 두고 충효열 등을 지향하였으니, 이는 그의 문학에 있어 주요한 테제이다. 또 한학을 지향하여 고구(考究)와 변증(辨證)을 통한 고증적 학문 태도를 지녔는데, 그 영향으로 경사(經史)뿐만 아니라 시문과 서화·금석·이기(彝器) 등에 두루 관심을 가지고 방대한 기록을 남겼다. 이는 성해응의 학문관에 있어 가장 큰 특징으로 그 결과 박학한 학문 성향과 고증적 치학(治學) 태도를 견인하게 된 것이다. 또한 그는 어려서부터 부친의 영향아래 자연스럽게 예술에 대한 관심과 취향을 갖게 되었으며 서화와 음악에 대한 많은 기록을 남겼다. 그의 문예인식을 통해 섬세한 예술적 감수성을 확인할 수 있을 것이다.

4장에서는 저술의 방향과 태도에 대해서 논의하고자 한다. 성해응은 충효열을 충직하게 실천하거나 뛰어난 예술적 감각을 지닌 인물에 대한 다채로운 기록을 많이 남겼다. 그 결과 인물지(人物誌)를 형성하였으며, 그 속에는 한송겸장의 학문자세가 잘 드러난다. 그는 기록과 저술에 대한 남다른 의지로『연경재전집』을 산생시켰던바, 방대한 저술의 체재를 검토할 필요가 있다. 아울러 '거사직필'의 기록 태도를 구사하는 만큼, 철저한 고증을 통한 '종실(從實)'의 자세로 서술에 임하고 있음을 확인할 것이다.

5장에서는 성해응의 기록정신과 문학화에 대해 논의하고자 한다. 그의 문학세계는 인간과 공간에 대한 관심과 기록으로 요약되는데, 그 중 인물에 대한 기록을 중심에 둘 것이다. 충효열 등의 의리를 충실하게 실천한 인물군과 특히 이름 없는 하층민을 취재하여 기록한 것이 대부분임을 염두에 두고, 그 구체적인 양상과 의미에 대해 논의할 것이다. 또 서화·고동·음악 등에 관한 뛰어난 감각과 재주를 가진 예술가에 대한 기록과 평은 직접자료로서의 가치가 뛰어난 만큼, 이를 적극적으로 서술하고자 한다.

6장에서는 서사에 대한 관심과 성과에 대해 논의하고자 한다. 성해응의 서사한시(敍事漢詩)는 문학적 형상화가 뛰어나고 주제의식이 선명하여 이조시대 서사시를 논의하는 장에 빠지지 않고 소개될 만큼 일찍부터 그 작품성을 인정받은 바 있다. 따라서 「전불관행(田不關行)」·「유객행(有客行)」·「의복행(義僕行)」을 중심으로 서사한시의 특징을 파악하고 산문과의 연관성을 확인함으로써, 성해응의 시인으로서의 역량과 문학의 총체적인 면모를 그려볼 수 있을 것이다. 성해응은 동일한 소재를 대상으로 각각 전이나 기사, 서사한시 등 양식을 달리하여 서술하였는데, 이를 통해 서사양식간의 교섭양상과 그 의미를 파악할 수 있을 것이다. 서사양식간의 교섭양상은 조선 후기에 활발하게 이루어지는데 동일한 소재를 대상으로 하되 작가의 서술의식에 따라 그 양식이 달라지는 경우가 빈번하다. 그러므로 성해응의 경우는 응당 주목을 요하는 바, 이를 규명한다면 조선 후기 제(諸) 서사양식간의 교섭양상의 스펙트럼을 확장할 수 있을 것이다.

7장에서는 공간 즉 역사지리(歷史地理)에 대한 인식과 형상화에 대해 논의하고자 한다. 특히 공간을 문학적으로 인식한 산수기와 지리지를 주목하였다. 18~19세기 공간에 대한 관심은 청대 고증학이 유입되면서 일반화된 현상으로, 성해응 역시 역사지리에 특별한 관심을 표명하고 관련 저술을 많이 남겼다. 이를 염두에 두고 거사직필의 태도로 산수기를 저술하여 '사경(寫景)' 중심의 사실적인 기록을 추구하고 국토지리를 인식하는 데 있어 고구(考究)와 변증(辨證) 등 실증적인 방법을 적극 활용한 사실을 확인할 것이다. 성해응은 이러한 인식의 연장선상에서 서북 지역의 민(民)과 영토에 남다른 관심과 의식을 지녔다. 그 결과 소외된 서북민들의 고통과 불만에 공감하고 구조적인 모순을 타파할 여러 가지 제도적인 방법을 제시하여 경세가로서의 면모를 갖추고 있음을 아울러 살펴볼 것이다.

이상의 논의를 통해 성해응 문학의 총체적인 모습과 18~19세기 학술 및 문학사적 위상이 규명될 것이다. 성해응은 당대 최고의 인재들이 모인 규장각에서 검서관을 지냈으며 150여 권에 달하는 방대한 문집을 저술한 만큼 18~19세기 서족문인의 한 축을 형성하였다. 조선 후기 특히 18세기 서족문학이 이덕무·유득공·박제가 등 이른바 북학파 문인들에 집중된 사실을 간안하면, 성해응의 경우는 응당 이들과는 다른 층위에서 주목을 요한다. 요컨대, 성해응의 문학을 다각도로 분석하여 그 의미를 파악함으로써, 그동안 북학파 서족 출신 문인들에 편중된 18~19세기 서족문학을 균형 잡힌 시각으로 바라봄은 물론 문학사적 외연을 보다 풍부하게 만들 수 있을 것으로 기대한다.[14]

14　성해응의 『연경재전집』은 1982년 오성사에서 영인되었는데, 이는 고려대 도서관에 소장된 것을 저본으로 하였으며 편차가 중복된 곳이 많다. 이후 한국고전번역원에서 2001년에 다시 간행된 한국문집총간본은 오성사본 중에서 중복 수록된 것과 혼재된 편차를 바로잡고 표점을 찍어 영인한 것으로, 본집 61권·외집 70권·속집 17冊으로 이루어져 있다. 필자는 한국문집총간본 『연경재전집』을 서지적으로 完定된 상태로 판단하여 이를 주 텍스트로 삼았다.

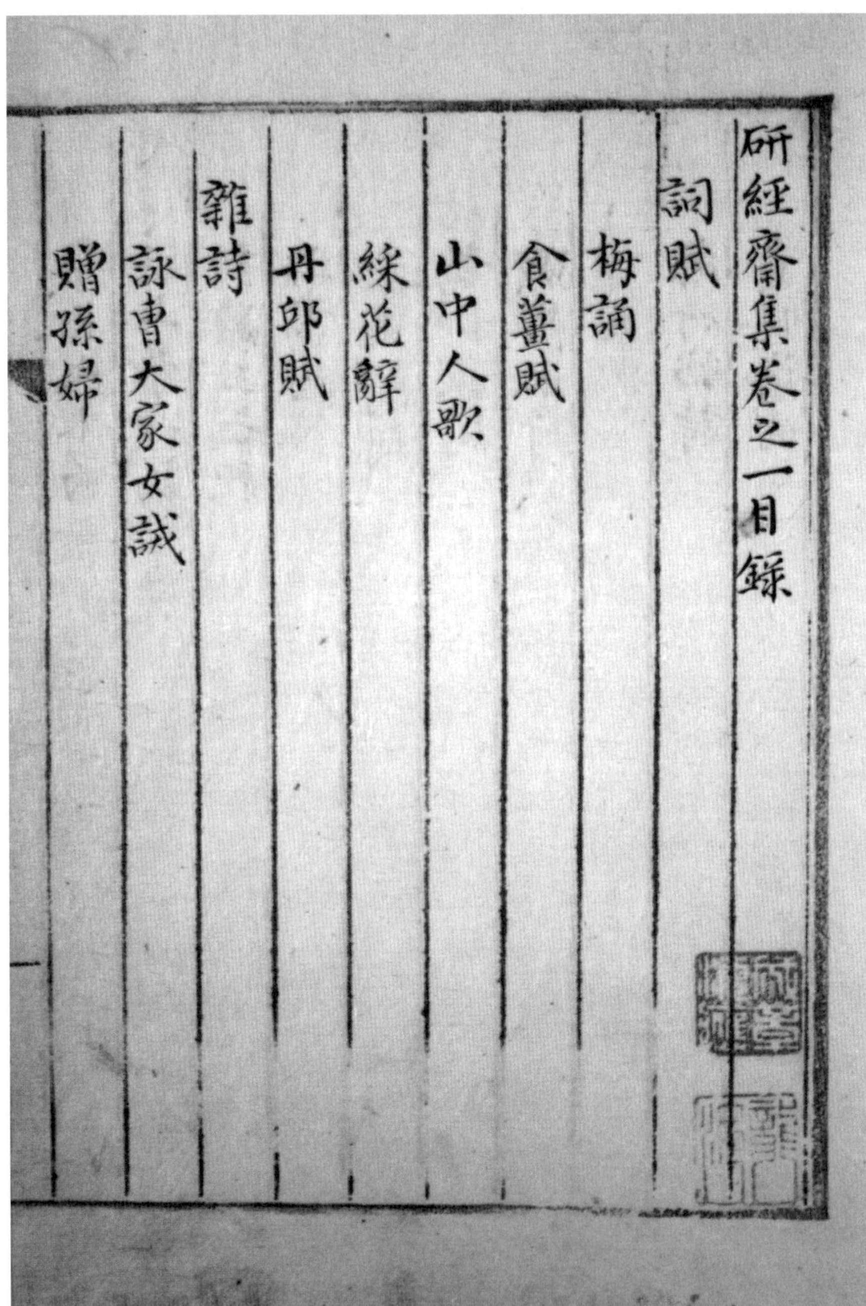

研經齋集卷之一目錄

詞賦

　梅誦

　食薑賦

　山中人歌

　綵花辭

　丹邱賦

雜詩

　詠曹大家女誡

　贈孫婦

『연경재전집』 권1

詩說

鹿鳴 、

此詩之言在乎人之好我示我周行周行者先王之
至道也先王之至道豈文王之所﹇﹇延試然求益如
此此所以為聖也夫笙瑟以樂之束帛以將之無一
不盡于誠故彼亦樂告以善道也是以德音孔昭示
民不恌君子是則是效故樂之甚更以旨酒而燕之
欲其和柷心而忠告之不已也鄭易毛傳以為示當
作寘周行周之列位此錐臣其所受教之義士則不

禮說

曲禮上

毋不敬儼若思安定辭安民哉　敬存乎中則無往
而不敬也若敬於尼而不敬於老敬於上而不敬於
下則可曰毋不敬乎是故敬之發乎外者莫先於
貌故曰儼而後儼而止則武有色屬者厠焉故曰
若思而繼之其次莫先乎言故曰定而後定而止
則或有足恭者與焉故曰安而冠之夫貌不徒儀
而又若思焉雖不徒定而又安焉則純乎敬矣此

一

성해응의 가문과 교유

1. 가문적 배경과 그의 삶

1) 서족(庶族)의 명문(名門)—오세문학(五世文學)

성해응(成海應, 1760~1839)은 자(字)가 용여(龍汝) 호(號)는 연경재(研經齋)·난실(蘭室), 본관은 창녕(昌寧)으로, 경기도 포천군(抱川郡) 소흘면(蘇屹面) 적안촌(赤岸村)에서 태어났다. 부친은 종3품 북청부사를 지낸 성대중(成大中, 1732~1809)이며 모친은 전주 이씨(李氏) 덕노(德老)의 따님이다. 선조인 성여완(成汝完, 1309~1397)이 고려 말의 혼란한 정국을 피해 포천의 왕방산(王方山)에 은둔하게 되면서부터[1] 대대로 포천에 거주하였다.

가계를 살펴보면, 성해응의 6대조 성준구(成俊耉, 1574~1633)는 대사간을 지낸 성이문(成以文, 1546~1618)의 아들이다. 광해군이 즉위하자 이이첨(李爾瞻) 등의 모함으로 16년간 남해(南海)에 유배되었다가, 인조반정으로 해배되어 황해 감사와 양서 관향사(兩西管餉使)를 지냈다. 첨지(僉知)를 지낸 청하(淸河) 최씨(崔氏) 덕남(德男)의 딸과 혼인하여 후룡을 낳으니, 후룡은 성해응의 5대조가 된다.[2]

성후룡(成後龍, 1621~1671)은 우의정을 지낸 김상용(金尙容, 1561~1637)의 서녀(庶女)와 혼인하여 완(琓)과 경(璟)을 낳는다.[3] 김상용은 병자호란 때 왕족을 시종하고 강화로 피난했다가 강화성이 함락되자 자결한 인물이다. 그의 동생은 영의정을 지낸 김상헌(金尙憲, 1570~1652)으로 병자호란 당시 예조판서로서 척화를 주장하였고, 1639년 청나라에서 명나라를 공격하기 위해 요구한 출병을 반대하는 상소를 하여, 이듬해 심양으로 잡혀가기도 하였다. 이 두 사람은 인조반정 후 집권한 서인의 핵심인물로, 성해응 가는 안동 김씨 노론 벌열가문과의 혼인을 통해 이후 노론계 문사들과 친분을 맺게 된다.[4] 김상용 형제의 투철한 대명의

---

1   成海應, 『研經齋全集』 권10 「先府君行狀」. "四世而諱汝完, 以麗朝大臣, 當革命之際, 遯于抱川王方山." 이하 출전이 『연경재전집』인 경우, 저자표기를 생략하고 문집명・작품명・원문 순으로 기술함을 밝혀둔다.

2   成後龍 대부터 성해응의 집안은 庶族이 되었는바, 명문가 출신인 成俊耉가 어떠한 이유로 僉知 출신인 淸河 崔氏의 딸과 혼인하게 되었으며, 성후룡은 어떻게 서족이 된 것인지에 대해 현재로선 분명하지 않다. 다만, 『昌寧成氏 桑谷公派譜』를 살펴보면, 성준구에게서 청하 최씨를 제외한 여타의 혼인관계는 확인되지 않는데, 아마도 성준구가 오랜 세월동안 유배생활을 하게 되면서 그의 가문은 낙척한 것으로 보인다. 그 과정에서 성준구는 최씨의 딸과 혼인하였으며, 성후룡은 서족이 된 것으로 짐작된다.

3   김상용의 사위로는 張維와 성후룡 등이 있다. 즉, 장유와 성후룡은 동서간이며 장유의 딸은 효종의 비[仁宣王后]가 되었으므로, 성완과 성경은 인선왕후와는 이종사촌이 된다. 이러한 연유로 성완과 성경이 나란히 사마시에 합격했을 때 인선왕후는 특별히 이들을 불러 격려하였다고 한다.

4   ①成琓은 김상헌의 후손인 老稼齋 金昌業(1658~1721)과 교유하였다. 김창업은 성완이 일본에 제술관으로 가게 되자 그를 전송하여 시를 지어준 바 있다.(『老稼齋集』 권1 「贈成琓日本之行」) 한편, 김창업은 1689년 己巳사화가 일어나자 포천의 永平山에서 5년 동안 은

식은 성해응의 집안이 대대로 대명의리론을 고수하는 데 큰 영향을 끼쳤음을 미루어 짐작할 수 있다.

성해응의 장인 이경(李瓊, 1721~1794)은 병자호란 때 활약한 이완(李浣, 1602~1674)의 5세손이다.[5] 이완은 임경업의 부장(副將)으로 명나라 공격에 나섰으나 이 사실을 미리 명나라 장수에게 알려 사상자가 없도록 하였으며, 효종의 북벌정책을 최측근에서 보좌하였다. 이러한 사실을 통해, 성해응은 친가와 처가가 모두 철저히 대명의리론을 견지하였음을 알 수 있다. 성해응은 검서관으로 재임시, 외각에서 근무하던 부친 성대중과 함께 『존주휘편(尊周彙編)』을 편수하였고, 방대한 분량의 「황명유민전(皇明遺民傳)」을 저술하여 자신의 사상적 배경과 지향점을 천명한 바 있다.

성해응의 종고조인 성완(成琬, 1639~1710)은 자가 백규(伯圭) 호가 취허(翠虛)로, 현종 7(1666)년 식년 진사시에 합격하였다. 특히 시에 뛰어나, 숙종 8(1682)년 제7차 임술(壬戌)사행에 제술관으로 참여하여 일본에서 문명을 떨친 바 있다. 이때 성완은 일본 문인인 원여(源璵, 1657~1725)의 『도정시집(陶情詩集)』에 서문을 써 주었는데, 고국에서 제대로 인정받지 못한 문재(文才)를 낯선 이국땅에서 마음껏 펼쳤다.

무릇 시는 천기이다. 시를 읊되 하늘이 준 재능이 없다면 어찌 시를 의논하는 자리에 낄 수 있으리오? 이 때문에 시경 3백편이 성현이 발분해서 지은 것

거하였는데, 아마도 이때 포천의 世族이었던 성해응 가와 본격적인 교유가 이루어졌던 듯하다. ② 成琬과 成璟은 三淵 金昌翕(1653~1722)과의 교유를 통해 槎川 李秉淵(1671~1751)과 막역하게 지냈으며, 이로 인해 성해응의 祖父인 成孝基와 성대중도 이병연의 문하를 드나들었다.(成大中, 『靑城稚年藁』 「柚子行上槎川李丈」. "公諱秉淵, 全州人, 與翠虛・獨靑, 交誼至密. 因是, 踈溪公亦出入門下.")

5 『硏經齋全集』 권11 「聘君李公遺事」. "公姓李氏, 諱瓊, 字汝振, 鷄林人. 貞翼公諱浣五世孫也."

이긴 하지만 비(比)와 흥(興)은 모두 성정의 바름에서 나온 것이다. 왕공·대인·후비로부터 향리의 사서(士庶)의 무리에 이르기까지 기쁨과 노여움, 슬픔과 즐거움, 근심과 놀라움의 발로를 반드시 노래와 시로 읊어 그 불평한 기운을 펼쳤던 것이다.[6]

우리에게 신정백석(新井白石)으로 더 잘 알려진 원여는 당시 26세의 청년 문사로, 조선에서 온 사행원에게 자신의 문집의 서문과 발문을 요청하였다. 이에 제술관 성완은 서문을, 그리고 서기 홍세태(洪世泰, 1653~1725)는 발문을 써 주었다. 원여는 이들에게서 문집의 서발문을 받은 것을 계기로 당시 일본의 대학자였던 목정간(木貞幹, 1621~1698)의 문인이 되었으며, 이후 그의 천거로 막부정치에 참여하여 1711년 신묘(辛卯)사행에서는 조선통신사 일행의 접대를 전담하는 자리에 오르게 되었다.[7] 이러한 과정에서 일본 문사들의 조선 문사들에 대한 흠모는 더욱 확대되었다. 그리고 그 흠모의 중심에 성완이 있었던 것이다. 그는 천기(天機)를 논하면서 이를 성정(性情)과 연결시켜 성리학적 문학관을 답습하는 듯이 보이면서도, 성인뿐만 아니라 하층민의 희로애락의 발로까지 정당화시켰다. 그리고 이를 천기와 연결시킴으로써 문학이 어느 한 계층의 전유물일 수 없음을 암시했다.[8] 성완에게 있어 시는 신분 문제로 고통받는 자신의 불평한 심정과 뛰어난 문학적 역량을 마음껏 펼칠 수 있는 분출구였던 셈이다.

---

6   成琬,『翠虛集』「翠虛居士成伯圭筆序文」. "夫詩者, 天機也. 鳴詩而無天才, 烏能齒議而其間者哉? 是以詩三百篇, 雖大抵聖賢之發憤作也, 曰比曰興, 皆出於性情之正, 而自王公大人后妃, 以至鄕里士庶之流, 喜怒哀樂憂驚之所發, 必詠於歌詩, 以伸其不平之氣."
7   이원식,『조선통신사』, 민음사, 1991, 150면.
8   이혜순,『조선통신사의 문학』, 이화여대 출판부, 1996, 395면.

임방(任埅, 1640~1724)이 지은 『천예록(天倪錄)』에 성완과 관련된 기사가 있어, 그의 뛰어난 시재를 다시금 확인할 수 있다.

성완은 의술에 뛰어난 성후룡의 아들이다. 글을 많이 읽었고 젊어서부터 시를 잘 지었다. 시문을 지을 때에는 묻는 대로 거침없이 나와, 말에 기대어 서 있는 동안에 다 이루어졌으니, 장편대작이라 해도 다른 이에게 붓을 들게 하고 입으로 부르는 것이 마치 물 흐르듯 하여 일필휘지(一筆揮之)로 완성하였다. 그래서 스스로 동파(東坡)에 견주기까지 하였다. 혹 시마(詩魔)가 붙었다고들 하는데 그의 시는 잘된 것과 그렇지 않은 것이 뒤섞여 있어 사람들이 귀하게 여기지 않았다.[9]

성완이 시선(詩仙)으로 일러진 맹도인(孟道人)을 만나 함께 유람하며 시를 주고받은 상황에 대해서 기록한 것으로, 성완의 시인으로서의 역량과 시의 특징을 가늠할 수 있다.[10] 즉, 응대(應對)가 매우 빠르고 장편대작을 손쉽게 지었으며 스스로를 소식(蘇軾)에 견줄 만큼 자신의 시재에 대한 자부심이 강했음을 알 수 있다.

고조는 성경(成璟, 1641~1712)인데, 자는 숙옥(叔玉) 호는 독청(獨靑)으로, 성완과 나란히 진사시에 합격하였고 시로써 이름이 났다. 종증조는 성몽량(成夢良, 1673~1735)인데, 자는 여필(汝弼) 호는 소헌(嘯軒)으로 진사를 지

---

9   任埅, 『天倪錄』 34장 「孟道人携遊和詩」. "成琓者, 善醫者成後龍之子也. 多讀書, 少能詩, 凡製述, 無不應口而對, 倚馬而成, 雖長篇大作, 使人秉筆, 口呼如流, 一揮而就. 至自比於 東坡, 或傳爲詩魔所附, 而其詩螭蚓相雜, 人不知貴焉."

10   성완의 생애와 시에 대해서는, 조창록, 「성완의 『翠虛集』과 대명의리의 시」, 『한문학보』 18집, 우리한문학회, 2008; 손혜리, 「성완의 『日東錄』 연구」, 『실학연구』 16호, 한국실학학회, 2009 참조.

냈다. 숙종 45(1719)년 제9차 기해(己亥)사행에 서기로 참여하여 일본에서 시재(詩才)를 발휘하기도 하였다. 그는 조선에 『동자문(童子問)』을 최초로 들여왔던바,[11] 『동자문』은 이등인재(伊藤仁齋)의 유학에 대한 식견이 잘 정리된 책으로서 성학(聖學)의 본질, 고학의 본의 등을 문답형식으로 서술한 입문서이다. 최초로 조선에 전래된 고학파(古學派)의 저서이며 전래된 후 조선의 학자들이 가장 많이 읽어본 책이기도 하다.[12]

조부는 성효기(成孝基, 1727~1776)인데, 자는 백원(百源) 호는 소계(疎溪)로, 이규상(李奎象, 1727~1799)은 성효기에 대해 다음과 같이 평한 바 있다.

총명하고 영특했으며 박학다식하여 학문으로 자부하지 않아도 저절로 학문에 합치하였다. 타고난 성품이 계책에 밝아서 헤아리고 짐작하는 것이 적중하지 않음이 없었다. 사려가 정밀하되 시속에 어긋나지 않으며 책략이 기이하되 옛것에 빠지지 않았으니, 참으로 현실을 구제할 훌륭한 인재요, 세상을 경륜할 거장이었다. 그럼에도 애석하게 말이나 돌볼 하찮은 관직에 떨어져 버렸다.[13]

이규상은 이사질(李思質, 1705~1776)의 아들이며 이사질은 성효기와 절친하였다. 이사질은 본관이 한산(韓山)으로, 한산 이씨는 고려 말의 이곡(李穀)과 이색(李穡)을 비롯하여 조선 후기의 이병연(李秉淵)으로 이어지는 혁혁한 문한가이다. 앞서 성해응 가가 안동 김씨 가문과 혼인

---

11 손혜리, 「성대중의 사행체험과 『日本錄』」, 『漢文學報』 22집, 우리한문학회, 2010, 336면.
12 하우봉, 「조선 후기 실학과 일본 근세 고학의 비교연구 시론」, 『18세기 한일문화교류의 양상』, 한국18세기학회, 2007, 72~75면.
13 李奎象, 『韓山世稿』 권29 「一夢稿」 「儒林錄」. "聰明穎脫, 博學多識, 不居於學, 而自合於學. 天性明於計策, 揣摩擬依, 無不有中. 慮精而不違俗, 策奇而不泥古, 眞救時之良才, 經世之大匠. 惜乎! 淪落於馬曹也."

을 통하여 김창협·김창흡 형제와 이병연의 문하를 출입한 사실을 살펴보았다. 성효기도 이들의 문하를 드나들면서 이사질과 교유하게 된 것으로 보인다. 이규상은『병세재언록(幷世才彦錄)』에서, '현실을 구제할 훌륭한 인재요, 세상을 경륜할 거장'이라고 성효기를 고평한 뒤, 뛰어난 자질을 지니고 있음에도 신분상 처지로 인해 찰방직에 그치고 만 것을 못내 안타까워하였다.[14] 성효기는 벼슬은 비록 미관말직인 찰방에 그쳤지만, 그의 학문과 덕행은 이미 당대에 널리 알려졌던 듯하다. 그는 고향 포천에서 소산정사(疎山精舍)를 열고 후학을 가르쳤는데,[15] 뛰어난 인재들이 많이 몰려들었다[16]고 한다.

성대중과 이규상은 부친들의 친분으로 인해 어려서부터 왕래가 있었다. 성대중은 이규상에게 「유유실기(悠悠室記)」를, 이규상은 성대중에게 「순재기(醇齋記)」를 지어 주기도 하였다. 이들의 교유는 다음 세대인 성해응과 이장재(李長載)에게 이어지는 등 3대를 이어 세교를 유지할 만큼 각별하였다. 이에 대해서는 다음 절의 '교유관계와 그 양상'에서 자세히 살펴보도록 할 것이다.

부친 성대중(成大中, 1732~1809)은 뛰어난 학적 역량과 40여 년에 걸친 오랜 관직생활 및 온후한 성품으로 다양한 계층의 인물과 폭넓은 교유를 한 바 있다. 당대의 노론 벌열에서부터 뛰어난 예술가 그룹, 서족 출신의 문사에 이르기까지 그의 교유는 실로 폭넓다. 이러한 교유는 대부

---

14 이규상과『병세재언록』에 대해서는 전희진, 「이규상의 '병세재언록'에 대한 연구」, 성균관대 석사논문, 1999 참조.

15 『研經齋全集』 권17 「朴君(能愚)哀辭」. "昔靑陽公爲光陵參奉, 屢過先王考於疎山精舍, 相得歡甚."

16 『研經齋全集』 권10 「師說」. "都下士大夫, 多從之學, 共其淡泊而不之苦, 若其服勤也, 不離乎左右, 成就者甚多. 當時稱先祖考善爲師, 以人之所慕在德而不在勢也."

분 아들에게 이어져 성해응의 학문과 문학 그리고 예술에 큰 영향을 주었다. 성해응은 부친을 종유(從遊)하며 문학 활동에 참여하였던 터라, 부친의 벗이나 그들의 자질(子姪)들과 자연스럽게 어울렸다. 이후 이들은 절친한 학문적 동지이자 인생의 지기(知己)로서 성해응의 삶에서 중요한 역할을 차지한다. 성대중의 삶과 교유는 아들 성해응에게 미친 영향이 큰 만큼, 구체적으로 살펴볼 필요가 있다.

성대중은 자가 사집(士執) 호는 청성(靑城)·용연(龍淵)·순재(醇齋)로, 어린 시절부터 이병연의 문하를 출입하며 시적 재능을 인정받았다.[17] 그의 나이 25세 되던 해인 영조 32(1756)년 정시 문과에 급제하였는데, 서족 출신인 그에게 문과급제는 남다른 의미를 내포한다. 과거는 유자(儒者)로서의 포부를 펼 수 있는 하나의 관문이다. 그는 과거에 급제하기 위하여 한때 공령문(功令文)에만 전념한 적이 있음을 토로하기도 하였다. 그만큼 성대중에게 과거는 절실한 문제였던 것이다.

성대중은 영조 39(1763)년 계미(癸未) 통신사행의 서기로 참여하였는데, 이는 성대중 집안의 세직(世職)이었다. 조선의 대일외교는 중국에 비해 현격히 달라, 상사(上使)가 중국에는 정1품인데 일본에는 정3품이 갔던 만큼 격의 차이를 두었다. 그에 따라 수행원을 선발할 때 역시 이 점을 배려하였다. 가령 제술관 1인과 서기 3인은 소위 사문사(四文士)로 일컬어졌는데, 통신사절단에서 말하자면 꽃이었다. 통신사절은 문화 사절단의 의미가 컸던바 문학적 재능의 과시를 '화국(華國)'의 일로 중시하였다. 이 사문사는 대체로 서족의 인물 중에서 선발하였다. 따라서 상사도 품위는 정3품에 지나지 않았으나 명망이 높은 인물로 극선(極

---

17 『研經齋全集』 권16 「先府君墓誌」. "十三歲, 槎川李公秉淵見詩文, 歎曰: '此非左海口氣也.'"

選)을 했고, 사문사 역시 신분상에는 하자가 있으면서도 문예의 재능이 비상히 빼어난 자로 가려 뽑은 것이다.[18]

이처럼 일본사행에서 제술관이나 서기는 문한이 뛰어난 서족 출신의 문사들이 도맡았다는 사실을 염두에 둔다면, 성대중의 문재 역시 널리 인정받은 사실을 알 수 있다. 앞서 성완과 성몽량이 제술관이나 서기로 사행에 참여한 것을 살펴보았는데, 이 집안은 문한에 있어서만큼은 대대로 공인을 받은 셈이다.

성대중은 일본사행을 통해 인식의 전환을 맞이한다. 당시 일본은 문화적으로 조선에 많이 뒤쳐져 있었고, 따라서 조선의 통신사행은 문화의 전수라는 측면이 강했다. 그러나 일본은 변화의 가능성을 가지고 있었고 또 실제 변하고 있었던바, 그 일환으로 정치적·문화적 개방을 준비하고 있었으며 선진문물 수용에 적극적이었다. 성대중은 이러한 일본의 현실을 목도하고 문화적 충격을 받았던 것으로 보인다. 이에 그는 일본의 앞선 기술을 받아들여 실생활에 도입함으로써 조선의 민(民)에게 도움을 주려고 하였다. 이러한 인식은 계미사행에 참여했던 문사들 사이에 공통적으로 형성된 것으로 보인다. 당시 정사 조엄(趙曮, 1719~1777)은 구황작물인 고구마를 수입하였고, 서기 원중거(元重擧, 1719~1790)는 수차와 교량의 활용을 적극 강조하여 민생과 국익에 도움이 되고자 하였다.

성대중은 "평방은 물을 임하고 있는데 성곽에 수차가 붙어 있어서 성의 백성들이 수고롭게 물을 길을 필요가 없었다"[19]고 하여, 일본에서 수차를 적극 활용하여 민생에 도움이 되는 현실을 포착하고 이를 눈여

---

18 임형택, 「實學者들의 日本觀과 實學」,『실사구시의 한국학』, 창작과비평사, 2000, 186~187면.

19 成大中,『日本錄』2책「日本錄」, 갑신년 1월 28일. "平方臨水, 而郭水車附焉, 城民不勞汲也."

겨보았다. 한편 연행하는 서호수(徐浩修, 1736~1799)를 전송하면서, "병형전곽의 제도 같은 것은 간편하고도 굳세며 쉽게 지킬 수 있는 것이어서, 오랑캐가 중국을 아우를 수 있었던 방도가 되었던 것입니다. 저들의 장점을 취하여 우리의 단점을 다스리는 것은 자강을 위한 방책이 될 것이니 우리가 널리 채용하여 신중히 그것을 선택함에 달려 있을 뿐입니다"[20]라고 하여, 병형(兵刑)과 전곽(田郭) 제도와 같은 청의 선진 문물을 수용하여 자강의 방책으로 삼을 것을 당부하였다. 또 동지서장관으로 연경에 가는 신사운(申思運, 1721~1801)을 전송하면서, "이제 공이 가서 웅대하고 호방한 산과 바다, 널찍하고 툭 트인 들, 높고 웅장한 성곽, 풍부한 백성과 물산을 두루 보고 우리나라를 돌아보며 쇠약함을 진작시킬 것을 생각하고 치우치고 작은 땅을 개척한다면 뜻은 더욱 일어설 것입니다"[21]라고 하여, 역시 성곽과 물산 등 청의 앞선 기술 문명을 잘 보고 배워 국익에 도움이 될 것을 권유하였다.

이처럼 이용후생에 대한 강한 의지는 그의 문학관과 긴밀하게 연결된다. 즉 성대중은 육경(六經)을 근본으로 하고 제자서(諸子書)로 보익하여 문(文)의 효용성을 강조하였다.[22] 문의 효용성이란 학문을 통해 실생활에 도움이 되도록 하는 것을 말하는 것으로, 고구마나 수차 같은 일본의 문물을 수용하고 수레와 벽돌 같은 청의 기술 문명을 받아들여

20　成大中, 『靑城集』 권5 「送徐侍郎浩修以副价之燕序」. "若其兵刑田郭之制, 簡勁易守, 建酋之所以幷諸夏也. 取彼之長, 攻吾之短, 不害爲自强之術也, 在吾人博采而愼擇之耳."

21　위의 책, 「送冬至書狀官申應敎思運序」. "今公之往也, 覽觀山海之雄放・原野之衍轄・城郭之峻壯・民物之蓄庶, 而反顧吾邦, 思振其削弱, 而拓其偏小, 則志益立矣."

22　성대중은 六經을 근본으로 하여 諸子百家를 참고해야 함을 주장하였는데, 육경을 비롯한 원시유교의 경전들은 四書類에 비하여 상대적으로 사회현실에 대한 관심이 크다. 그런 만큼, 학문의 효용성을 강조하였으며 이는 民과 국가를 위한 이용후생에의 의지로 직접 연결된다. 이에 대한 자세한 것은, 손혜리, 「성대중의 문학 활동과 문학론」, 성균관대 석사논문, 2000, 54~65면, 73~79면 참조

이용후생에 도움이 되도록 한 것인바, 이는 무엇보다 일본에서의 다양한 체험을 통한 사고의 확대에서 기인한 바 크다.[23] 성대중의 경세의식은 성해응에게 영향을 주었는데, 성해응은 역사에 대한 인식을 바탕으로 국토지리의 고증에 관심을 가졌으며 나아가 북방경계에 있는 서북지역과 그 민에 대해서 주목하였다. 서북민들의 불만과 고통을 이해하고 이를 제도적으로 개혁하기 위한 계책을 체계적이고 논리적으로 제시했던 만큼 경세의식을 적극적으로 표방하였다.

성대중은 계미사행의 임무를 마치고 돌아와 정조5(1781)년에 교서관 교리를 제수받았다. 이후 9년 동안 교서관에 있으면서, 당대의 석학들과 학문적 토론을 나누고 각종 국가 전적(典籍)의 편찬을 전담하였다. 특히 정조의 지우(知遇)를 받아 문체반정 당시 서족 출신으로는 이례적인 외3품직(外三品職) 북정도호부사에 세수되있다. 정조는 '저 사람의 순정한 학식과 순정한 필법으로도 홍문제학이 됨을 얻지 못함이여!'[24] 라고 하여, 성대중의 순정한 학식과 필법을 고평하고, 뛰어난 문재를 지녔음에도 신분에 얽매여 발신(發身)하지 못한 것을 안타까워하였다. 성대중은 이에 감읍하여 자신의 호를 '순재(醇齋)'라 짓기도 하였다. '순(醇)'은 성대중 문체의 특징을 잘 집약한 것으로, 그는 문체뿐만 아니라 인물됨과 풍채 또한 순후하다는 평가를 받았다.

성대중은 글씨가 매우 뛰어난 것으로도 알려졌는데, 사행시 일본인

---

23 손혜리, 「성대중의 사행체험과 『日本錄』연구」, 『한문학보』22집, 우리한문학회, 2010, 26~29면.

24 李奎象, 『一夢先生文集』『韓山世稿』권19「醇齋記」. "以彼醇正學識, 醇正筆法, 不得爲弘文提學." 정조의 이러한 언급은 여러 곳에서 확인할 수 있다. ① 成海應, 『研經齋全集』권9「先府君行狀」. "上仍曰: '以彼之醇正學識, 醇正筆法, 不得爲弘文提學, 我國用人之方何如? 是隘耶.'" ② 趙寅永, 「青城集序」. "正廟恩顧嘗賜之御評曰醇."

들이 그의 글씨를 받기 위하여 숙소에 밤을 새며 길게 줄을 서기까지 했다고 전한다.[25] 성대중은 서화에 뛰어난 감식안을 갖고 있었으며, 이것은 그가 당대의 뛰어난 예술인들, 즉 김상숙(金相肅)·나열(羅列)·홍대용(洪大容)·이한진(李漢鎭) 등과 절친하게 지내는 동인(動因)이 되었다. 성해응은 부친의 교유에 대해서 다음과 같이 말하였다.

> 선군자는 사람을 취하는 것이 매우 넓었다. 선으로 알려진 이가 찾아오면 취하였고, 조금이라도 선하면 다른 것은 없더라도 취하였고, 선이 없더라도 대대로 교분이 있는 자는 취하였다. 선으로 허물을 덮을 수 있는 자는 취하였고, 선으로 알려진 것이 없더라도 허물이나 비방이 없으면 그 사람은 더불어 선에 나아갈 수 있다고 여겨 취하였고, 기예가 정밀하며 선에서 크게 어긋나지 않으면 취하였다. 그 넓게 취함이 이와 같았다.[26]

성대중의 폭넓은 교유관계는 이후 성해응에게 그대로 이어짐으로써, 성해응의 삶과 저술활동을 이해하는 데 있어 매우 중요한 기제로 작용한다. 성해응은 부친과 달리 벗을 사귀는데 적극적이지 않았기 때문에, 그의 교유는 대부분 세교(世交)를 중심으로 이루어졌다.[27] 그러므로, 성대중의 교유가 곧 성해응의 교유인 셈이다. 성해응의 교유에 대해서는 다음 절에서 자세히 논의하도록 할 것이다.

---

25 『研經齋全集』 권10 「先府君行狀」. "倭之求和詩者, 甚衆, 皆以宿搆待之, 府君應之, 未常淹思而就. 倭人皆又手拜, 驚以爲神. 有井潛者曰: '成公有一擧凌雲之氣云.'"

26 『研經齋全集』 권12 「書贈菱濠羅景先」. "先君子取於人甚博, 有以善來者取之, 有一善而他未有聞者取之, 有無甚善而有世分者取之, 有以善而掩其疵者取之, 有無善聞無疵謗, 而其人可與進於善則取之, 有以藝之精, 而不大違於善則取之, 其取之博如此."

27 『研經齋全集』 속집 책11 「元若虛哀辭」. "余素不喜交遊, 所交遊者, 惟世好也"; 속집 책17 「李時和哀辭」. "余少而拙樸, 不敢求友於人, 而人亦少友余者, 友豈徒然乎哉?"

이와 같이 성해응의 가문은 성완·성경 형제에서 시작하여 성몽량·성효기·성대중 그리고 성해응 자신에 이르기까지 5대동안 당대에 저명한 문인과 학자를 배출한 서족의 명문이었다. 이에 대해 성대중은 손자 성우증(成祐曾, 1783~1864)에게 "취허공(翠虛公) 형제와 소헌(嘯軒)은 시로써 세상에 알려졌고, 문을 지은 것은 소계공(疎溪公)으로부터 시작하였다. 소계공은 노장을 읽지 않았으나 나는 그것을 읽어 신변억양의 묘를 터득하였지만, 너의 백부는 박흡함이 나보다 낫다"고 하여 '오세문학(五世文學)'의 연원을 설명하면서[28] 자신의 가문에 대한 강한 자부심을 표출하였다. 성우증도 이와 비슷한 언급을 한바 있다.

우리 집안은 대대로 문장으로 이름이 났다. 오대조 독청공(獨靑公)은 삼연 김신생의 여러 형제들과 종유하여 창수할 때마다 성신생님으로 일컬어졌으니, 존모하고 추대되었음을 알 수 있다. 독청공의 백씨(伯氏) 취허공과 나의 종고조 소헌공과 조고(祖考) 청성공은 모두 엄격한 심사를 거쳐 통신사의 행차를 따라 가서 문예를 겨루어, 우리 성씨의 문장은 일본에까지 드날려졌다 (…중략…) 백부 연경재공은 경학에 조예가 깊어 고금을 꿰뚫으니 문장은 부차적인 것이었다.[29]

역시 '독청 성경·취허 성완 — 소헌 성몽량 — 소계 성효기 — 청성 성

28　『研經齋全集』「研經齋府君行狀」. "靑城公嘗詔不肖孫祐曾曰: '翠虛公兄弟及嘯軒, 以詩鳴於世, 作文自疎溪公始. 疎溪公未嘗讀莊老, 吾則讀之, 得神變抑揚之妙, 至汝伯父, 博洽勝我.' 五世文學, 此其淵源也."

29　成祐曾, 『茗山集』「自序」. "吾家世以文章名, 五代祖獨靑公, 與金三淵先生諸昆季遊, 其唱酬也, 輒稱以成子, 其尊慕推詡, 可知也. 獨靑公之伯氏翠虛公, 及余從高祖嘯軒公, 及祖考靑城公, 俱以峻選, 從信使較藝之行, 成氏文章, 擅於日本(…중략…) 伯父研經齋公, 經學深邃, 貫穿今古, 文章其緖餘也."

대중―연경재 성해응'으로 이어지는 '오세문학'을 강조하고 있다. 성우증의 언급처럼, 성해응 가는 비록 명문 사대부가처럼 문벌을 내세울수는 없었으나 당대에 이미 일본사행의 제술관이나 서기로 종사할 만큼 문학적 역량이 뛰어난 집안으로 지목받았다. 성해응 가의 학문적 역량이나 문학적 재능은 평범한 사대부가와는 비교가 되지 않는 서족 중의 명문이었던 셈이다.

그러나 이것은 한편으로 선조나 부친이 뛰어난 학적 역량을 가졌음에도 불구하고, 결국 사행의 제술관이나 서기 또는 지방 수령 등의 관직을 수행할 수밖에 없었던 근본적인 한계를 내포하고 있었음을 의미한다. 이러한 한계는 성해응으로 하여금 더욱 기록과 저술활동에 몰두하도록 만들었을 것이다. 기록과 저술활동을 제외하고는 세상과 소통할 수 있는 별다른 통로가 없음을 인식한 결과인 셈이다. 성해응이 다양한 인물, 그 중에서도 특히 하층민들을 많이 포착하여 기록한 것도이러한 인식의 연장선에서 논의해야 할 것이다.

2) 생애

성해응의 생애에 대해서는 성우증이 쓴 「연경재부군행장(研經齋府君行狀)」을 참고할 만하며, 이를 제외하고는 별다른 자료를 찾아볼 수 없다. 아마도 성해응이 장수를 하였으며 세교에 바탕을 둔 교유를 하였기 때문으로 짐작된다. 즉 성해응과 절친하게 지낸 인물들이 대부분 먼저 세상을 떠났기 때문에, 그의 생평(生平)에 대한 자료는 상대적으로 드물었던 것이다. 성해응이 친인척과 지인들의 제문(祭文)과 애사(哀辭)

및 묘지명 등을 많이 저술한 것도 이와 같은 맥락에서 이해된다. 따라서 이 항에서는 「연경재부군행장」을 중심에 두고 기타 편언척구(片言隻句)를 참조하여 그의 삶을 추적해 보고자 한다.

성해응은 영조 36(1760)년 4월 5일 경기도 포천군 소흘면 적안촌에서 태어났다.[30] 부친은 북청 부사를 지낸 성대중(成大中)이며, 모친은 경주 이씨 덕로(德老)의 따님이다. 성해응은 15세 때 이미 문장과 덕행으로 고향 포천 일대에서 명성이 널리 알려졌고, 1783(24세)년 진사시에 합격하였다. 정조는 1782년 규장각을 설치하고 재주가 뛰어난 인재를 선발하였는데, 성해응은 1788(29세)년에 검서관으로 발탁되면서 처음으로 중앙에 진출하였다.

성해응은 고향 포천에서 공부할 서적이 부족하여 자신의 견문이 좁았다고 술회한바 있다. 이후 검서관에 임명된 뒤 당대 최고의 석학들이 모인 규장각에서 학적 역량을 마음껏 발휘하게 된다.[31] 그는 이때를 인생에서 가장 득의(得意)했던 시절로 기억하며, 만년에 이를 그리워하고 회상하는 기록을 많이 남겼다. 그런 만큼 이 시기는 성해응이 가장 정력적인 활동을 했던 기간으로, 그의 삶에서 중요한 비중을 차지한다.

정조가 주관하는 각종 학술정책과 편찬사업에 참여하였으며, 당대의 석학들과 교유하는 등 학자로서의 입지를 다지는 중요한 계기가 되었다. 당시 검서관으로 재직하고 있던 선배 학자 이덕무(李德懋)·유득공(柳得恭)·박제가(朴齊家)는 모두 부친 성대중과 절친한 사이였다. 성

---

30 이곳은 현재 京畿道 抱川市 加山面 金峴3里로, 昌寧 成氏의 신주와 서적 등이 구비된 齋室[疎溪齋] 및 성대중과 성해응을 비롯한 창녕 성씨의 묘가 있다. 또, 성경－성효기－성대중－성해응 4대의 공적비가 세워져 있는 등 창녕 성씨의 世居地인 동시에 집성촌이기도 하다.

31 『研經齋全集』 권13 「外集序」. "顧鄕居寡書籍, 無以資聞見而博記述. 及通籍內閣, 縱觀中秘所藏. 僚寀又多博洽之士, 每公餘談笑, 皆足以發吾志. 又受上命, 多預編纂之役. 與當世鴻儒相追逐上下, 輒以經傳奧旨, 互相發難, 亦往往有所得."

대중은 9년 동안 외각(外閣)의 교리(校理)로 근무한 바 있는데, 혼자서 숙직을 설 때면 이들이 자주 방문하여 함께 술을 마시고 시문을 짓고는 하였다. 성해응은 자연스럽게 모임에 참여하면서 이들과 친해졌다. 이후 검서관으로 함께 근무하면서 이들과는 직장 동료일 뿐만 아니라, 학문적 동지이며 세교에 바탕을 둔 평생의 지기로서 깊은 유대를 나누었다.

1792(33세)년에 어머니의 상을 당하여 집상(執喪)한 뒤, 1796(37세)년에 다시 내각으로 들어가 정조의 명을 받고 『장릉사보(莊陵史補)』와 『전배황단(展拜皇壇)』을 교주(校註)하였다. 이때 정조는 성대중과 이의준(李義駿, 1738~1798)에게 『존주문자(尊周文字)』를 채록하고, 이서구(李書九, 1754~1825)에게 범례(凡例)를 쓰라고 명하였으며, 성해응에게 이 작업을 돕게 했다. 이서구가 병이 들어 더 이상 범례를 쓸 수 없게 되자 성해응에게 맡기니, 마침내 성해응이 이를 완성하였다.

정조는 책을 편찬하거나 교정하는 임무가 끝날 때마다 성해응에게 경림(瓊林)의 연회에 참여하도록 하거나 자주 어육필묵(魚肉筆墨)을 하사하였다.[32] 성해응 부자에게 많은 서적을 하사하기도 하였는데, 성해응은 고향 포천의 집 뒤에 따로 서재를 만들어 '사서루(賜書樓)'라 이름하고 하사받은 책을 보관하였다.

조정에서 권력을 잡은 신하와 임금을 가까이에서 모시는 신하가 아니면 책을 하사해 주는 은혜를 받지 못한다. 선대부는 정종 신축(1781)년에 외각을 출입하셨고, 해응은 정종 무신(1788)년에 내각을 출입하였는데, 부자가 책을 감수하고 편집·교정하는 수고로움으로 특별한 교지를 내려 책 수십 종을 하사

---

32 『研經齋全集』「研經齋府君行狀」. "每當編書, 正宗進府君於前陛, 親授義例, 諄諄若家人然, 賜饌於前, 又使與於瓊林之宴, 魚肉筆墨之賜, 或一日荐降."

하였다. 병사(丙舍) 북쪽에 한 간을 마련하여 하사받은 책을 쌓아두고 '사서루'라 편액하였다.[33]

　정조에게 하사받은 서적을 보관하기 위해 사서루를 만들게 된 상황이 자세하게 드러나 있다. 성해응의 언급처럼, 왕을 가까이에서 모시는 신하만이 서적을 하사받을 기회가 있을 것이다. 선배 검서관인 유득공 역시 사서루를 소장한 사실이 확인된다.[34] 이 글은 성대중을 선대부(先大夫)라 칭한 것으로 미루어, 적어도 성대중 사후(死後)인 1809년 이후에 지어진 것으로 보인다. 이때는 이미 정조가 죽은(1800) 뒤로, 서족 출신의 규장각 검서관들은 정조의 사망과 함께 쇠락의 길을 걷게 된다. 성해응 역시 예외는 아니었던바, 1803년 음성현감을 제수받고 외직을 수행하다 몇 번 고향을 오긴 뒤, 1815년에 완전히 귀향하였다.

　함께 검서관으로 재직했던 이덕무·유득공·박제가 또한 정조의 사망과 함께 사방으로 흩어졌다. 1793년 이덕무의 죽음을 시작으로, 정조 사후인 1805년에는 박제가가, 그리고 1807년에는 유득공이 죽음으로써, 검서관으로 함께 문운(文運)을 꽃피웠던 선배 문사들은 대부분 사라지고 만다. 성해응은 이러한 심정을 자주 글로 표현하였으며, 자신과 선배 검서관들의 낙척(落拓)에 대한 울울한 마음이 잘 드러나 있다.[35]

33　『研經齋全集』 권14 「賜書樓記」. "非朝廷柄用之臣與夫近侍戚里, 則不得蒙賜, 而先大夫自正宗辛丑, 出入外閣, 海應自正宗戊申, 通籍內閣, 父子以監印編摩校讎之勞, 與凡特旨賜書者幾十種. 拓丙舍北一間以儲之, 扁曰賜書樓."

34　박철상, 「유득공의 賜書樓와 秋史」, 『문헌과 해석』 29호, 문헌과해석사, 2005. 유득공 역시 정조로부터 68종 273책에 달하는 많은 서적을 하사받았다고 한다. 그는 서적을 하사받는 장면과 그 때의 감격을 『古芸堂筆記』 곳곳에 남겼으며, 또 하사받은 서적의 명칭과 수량을 자세하게 기록하여 목록으로 남기기도 하였다.

35　『研經齋全集』 권17 「李奉昺(光葵)哀辭」.

정조의 죽음은 성해응을 비롯한 서족계 문인에게 큰 영향을 끼쳤다. 실제 성해응은 정조가 사망한 후로는 더 이상 벼슬에 뜻을 두지 않았다고 토로하기도 하였다.[36] 정조의 사망은 서족 문사들에게 남다른 의미를 내포한다. 성해응이 규장각의 검서관으로 활동할 수 있었던 것도, 문(文)을 숭상하며 재주 있는 서족을 등용한 정조의 정책 덕분이었다. 물론 정조의 정책은 다분히 정치성을 띠고 있다. 영조가 죽고 정조가 즉위할 무렵 조정은 노론 벽파일색이었으며, 그들은 당리(黨利)를 위해 정조의 아버지 사도세자를 결국 죽음으로 몰고 갔다. 또 정조가 즉위함으로써 자신들에 대한 보복을 감행할까 두려워하여 정조의 즉위를 끝까지 반대하였다. 그럼에도 마침내 정조는 즉위하게 되었고, 이들 노론 세력이 더 이상 강성해져 왕권을 좌지우지하는 것을 좌시하지 않았다.

그 결과 노론 세력을 견제시킬 하나의 방법으로 남인과 소론을 등용하였으며, 인재의 고른 등용을 위해 서족계 문사를 선발하였던 것이다. 서족 출신의 문사 중에서도 성대중과 성해응 부자는 정조로부터 가장 큰 은택을 입은 이들이다. 성대중은 1792년 문체반정이 일어났을 당시 순정한 문체를 구사한다 하여 서족 출신으로는 이례적으로 종3품 북청부사에 특진되었다. 성해응 역시 뛰어난 학적 역량을 바탕으로 규장각 검서관에 선발되었던 것이다.

다음은 성대중·성해응 부자에 대한 정조의 관심과 사랑을 잘 보여주는 글이다.

무오(戊午, 1798)년 겨울, 상께서 신 해응을 불러 부군의 안부를 물으셨다.

---

36 『研經齋全集』「研經齋府君行狀」. “自庚申攀弓後, 遂無意於仕宦.”

당시 부군이 병석에 계셨던지라 해응이 사실대로 대답하니, 상은『어찬삼례수권의례(御纂三禮手圈義例)』를 내리면서 말씀하셨다. "이것은 근일에 얻은 것인데, 너의 아비로 하여금 가까이 다가앉아 한 번 읽게 하여 들어보고 싶었다. 지금 병이 들어 할 수 없다고 하니, 이것을 가지고 돌아가 주도록 하여라." 이어 고약을 주시면서 말씀하셨다. "너의 아비의 병은 목이라 들었는데 이 약으로 치료할 수 있을 것이다." 내각에서 간행한 서적이 있을 때마다 하사받아 집에 보관하여 두니, 천향(天香)이 항상 자리에 가득하였다.[37]

정조의 사랑을 받을수록 성해응은 몸가짐을 더욱 단속하였다. 가까운 친인척이라도 경조사가 아니면 출입을 금하였으며, 한 고을에 사는 재상집의 대문조차 모를 정도로 몸가짐을 조심하였다.[38] 그의 견결한 성격을 엿볼 수 있는 대목이다.

그런데 성해응이 가장 활발하게 활동했던 시기인 정조시대의 국가 기록에서 성해응의 이름을 찾기란 쉽지 않다. 다양한 국가편찬사업에 참여하여 중요한 역할을 하였고, 더구나 국왕 정조가 여러 차례 성해응의 공적을 칭찬하여 물품과 서적을 하사한 바 있음에도, 『일성록(日省錄)』에서 그의 이름을 1건 확인할 수 있을 뿐이다. 이는 무엇보다 성해응의 신분 때문인 것으로 보인다. 이러한 사실은, 문과급제자이며 종3품 북청부사를 역임한 부친 성대중조차 실록에 등장한 경우가 겨우 3건에 불과하며, 또한 그와 가깝게 지내면서 중앙 무대에서 많은 활동을

37　『研經齋全集』권10「先府君行狀」. "戊午冬, 上進臣海應, 訊府君安否. 時府君病, 臣以實對. 上下御纂三禮手圈義例曰: '此近日所得, 欲令汝父一讀於前席而聽之, 今聞病不能也, 可以此歸遺也.' 繼賜以抽膏曰: '聞汝父病喉, 此藥可醫之.' 內閣有印書, 輒賜之, 葆藏于室, 天香常滿座."

38　『研經齋全集』「研經齋府君行狀」. "府君感激恩造, 愈小心謹愼, 雖姻親, 非慶吊不往, 是以殆不識鄕相之門."

했던 이덕무가 1건, 박제가가 12건인 것을 보면 더욱 분명해진다. 이는 서족들의 관직진출이 어느 정도 허용되었다고는 하나, 실록의 기록이 서족계 인물들의 동향을 기록하는 데 얼마나 인색하였으며, 나아가 조선사회에서 서족들의 입지를 확인할 수 있는 단적인 예라 여겨진다.[39]

성해응은 정조 사후인 1801(42세)년 통례원 인의(通禮院引儀)를 거쳐 금정 찰방(金井察訪)을 역임했다. 그리고 1803년 음성 현감(陰城縣監)을 제수받아 공무에 여가가 나면 절친한 벗인 죽하(竹下) 김기서(金箕書)와 정계(淨溪) 이장재(李長載), 능호(菱濠) 나후야(羅後野) 등과 시문을 주고받았으니, 세상에서 당시 이들을 '사가(四家)'라고 지목하기도 하였다. 김기서는 배와(坯窩) 김상숙(金相肅, 1717~1792)의 아들이고, 이장재는 일몽(一夢) 이규상(李奎象, 1727~1799)의 아들이며, 나후야는 해양(海陽) 나열(羅烈, 1731~1803)의 아들이다. 이들은 모두 부친 대부터 세교가 있던 절친한 문우(文友)들로, 이들과의 교유에 대해서는 다음 절에서 자세히 서술하도록 할 것이다.

이후 성해응은 1809년 부친상을 당한 뒤 정계에서 점점 멀어지게 된다. 1813(54세)년 정조의 어제(御製)를 간행하기 위해서 내각에 세 번 들어갔으며, 다음해 어제 간행이 끝난 뒤 그 공로로 외직에 제수할 것을 명하였으나 전조(銓曹)의 반대로 임용되지 못하였다.[40] 전조에서 반대한 이유에 대하여 구체적으로 알 수는 없으나, 성해응은 이 일로 인해 고향 포천으로 돌아갈 결심을 한 듯하며, 결국 그의 나이 56세인 1815년에 완전히 귀향하였다.

---

39 김문식, 「성대중의 가계와 교유인물」, 『문헌과 해석』 22호, 문헌과해석사, 2003, 166면.
40 『研經齋全集』「研經齋府君行狀」. "癸酉, 印正宗御製, 三入內閣. 甲戌工始訖, 以其勞命除外職, 大臣亦有言, 銓曹不克用."

한편, 성해응은 진사시에 합격한 후 문과에 응시하였으나 낙제한 것으로 보인다. 과거에 낙제한 후 읊은 시가 있어 이때의 심경이 잘 드러난다.[41] 성해응이 문과에 응시한 것은 1803~1808년 사이로 보이는데,[42] 그가 낙제하게 된 데는 저간의 사정이 있었던 듯하다. 성해응의 조카 성우증은 "권세가들이 그들의 편으로 끌어들이고자 했으나, 부군은 가서 만나지 않았고 마침내 급제하지 못하였다. 이에 음직에서 부침하였으니, 지위가 덕을 충족시키지 못하였다"[43]라고 하여, 당파간의 갈등 속에서 정치적 압력이 있었음을 짐작케 한다. 성우증이 지목한 권세가들이 누구인지 구체적으로 파악하기는 힘들지만, 권력에 붙어 사사로운 이익을 추구하지 않는 성해응의 견결한 모습을 확인할 수 있다.

그러나 "조정에서 정사를 잘 했다는 소식을 들으면 기쁨이 얼굴에 나타났고, 그렇지 않으면 곧 탄식하여 눈물을 흘리는 데 이르렀으니, 세상을 잊은 데 과감한 것이 아님을 알 수 있다"[44]라고 하여, 정계에서 멀어졌다고 하여 관심을 갖지 않은 것은 아니었으며 '과어망세(果於忘世)'한 것은 더더욱 아니었던 것이다. 출사하여 자신의 재능과 포부를

---

41 『研經齋全集』권3「下第後有吟」. "得失誠小事, 遣懷良亦難. 始緣暫時動, 遂令心不安. 夙知科爲累, 臨當輒彈冠. 企及雖似易, 失意仍多端. 蹄蹰忘舊步, 力鈍當節盤. 衰頹合退步, 肯與年少干. 但喜出石笋, 會成拂雲看."

42 성해응의 시는 모두 8권인데, 이 중 권1에 실린 古詩를 제외하고는 대부분 연도순으로 수록되어 있다. 권3의 「下第後有吟」의 앞뒤에 수록된 「登迦葉山」과 「遊槐江」 등은 충청도 충주와 괴산 지역을 유람하고 읊은 것으로, 성해응이 1803년 음성현감으로 부임한 이후 지은 시인 듯하다. 또, 「下第後有吟」의 뒤에 「聞舍弟鵬之爲迎華丞書寄之」가 수록되어 있는데, 이는 성해응의 동생 成海運(1764~1843)이 1808년 영화찰방으로 부임한 사실을 전해 듣고 지은 시이다. 이러한 사실 등을 통해, 성해응이 문과에 응시한 시기는 1803년에서 1808년 사이임을 알 수 있다.

43 『研經齋全集』「研經齋府君行狀」. "有權貴欲其扳援, 府君不往見, 竟不第. 迺浮沈陰路, 位不充德."

44 위의 책, "然聞朝廷有政令之善則喜形於色, 否則輒噓唏, 至於泣下, 非果於忘世, 可知也."

펼치고 싶었으나 현실이 허락하지 않았고, 때문에 세상사 자체를 잊으려고 하였으나 그마저도 뜻대로 되지 않은 것이다. 유자(儒者)로 태어났다면 출사하여 세상을 경륜하고자 하는 것은 당연한 포부이자 이상이다. 그럼에도 불구하고 이를 이루지 못했을 때 느끼는 상실감과 좌절은 미루어 짐작할 수 있다.

이상의 논의를 바탕으로 성해응의 관력(官歷)을 간략하게 정리하면 다음과 같다.

1788(29세)년 규장각 검서관에 등용된 뒤, 1792(33세)년 모친상을 당하여 집상하면서 잠시 휴직하고, 1800(41세)년 정조가 사망할 때까지 검서관으로 재직하였다. 이후 1801년 통례원 인의와 그해 12월에 금정 찰방을 거쳐 1803년 음성 현감으로 부임하였다. 이어 1808(49세)년 인의에 제수되었고, 1809년 부친상을 당하여 집상하였다. 1813(54세)년 정조의 어제를 간행하기 위해서 세 번 내각에 들어갔으며, 1814(55세)년 어제를 완수한 후 그 다음해 귀향하였으니, 사실상 그의 관직생활은 1808년에 마무리되었다고 보아야 한다. 이는 성해응 자신이 "비록 벼슬생활에서 부침한 지 이십여 년 동안 혹 사무에 휘둘린 적은 있었지만"이라고 한 언명을 통해 보다 분명해진다.

성해응의 관직생활은 정조의 사망을 기점으로 크게 둘로 나뉜다. 정조 사망 이전은 검서관으로 재직하면서 국가에서 주관하는 각종 전적을 편찬·간행하고, 당대의 뛰어난 학자들과 학문에 대한 토론을 나누면서 학적 역량을 제고(提高)하였다. 정조 사망 이후에는 주로 외직(外職)을 맡아 민정(民政)을 다스리는 데 주력하는 한편, 부임한 고을의 명승지를 유람하며 지인들과 시문을 짓고는 하였다.

성해응은 1800년 이후 지방관에 제수되면서 부임한 곳의 명승지를

「유혜보애사(柳惠甫哀辭)」

유람하고 산수기를 남기는 등 개인 저술이 조금씩 많아지게 된다. 『연경재전집』에 수록된 작품 연대를 고찰해 보면, 성해응은 1815(56세)년에 고향으로 돌아온 뒤 본격적으로 저술에 몰두한 것으로 보인다. 절친했던 선배 학자인 유득공(1748~1807)의 애사(哀辭)도 이 무렵 기록한 것이다. 이 무렵의 저술은 주로 지인들에게 써 준 송서(送序)와 애사, 그리고 포천으로 근거지를 옮기면서 발견하게 된 주변의 일상적인 일을 기록한 것이 대부분이다.

1825년 이서구는 병이 들자 『존주문자(尊周文字)』의 편찬을 성해응에게 맡겼는데, 이때 전국의 귀중한 서적이 모두 성해응의 집에 쌓여 열람할 수 있는 기회를 얻었다. 그 결과 『존주휘편(尊周彙編)』 14권을 완성하여 조정에 올리게 되었다. 성해응은 『존주문자』를 편찬·간행함에 범례를 함부로 바꾸지 않는 대신 번거롭고 어지러운 것만 잘라내고 간략하면서도 중요한 것을 취하여 『존주휘편』을 완성하였다. 그의 저술 태도를 짐작할 수 있는데, 다른 사람이 주관한 작업을 일방적으로 바꾸기보다는 '번거롭고 어지러운 것[煩亂]'만 잘라내어 '간략하면서도 중요[簡要]'하게 만들었다. 즉, 타인의 저술과 저술태도를 존중하여 임의로 첨삭하지 않되, 다만 꼭 필요한 부분만 간결하게 정리한 것이다.

성해응은 『존주휘편』을 완성한 후, 1826(67세)년에 「송북백이상서존수서(送北伯李尙書存秀序)」를 짓는다. 이 작품은 현재 그의 문집에서 확인되는 가장 말년의 작품으로 보인다. 그런데 절친한 벗인 김기서에게써 준 「죽하집서(竹下集序)」의 저작시기가 1828년으로 확인됨에 따라,[45] 성해응의 본격적인 저술기간은 고향으로 귀향한 1815년부터 1828년까지 임을 알 수 있다. 이후에는 연로하여 기력이 쇠해진데다 병마까지 겹쳐 부득이 집필을 그만둘 수밖에 없었던 듯하다.

요컨대, 성해응은 1788(29세)년 검서관으로 중앙에 진출한 뒤 1800(41세)년 정조가 사망할 때까지는 중앙에서 각종 국가전적의 편찬·간행 등의 일로 바쁘게 지냈으며, 그 이후 지방관에 부임하면서 틈이 날 때마다 저술을 한 것으로 보인다. 1815(56세)년에 완전히 귀향한 뒤 본격적으로 저술에 치력하였으며, 그 결과 150여 권의 『연경재전집』을 남기게 되었다. 그 자신의 뛰어난 학적 역량에다 가학(家學)의 영향과 검서관으

---

[45] 竹下 金箕書에게 써 준 「竹下集序」의 저술시기가 1828년으로 확인됨에 따라, 이 작품이 성해응의 저술 중 가장 만년작으로 추증된다.(『和樵漫稿』 5책 「竹下集序」. 연세대 소장본)『研經齋全集』에는 「竹下集序」가 실려 있지 않는데, 이는 아마 성우증이 유고를 수합하는 과정에서 누락된 듯하다.

로 재직하면서 각종 국가편찬사업에 참여한 경험 등이 오롯이 그의 저술에 집적되었던 것이다.

이후, 1830(71세)년에 아들 헌증(憲曾)의 부임지인 목천(木川)에서 5년 동안 요양하였고, 1834년 고향 포천의 본가로 돌아와 경사(經史)를 논하면서 시간을 보낸 뒤, 헌종 5(1839)년 80세의 나이로 세상을 떠났다. 영의정을 지낸 조인영(趙寅永, 1782~1850)은 "백 년 이전은 나는 알지 못하겠고, 이후에 이러한 사람은 없을 것이다"[46]라고 하여, 그의 죽음을 애도하였다.

46　『研經齋全集』「研經齋府君行狀」. "今相國雲石趙公寅永曰: '百年以上, 吾未之知, 以後無此人矣.'"

2. 교유관계와 그 양상

성해응의 학문과 저술에 큰 영향을 준 것 중 하나가 바로 가학(家學)
의 전통이다. 성해응의 집안은 서족(庶族)이기는 하지만, 진사와 생원
을 대대로 배출하였으며 일본사행에 제술관이나 서기로 참여하는 등
뛰어난 학적 역량을 인정받은 바 있다. 특히 부친인 청성 성대중은 학
문과 사상뿐만 아니라, 교유에 있어서도 성해응에게 많은 영향을 주었
다. 성해응은 "나는 평소 교유하기를 좋아하지 않아, 교유한 이들은 오
직 대대로 교유가 있던 이들이다"[47]라고 한 바 있다. 또 "나는 젊어서 졸
박하여 감히 남에게 벗하기를 구하지 않았으며, 남들 또한 나를 벗하는
이가 적었다"[48]라고 하였으니, 그의 교유관계는 세교(世交)를 중심으로
한 것이 대부분임을 알 수 있다.

따라서 본 절에서는 이러한 사실을 염두에 두고, 세교로 이어진 교유
와 검서관 시절의 교유로 나누어 살펴보고자 한다. 검서관 시절의 교유
역시 대부분 부친 대부터 이어진 교유이긴 하지만, 이 시기의 교유는
성해응의 학문과 저술에 또 다른 의미의 영향을 주었다고 판단되는 바,
이에 별도로 항목을 설정하여 살펴보고자 한다.

---

47 『研經齋全集』속집 책11「元若虛哀辭」. "余素不喜交遊, 所交遊者, 惟世好也."
48 『研經齋全集』속집 책17「李時和哀辭」. "余少而拙樸, 不敢求友於人, 而人亦少友余者."

1) 세교(世交)로 이어진 교유

성해응은 부친인 성대중의 교유권을 대부분 이어받았기 때문에, 먼저 성대중의 교유관계에 대해서 살펴볼 필요가 있다.[49]

성대중은 당대를 대표하는 문인들뿐만 아니라, 서화·음악·전각(篆刻) 등 예술 분야에서 높은 성취를 이루었던 인물들과도 폭넓은 교유를 나누었다. 이처럼 성대중의 교유의 폭이 넓었던 것은 그 자신의 뛰어난 학적·예술적 역량에다, 40여 년 동안의 오랜 관직생활로 인한 교유의 확대 및 일본사행 등의 다양한 체험을 통해서였다. 그리고 무엇보다 사람 사귀는 것을 좋아하여, 작은 선(善)이나 재주를 지녔더라도 그 장점을 적극 인정하여 교유를 하는 등 혼후한 성품을 지녔기 때문이다.

성대중은 벗들과의 모임에 이들인 성해응을 동참시키고는 하였다. 정조 12(1788)년 4월, 성대중 부자와 절친하게 지내던 이덕무가 모친의 생일을 맞이하여 묵희(墨戲)를 열었는데, 당시 함께 어울린 인물을 확인할 수 있다.

사집이 붓을 잡으니 글씨가 날아오를 듯하고, 중운이 전서를 쓰니 구름이 피어오르는 듯하다. 화중은 팔분서에 능하고 덕재는 초서에 능하며 기공은 연꽃과 연잎을 그린다. 석여는 취했다 깨어났다 하며, 영숙은 졸려서 쓰러지고, 청장관은 술에 지쳤으며, 치천은 졸려서 글씨를 쓰지 못한다. 무상·용여·봉고·사황도 그 축에 보태어 썼고, 중래는 여섯 살짜리 아이로 끼어서

---

49 성대중의 교유관계에 대해서는 손혜리, 「청성 성대중의 문학 활동과 문학론」(성균관대 석사논문, 1999, 20~53면)에서 자세히 다루었으므로, 여기에서는 성대중의 교유가 성해응에게 이어지는 양상을 중심으로 서술할 것이다.

‘천(天)’자를 썼으며, 두 명의 기생은 곁에 서서 엿보았다. 이러한 때에 단원이 파초를 그리고 국화를 그리며 매화와 대나무를 그리고 수성(壽星) 노인을 그리지 않는다면, 어떻게 이 기쁨을 제대로 나타낼 수 있겠는가?[50]

성대중을 비롯하여 여러 사람들이 자주 묵희를 즐기고는 하였는데, 능계(菱溪) 김홍운(金洪運)이 그 축(軸)에 쓴 글로, 문채가 찬란히 빛나고 뛰어난 인재가 많았던 18세기의 상황을 잘 보여준다. 당시 성대중은 시나 그림, 글씨 및 음악에 뛰어난 인물들과 자주 어울렸는데, 특히 이날은 이덕무 모친의 생일이었던 만큼 이덕무와 절친한 이들은 거의 모였을 것이다. 그럼으로 모임에 참여한 인물들을 살펴봄으로써, 성대중과 성해응의 문예 활동 및 교유의 구체적인 대상을 확인할 수 있을 것이다. 이들 중 교유의 비중이 높은 인물을 중심으로 논의하고자 한다.

먼저 사집(士執)은 성대중을 가리키는 것으로 그가 글씨를 잘 썼다는 사실을 알 수 있다. 중운(仲雲)은 이한진(李漢鎭, 1732~1815)으로 금강산에서 퉁소를 불었으며 음률을 잘 알아 당시 홍대용(洪大容, 1731~1783)의 퉁소와 짝할 만하다고 알려졌다. 전서(篆書)를 잘 썼으며 중국 사람이 특히 그의 글씨를 좋아했다고 전한다. 기공(旂公)은 서상수(徐常修, 1735~1793)로 연암그룹의 젊은 예술가들이 모여 문학 활동을 하는 데 있어 경제적 도움을 준 인물이다.[51] 서상수는 서화고동의 감식가로도 유명하여, 박

<hr>

50 李德懋, 『靑莊館全書』 권71 부록 하 「先考積城縣監府君年譜下」. “士執(靑城成公大中也)把筆而飛騰, 仲雲(京山李公漢鎭也)寫篆如雲烟, 和中(宗人絃菴光爕也)能八分, 德哉(具公馨遠也)亦狂草, 旂公(觀軒徐公常修也)畵蓮花蓮葉, 錫汝(菱溪自謂也)能醉能醒, 永叔(公婦弟白公東修也)倒於睡, 靑莊困於酒, 稺川(公內弟朴公宗山也)睡不能書, 懋賞(公仲弟也)·龍汝(靑城之胤海應也)·奉杲(不肯光葵也)·思黃(菱溪之胤, 公女婿也), 亦足其軸而書之, 重騋(公從子也)以六歲童, 粲書天字, 二妓傍立而瞯. 于斯時也, 若非檀園畵蕉, 畵菊, 畵梅竹, 畵壽星, 安能餙此喜哉?”

지원(朴趾源, 1737~1805)은 그를 가리켜 "김광수(金光遂, 1699~1770)가 감상지학(鑑賞之學)의 개창자라면 서상수는 한 걸음 더 나아가 묘경(妙境)을 깨달은 사람이다"라고 하여, 감식에도 능했지만 창작도 겸비한 인물이라고 격찬하였다.[52]

청장관(靑莊館)은 성대중의 절친한 후배인 이덕무이다. 영숙(永叔)은 이덕무의 처남인 백동수(白東脩, 1743~1816)인데, 당대의 협객으로 유명하였으며 이덕무를 통해 성대중과 교유가 있었다.[53] 무상(懋賞)은 이덕무의 중제(仲弟)인 이공무(李功懋, 1745~1825)이고, 용여(龍汝)는 바로 성대중의 아들 성해응이다. 봉고(奉杲)는 이덕무의 아들 이광규(李光葵, 1765~1817)이고, 사황(思黃)은 김홍운의 맏아들이자 이덕무의 사위다.

단원(檀園)은 김홍도(金弘道, 1745~1806)인데, 김홍도가 이날의 묵희를 그림으로 그렸다는 것은 매우 흥미로운 사실이다. 김홍도는 영·정조대를 대표하는 화원의 최정예로, 당대 문화의 상승기에 자신의 능력을 유감없이 꽃피운 화가였다. 김홍도까지 참여함으로써, 이날의 모임은 명실상부하게 당대를 대표하는 예술가들이 모두 모인 셈이다. 모임에 참여한 인물은 서족출신이 많은데, 이들은 대개 문학과 예술에 대한 열정과 자부심으로 만났다. 그들의 자질(子姪)들까지 자연스럽게 모임에 참여함으로써, 하나의 학적·예술적 그룹을 형성하여 인적 네트워을 확장시켰던 것이다.

---

51 오수경, 「18세기 서울 문인지식층의 성향」(성균관대 박사논문, 1989, 162~177면)에 서상수의 가계와 생애 및 그의 예술세계와 서화고동론이 자세하게 언급되어 있다.

52 朴趾源, 『燕巖集』 권3 「筆洗說」. "近世鑑賞家, 號稱尙古堂金氏, 然無才思, 則未盡美矣. 蓋金氏有開創之功, 而汝五有透妙之識, 觸目森羅, 卞別眞贋, 兼乎才思, 而善鑑賞者也."

53 성해응은 奇男子로서 꼿꼿하게 살다간 白東脩의 풍모를 주목하여 「書白永叔事」를 서술하였다. 진재교 교수는 평범한 세상에서 비범한 삶을 살다간 개성적 인물로 백동수를 특기한 바 있다.(「불세출의 조선 무사[書白永叔東脩事]」, 『알아주지 않은 삶』, 태학사, 2005, 257~266면)

당시 성해응은 규장각에 들어오기 전이었는데, 그 이전에도 이러한 형태의 모임은 있었을 것이다. 따라서 성해응은 자연스럽게 이러한 분위기에 무젖었으며, 서화나 고동, 그리고 음악에 대한 관심과 취향을 갖게 된 것으로 보인다. 그 결과 성해응은 110제(題)에 달하는 「서화잡지(書畫雜誌)」를 기록하였다. 「서화잡지」는 우리나라 역대 서화가와 작품에 대한 제발문(題跋文)을 모은 것으로, 부친과 예술가 지인들의 영향 아래 기록된 것이다.

한편, 이 날의 모임에는 빠졌지만 주목할 만한 인물로 나열이 있다. 나열은 동생 나걸(羅杰)과 함께 시문으로 문단에 이름을 나란히 하였고, 둘 다 글씨가 뛰어났다. 나열은 성대중과 진사시에 동방(同榜)하면서 교유를 시작하게 되었는데, 『청성집(靑城集)』에 나열과 주고받은 시가 많이 수록되어 있다. 성대중은 "시는 소릉(少陵)을 본받고 글씨는 우군(右軍)을 배워서 기이하고 건장하고 오묘했으니, 아우 또한 그러했다"[54]라고 하여, 나열의 시와 글씨를 높게 평가하였다. 성해응은 부친과 나열의 교유에 대해서 많은 글을 남겼으며, 그 자신 또한 이들의 만남에 함께 한 사실을 밝히고 있다.

정미(丁未, 1787)년 가을, 해양어른께서 낙산 동쪽의 세낸 집에서 양산의 선영으로 가실 때 내 이웃집 사람이 땔나무를 파는 데 쓰는 소를 타고 지나시다가 향산의 정사(精舍)에서 묵었다. 선군자는 도성에 계셨는데 비성에 숙직하러 가셨고, 내가 정사를 지키고 있다가 기쁘게 공을 맞이하였다. 이때 가을비가 내리려 하였는데 지창(紙窓)아래 등불심지를 돋우고 다과 등을 마련하여

---

54 成大中, 『靑城集』 권9 「敦寧都正羅公墓誌銘」. "詩宗少陵, 書學右軍, 奇健奧妙, 季氏亦然."

드렸더니, 오래된 서화를 열람하시면서 조용히 마주 앉아 이야기하기를 밤이 되도록 그치지 않았다. 다음날 선영에 올랐다가 돌아가는 길에 다시 지계 송 공의 집에서 만날 것을 기약하였다. 지계공은 이때 낙산에 계셨는데, 해양어른께서 동으로 온다는 소식을 듣고 곧 말을 달려 돌아오셨다. 석양이 사립문에 기우는데 들판을 바라보니 공이 막 이르러서 서로 보고 웃었으니 즐거운 마음을 한껏 느낄 수 있었다. 나는 농사를 돌보기 위해 곧바로 돌아갔다. 해양어른께서는 이틀 밤을 묵은 후 낙산으로 돌아가실 때 나에게 시 한 수를 주셨다. 지금까지도 선배들의 풍운을 생각하면 아직도 절로 사람을 감동시킨다.[55]

성해응은 우연히 나열이 지은 시를 발견하고 감회가 일어 1818년에 이 글을 지었다. 지난날 나열이 성대중을 찾아왔는데 부재중이던 부친을 대신해서 그를 접대한 것과, 지계(芝溪) 송재도(宋載道, 1727~1793)를 방문해서 함께 노닐었던 일을 회상하였다.[56] 번성했던 문운(文運)과 풍류를 함께 했던 선배들은 대부분 죽었으며, 성해응 역시 백발의 늙은이로 병마에 시달린 채 고단하고 외롭게 지내던 터라, 그 시절의 시는 성해응에게 쓸쓸함과 아련한 그리움을 주었을 것이다.[57] 선배문사들과

---

55 『硏經齋全集』권18「題海陽詩後」. "歲丁未秋, 海陽丈自駱東之倣第, 將詣楊山之先壟, 騎余隣人販柴之牛, 過宿香山之精舍. 先君子在都就直秘省, 余方守舍, 欣然迎之, 時秋陰將雨, 紙窓挑燈, 具陳茶果之屬, 閱古書畵, 晤語從容, 夜分未已. 翌日上墓, 歸路復期于芝溪宋公之宅, 公時方在洛, 聞海陽丈東出, 趣輒駕而還. 夕陽倒扉, 顧望野中, 公方至, 相視而笑, 樂意可掬. 余爲觀稼徑還, 海陽丈信宿而後還洛時, 贈余詩一首, 至今追思先輩風韻, 猶自動人."

56 成大中과 羅烈, 宋載道는 南山의 紫閣에서 詩社를 결성하여 문학적 교유를 나누었는데, 이에 대해서는, 진재교, 「'蘭社'와 문학적 교유」, 『이계 홍양호 문학 연구』, 대동문화연구원, 1999, 62~83면에 자세하게 언급되어 있다.

57 『硏經齋全集』권18「題海陽詩後」. "中間三十一年, 次第淪喪, 獨余白首婆娑, 疾病半之, 忽見此詩, 文墨精華, 爛爛如昨, 意甚悲哀悽愴然, 盛衰盈虧之際, 如夜晝之交代於前, 不足爲歎."

의 고아한 사귐은 오래도록 성해응의 가슴속에 남았던 듯, 그는 노년에 진정한 교유가 없음을 탄식하고 특히 이 시절을 그리워하는 술회를 자주 펼치고는 하였다.

한편, 성해응은 「세호록(世好錄)」을 기록하였는데, 세교가 있던 41명의 인적사항과 행적을 그려 문운이 성대했던 시절을 그리워하였다. 「세호록」에 기록된 인물들은 같은 고향인 포천 출신이거나, 성대중의 스승 김준(金焌, 1695~1775)과의 인연으로 만난 사람, 그리고 정조대에 발탁되어 중앙에서 함께 활동했던 사람 등으로 분류할 수 있다. 다음 글에 성해응이 「세호록」을 작성한 의도가 잘 드러난다.

선군자는 약관 때부터 향리의 노인들이 나이를 무시하고 사귀었으며, 서울로 와서도 당대의 명덕(名德)들이 함께 교유하기를 좋아하지 않는 이가 없었다. 선군자는 다른 사람에게 선을 실천하는 덕을 좋아하셨으니 다른 사람의 모범이 될 만하였고, 당시 풍속이 숭상한 아름다움을 징험할 만하였다. 나는 중년 이후 교유한 이가 없었다. 나의 용렬함이 다른 사람의 벗이 되기에 부족하기 때문이겠지만, 세상 역시 벗을 구하는 사람이 없었음을 알 수 있으니 감회가 일어난다. 이에 예전에 세교를 맺은 사람과 견문한 바를 기록하여 보고 살피는 데 쓸 것이다. 옛날 유자후(柳子厚)는 부친이 교유한 인물을 비문의 음기(陰記)에 기록하고 포폄을 많이 하여 후세 사람들의 원망을 들었다. 이 기록은 그저 좋은 점만 사모할 뿐이지 어찌 감히 폄하를 더하겠는가? 그저 유자후가 받았던 비난을 면하고자 할 따름이다.[58]

---

58 『研經齋全集』권49「世好錄」. "先君子自弱冠時, 鄕里耆舊, 已折輩行與之交, 及遊京洛, 當世名德, 無不喜從之遊, 先君子樂與人爲善之德, 固可爲人師法, 而一時俗尙之美, 亦可徵也. 自吾中歲以後, 無與爲友者, 固吾瀟劣, 無足爲人友, 而世亦無求友者可知, 感懷根

성해응은 이 글에서도 중년 이후 진정한 벗이 없음을 토로하고 있다. 스스로가 진정한 벗이 될 만한 자질을 갖추지 못해서이기도 하지만, 그보다는 세상이 더 이상 진정한 벗의 존재를 필요로 하지 않기 때문이라는 자조적인 비판을 새겨볼 만하다. 당시는 성대중을 비롯한 당대의 명사들은 대부분 사라지고 그 후예들의 세력도 크게 위축된 상황이었다. 이런 때에 성해응은 18세기 후반의 빛나던 시절을 회상하고, 뛰어난 재주를 가지고 함께 어울렸던 인물들에 대한 견문을 기록으로 남겨두고자 했다. 만일 자신이 그들의 행적을 기록하지 않는다면, 그들의 존재가 세상에서 완전히 사라져 버릴지도 모른다는 절박감 때문이었다.[59] 이러한 의식이 결국 성해응으로 하여금 기록에 치력하여 방대한 저술을 하도록 만든 동인이 되었다.

「세호록」에 소개된 인물 중, 김상숙·이규상·ㅣㅕ열·조진관(趙鎭寬)·이한진 등은 눈여겨보아야 한다. 이 중 기왕에 소개되지 않은 김상숙과 이규상·조진관을 중심으로, 이들에 대한 기록을 좀 더 자세하게 살펴볼 필요가 있다.

김상숙은 김장생(金長生)의 후손이다. 자는 계윤(季潤) 호는 배와(坯窩), 본관은 광산(光山)으로, 경학과 글 짓는 솜씨가 뛰어났으며, 시문이 모두 자기의 중심에서 나와 옛 사람의 어떠한 법문도 도습하지 않아서 읽으면 맛이 있었다고 한다. 특히 잔글씨의 해서(楷書)를 잘 써 종요체(鍾繇體)를 잘 소화했는데, 세상에서 그것을 '직하체(稷下體)'라 불렀다.[60] 직하(稷下)는 김상숙이 서울에서 살던 골목의 이름으로, 당시 비

觸, 遂記故時世好及吾所聞見者, 以寓觀省. 昔柳子厚記其先人交遊於碑陰, 多所褒貶, 爲後人所譏議, 此記只慕其善, 何貶之敢加? 庶乎免子厚之譏云."

59 김문식, 「성대중의 가계와 교유인물」, 『문헌과 해석』 22호, 문헌과해석사, 2003, 167면.

석을 쓰는 사람은 모두 김상숙의 글씨를 구할 만큼 그의 글씨는 유명하
였다. 성대중은 김상숙 서체의 아름다움을 그의 인격에서 찾았다. 그의
인품이 곧고 굳건하기 때문에 글씨도 그에 따라 뛰어나다고 여긴 것이
다. 여기서 성대중의 서체에 대한 인식을 짐작할 수 있으며, 이러한 인
식은 성해응에게 그대로 전해진다. 성대중 부자는 도를 궁구하여 학문
에 바탕을 둔 글씨를 지향한 것이다.

  김상숙의 둘째아들 김기서는 부친을 이어 어린 시절부터 그림을 잘
그리는 것으로 유명하였다. 김기서는 자가 치규(稚圭) 호는 죽하(竹
下)·이호(梨湖)로 성해응과 가장 절친한 인물이다. 성해응의 문집에
그와 주고받은 시문 및 편지가 많이 남아 있어, 김기서에 대한 정보를
알려준다.[61] 김상숙은 남의 시문이나 서화에 대한 평가가 인색했음에
도 불구하고 아들 김기서의 그림에 대해서는 '명화(名畵)'라고 고평했
을 만큼, 김기서의 그림은 뛰어났다.[62] 김상숙의 글씨와 김기서의 그림
은 성해응이 서화에 대한 해박한 지식과 남다른 감식안을 갖는 데 영향
을 주었을 것이다.

  이규상은 자가 상지(像之) 호는 유유(悠悠)·일몽(一夢)이며, 본관은
한산이다. 평생을 포의로 지내며 학문과 시문 창작에 전념하였다. 부친
은 이사질(李思質)인데 성대중의 부친인 성효기와 절친하였다. 이사질
은 어려서부터 이병연의 문하를 드나들었으며, 성효기 또한 김창협과
김창업의 문하를 드나들었다. 두 사람은 이 무렵부터 교유를 하였던 듯

---

60 김상숙에 대해서는, 이규상, 민족문학사연구소 한문분과 역, 『18세기 조선인물지』, 창작
    과비평사, 1997, 37~40면 참조.
61 金箕書, 『和樵漫稿』 冊5 「竹下集序」(연세대 소장본)
62 金箕書의 그림으로 「斷髮嶺圖」 1점이 간송미술관에 전하는데, 이에 대한 자세한 것은 『澗
    松文華』 21, 「眞景山水畵」, 韓國民族美術研究所, 1981 참조.

하며, 이러한 연유로 성대중은 어린 시절부터 이규상과 그의 동생 이규위(李奎緯, 1731~1788)와는 막역하게 지냈다. 다음 글은 이규상의 증손자인 이형부(李馨溥)가 성해응 가(家)와의 세교에 대해서 서술한 것이다.

> 추란 성해응은 우리 집안과 5대째 교우를 맺고 있다. 그의 할아버지 찰방 성효기는 덕행이 있고 예학을 익혔는데 나의 고조부 흡재부군(翕齋府君－李思質)과 절친하였다. 그의 아버지 청성 성대중은 문장으로 정조께 특별한 지우를 입었는데 나의 증조부 일몽부군(一夢府君－李奎象)과 나의 외조부 배와부군(坏窩府君－金相肅)과 절친하였다.[63]

이사질－성효기 대부터 시작된 두 집안의 교유는 이규상·이규위－성대중, 이장재－성해응, 이원순(李源順)－성헌증(成憲曾), 이형부－성준호(成駿鎬)로 5대째 내려오는 등 매우 각별하였다. 앞서 성대중·성해응 부자와 김상숙·김기서 부자의 교유를 살펴보았는데, 김상숙은 바로 이원순의 장인이다. 여기에서 '성대중－이규상－김상숙', 그리고 '성해응－이장재－김기서'로 이어진 세교를 확인할 수 있다. 다음 글은 '성대중－이규상－김상숙－나열'의 특별한 교유를 잘 보여준다.

> 배와선생은 일찍이 선군자에게 말하였다. "우리 집이 융성하고 귀할 때에는 아주 작고 털끝만한 것도 의지하지 않았으며, 우리 집이 곤궁하게 되었을 때는 도리어 정을 두터이 하고 뜻을 도탑게 하였으니, 이것은 어려운 것이다."

---

63   李馨溥,『溪埜稿』권42「秋蘭室夜話記」. "成秋蘭海應, 與余爲五世交, 其祖成馬曹孝基, 有德行習禮學, 與余高祖考翕齋府君, 有深契. 其考成靑城大中, 以文章被殊知於正廟, 與余曾王考一夢府君, 及余外王考坏窩府君, 有深契."

또 일몽 이공과 해양 나공은 모두 부친의 벗이다. 이공은 항상 "십년동안 보지 않아도 소원하지 않았고, 매일매일 보아도 친압하지 않았다"라고 하였는데, 선군자와 만나지 못한 것이 사십여 년이었음에도 그 우호는 처음보다 더욱 돈독하였다. 나공은 며칠 동안 선군자를 보지 못하면 곧 즐겁지가 않아 매번 비서성을 방문하였고, 보고 나서는 또 담담히 서로 마주 대하여 사사로운 것을 언급하지 않았다. (나공이) 충청도로 돌아가게 되자 늘 슬퍼하고 쓸쓸해하셨는데, 계방관(桂坊官)으로 도성에 와서 선군자를 뵙고 탄식하여 말씀하시기를, "살아서 서로 만나볼 수 있었으니 죽어도 한스러울 것이 없다"고 하셨다. 두 공이 벗을 사귀는 도가 이와 같았다.[64]

성해응이 김상숙의 맏아들인 김기상(金箕常, 1763~1839)을 전송하면서 쓴 글로, 부친 성대중과 벗들의 감동적인 교유가 잘 전달된다. 성대중을 중심으로 김상숙과 이규상에다 나열까지 합류하였는데, 실제 이들은 성대중의 가장 절친한 벗이었다.

한편, 이규상은 자신과 동시대를 살아가는 인물들에 대한 기록인 『병세재언록』을 저술하였다. 그는 서문에서 "아무리 그 사람은 있더라도 그 책이 없으면 어떻게 전해질 수 있겠는가? 옛날은 말할 나위 없거니와 지금 세상에도 이런 일은 이루 다 헤아릴 수 있으랴?"[65]라고 하여,

---

64　『研經齋全集』 권13 「送金時明(箕常)序」. "坏窩先生嘗謂先君子曰: '當吾家隆貴時, 未有錙銖毫釐之藉, 及吾家困窮時, 及反情篤意摯, 此其所以難也.' 又一夢李公, 海陽羅公, 竝吾父友也. 李公常言, '十年不見, 不以之疎, 日日見之, 不以之親.' 與先君子不得會者, 四十餘年, 其契好漸篤於初. 羅公數日不見先君子, 輒不樂, 每相訪秘書省, 旣見之, 又澹然相對, 言不及私, 及還湖上, 常悵惘鬱悒, 以桂坊至都, 見先君子而歎曰: '生得相見, 雖死無所恨.' 二公之交道如是."

65　李奎象, 『幷世才彦錄』 「幷世才彦錄引」. "雖有其人, 若無其書, 曷以傳哉? 往昔勿論, 卽今何限?"

하늘이 인재를 내고 책을 낳은 까닭은 바로 세상에 책을 전하기 위해서라고 규정하였다. 이어 "내가 태어나기 전에 있었던 사람들은 책이 많이 있거니와, 나의 뒤에 오는 자들은 내가 미칠 바 아니다. 오직 나와 동시대에 태어난 이들은 내가 챙겨서 쓸 수 있는 것이다. 이에 나는 나열해서 책에 기록하였다"[66]라고 하여, '병세(幷世)'와 '재언(才彦)'에 특별한 의미를 부여하여 『병세재언록』의 저술 의도를 밝혔다.

즉, 이규상은 당대를 살아가는 인물에 대한 다양한 관심과 해박한 정보를 바탕으로 '18세기 조선의 인물지'를 저술하였던 것이다. 아들 이장재는 부친의 행장에서 "문집 몇 권은 내가 견주고 비겨 간행하였으니, 『병세재언록』·『기구이목삼관사(記口耳目三官事)』·『청구지(靑邱志)』와 같은 저작은 널리 많은 서책에서 취하고 고징(考徵)으로 증거가 소상히다"[67]리고 힌 바, 여기에시 이규싱의 글쓰기 태도를 볼 수 있다.[68] '널리 많은 서책에서 취하고 고징으로 증거가 소상하다'는 것은, 그의 박학하면서도 실증적인 글쓰기 태도를 잘 보여준다. 이러한 태도는 성해응의 저술 태도에 영향을 끼친 것으로 보인다. 성해응은 세교가 있던 이규상과 교유하면서 동시대를 함께 살아간 인물에 대한 해박한 정보를 얻고 더불어 그의 박학한 학문 성향과 고증적 글쓰기 태도에 영향을 받았음을 짐작할 수 있다.

이장재는 이규상의 장남으로 조부 대부터 이어져 온 성대중 가와의

---

66 위의 책, "人在余降之前人, 有書之多, 在余後者, 余無及, 惟幷余之降者, 余可得以書之, 於是乎立列錄之書."

67 李長載, 『蘿石館稿』 권35 「先考參奉府君家狀」. "文集幾卷, 不肯準擬繡梓幷世再言錄·記口耳目三官事·靑邱志, 博採群書, 考徵有據."

68 임형택 교수는 『幷世才彦錄』의 기록적 특징으로, 당대 인간사의 재현과 각계각층·각양각색의 인물들을 총망라한 것, 그리고 인물의 구체적 인상의 표출을 든 바 있다.(임형택, 「이규상과 병세재언록」, 『18세기 조선인물지』, 창작과비평사, 1997, 373~377면)

세교로 자연스럽게 성해응과 교유가 있었으며, 이후 이들은 평생토록 절친하게 지낸다. 특히 성해응은 1803년 음성 현감으로 재임할 때, 시간이 날 때마다 공주(公州)에 거주하고 있던 이장재를 만나 시문을 지으며 즐기고는 하였다. 이 자리에는 김기서와 나후야도 함께 하였는데, 당시 충청도 사람들은 '성해응―이장재―김기서―나후야'를 가리켜 '사가(四家)'라고 지칭하기도 하였다.

한산 이씨는 충청도 공주의 평기(坪基)와 정계(淨溪)에 세거지를 두고 있는데, 이규상과 이장재는 생애의 전반을 공주의 정계에서 학문과 저술을 일삼으며 보냈다.[69] 또 김상숙과 김기서 부자 역시 충청도 결성(結城)에서 세거하였으며,[70] 나열 또한 충청도에 거주했던 듯하다.[71] 즉 이장재―김기서―나후야는 충청도에 거주하고 있었으며, 성해응이 마침 음성현감으로 부임하면서 이들은 한 자리에 모일 수 있게 된 것이다. 이들 네 사람은 특별히 '사가'라고 지칭될 만큼 뛰어난 문학적·예술적 역량을 지녀 충청도 지방에 널리 알려졌으며 동인적 시사(詩社)로서 인정을 받은 셈이다.

경선은 반드시 어진 자를 가려 벗하였는데, 죽하 치규 김기서와 가장 친하였다. 죽하는 일찍이 나와 경선에게 가기로 약속하였는데, 내가 마침 먼저 이르게 되었다. 이때 비가 내리려 하였는데 해양선생께서는 문을 열고 응시하

---

69 전희진, 앞의 논문, 2~5면.
70 『研經齋全集』권9「梨湖精舍記」. "梨湖精舍, 竹下金穉奎之室也. 穉奎先世墳墓, 皆在結城之西." 김상숙·김기서 부자의 세거지가 충청도 結城(현재 충청남도 洪城)인 까닭으로, 김상숙의 문집인 『坯窩遺稿』가 대전 연정국립국악원에 소장된 것으로 보인다.
71 『研經齋全集』권16「羅景先(後野)墓誌銘」. "其法學海陽先生, 而奇妙自成一格, 爲人作書牘, 詞旨紆餘可誦, 人皆傳寶之, 湖中故多詩禮之家."

고 계셨고 경선은 술을 마련하여 기다렸다. 이윽고 죽하가 도롱이를 입고 시내를 건너 이르자 서로 바라보고 웃었다. 저녁이 되도록 서로 터놓고 이야기를 나누니 모두 선세(善世)에 대한 논의였다. 내 스스로, 이 풍류의 성대함은 녹문에서 기장밥을 해 먹는 이라도 이보다 낫지 않을 것이라고 생각하였다.[72]

그들의 풍류를 녹문(鹿門)에서 기장밥을 해 먹는 것에 비유한 바, 녹문은 후한(後漢) 때 방덕공(龐德公)이 처자를 데리고 녹문산(鹿門山)으로 들어가 약초를 캐먹으면서 다시 세상에 나오지 않았다는 고사에서 전해진 것으로, 은자(隱者)가 거처하는 곳을 이른다. 거친 기장밥을 먹으면서도 은일자적(隱逸自適)하는 은자들에 자신들을 견준 것이다. 이 자리에 이장재는 빠져 있지만, 성해응·김기서·나후야의 풍류와 운치사 흠씬 잘 묻어난다. 이 글은 나후야기 죽은 헤인 1815년에 지어진 것이다. 이날의 모임이 있은 후 '지금까지 십수여년[于今十數餘年]'이라는 표현으로 미루어, 이들의 교유는 성해응이 음성 현감으로 부임한 1803년부터 1808년에 인의(引儀)를 제수받아 음성을 떠나기 전까지 집중되었음을 알 수 있다.

조진관(趙鎭寬, 1739~1808)은 자가 유숙(裕叔) 호는 가정(柯汀), 본관은 풍양(豊壤)으로, 조엄의 아들이다. 조엄은 1763년 계미 통신사행의 정사로, 성대중과 일본을 함께 다녀오면서부터 교유가 시작되었다. 그 후 1774년에 평안도 관찰사로 있던 조엄이 무고를 당하자, 당시 운산(雲山) 군수로 있던 성대중이 그를 적극 옹호하면서 두 집안은 더욱 가까워졌

72　위의 책, "景先必擇其賢者友之, 與竹下金穉圭箕書最善. 竹下嘗與余約詣景先, 余適先至, 時天欲雨, 海陽先生開戶凝望, 景先具酒以待, 已而竹下披簑渡溪而至, 相視而笑, 竟夕晤言, 皆善世之論也. 自謂風流之盛, 雖鹿門之炊黍, 不是過也."

다. 세교가 있던 인연으로 조엄의 손자 조인영은 성대중에게 문장을 배웠고, 성해응과는 학문적 교유를 나누었다. 조인영은 그의 형 조만영(趙萬永, 1776~1846)의 딸이 세자빈이 되면서 순조 연간에 형과 함께 득세하여 풍양 조씨 세도의 중심이 된 인물이기도 하다. 그는 1840년에 간행된 성대중의 문집 『청성집』의 서문을 써 주기도 하였다. 조인영은 한학(漢學)의 성과에 관심이 많았는데, 성해응은 조인영과 패수(浿水)의 지리 고증을 놓고 서신을 교환하기도 하였다.[73] 또 조인영은 당대의 대표적인 장서가였던 만큼, 성해응은 그와의 교유를 통해 청에서 도입된 새로운 학문 정보와 최신 서적에 보다 쉽게 접근할 수 있었다.

이처럼, 성해응의 교유는 대부분 부친 성대중의 벗들과 그들의 후예로 이어진 세교이다. 특히 김상숙-김기서, 이규상-이장재, 나열-나후야·나덕야(羅德野) 부자와는 평생을 절친하게 지냈다. 서화로 명성을 얻었던 김상숙·김기서·나열·나후야는, 성해응이 서화에 대한 관심과 뛰어난 감식안을 바탕으로 「서화잡지」를 기록하는 데 많은 영향을 끼쳤다고 볼 수 있다. 또, 동시대를 함께 살아가는 재언(才彦)을 총망라하여 인물지를 저술한 이규상은, 다양한 인물에 대한 정보와 자료를 성해응에게 알려 주었을 것이다. 이규상이 『병세재언록』에서 구사한 글쓰기 태도는, 성해응이 사실적인 글쓰기 태도를 견지하는 데 일정 정도 영향을 주었던 것으로 보인다.

---

73 『研經齋全集』 권13 「答趙義卿(雲石)書」.

2) 검서관 시절의 교유

　성해응은 정조 12(1788)년 규장각의 검서관으로 발탁된 뒤 이후 정조
가 사망할 때까지 검서관으로 재직하였다. 이때 정조가 주관하는 각종
학술정책을 담당하고 편찬사업에 참여하였다. 규장각에 소장된 국내
외의 많은 귀중본과 최신 서적을 열람할 수 있었으며, 당대를 대표하는
석학들과 학문적 토론을 나누는 등 학적 역량을 한껏 제고시켰다. 성해
응은 만년에 이 시절을 인생에서 가장 득의한 시절로 회고하고는 하였
다. 그런 만큼 이 시기는 성해응의 삶에서 가장 중요한 비중을 차지한다.
　특히 함께 검서관으로 근무했던 선배학자인 이덕무·유득공·박제
가와 그들의 자질(子姪)로서 뒤이어 검서관으로 재직했던 이광규(李光
葵)·유본학(柳本學)과 규장각 각신(閣臣)이었던 이서구 등은 모두 규장
각을 배경으로 절친하게 된 인물들이다. 이들은 대부분 부친 대부터 친
교가 있긴 하였으나, 규장각에서의 교유가 성해응의 학문과 저술활동
에 직접적으로 많은 영향을 주었다. 따라서 이들 중 학문적 영향과 교
유의 친밀도를 고려하여 이덕무와 유득공과의 교유를 중심으로 살펴
보고자 한다.
　규장각 검서관은 서족 출신으로 학문적 역량이 뛰어난 인사들을 선
발하였으므로, 이들은 신분적 처지와 뛰어난 학적 역량을 소유했다는
면에서 공통점을 지닌다. 바로 이러한 공통점이 검서관 출신의 문사들
의 유대를 더욱 공고하게 만든 이유가 되었을 것이다. 검서관으로 재직
했던 경험은 성해응이 학자이자 문인으로 자리잡을 수 있도록 만든 중
요한 동인이 되었다. 그러므로 검서관의 역할과 활동에 대해서 보다 구
체적으로 파악할 필요가 있다.

조선 후기 정조대의 정치와 문화, 학술을 이해하기 위해서는 먼저 규장각에 대한 이해가 선행되어야 한다. 1776년 정조가 즉위하자 그 해 9월 왕권강화와 문화정책을 추진하기 위한 핵심기구로 규장각을 설치하였다.[74] 그리고 이를 통하여 어느 정도 왕권을 안정시키고 학술 진작과 문예부흥을 이룩할 수 있었다. 정조의 정치적·문화적 이상이 규장각을 통하여 실현될 수 있도록 뒷받침해 준 인물들이 있는데, 바로 각신과 초계문신(抄啓文臣)들이다. 이들은 정조에 의하여 양성된 규장각의 핵심 구성원이었으며, 정조의 든든한 정치적 지지기반이었다. 규장각과 관련하여 이들 못지않게 주목해야 할 인물이 있었는데, 이들이 바로 검서관이다.

검서관은 정조 3(1779)년 6월에 처음으로 임명되었는데,[75] 이들은 각신을 보좌하여 교서(校書)·사서(寫書)하는 일과 내각에 일이 있을 때 각종 차비관(差備官)으로 활동하는 등 규장각의 실무를 담당하였다. 규장각의 소관업무가 서적의 편찬·간행·관리 업무였다는 점에서 검서관은 오늘날 사서(司書)와 유사한 직책이었다고 할 수 있다. 또한 검서관은 서족출신이라는 신분적 한계로 인하여 높은 관직에 진출하지 못하였지만 문예가 뛰어난 자를 선발하여 임명함으로서 학문적으로 명망을 떨친 인물들도 있었다. 그리고 검서관은 이러한 자신들의 학문적 소양을 바탕으로 각신·초계문신과 함께 정조의 문치를 실무적으로

---

74 정옥자,『조선 후기 문화운동사연구』, 일조각, 1988, 58면.

75 검서관이 설치된 배경은 학술문화기구로서 규장각의 기능을 강화하는 한편 당시 사회문제로 대두된 庶孼疏通문제를 해결하고자 함이었고(裵在弘,「朝鮮 正祖代 奎章閣 檢書官」,『朝鮮史研究』5집, 1996), 또 하나는 서얼들을 적극적으로 등용하여 측근 세력화함으로써 벌열을 견제하고자 하는 정조의 의지에서 비롯되었다는 견해가 있다.(車長燮,『朝鮮後期 閥閱 研究』, 一潮閣, 1997, 254~268면)

수행하였을 뿐만 아니라, 정조의 학술 진작과 문예 부흥 정책에 일익을 담당하였던 것이다.[76]

조선 후기의 법령을 총체적으로 정리하여 편찬된 『대전통편(大典通編)』에는 '검서관은 4명으로 5품(五品) 참외(參外)이며, 품계에 따라 군함(軍銜)이 주어지고, 각신을 보좌하여 교서·사서한다'[77]라고 하여, 검서관의 정원·품계·역할을 간략하게 규정하고 있다. 1779년 초대 검서관으로는 이덕무·유득공·박제가·서이수(徐理修)가 선임되었는데, 이들은 당시 가장 명망있는 서족출신 학자들이었다. 검서관의 임기는 30개월이었으며, 임기가 만료되면 그 중 2인을 홍문관(弘文館)에서 임의로 선발해 정원 외의 겸검서관(兼檢書官)[78]에 임명하고 서반 체아직(遞兒職)을 주도록 하였다. 겸검서관은 정원의 제한이 없었는데, 이는 규장각의 인재 활용과 검서관의 신분 보장을 위한 조처인 것이다.[79]

성해응은 정조 12(1788)년 이공무와 함께 검서관에 제수되었다. 당시 서이수와 이집기(李集箕)가 검서관에 유임되어 근무하고 있었다. 정조조에 검서관으로 재직한 인물은 15명으로, 성해응을 비롯하여 절친하게 지낸 검서관들의 재직기간을 제시하면 다음과 같다.

---

76 박현욱, 「조선 정조조 검서관의 역할」, 『서지학연구』 20집, 서지학회, 2000, 215~216면.

77 『大典通編』「吏典」「奎章閣」. "檢書官四員, 五品參外, 隨品付軍銜, 佐閣臣校書寫書."

78 '兼檢書官' 제도는 정조 10(1786)년 8월 14일 정조의 명에 의하여 실시되었다. 時任 검서관 4명 중에 만약 公故를 당하거나 혹은 外職 및 病暇를 낸 자가 있으면, 閣臣을 檢校에 임명하는 예에 따라 前任 검서관 중에 명단을 올려 낙점을 받아, 우선 軍職을 주어 관복을 입고 평상시와 같이 출사하도록 하고 칭호는 '兼檢書'로 하였다. 정조 10년 8월 15일 이덕무와 유득공을 겸검서관으로 임명한 바 있다.(박현욱, 앞의 논문, 219면; 『內閣日曆』 정조 10년 8월 14일 및 15일)

79 金龍德, 「奎章閣考」, 『韓國制度史研究』, 일조각, 1983.

성명	재직기간		비고
	부임	퇴임	
李德懋 1741~1793	정조3(1779).6.1	정조10(1786).8.14	
	정조11(1787).2.10	정조12(1788).6.10	
徐理修 1749~1802	정조3(1779).6.1	정조10(1786).8.14	
	정조11(1787).1.10	정조12(1788).6.10	
	정조19(1795).7.22	정조20(1796).7.20	
柳得恭 1749~1807	정조3(1779).6.1	정조11(1787).1.9	
	정조13(1789).1.27	정조17(1793).2.14	
朴齊家 1750~1815	정조3(1779).6.1	정조10(1786).6.26	
	정조13(1789).1.12	정조16(1792).8.24	
	정조18(1794).1. ?	정조19(1795).2.12	
成海應 1760~1839	정조12(1788).6.9	정조16(1792).4.26	1792~1796년의 공백기는 1792년의 모친상 때문으로 여겨짐
	정조20(1796).10.19	정조23(1799).5.10	

위 표를 통해, 성해응이 서이수·박제가 등과 함께 근무한 사실은 확인되지만, 학문적으로 가장 큰 영향을 받았다고 평가되는 이덕무·유득공과 함께 재직한 사실은 보이지 않는다. 그런데, 이덕무는 정조 3(1779)년 초대 검서관에 임명된 이후 정조 17(1793)년 1월 25일에 세상을 떠날 때까지 줄곧 검서관 또는 겸검서관으로 활동하였던 듯하다. 1788년 6월부터 1790년 6월까지 2년간은 겸검서관의 신분도 아니었으나, 검서관으로서의 역할은 계속 수행하고 있었던 것이다. 유득공 역시 겸검서로 재직하고 있었다. 이러한 이유로 성해응은 이덕무·유득공과 함께 규장각에서 근무할 수 있었던 것으로 보인다. 검서관은 자주 교체할 수 있는 성질의 직책이 아니었으므로, 비록 외직에 나가더라도 검서관직을 겸하여 실직(實職)과 왕래하였으며, 검서관직에서 면직되더라도 검서관의 직무는 그대로 유지하였던 것이다.[80]

---

80 『內閣日曆』정조 5년 3월 29일. "(鄭)民始曰: '檢書官非類數遆易之官, 依別軍職例, 雖出

다음으로 검서관의 역할에 대해서 살펴보도록 하자. 이는 성해응이 검서관으로 재직하면서 수행한 일들이 훗날 그가 방대한 저술을 하는 데 많은 영향을 주었기 때문이다.

규장각 검서관의 역할은 다음 몇 가지 유사한 기능별로 묶어 볼 수 있다. 첫째, 규장각의 속관(屬官)으로서 출근·입직(入直)·대직(代直) 등과 같은 일상근무를 들 수 있다. 둘째, 실직과 관련하여 실직임소(實職任所)에 가서도 근무하였다. 셋째, 서적의 편찬·간행·관리에 참여하였다. 넷째, 일성록(日省錄)·일력(日曆)·초계문신 교습시 강설 내용의 기록 등 내각 관련기록을 담당하였다. 다섯째, 각종 차비관의 역할을 하였다. 초계문신 교습시의 차비관을 비롯하여 내각과 궁중의 각종 행사시에도 차비관으로 차출되었으며, 내각과 관련된 각종 문서를 전달하는 역할을 하였다. 여섯째, 임금을 측근에서 시종하면서 제진(製進)·문안(問安)·호종(扈從)·연사(燕射)·위내(衛內)·지영(祗迎) 등에 참여하였다.[81]

이 중 성해응을 비롯하여 이덕무와 유득공 등 검서관 출신 학자들이 방대한 저술을 하는 데 있어 결정적인 영향을 끼친 세 번째 역할에 대해서 주목해야 한다. 규장각의 기본업무는 어제(御製)와 어정서(御定書)의 편찬과 간행이었으며, 검서관을 설치한 목적 또한 서적의 편찬·간행에 있어서 교서(校書)와 편서(編書)의 업무를 담당하기 위함이었다. 검서관이 중심이 되어 서적의 편찬·간행 작업을 수행하는 경우도 있었다. 『어정송사전(御定宋史筌)』·『무예도보통지(武藝圖譜通志)』·『병지(兵志)』 등이 그 대표적인 예이다. 『병지』는 정조의 명에 의하여 이덕무·유득공·박제가 세 사람이 공동으로 역대 외국병제를 찬집한 서적이다.[82]

宰外邑, 兼帶往來實職, 雖或見罷檢書官, 則勿適似好矣.' 上曰: '卿言好矣.'"
81 박현욱, 앞의 논문, 221면.

『해동읍지(海東邑志)』의 경우 각신들과 함께 검서관들이 일정 부분을 맡아서 편찬에 참여하기도 하였다. 박제가는 각 도의 건치연혁(建置沿革)을, 이덕무는 고적(古蹟)을, 유득공은 산천과 각 도의 읍지의 목차를 정리하는 일을 담당하였다.[83] 성해응은 정조의 명으로『장릉사보(莊陵史補)』와『전배황단(展拜皇壇)』을 교주하였으며, 이의준(李義駿)과 이서구의 뒤를 이어『존주휘편』을 완성하였다.

이처럼 검서관들은 서적의 편찬·간행 시에 개정(改定)·개찬(改撰)·찬술(撰述)·편찬(編纂)·교정(校正) 등과 같은 일에 주도적으로 참여하였다. 정조대에 편찬된 서적이 어정서(御定書) 11종, 일반서 40종으로 모두 51종이라고 할 때, 이덕무는 절반 이상의 서적의 편찬·간행에 참여하였다고 하니, 다른 검서관의 경우도 별반 다르지 않을 것이다. 이와 같이 다양한 서적을 편찬하고 간행하는 데 주도적으로 참여한 검서관들이, 폭넓은 독서와 방대한 자료, 최신 정보 등을 통해 박학한 학문 성향을 견지하였을 것임은 충분히 예상할 수 있다. 더구나『해동읍지』와 같은 서적의 편찬간행은, 이덕무와 유득공이 지리지를 저술하는 데 있어서 많은 도움을 주었을 것이다. 그리고 이들의 역사지리에 대한 각종 정보와 지식은 절친하게 지냈던 후배학자인 성해응에게 자연스럽게 전해졌다.

이제 이덕무·유득공·박제가와 교유한 구체적인 실상에 대해서 살펴보기로 한다.

이덕무(李德懋, 1741~1793)는 검서관 출신의 선배학자 중에서도 특히 친분이 두터웠던 인물이다. 이덕무와의 교유는 부친인 성대중 대부터 시

<hr>

82　李德懋,『靑莊館全書』권24「編書雜稿」4「兵志周軍制論」.
83　李德懋,『靑莊館全書』「연보」己酉(정조13)년 6월 26일조.

작되었다. 성대중은 1763년 계미사행 당시 사행의 임무를 함께 수행했던 원중거를 통해 이덕무의 시문을 처음 읽게 된 후 귀국하여 이덕무를 처음 만났다.[84] 이때부터 이들은 평생 동안 돈독한 우정을 유지하였는데, 나이차를 뛰어넘어 서로의 신분적 처지를 이해하며 뛰어난 학적 역량과 문재를 인정해 주던 진정한 벗이었던 셈이다. 또 이덕무는 성대중과 연암그룹의 후배문사들 사이에 실질적인 가교역할을 하였다. 이덕무가 유득공이나 박제가 등 다른 연암그룹 문사들의 연장자이자 선배인 것을 염두에 둔다면, 성대중이 이들과 교유를 하고 이들로부터 선배문사로 존경을 받게 된 데는 다른 이덕무의 역할이 컸음을 짐작할 수 있다.

이러한 이유로 성해응은 어린 시절부터 이덕무를 잘 알고 있었다. 검서관에 등용되면서부터는 규장각에서 함께 근무하였고, 이 무렵 성해응이 이덕무의 집 옆으로 이사를 하게 되면서 두 집안의 교유는 한층 두터워졌다. 1793년에 이덕무가 죽음으로써, 그와의 교유기간은 유득공이나 박제가를 비롯한 다른 벗들에 비해 상대적으로 짧았지만, 그가 끼친 학문적 영향만큼은 절대적이었다.

앞서 살펴보았듯이, 이덕무는 정조대에 편찬된 서적 중 반 이상의 서적의 편찬과 간행에 주도적으로 참여하였는데, 이러한 경험은 방대한 저술인 『청장관전서(靑莊館全書)』에 오롯이 집적되었다. 그는 서족 출신이라는 신분적 제약과 빈한한 생활에도 불구하고 전 생애를 연구와 저술에만 전념한 인물이다. 『청장관전서』는 경(經)·사(史)·문예로부터 경제·제도·풍속·금석·도서·조수초목(鳥獸草木)에 이르기까

---

84 成大中, 『靑城集』 권10 「李懋官哀辭」. "始余識懋官, 因元子才, 日本之役, 與子才俱道, 閱其贈行軸, 得一詩序, 光鋩射人, 不可押視, 驚問其誰製, 則乃懋官也. 及歸卽就之, 懋官年尚少文弱甚, 然著書已累篋矣. 未幾, 老成多折輩行與交, 一時名勝, 無不重其文章, 而樂從之遊, 得其評批, 珍於金璧."

지, 실로 그 대상이 다양하며 이를 고증적인 방법론으로 체계화시켜 이덕무의 박학하면서도 고증적인 학풍이 잘 드러나는 역작이다.

성해응은 150여권에 달하는 『연경재전집(研經齋全集)』을 저술하였는데, 이처럼 방대한 저술을 하게 된 것 역시 존경하던 선배 학자인 이덕무에게서 영향을 받았음이 분명하다.[85] 이덕무와 성해응이 활동하던 당시에는 백과전서식의 저술이 유행하였는데,[86] 뛰어난 학적 역량과 방대한 정보 및 자료에 바탕을 둔 해박한 식견이 없었다면, 경사자집(經史子集)을 두루 아우르는 총서를 저술하는 것은 쉽지 않은 일이다. 그리고 이처럼 방대한 분량을 저술하기 위해서는 무엇보다 기록에 대한 의지가 투철해야 함은 물론이다. 이러한 측면에서, 이덕무와 성해응은 박학한 학문 성향과 해박한 식견, 그리고 기록에의 강렬한 의지 등 총서를 저술할 만한 자질과 역량을 갖추었던 것으로 평가할 수 있다.

이덕무의 저술 중 성해응에게 직접적인 영향을 준 것으로는 「뇌뢰낙락서(磊磊落落書)」를 들 수 있다. 「뇌뢰낙락서」는 명말청초 교체기에 활약한 인물을 기록한 것으로, 일종의 일사유문(逸事遺聞)식의 전기(傳記)로 명말의 유민전(遺民傳)이라 할 수 있다. 이덕무는 이 책을 저술하면서 여러 종의 서적에서 기사를 발췌하여 그대로 전재(全載)하고 인용서목에 대해서 일일이 기록을 남겼다. 성해응은 「황명유민전(皇明遺民傳)」을 저술하였는데, 그 서문에서 자신의 저술이 이덕무의 「뇌뢰낙락

<hr>

85 류재일은 '고증을 바탕으로 한 이덕무의 학문 태도와 방법은 申綽 · 成海應 · 金正喜 · 李圭景 등에게로 계승되고 체계화되었다. 이들은 경학과 더불어 특히 우리나라의 역사 · 지리 · 풍속 · 자연환경 등에 대한 연구를 발전시켰다'라고 한 바 있다.(류재일, 『이덕무의 시문학 연구』, 태학사, 1998, 61면)

86 조선 후기 叢書類의 성행과 수용 양상에 대해서는, 김영진, 「조선 후기의 명청소품 수용과 소품문의 전개 양상」, 고려대 박사논문, 2003, 57~67면 참조

서」를 바탕으로 하여 '넘치는 것을 잘라내고 부족한 것을 보충하여' 만든 것임을 밝힌 바 있다.[87] 「뇌뢰낙락서」는 인용 서목 176종에 보편(補編) 2권을 합하여 720명의 유민이 12권에 걸쳐 기록되어 있다.[88] 그런데 「황명유민전」은 535명의 인물이 7권에 입전되어 있으므로, 이를 통해 「뇌뢰낙락서」를 저본으로 하되 '부족한 것을 보충[補闕]'하기보다는 주로 '넘치는 것을 잘라내는[汰濫]' 작업이 이루어졌음을 알 수 있다.[89]

다음으로 『송사보전(宋史補傳)』을 들 수 있는데, 정조는 『송사전(宋史筌)』을 만들게 한 후 그 보전(補傳)을 이덕무에게 찬술하도록 하였다. 『송사전』은 원(元)의 탈탈(脫脫) 등이 편찬한 이십일사(二十一史) 중에 가장 오류가 많은 『송사(宋史)』 496권을 바로잡은 것으로, 『송사』를 수정·보완하여 축약한 것이다.[90] 송대의 정치·문화 등을 조선에서 그대로 실행하고자 하는 정조의 정치적 의도가 내포되어 있는 것으로, 이것은 당시까지도 청에 대한 반감과 송을 이은 명에 대한 의리론이 잔재하고 있음을 말하는 것이다.[91] 성해응은 이덕무의 전보에 영향을 받아 『송유민전(宋遺民傳)』을 저술하였음을 밝힌 바 있다.[92]

---

87 『研經齋全集』 권31 「皇明遺民傳序」. "皇明遺民, 凡五百三十五人傳, 七卷. 余嘗讀張廷玉所著皇明史, 廷玉臣事淸 有所忌諱, 爲皇朝忠義之士, 多掩晦不章. 李靑莊德懋, 薈萃遺民若干人, 顧義例未立. 余乃汰其濫而補其闕, 又從乘史子集, 與夫偏部短記, 復得幾人."

88 李德懋, 『靑莊館全書』 권36~47 「磊磊落落書」. 「황명유민전」 권1에는 76명의 유민이 입전되어 있고 「뇌뢰낙락서」 권1에는 30명의 유민이 수록되어 있는데, 이 중 「황명유민전」은 「뇌뢰낙락서」와 28명의 인물이 일치한다.

89 「황명유민전」의 성격과 특징을 보다 분명하게 파악하기 위해서는, 「뇌뢰낙락서」에서 '補闕'되고 '汰濫'된 것에 대한 구체적인 대비가 필요하다. 그러나 두 책의 방대함을 고려하여, 본고에서는 그 영향과 상관관계를 파악하는 데서 만족하고 보다 구체적인 실상에 대해서는 차후 지면을 달리하여 논의하고자 한다.

90 『宋史筌』의 편찬과정과 체재에 대해서는, 김문식, 「『송사전』에 나타난 이덕무의 역사인식」, 『한국학논집』 33집, 한양대 한국학연구소, 1999, 29~51면.

91 정혜윤, 「江漢 黃景源의 산문에 대한 연구」, 성균관대 석사논문, 2000, 16~20면.

92 『研經齋全集』 권45 「宋遺民傳」. "靑莊李公德懋嘗奉敎校宋史筌搜諸紀傳, 得謝翺等一

　이상에서, 성해응은 이덕무의 박학고증적인 학문 성향뿐만 아니라, 저술의 체재 또한 수용하였음을 확인하였다. 그는 이덕무의 「송사전보전」과 「뇌뢰낙락서」를 저본으로 한 뒤, 여기에 첨삭을 가하여 각각 「송유민전」과 「황명유민전」을 저술하였다. 이덕무는 사가(四家) 중에서도 의리적인 측면에서 가장 보수적이라는 평가를 받는 인물이다.[93] 그의 의리론은 「송사전보전」과 「뇌뢰낙락서」에 잘 집약되어 있다. 「송사전보전」은 정조의 명으로 저술한 것이기는 하나, 정조 역시 이덕무의 성향을 염두에 두고 내린 명일 것이다. 이렇게 볼 때 이덕무의 의리론은 성해응의 의리론과 지향점이 동일한 것임을 알 수 있다.

　유득공(柳得恭, 1748~1807)도 이덕무와 함께 원래는 성대중의 교유권에 속했던 인물이지만, 성해응이 검서관에 발탁된 이후로는 규장각을 중심으로 직접적인 교유가 이루어졌다. 유득공은 발해의 옛 땅을 회복하여야 한다는 생각으로 『발해고(渤海考)』를, 북방 역사의 연원을 밝혀보고자 하는 의도에서 『사군지(四郡志)』를 저술하였다. 성해응의 역사지리류 기록들은 특히 지리(地理)와 명물(名物)의 고증에 밝았던 유득공의 『발해고』나 『이십일도회고시(二十一都懷古詩)』와 유사하여 그의 영향을 받았음을 알 수 있다.[94] 따라서, 성해응의 역사인식과 지리지 저술에 큰 영향을 주었다고 판단되는 바, 유득공의 역사인식과 지리지 저술, 그리고 성해응과의 직접적인 교유를 중심으로 자세하게 살펴볼 필요가 있다.

　유득공은 32세 되던 해인 1779년 검서관으로 임명되어 관직 생활을

<hr>

百九人爲補傳. 余旣刪其煩複, 復從傳記得若干人附以類, 且系以贊, 非敢以揜其美, 祇欲補其闕也."

93　이화형, 『이덕무의 문학연구』, 집문당, 1994; 류재일, 『이덕무의 시문학 연구』, 태학사, 1998; 송준호, 「선비 정신의 시학」, 『한국한문학논문선집』 45, 불함문화사, 2002.

94　김문식, 「성해응의 한학 중심적 한송절충론과 경세론」, 『조선 후기 경학사상 연구』, 일조각, 1996, 78면.

시작하였다. 이후 37세 때인 1784년에 포천현감으로 나가게 되었는데, 이 무렵 고향 포천에서 학문을 연마하고 있던 성해응과 교유가 이루어졌던 듯하다. 특히 유득공은 이해 윤 3월에 『발해고』를 저술하여 역사의식과 국토지리에 대한 관심이 한껏 고조되어 있었다. 바로 이즈음에 성해응을 만난 것이다. 성해응은 유득공을 통해 역사지리와 관련한 정보와 지식을 자연스럽게 얻게 되었다.

유득공은 그 후 1795년에 다시 검서관으로 임용되었는데, 이때는 성해응 역시 검서관으로 재직하던 시절이라 두 사람은 규장각에서 함께 근무하며 학문적 토론과 정보를 교환하게 된다. 유득공은, 성해응이 은거하던 포천 향산(香山)에서 남쪽으로 20리 떨어진 양주(楊州)의 송산(松山)에 묻혔는데, 이곳은 그의 부친이 묻힌 곳이기도 하다.[95]

성해응은 유득공이 죽은 후 19년이 되는 1825년에 『사군지』의 서문을 썼다.[96] 유득공은 『발해고』와 『사군지』를 저술하면서 성해응과 의견을 교환하며 교정을 부탁했던 것으로 보인다. 이러한 사실은 성해응의 「사군지서(四郡志序)」에서 구체적으로 확인된다.

함께 뽑아 순서를 만들어 『사군지』를 저술하여 상자에 넣어두었다. 지금 혜보가 죽은 지 19년이 지났는데 초고를 보며 살펴서 교정하고 필요없는 것

---

95 유득공의 가계와 생애 및 교유에 대해서는 다음의 논저를 참조할 만하다. 정진헌, 『실학자 유득공의 고대사 인식』, 신서원, 1998; 송기호, 「유득공」, 『한국의 역사가와 역사학』, 창작과비평사, 1997; 오수경, 『연암학파 연구』, 한빛, 2004; 김영진, 「유득공의 생애와 교유, 연보」, 『문헌과 해석』 29호, 문헌과해석사, 2005.

96 柳得恭의 『四郡志』는 필사본 1책, 刊寫者未詳으로 고려대 도서관에 소장되어 있다. 『사군지』는 明治 43(1910)년 11월에 朝鮮古書刊行會에서 간행된 바 있는데, 表·建置沿革·山川·事實·名宦·人物·謫徙·封爵·方言·土産·古蹟·題詠의 순서로 수록되어 있다.

「사군지서」

을 지워 득실을 비교하고 선악을 논하여 웃고 즐긴 일을 생각하니 어제와 같이 뚜렷하다. 드디어 느낌이 있어 그 책의 머리에 글을 쓴다.[97]

성해응이 『사군지』의 제작과 교정에 참여한 사실을 분명하게 알 수 있다. 이 시기 두 사람의 학문적 교류 및 친분으로 미루어 볼 때, 유득공의 또 다른 지리지의 제작과 교정에 어떤 식으로든 성해응이 참여하였을 가능성도 배제할 수는 없다. 성해응은 『발해고』 서문에서 유득공의 지리학에 대한 식견과 고증적 태도를 높이 평가하였다.[98] 성해응의 지

---

97 『研經齋全集』 속집 책17 「四郡志序」. "相與撰次, 爲四郡志, 藏之篋笥. 今距惠甫之歿, 十有九年, 見草藁, 想其考校塗乙, 較得失, 論臧否, 以爲笑樂者, 歷歷如昨, 遂感而書其卷首云."
98 위의 책, 「渤海考序」. "惠甫, 素明於地理之學, 其所援据辨核, 皆秩然有序."

리지 관련 저술과 그에 표출된 역사의식은 유득공의 저술 및 역사의식과 거의 일치한다. 성해응은 북방의 영토와 그 민에 대한 남다른 관심과 애정을 표명한 바 있다. 역사상 외적을 무찌르는 데 큰 공을 세운 을지문덕·강감찬·김유신 등을 고시(古詩)로 형상화하여 높이 평가하였다. 또 국토지리의 위치와 명칭에 대해서 실사(實事)를 통한 고구(考究)를 중시하였으며, 이를 바탕으로 지리지를 저술해야 할 것을 주장하였다. 즉, 역사와 지리에 접근할 때 철저한 사실에 의거하여 고증할 것을 강조하였던 것이다. 성해응은 이러한 의식에 기반하여『동국명산기(東國名山記)』를 기록하기도 하였다.

박제가(朴齊家, 1750~1805) 또한 성대중과 절친하게 지낸 인물이다. 성대중은 교서관의 교리로 재직하면서 외각에서 자주 숙직을 서고는 하였는데, 박제가는 이때 이덕무 등과 방문하게 되면서 지연스럽게 친분을 쌓았다. 박제가는 이덕무와 유득공처럼 성해응에게 뚜렷한 학적 영향을 준 것은 아니지만, 그 역시 성해응의 절친한 교유 인물임은 분명하다. 따라서 박제가와의 학문적 교유의 실상보다는, 뛰어난 시인이자 한 인간으로서의 박제가를 바라보는 성해응의 시선을 들어두기로 한다. 박제가 역시 성해응과 같은 검서관으로 재직했던 만큼, 이 지점에서 그와의 교유를 소개하기로 한다. 박제가는 영평(永平) 현감으로 재직한 바 있는데, 영평은 바로 성해응의 고향이기도 하다.

정유 박재선은 시집이 몇 권이다. 재선은 문장을 지으면 이미 스스로 뛰어난 것임을 알아 항상 이를 아껴 비록 편문(片文)이나 척자(隻字)라도 함부로 버리지 않았다. 중간에 변란을 겪었음에도 또한 잃어버린 것이 없었으니, 모은 것이 이와 같았다. 우리나라 사람들의 시는 지역에 국한되어 비록 대가라고 이름난 자라도 때때로 볼품없는 시가 있어 중국인에게 비웃음을 당하는 경우가 많다. 『전목재집』 가운데 이르기를 '고려인과 수창하지 말라'고 하였는데, 바로 이것을 이름이다. 재선은 홀로 고학(古學)을 추구하여 격률과 성조가 모두 사법(師法)으로 삼을 만하여 한번에 동인(東人)의 누추한 기운을 씻어버렸으니, 마땅히 후세에 알려져야 할 것이다. 재선은 이미 뛰어난 재주를 믿어 사람을 따라 부앙(俯仰)하지 않았으며 진(眞)에 맡겨 자득하였으며, 말을 하면 바람이 이는 듯해 날카로운 기세는 자못 범할 수 없었다. 힐난하는 자들이 반드시 꺾고자 힘썼기 때문에 비방이 쌓여 시끄러웠으나, 그의 명성을 덮을 수는 없었다. 정조가 그의 재주를 아껴 늘 넉넉히 포용하고 빛나게 함이 일상적인 격식을 훨씬 뛰어넘었으니, 이로 말미암아 꺼리는 자가 더욱 많아졌다. 정조가 승하하자 재선은 스스로 세상에서 살아갈 수 없게 되었는데, 끝내 죄인의 노비에게 고변당하여 거의 형구에 죽을 뻔하였다가 마침내 스스로 상심하여 죽었다. 재선은 비록 시를 지은 것이 적막한 물가에서 스스로 즐긴 데 불과하였음에도 다만 날카로운 성품 때문에 함정에 빠졌으니 재주있는 자가 또한 경계해야 하지 않겠는가?[99]

박제가의 시집에 쓴 서문으로, 박제가의 성품과 뛰어난 시재 그리고 그로 인해 받은 시기와 고통 등에 대하여 잘 묘사하였다. 박제가는 초대

---

99 『研經齋全集』 권9 「朴在先詩集序」. "貞㼅朴在先詩集幾卷, 在先爲文章, 旣自知其超詣, 常愛惜之, 雖片文隻字, 未嘗漫棄, 間嘗經事變, 亦無所亡失, 哀然如此. 東人之詩, 局於地, 雖以大家自命者, 亦往往有惡詩, 多爲中州人所笑. 『錢牧齋集』中云: '勿與高麗人相酬酢者.' 是已. 在先獨能追古學, 其格律聲調, 皆足師法, 一洗東人之陋, 要當見知於後世乎. 在先旣負高才, 不肯隨人俯仰, 任眞自得, 發言風生, 鋒鍔殆不可犯, 人有難者, 必務挫折, 是故積謗喧轟, 然其名不可得而掩也. 正廟惜其材, 常優容而榮耀, 迥出常格, 由是忌者益衆. 上昇遐, 在先無以自存於世, 卒爲罪人奴所告, 幾斃桁楊, 遂自傷而沒. 在先雖爲詩, 不過自娛於寂寞之濱, 而直以峭性陷機窜, 爲材者不亦戒乎?"

검서관으로 임명된 뒤 13년 간 규장각의 내외직을 역임하면서 학적 역량을 충분히 발현하였다. 특히 그는 뛰어난 시재로 인해 정조의 남다른 사랑을 받았는데, 그 재주만큼이나 성격도 까다로웠던 듯하다. 아마도 서족 출신이란 신분에 얽매여 발신하지 못하는 자신의 처지를 남다르게 받아들여 비관하고 자책한 데서 비롯되었던 듯하다. 이 글은 박제가에 대한 흥미로운 정보를 알려주는데, 그가 시문을 매우 아껴 아무리 작은 것이라도 버리지 않고 모두 모아두었다는 것이다. 문인들의 시문에 대한 애착은 별다른 언급을 필요로 하지 않을 만큼 당연한데, 박제가는 그 정도에 있어 훨씬 심하다. 그만큼 자신의 시문에 대한 애착과 자긍심이 강하다고 볼 수 있다. 지나친 자긍심은 때로 화를 부르기도 하는데, 박제가의 경우가 바로 그러하다.

그는 뛰어난 시재로 정조를 비롯한 많은 이의 사랑을 받았으나, 바로 그 때문에 주변의 시기와 모함을 받았다. 초쇄(噍殺)하고 청신(淸新)한 시풍을 구사한 만큼, 그의 성격도 날카롭고 예민하여 세상 사람들로부터 더욱 많은 질시를 받았던 것이다. 성해응은 같은 서족 출신으로 그의 불우한 삶에 대해서 연민을 가졌으며, 또 그의 성격이 그렇게 날카로울 수밖에 없었던 이유에 대해서도 이해를 한 것으로 보인다. 때문에 박제가가 뛰어난 시재를 지녔음에도 정조의 지나친 사랑과 날카로운 성격 탓에 제 명을 다하지 못하고 죽게 된 것을 안타까워한 한편 바로 이러한 사실을 후학들에게 경계시켰다.

이상을 통해, 성해응은 이덕무와 유득공·박제가 등 규장각에서 함께 근무했던 선배 검서관들에게서 학문적으로 많은 영향을 받았음을 확인하였다. 더구나, 이들은 학문적으로뿐만 아니라 문인학자로서 성해응이 걸어가야 할 방향을 제시해 주었다. 그러나, 뛰어난 학적 역량과 고고한 인품을 자랑하며 시문을 즐기던 이들은, 1800년 정조의 사망과 함께 사방으로 흩어지고 만다. 성해응은 이덕무의 아들인 이광규의 죽음을 슬퍼하면서 지은 애사(哀辭)에서, 함께 어울려 학문을 연마하고 시문을 교환하며 지냈던 지난 시절에 대한 그리움을 표출하였다.

나는 이 해 여름에 무상과 함께 내각에서 벼슬하였고, 또 우리 집이 그 이웃으로 이사하여 살았기 때문에 아침저녁으로 항상 서로 만났다. 무상은 봉고의 숙부이다. 당시 내각의 고과(考課)가 매우 엄격하여 직임이 있는 사람은 집에 있을 수가 없었는데, 청장공 및 유영재, 박초정은 모두 동료로서 이 때문에 날마다 서로 마주보게 되었고, 가끔 일이 없을 때에는 경전과 자사(子史)를 오르내렸으며, 먼 곳의 기이한 소문을 가지고 담소하는 것을 낙으로 삼았다. 또 내원(內苑)에 들어가 화조(花釣)의 잔치에 참여하는 것이 근신에 견줄 만하였고, 가끔 시문과 사부로 응제하거나 편찬한 문자를 교정보는 일을 하여 다 함께 빛이 났다. 이렇게 한 지 5년 동안 위로는 국왕의 영광을 받고 아래로 동료들의 기뻐함에 힘입었다. 나처럼 미욱한 사람이 이런 영광을 얻었으니, 스스로 다행이라 여긴다. 얼마 뒤에 청장공과 그 존공(尊公)이 돌아가셨고, 다시 3년이 지나 국왕께서 특별히 봉고에게 직임을 주어 청장공을 계승하게 함으로써 다시 내각에서 만나게 되었다. 그러나 빛나는 동료들의 만남과 헤어짐이 일정치 않아 과거의 성대함만은 못했다. 경신년에 주상께서 돌아가시자, 초정은 죄를 얻어 북쪽의 종성에 유배되었다가 얼마 후 석방되어 돌아와 죽었다. 영재 또한 낙척하였다가 병을 얻어 죽었고, 나 또한 쇠약해져 병들었으니, 매양 옛 일을 생각할 때마다 그저 처량하고 비감할 뿐이다. 지금 다시 봉고를 곡하니 30년 동안 이미 그 집 3대에게 곡을 하였다.[100]

이 글은 이광규가 죽은 1817년에 지은 것으로, 이덕무·유득공·박
제가와의 교유, 정조의 남다른 사랑, 그리고 정조 사망 후 쇠락하게 된
사정이 자세하게 언급되어 있다. 검서관으로서의 영욕의 세월이 잘 드
러난다. 정조가 사망한 후, 규장각은 서적의 편찬·간행과 같은 기능이
약해지는 반면 『일성록(日省錄)』과 『내각일력(內閣日曆)』의 출초(出
草)·봉심(奉審) 등과 같은 업무가 주기능이 되었는데, 이러한 규장각
의 기능변화와 함께 검서관의 역할 또한 변화되었을 것으로 보인다. 즉,
서적의 편찬·간행은 정조의 개인적인 관심에 의하여 정조 재위 시에
는 매우 활발했으나, 정조 사후 시간이 지날수록 거의 이루어지지 않았
던 만큼, 주로 서적의 편찬과 간행을 담당하였던 검서관의 역할이 점차
축소되었으며 더불어 이들의 입지 또한 줄어들었을 것이 분명하다.

100 『研經齋全集』 권17 「李奉杲(光葵)哀辭」. "余以是歲夏, 與懋賞俱通籍內閣, 而又移家卜
隣以居, 常晨夕相過從. 懋賞奉杲之叔父也. 時內閣考課甚嚴, 有職任者, 不得在家, 而靑
莊公及柳泠齋朴楚亭, 皆僚也. 由是, 得日與之相對, 往往無所事, 輒上下經傳子史, 以及
遠方異聞, 談笑以爲樂. 又入內苑, 得與花釣之宴, 比近臣, 間以詩文詞賦應制及考校編摩
文字之役, 亦與之爛漫. 若是者五年, 上荷君上之榮, 下得寮寀之驩, 余誠不材, 顧何以得
此, 而有以自幸者存, 旣而哭靑莊公及其尊公, 又三年上特除奉杲職, 以繼靑莊公, 復周旋
于內閣, 然明僚之聚合不定, 不如曩時之盛, 而庚申抱弓劒之慟, 楚亭得罪, 竄北邊之鍾
城, 旋獲宥而歸以沒. 泠齋亦落拓得疾以沒, 余又衰且病, 每循省故事, 只自凄感而已. 今
又哭奉杲, 俯仰三十年中, 已哭君三世."

학문관과 문예인식

성해응은 경사(經史)를 비롯하여 시문·지리·서화·고동 등 다방면에 두루 관심을 가지고 방대한 저술을 남겼다. 이러한 면모는 무엇으로 통섭하여 설명할 수 있을까? 먼저 그의 뛰어난 학적 역량과 박학한 학문 성향을 들 수 있다. 그런데 박학을 지향한 학문 성향은 그의 문학세계를 풍부하고 다채롭게 만든 한편 체계적으로 정리하기 어렵도록 만든 것도 사실이다. 이 장에서는 그의 학문관과 문예에 대한 인식을 고찰하고, 이를 바탕으로 차후 논의할 문학세계의 기저로 삼고자 한다.

1. 박문(博文)과 한송겸장(漢宋兼掌)의 학문자세

1) 박문약례(博文約禮)의 학문지향

성대중은 손자 성우증에게, "취허공 형제와 소헌은 시로써 세상에 알려졌고, 문을 지은 것은 소계공으로부터 시작되었다. 소계공은 노장을 읽지 않았으나 나는 읽어 신변억양의 묘를 터득하긴 하였지만 너의 백부에 이르러 박흡함은 나보다 낫다"라고 하여, 아들 성해응의 박흡함에 대해서 높이 평가한 바 있다. 실제 성해응은 150여 권에 달하는 방대한 문집인 『연경재전집』을 저술함으로써 그의 박흡함을 입증하였다. 이러한 학문 성향은 어떻게 형성된 것인가? 그의 학문적 지향점을 살필 수 있는 자료가 눈에 띈다.

> 한학은 명물도수에 깊은데도 이치가 진실로 포괄되어 있고, 송학은 천인성명에 밝은데도 도수가 또한 그 안에 착종되어 있습니다. 그럼에도 그 문호가 나뉘어져 서로 공격이 그치지 않으니, 진실로 한학과 송학을 합하여 함께 그 요체를 잡아 박문약례의 가르침에 이른다면 학문은 여기에서 넉넉해질 것입니다.[1]

연경에 사신으로 가는 조인영을 전송하면서 쓴 글이다. 여기에서 '한학과 송학을 합하여 함께 그 요체를 잡아 박문약례의 가르침에 이른다'

---

1 『研經齋全集』 권13 「送趙義卿(雲石)遊燕序」. "蓋漢學深於名物度數, 而理固包括焉, 宋學明於天人性命, 而數亦錯綜焉. 顧其門戶旣分, 相攻擊不已, 苟能合漢學宋學而俱操其要, 以及乎博文約禮之訓, 則學於是乎優如矣."

는 구절은 주목을 요한다. 학문의 궁극적인 지향점으로 '박문약례(博文約禮)'를 적시(摘示)했기 때문이다. 주지하듯이, '박문약례'는 『논어(論語)』「자한(子罕)」편의 '글로써 나를 넓혀주시고 예로써 나를 단속하게 한다[博我以文, 約我以禮]'에서 나온 것으로, 그 주석에 '박아이문(博我以文)'은 '앎을 지극하게 하여 사물의 이치를 연구하다[致知格物]'라고 하였고, '약아이례(約我以禮)'는 '자신을 이겨 예를 회복하다[克己復禮]'를 뜻한다고 하였다. '박아이문'은 '지식을 깊이 연구하여 사물의 이치를 궁구하는 것'이고, '약아이례'는 '자신의 사욕을 이겨서 예로 돌아가는 것'이다. 즉 '박아이문'은 지식을 넓혀 천하고금의 이치에 통달하는 것이고, '약아이례'는 널리 배운 지식으로 사람이 마땅히 지켜야 할 행실을 예로써 제약하여 행신(行身)을 바르게 하는 것이다.

요컨대, '박아이문'은 '지식의 해박함'을 말하고 '약아이례'는 이를 실천하는 수신(修身)을 의미한다. 결국 '박문약례'는 학문에 대한 해박한 지식과 이를 몸소 실천하는 과정으로, 성해응의 학문자세는 이 '박문약례'로 요약되는 것이다. 그런데 성해응에게 있어 '박문'의 비중은 '약례'보다 훨씬 높다. 그렇다면 '박문'의 구체적인 양상은 무엇인가?

> 대저 총(叢)이란 것은 잡(雜)이니, 『역전』에 이르기를, '잡박하되 지나치지 않는다'는 것이 이것이요, 유(類)라는 것은 비(比)이니 『악기』에 이르기를, '동류를 닮아서 그 행실을 완성한다'는 것이 이것이다. 잡(雜)에서 비(比)를 모으고, 비(比)에서 잡(雜)을 통하게 하는 것이 바로 책을 보는 뜻이다.[2]

2　위의 책, 「外集序」. "夫叢者雜也, 易之傳曰: '雜而不越者.' 是也. 類者比也, 樂記曰: '比類以成其行者.' 是也. 於雜而會其比, 於比而通其雜, 卽觀書之意也."

외집(外集)의 서문으로 저술 의도가 잘 드러난다. ‘총(叢)’은 경사자집(經史子集)으로 이루어진 방대한 외집의 저술체계 자체를 의미하는 것이며, ‘유(類)’는 이를 각각 경사자집의 사문(四門)으로 분류한 것을 염두에 두고 논의를 시작한 셈이다. 즉 ‘총’은 경사자집을 포괄한 것으로 방대한 외집의 저술 배경이 된다. ‘총’을 ‘잡(雜)’이라 하였으니, 이는 경사자집을 두루 포괄하는 만큼 잡박할 수도 있음을 뜻한다. 그러나 ‘잡박하되 지나치지 않는다[雜而不越]’고 하여, 외집이 잡박할 수는 있으나 결코 번잡스럽지 않을 것임을 표명하였다. 여기서 잡박할 수 있음을 무릅쓰고 ‘총’한 사실을 주목할 필요가 있다. 물론 ‘잡박하되 지나치지 않는다’고 하였으나, 이는 ‘잡박[雜]’하다는 전제가 선행되어야 ‘지나침[越]’과 ‘지나치지 않음[不越]’이 균형을 유지할 수 있음을 감안한다면, ‘잡’을 통하여 ‘총’을 지향한 것이다.

‘유(類)’는 비슷한 것끼리 묶은 것으로, 외집을 경익(經翼)·사료(史料)·자여(子餘)·재적(載籍)의 사문(四門)으로 분류해 모은 것을 가리킨다. 원래 『악기(樂記)』의 ‘동류를 닮아서 그 행실을 완성한다[比類而成其行]는 것은 덕행이 뛰어난 이를 본받아 자신의 행동을 완성한다는 말로, 성해응이 말하고자 하는 의도와 다소 차이가 있다. 특히 ‘비류(比類)’의 의미에 있어 차이를 보이는데, 『악기』에서 ‘비류’는 뛰어난 덕행을 실천한 자의 행위를 본받음을 의미한다. 그러나, 성해응에게 있어 ‘비류’는 글자의 본의(本意)에 보다 충실하여 ‘비슷한 부류를 나열하다’의 의미로 해석된다. 여기에서 ‘비류’의 방법을 활용하여 외집을 저술한 것임을 알 수 있다. 다시 말해, 외집의 체재는 ‘총’으로 규정하여 틀을 짜고 이어 ‘류’의 방법으로 세분화한 것이다.

이 지점에서 짚어둘 것은, ‘총(叢)’을 ‘잡(雜)’으로 ‘유(類)’를 ‘비(比)’

로 규정하면서『역전(易傳)』과『악기(樂記)』를 인용한 사실이다. 일례에
불과하지만, 성해응이『역전』과『악기』등 육경(六經)을 활용한 것은 매
우 중요하다. 이는 박학한 학문 성향을 견지하면서, 더불어 그의 학문이
더욱 박학할 수 있었던 사상적 기저를 제공했다고 판단되기 때문이다.
여기서는 우선『역전』과『악기』등 육경을 적극적으로 활용했다는 점
에서, 육경과 박학한 학문 태도와의 연관성에 대해서 그 가능성을 열어
두고자 한다. 나아가 이는 박학한 학문 태도뿐만 아니라 고증적 방법론
을 적극 활용하는 것과도 긴밀하게 연결되기 때문에 보다 자세한 논의
를 필요로 한다. 이에 대해서는 뒷 절에서 자세하게 논의할 것이다.
　다시 '유(類)'를 살펴보면, 사문(四門)을 더욱 세분화하였는데 '비류
(比類)'의 구체적인 실체를 파악할 수 있다.

經翼 ─ 易類 · 書類 · 詩類 · 春秋類 · 禮類 · 總經類
史類 ─ 例類 · 尊養類 · 地理類 · 傳記類 · 儀章類 · 故事類
子餘 ─ 天文類 · 草木類 · 識小類
載籍 ─ 器量類 · 古蹟類 · 雜記類

위 표에서 보듯이, 역류(易類) · 서류(書類) · 시류(詩類) 등은 경익(經
翼)으로, 예류(例類) · 존양류(尊養類) · 지리류(地理類) 등은 사류(史類)로
분류하여, 비슷한 유(類)끼리 나열하였음을 한 눈에 알 수 있다. 역류(易
類) 역시 역의 부류로 나열된 것임을 그 제목에서 짐작할 수 있다. 성해응
은 이와 같이 '총(叢) ─ 잡(雜)'과 '유(類) ─ 비(比)'를 강조하였다. '총'과
'유'는 '박문(博文)'의 근거가 되었던 것으로, 바로 여기에서 박학한 학문
성향의 기저를 파악할 수 있다. 앞에서 '총'과 '유'를 개괄적으로 설명했
다면, 다음 글에서는 '총'과 '잡'의 보다 구체적인 면모를 제시하였다.

무릇 천하의 책은 모두 재적이라 한다. 그러나 유흠의 『칠략』과 순욱의 『사부』가 모두 유례(類例)를 정밀히 하고 문목(門目)을 가지런히 하여 경사자집이 질서정연하여 어지럽지 않게 되었다. 오직 그 네 가지에 해당되지 않은 뒤에야 이 조목에 귀속시킨다. 이를테면 술이·제해·동명·박물에 관한 책과 시화·산수·이기·금석·도검의 기록 같은 것들이 이것이다. 혹자는 그 잡스러움을 병통으로 여기겠지만, 분양(羵羊)의 괴이함이나, 석호(石楛)의 매, 수레 가득한 뼈에 대해서는 공자 또한 말씀한 적이 있다. 또, 시교(詩敎)가 사람을 감동시키고 산수가 인자와 지자의 즐거움이 되는 것처럼, 이기·금석 또한 박아자(博雅者)에게 취해져서, 간혹 경사를 밝히는데 도움이 되니 어찌 단지 장기와 바둑 류와 같겠는가? 이 역시 마땅히 수집하여야 한다.[3]

경사자집에 포함되지 않는 것을 「재적(載籍)」에 귀속시키는 만큼, 수록대상은 그야말로 다양할 터이다. 이러한 사실을 십분 감안하더라도, 술이(述異)·제해(齊諧)·동명(洞冥)·박물(博物)에 관련된 책과 시화(詩畵)·산수(山水)·이기(彝器)·금석(金石)·도검(刀劍)에 대한 기록은, 성해응의 박학한 학문 성향을 보여주기에 충분하다. 다만, 기록의 대상이 이처럼 다양하면 잡박함을 야기할 수도 있다. 성해응 역시 이 문제를 염려하지 않은 것은 아니었다. 그러나 잡박함에서 야기될 수 있는 다소의 번잡함을 감수하면서라도 다양하면서 새로운 것이 주는 기쁨을 기꺼이 누리고자 하였다. 이에 공자의 예까지 인용하며 '잡(雜)'에

---

3 위의 책, "凡天下之書, 皆載籍也. 然自劉歆之七略·荀勖之四部, 皆精其類例, 整其門目, 經史子集秩然不亂, 唯其無當於四者而後, 歸之是目, 如述異·齊諧·洞冥·博物之書, 詩畵·山水·彝器·金石·刀劍之錄是已. 或者病其雜, 然羵羊之怪·石楛之隼·專車之骨, 孔子亦嘗語之. 又如詩敎能感人, 山水爲仁智之樂, 彝器金石, 亦爲博雅者所取, 間或證左於經史, 豈徒如博奕者流哉? 亦宜蒐輯."

당위성을 부여한 것이다.

시화와 산수는 사람에게 감동을 주는 동시에 어진 자와 지혜로운 자의 즐거움이 되며, 이기와 금석은 경사를 밝히는 데 도움이 된다. 이기와 금석 같은 경우 경사에 도움이 되어야 한다는 전제조건을 달아 독자적인 의미를 부여한 것은 아니지만, 다양한 소재를 두루 취재(取材)하여 기록의 대상으로 포섭한 사실은 박학한 학문 성향을 보여주는데 손색이 없다.

한편, 시화·산수·이기·금석·도검에 대한 기록은 성해응의 다기(多岐)한 문학세계의 취재원(取材原)이 된다는 점에서도 중요하다. 실제 이러한 기록은 그의 작품세계에서 그대로 구현된 바, 이에 대해서 간략하게 살펴볼 필요가 있다. 먼저 시화(詩畵)는 시문(詩文)과 서화(書畵)로 볼 수 있는데, 시문은 문학의 본령을 이루는 만큼 분량과 비중이 매우 크다. 서화에 대한 기록은 많은 분량의 제발(題跋)과 「서화잡지(書畵雜誌)」로, 산수에 대한 기록은 두 권의 「산수기(山水記)」로 집적되었다. 또 거문고·벼루·붓 등의 이기(彝器)와 금석·도검(刀劍)에 대해서도, 다양한 관심과 해박한 식견을 바탕으로 기록하였다.

그렇다면 박학을 추구한 학문 성향이 그의 시문에 어떻게 투영되어 있는지 궁금하다. 다음 글은 서유구(徐有榘, 1764~1845)의 아들인 서우보(徐宇輔, 1795~1827)의 『추담집(秋潭集)』에 쓴 서문이다.[4] 성해응이 문장에 대해서 직접 언급한 것은 드문 경우로, 문장 작법에 관한 그의 생각을 엿볼 수 있는 좋은 자료다.

4 　徐宇輔의 『秋潭集』 말미에 '壬午暮春上澣研經齋主人成海應書'라고 附記되어 있어, 이를 통해 「추담집서」가 1822년에 쓰여진 것임을 알 수 있다. 서유구와 서우보에 대한 자세한 것은, 조창록, 「풍석 서유구에 대한 한 연구」, 성균관대 박사논문, 2002 참조.

문장은 반드시 기(氣)를 위주로 해야 하는데 기가 만약 창대하지 않으면 귀뚜라미의 읊조림이 금석의 음악을 상대하기에 부족한 것과 같다. 기가 있어도 법(法)으로써 하지 않으면 말이 씩씩하고 수레가 아름답지만 천천히 절도 있게 울리는 수레방울 소리와 맞지 않는 것과 같다. 법이 있어도 식(識)으로써 하지 않으면 법도와 규칙을 손바닥에 가지고도 재단하는 방법을 모르는 것과 같다. 이 세 가지를 모두 갖춘 뒤에야 바야흐로 완전하다고 할 수 있다.[5]

좋은 문장을 쓰기 위한 조건으로 기(氣)와 법(法)과 식(識)을 중요시하였음을 알 수 있다. 이 글에서 주목할 것은 무엇보다 '식(識)'의 역할을 강조했다는 점이다. 문장의 기세와 이를 조절할 수 있는 법도가 있어도, 이들을 운용할 수 있는 작가의 '식' 즉 '견식(見識)'이 있어야 문장을 제대로 완성할 수 있다는 논리다. 문장에 있어서 이 '견식'의 강조야말로, 그의 박학한 학문 성향과 긴밀하게 연결된다.[6] '풍부한 견식'은 그가 다채로운 작품세계를 구사할 수 있도록 견인하였으며, 또 다양한 인물과 사물에 관심을 갖고 이를 기록하여 저술로 남긴 동인이 되었다.

5 　『硏經齋全集』 권13 「秋潭集序」. "文章必主乎氣, 氣苟不昌, 則類蟋蟀之吟, 不足當金石之樂. 有氣矣而不以法, 則類馬壯輿美, 而不能中鸞和緩節之響. 有法而不以識則類規矩繩墨, 存乎握而不知所以裁之也. 具是三者而後, 方可謂之全矣."

6 　김철범 교수는 「이조 후기 산문론에서 '見識'의 문제」(『한문학보』 9집, 우리한문학회, 2003)에서, 당송계 고문가들의 이론 가운데 중요 개념의 하나인 '견식'을 중심으로 당송계 고문론의 본질을 고찰하였다. 17세기 秦漢系 고문론에 대한 비판에 앞장섰던 이들 당송계 고문가들이 하나같이 '識' 또는 '見識', '識見'을 자기 문학의 기본요건으로 제시하고 있다는 점을 주목하고, 여기에는 전통적인 文道合一論의 이론적 실천정신을 담고 있다고 규명하였다. 대체로 '견식'은 객관사물과 현상에 대한 분별적인 안목을 의미한다고 보는데, 이 안목은 학문적 수련과 성찰을 통해 갖추게 된다고 보았다. 따라서 이러한 의미를 염두에 둔다면, 본고에서 사용된 '식'은 객관사물과 현상에 대한 분별적인 안목을 의미하는 '견식'이나 '식견'으로 볼 수 있다. 나아가 작가는 그가 소유한 '식'의 깊이와 넓이에 따라 인식이 확장되는 만큼, '견식'은 '박식' 또는 '박학'과 긴밀히 연결된다고 할 수 있다.

　'견식'의 실체는 「황명유민전인용서목(皇明遺民傳引用書目)」에서 확인할 수 있다. 「황명유민전인용서목」은 성해응이 「황명유민전(皇明遺民傳)」을 저술하기 위해 참고한 서목 89종을 기록한 것이다. 중국인의 문집으로는 전겸익(錢謙益)의 『유학집(有學集)』·『열조시집(列朝詩集)』, 주이준(朱彛尊)의 『명시종(明詩綜)』·『정지거시화(定志居詩話)』·『폭서정집(曝書亭集)』, 심덕잠(沈德潛)의 『명시별재(明詩別裁)』·『청시별재집(淸詩別裁集)』·『귀우집(歸愚集)』, 왕사진(王士禛)의 『향조필기(香祖筆記)』·『감구집(感舊集)』·『지북우담(池北偶談)』·『어양시화(漁洋詩話)』·『고환록(古懽錄)』·『황화기문(皇華記聞)』·『거이록(居易錄)』·『대경당집(帶經堂集)』, 고염무(顧炎武)의 『금석문자기(金石文字記)』 등 명말청초에 활동한 저명한 학자들의 저술을 대거 참조하였다. 조선인의 문집으로는 박세당(朴世堂)의 『서계집(西溪集)』과 부친인 성대중외 『청성집(靑城集)』·『청성잡기(靑城雜記)』 등이 눈길을 끈다.

　「황명유민전」은 청(淸)에 항거하여 유랑하거나 은둔한 명나라 유민들을 입전한 것으로, 7권에 걸쳐 총 535명이 입전되어 있다. 명말청초 유민들에 대한 방대한 정보와 그들의 활약상을 전해주어 자료적 가치가 크다. 이처럼 「황명유민전인용서목」에서도 보듯이, 중국과 조선의 저명한 문인들의 문집을 두루 탐독한 뒤 발췌하여 기록한 사실을 통해 성해응의 폭넓은 독서량과 해박한 견식을 다시금 확인할 수 있다.

　요컨대, 성해응은 경사(經史)를 학문의 중심으로 구축하고, 시문·서화·산수·이기·금석·도검 등에 대한 다양한 기록을 남겼다. 그리고 여러 자료를 두루 탐독하고 섭렵함으로써 저술의 바탕을 마련하였다. 이를 통해 그의 박학한 학문 성향을 확인할 수 있으며, 이러한 성향이 방대한 저술을 하는데 큰 영향을 주었을 것이다. 앞서 문장을 작법

할 때 '견식'을 강조하였음을 보았던바, 이는 그의 박학한 학문 성향과 긴밀하게 연관을 맺는다. 이것은 작가가 해박한 견식을 지녀야 가능하기 때문이다.

이처럼 '박문'은 학문을 하는데 있어 인식의 틀이었다. 여기에 그는 '약례'를 자신이 실천할 덕목으로 체화시키고자 하였다. 조카 성우증은 「연경재부군행장」에서, "받들어 모신지 56년 동안 말을 빨리 하거나 얼굴빛을 갑자기 바꾼 것을 본 적이 없다."[7] "중년 이후에 정강이에 종기가 났는데 20여 년 동안 낫지 않아 고생하셨다. 지팡이를 짚고 일어나야 했지만, 한번도 자손들이 제사를 주관하게 하지 않으셨다"[8]라고 회고한 바 있으니, 성해응의 견결한 성품을 단적으로 보여준다. 다음 글에서는 '약례'의 면모가 보다 구체적으로 나타난다.

매번 책을 편찬할 때마다 정조께서 부군을 앞 계단으로 나오게 하셔서 직접 의례를 지정해 주셨는데, 마치 집안사람인 양 다정하셨다. 앞에 음식을 하사하시고 또 경림(瓊林)의 연회에 참석하게 하시고, 어육필묵을 하사하시기를 어떤 때는 하루에도 거듭 내리셨다. 부군은 은혜에 감격하여 더욱 조심하고 삼가, 비록 가까운 친척이라도 경조사가 아니면 가지 않았다. 그러므로 자못 향리에 있는 재상집 대문을 알지 못하였다.[9]

성해응이 검서관으로 재직하고 있을 때의 일화로, 당시 부친 성대중

7   『研經齋全集』「研經齋府君行狀」. "祐曾承事五十六年, 未嘗見疾言遽色."

8   위의 책, "中身以後, 瘍生於骭, 不瘳者, 二十餘年, 恃杖而起, 然不使子孫攝祀."

9   위의 책, "每當編書, 正宗進府君於前陞, 親授義例, 諄諄若家人然, 賜饌於前, 又使與於瓊
      林之宴, 魚肉筆墨之賜, 或一日荐降. 府君感激恩造, 愈小心謹愼, 雖姻親, 非慶吊不往, 是
      以殆不識鄉相之門."

은 교서관의 교리로 근무하여 부자가 나란히 내외각에서 편집과 교정의 임무를 맡았던 득의(得意)의 시절이었다. 그럼에도 그는 자만하지 않고 더욱 근신하여, 경조사가 아니면 친척집을 방문하지 않고 같은 고을에 사는 재상집도 모를 정도였다. 이처럼 성해응은 '약례'를 몸소 실천함으로써 사(士)로서의 견결한 자세를 유지하였다.

성해응은 문장을 작법함에 있어 '견식'을 중요시하여 박학을 지향하는 학문자세를 견지하였으며, 여기에서 그치지 않고 이를 몸소 실천하는 '약례'의 면모도 충실히 수행하였다. 해박한 견식과 이를 토대로 한 박학한 학문 성향 그리고 예로써 자신을 단속하여 견결한 자세를 지니고자 했던 굳건한 의지, 이것이 바로 방대한 분량의 『연경재전집』을 저술하게 된 배경이다.

2) 한송겸장(漢宋兼掌)의 학문자세

한송겸장의 학문자세를 논하기에 앞서 먼저 조선 후기에 성행한 고증학의 개념과 특징에 대해서 간략히 살펴볼 필요가 있다. 18세기 이후 조선의 지성계는 커다란 변화가 발생하는데, 박물학적 지식과 고증적 관심이 저술태도의 하나로 부각되고 계승되었던 것이다.[10] 고증적 담

---

10 안대회, 「이수광의 지봉유설과 조선 후기 명물고증학의 전통」, 『진단학보』 98, 진단학회, 2004. 안대회 교수는 18세기 이후 조선의 지성계가 변화한 양상으로 다음의 사항을 제시하였다. 즉, 전통적으로 유가경전과 당송고문을 중심으로 독서하던 범주에서 벗어나 명말청초의 새로운 서적들이 대거 수용되어 읽혔고, 조선사회의 저변에 흐르는 생활과 문화를 기술한 필기에 대한 독서열기가 학계와 문단에 만연함을 지적하였다. 또 사실 자체를 확인하여 학술적 관심사를 연구하는 고증적 학문, 필기를 읽는 풍조의 확산, 총서 수용의 확산, 소품의 유행을 함께 언급하였다.

론의 출현은 경학 전통을 조직하고 분석하는 중심적인 위치에 증거와 입증을 배치하는 것과 관련이 있었다. '고증(考證)'이라는 용어는 남송(南宋)대의 왕응린(王應麟, 1223~1296)이 처음 사용하였지만 17세기까지 어떤 슬로건도 되지 못하였다. 명청 교체기에 '실제의 일에서 진리를 구한다[實事求是]'는 학풍을 가진 학자들은 송(宋)·원(元) 시대의 선배들을 따라 '변체(辨體)' 장르를 강조하였다. '변체'는 치우치지 않은 공정성에 입각한 학술을 형성하는 데 있어서 핵심적인 요소로 작용하였다. 한창 발전해 가던 고증학 지식의 이론에서 '입증(立證)'은 중심적인 문제가 되었다.[11]

청대 학술의 특색으로 일컬어지는 고증학은 학술의 사상적 구조를 지적하여 자리매김을 한 것이 아니라, 학문적 연구에 있어서 방법론의 구조를 특징으로 삼은 것이다. 고증이란 개별적 사상에서 객관적인 증거를 모아서 사실을 밝히는 것이므로, 고증 그 자체는 필수적인 기초 수단으로서 어느 시대의 학술에도 나타나는 현상으로, 다만 청조시대에 한정하는 것은 아니다.

고증학이 명백히 송대 주자학, 송학(宋學)에 대항하는 한학(漢學)의 이름으로 역사에 등장한 것은 18세기 중엽 소주(蘇州)에서 혜동(惠棟) 중심의 이른바 '오파(吳派)' 고증학이 제창된 다음부터였다. 당시 고증학은 혜동의 오파와 강영(江永)·대진(戴震)의 환파(皖派) 두 계통으로 형성되었다. 혜동이 한(漢) 경학을 중심으로 처음부터 복고(復古) 반송(反宋)적 급진파였음에 비해, 강영과 대진은 동림파(東林派)의 영향으로 초기에 주자의 격치(格致)를 계승, 예학(禮學)·음운(音韻)·역산(曆算)

---

11 벤저민 엘먼, 양휘웅 역, 『성리학에서 고증학으로』, 예문서원, 2004, 160~167면.

등을 탐구하는 박학으로 발전한 것이다.[12] 혜동과 대진 등에 의해 계고(稽考)에 뜻을 둔 실사구시의 학술은 고거(考據)의 상밀(詳密)과 정핵(精核)함이 두드러지게 나타나는 학풍으로, 경사(經史)를 본체로 삼아 때때로 경세(經世)에 도움되는 바가 있었다. 그러나 경사 소학(小學)에 관한 전문적인 업적이 대부분이어서 대상이 한학이었고, 그 특성을 한마디로 표현한다면 정밀함이라고 할 것이다.[13] 그렇다면 성해응은 고증을 어떻게 인식하였을까?

> 고증이라는 것은 박학 가운데 한 가지입니다. 사물 중에서 가지는 같은데 줄기가 다를 경우는 부득이 적실한 준거를 끌어다 증명을 해야 하고, 훈(訓)이 옳은 듯하면서 실제로는 그른 경우에 부득이 다른 설을 널리 인용하여 증명하지 않을 수 없습니다. 본성에서 개와 소가 나누어지고, 색에서 휘말과 휘 뉴의 빛깔로 깨우친 것은 맹자 또한 일찍이 말한 적이 있습니다.[14]

성해응은 고증을 박학의 일부분으로 인식하여 학문의 방법론으로 활용하고 있다. 사물의 동이(同異)와 시비(是非)를 밝힘에 있어, 적실한 준거[的據]를 끌어오거나[援引], 다른 설을 널리 인용하여[廣引] 증명하는 방법을 취하였던 것이다. 적실한 준거를 끌어오거나 다른 설을 널리 인용하는 것은 모두 학문에 접근하기 위한 고증적 방법론으로써, 실증적 기준에 따라 입증을 중요시한 것이다. 앞서 살펴보았던 고증학 담론

---

12 조병한, 「청대의 사상—경세학과 고증학」, 『강좌 중국사』 Ⅳ, 지식산업사, 1989, 264~269면.

13 서경요, 「조선조 후기 학술의 고증학적 성격」, 『유교사상연구』 7집, 한국유교학회, 1994, 1~4면.

14 『研經齋全集』 권9 「答洪淵泉(學士奭周)斥考證書」. "夫考證者, 博學中一事也, 夫物之同條而異貫者, 不得不援引的據而證之, 訓之似是而實非者, 不得不廣引他說而證之, 性之犬牛之分, 色而馬雪之諭, 孟子亦嘗言之矣."

에서 입증을 중시하는 양상이 성해응에게서 여실히 표출되었다. 요컨
대, 성해응이 인식하는 고증학은 고거의 상밀과 정핵함이 두드러진 학
풍으로, 그 특성은 바로 '입증을 통한 정밀함'이다.

당시 학계에 널리 알려졌던 홍석주(洪奭周, 1774~1842)와의 고증학 논
쟁을 통해, 성해응의 고증학에 대한 인식 태도에 대하여 좀 더 자세히
살펴보기로 한다. 고증학의 폐단에 대해서 누구보다도 격렬하게 비판
한 홍석주는 다음과 같이 말하였다.

고증학은 본래 독서에 무익하지는 않다. 그러나 근세의 학자들은 오로지 여
기에 힘을 쏟아 경서를 풀이하는 사람은 의리를 강론하지 않고 역사서를 읽
는 사람은 치란을 묻지 않는다. 오로지 자훈(字訓)의 동이와 연월(年月)의 선
후를 부지런히 따지는 것을 평생의 목표로 삼고 정신을 소모하며 찾고 입술
을 태워가며 논쟁하기를 종신토록 하면서도 그칠 줄을 모르니, 이는 마음을
쓰는데 잘못이 있다고 이를 만하다. 나는 용여 성해응과 『사고전서총목』을
논쟁하며 반복하여 논박한 수백 언(言)의 편지가 있는데, 이야말로 근세 학문
의 폐단에 딱 들어맞는다고 스스로 생각하였다. 그러나 그때 논쟁은 모두 기
효람(紀曉嵐) 때문에 나온 것이다. 효람은 고증학에 깊이 빠져 있었으나 그의
문장과 견식은 참으로 다른 학자들을 능가하였다. 그런데 이른바 오늘날 명
유(名儒)라는 자들은 더욱 정밀하고 넓어지며 더욱 정교하고 새로워지고 있
으나 학문은 더욱 물을 만한 것이 없다. 그러나 그들도 어찌 고증학이 지엽에
나 힘쓰는 작은 도임을 모르겠는가?[15]

---

15 洪奭周, 『鶴岡散筆』 권1. "考證之學, 固不爲無益于讀書也. 近世之學, 專以是爲務, 說經
    者, 不講義理, 讀史者, 不問治亂. 唯以字訓之同異, 年月之先後, 斤斤焉, 爲平生之家計,
    弊精以求之, 焦脣以爭之, 終身仡仡而不知止, 其亦可謂枉用心矣. 余嘗與成海應龍汝, 論

  홍석주는 고증학의 폐단을 지적하여 이를 배척하고 송학의 의리를 강조한 대표적인 인물이다. 그렇다고 해서 그가 고증의 방법론까지 부정한 것은 아니다. 다만 당시 학자들이 학문의 본령인 의리를 강론하거나 치란을 묻지 않고, 한갓 자훈(字訓)의 같고 다름이나 연월(年月)의 앞뒤만을 따져 죽을 때까지 논쟁하여 정신을 소모하는 것에 대해서 신랄하게 비판하였다. 그는 이러한 현상을 근본에 힘쓰지 않고 지엽말기(枝葉末技)에만 몰두하는 것이라 여겼다. 성해응과 『사고전서총목(四庫全書總目)』을 논의하면서 '반복하여 논박[反覆抨擊]'했다는 언급을 통해, 성해응의 고증학에 대한 경도를 짐작케 한다. 이러한 사실은 홍석주가 성해응에게 보낸 편지에서 보다 분명하게 확인할 수 있다. 홍석주의 비판은 이어진다.

  의리·경제·문장의 학문은 한대를 거쳐 송대에 이르러 이미 그 대략이 갖추어졌다. 후대의 학자들이 이어받아 그것을 확충하였지만 끝내 선배 학자들을 능가할 수가 없었다. 다만 자잘하고 시급하지 않은 것에 있어서는 간혹 선배 학자들이 미치지 못한 바가 있었다. 후대 학자들이 선배 학자들보다 뛰어나고자 한다면 형세로 보아 결국 선배 학자들이 언급하지 않은 것에서 찾지 않으면 안 되니, 형세상 진실로 고증으로부터 시작할 수밖에 없다. 그런데 고증학의 큰 얼개는 선배 학자들이 이미 다 만들어 놓았으므로 형세로 보아 지극히 작고 말단적인 것을 벗어날 수 없다. 아! 이제부터 이 세상의 학술은 나날이 더욱 쇠미해질 것이다.[16]

四庫全書總目, 有書累百言反覆抨擊, 頗自謂切中近世之弊. 然其時所論, 專爲紀曉嵐而發, 曉嵐固癖於考證, 然其文章識解, 亦實有過人者, 若今世所謂名儒者, 愈精愈博, 愈巧愈新, 而其學術則愈不可問矣. 然彼亦豈不知其爲末務小道哉?"

16　위의 책, "理義經濟文章之學, 由漢至宋, 亦旣已畧備矣. 後來者, 繼以有作其大者, 終無以

의리·경제·문장 등 이른바 학문에 있어 근본적이면서도 중요한 것은 선배 학자들이 대부분 언급하였기 때문에, 후대 학자들이 선배들을 능가하기 위해서는 그들이 아직 논의하지 않은 것을 중심으로 해야 한다. 이에 후대의 학자들은 선배학자들이 아직 언급하지 않은 자잘하고 시급하지 않은 것에 치중하게 되었고, 그러다 보니 고증학에 깊이 빠져들게 되었다는 것이다. 후대 학자들이 이처럼 자잘하고 급하지 않은 것에만 치중하다 보면, 결국 근본적이면서도 중요한 것을 놓치게 되어 학술이 점점 쇠미해질 것이라는 언명은, 고증학에 대한 홍석주의 인식을 단적으로 보여준다. 이상의 언급을 통해 홍석주는 송학 중심의 학풍을 견지하고 그 논리를 적극적으로 개진하였음을 알 수 있다. 즉 본령은 놓아두고 자잘하고 급하지 않은 것에만 치중하는 고증학의 폐단을 지적하여 강력히 배척하고 송학의 의리를 강조하였다.

반면, 성해응은 고증학을 변호하고 나아가 한학과 송학의 겸장(兼掌)을 주장하였는데, 고증학에 대한 그의 견해를 들어 두기로 한다.

제가 젊었을 때 나름대로 한학과 송학을 합하여 그 요체를 모두 파악해 보고자 하였습니다. 이(理)를 말하면서 수(數)를 빠트리지 않았으며 수를 말하면서 이를 저버리지 않아 박문약례의 가르침으로 돌아간 것이지, 어찌 고증의 학문을 하려 했겠습니까? 다만 그 넓고 풍성함을 보니 마치 조수(鳥獸)와 운연(雲煙)이 눈과 귀를 기쁘게 하는 것과 같았지만, 이미 지나치면 문득 아득하여 다시 기억하지 못합니다. 하물며 흰 머리가 된 지금 무슨 정신이 있어 다시 여기에 종사하겠습니까?[17]

求勝於前人, 唯其微細而不急者, 時或有前人之所未及. 彼旣欲務勝於前人, 則勢亦不得不求諸前人之未及, 其勢固不得不出於考證. 考證之大者, 前人亦已盡之矣, 其勢又不得不出于至小且末者. 嗚呼! 自今已往, 天下之學術, 將日以益下矣."

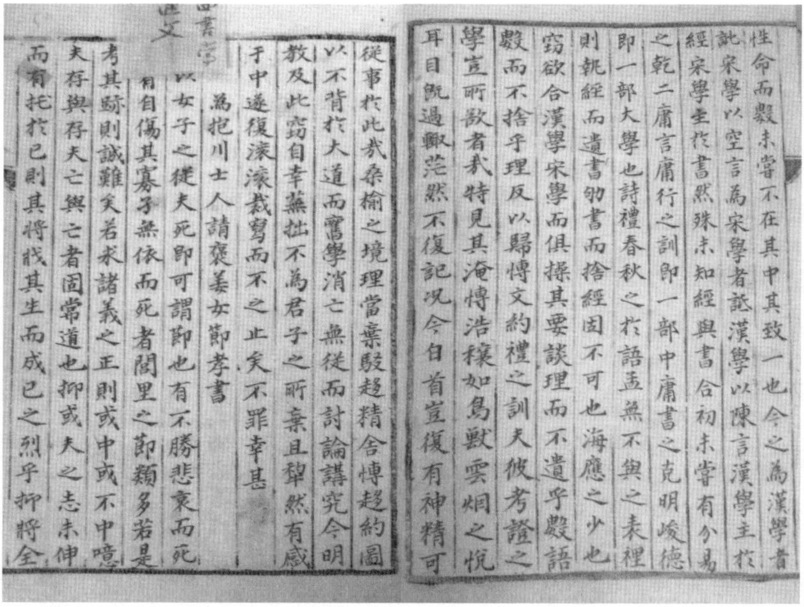
性命而數未嘗不在其中其致一也今之爲漢學者
詆宋學以空言爲宋學者詆漢學以陳言漢學主於
經宋學主於書然殊未知經與書合初未嘗有分易
之乾二庸言庸行之訓卽一部中庸書之克明峻德
卽一部大學也詩禮春秋之於語孟無不與之表裡
則執經而遺書執書而捨經固不可也海應之少也
竊欲合漢學宋學而俱操其要談理而不遺乎數語
數而不捨乎理反以歸博文約禮之訓夫彼考證之
學豈所欲者哉特見其淹博浩穰如鳥獸雲烟之悅
耳目旣過輒茫然不復記況今白首豈復有神精可
從事於此哉桑榆之境理當棄駁趨精舍博趨約圖
以不背於大道而舊學消亡無從而討論講究今明
教及此竊自幸蕪拙不爲君子之所棄且犁然有感
于中遂復滾滾裁畧而不之止矣不罪幸甚

爲抱川士人請褒姜女節孝書
以女子之從夫死卽可謂節也有不勝悲哀而死
有自傷其寡子無依而死者閭里之節類多若是
考其蹟則識難矣若求諸義之正則或中或不中噫
夫存與存夫亡與亡者固常道也抑或夫之志未伸
而有托於已則其將戕其生而成已之烈乎抑將全

「답홍연천척고증서」

홍석주는 고증학의 폐단에 대해서 신랄하게 비판하고, 그러한 내용을 담은 편지를 성해응에게 보낸 바 있다. 이 글은 홍석주의 편지에 대한 성해응의 답장으로, 특히 '고증의 학문을 어찌 하고자 해서였겠습니까?'라는 발언은 눈여겨볼 만하다. 성해응은 '한학과 송학을 합하여[合漢學宋學]' '함께 그 요체를 잡음[俱操其要]'으로써 '박문약례(博文約禮)의 가르침'을 지향하였음을 분명히 하였다. 그는 젊어 한때 고증학의 '넓고 풍성함'에 대해서 매력을 느꼈을 뿐, 노년이 된 지금은 그렇지 않

17 『研經齋全集』 권9 「答洪淵泉(奭周)斥考證書」. "海應之少也, 竊欲合漢學宋學而俱操其要, 談理而不遺乎數, 語數而不捨乎理, 反以歸博文約禮之訓, 夫彼考證之學, 豈所欲者哉? 特見其淹博浩穰, 如鳥獸雲烟之悅耳目, 旣過輒茫然不復記, 況今白首, 豈復有神精可從事於此哉?"

다고 강변한다. 그러나 성해응의 이 발언은, 고증학에 치우쳤다 하여 홍석주에게 거듭 지적받은 사실을 염두에 둘 때, 홍석주를 비롯한 당대 문인들의 비난에 대한 수위의 조절로 보인다. 그 자신은 하고자 한 것이 아니라고 하지만, 실제 하고자 한 것임이 은연중에 표출되기 때문이다.

'한송겸장'에 대한 성해응의 태도는 다음 글에서 보다 구체적으로 드러난다.

> 대저 한학은 명물도수를 깊이 연구하는 것이지만 이(理)가 그 가운데 깃들어 있고, 송학은 천인성명을 자세히 밝히는 것이지만 수(數)가 그 속에 들어 있으니 그 궁극은 하나입니다. 지금 한학을 하는 사람들은 송학을 공허한 말이라 비방하고, 송학을 하는 사람들은 한학을 진부한 말이라고 헐뜯습니다. 한학은 육경을 위주로 하고 송학은 사서를 위주로 합니다. 그러나 육경과 사서가 애초에 구분이 없었음을 모르고 있습니다.[18]

한학과 송학을 하는 사람들은 각각 공허한 말[空言]과 진부한 말[陳言]이라 하여 서로를 비난하며, 육경(六經)과 사서(四書)만을 위주로 하고 있음을 비판한 것이다. 한학은 육경을, 송학은 사서를 위주로 하지만, 애초에 육경과 사서는 분리되지 않고 합치되어 있었던 것을 모른 데서 생긴 오류임을 지적한 예이다. 성해응이 한송겸장의 학문 태도를 지향하고 있음을 분명히 확인할 수 있다. 결국 한학과 송학을 하는 사람들은 모두 변증(辨證)을 통한 궁리(窮理)를 해야만 공허한 말이나 진

---

18 위의 책, "大抵漢學, 深於名物度數, 而理未嘗不寓其中, 宋學辯於天人性命, 而數未嘗不在其中, 其致一也. 今之爲漢學者, 詆宋學以空言, 爲宋學者, 詆漢學以陳言, 漢學主於經, 宋學主於書, 然殊未知經與書合, 初未嘗有分."

答洪學士奭周斥考證書　淵泉

向辱寵翰盛斥考證之非旣而憂其辭之未條達也
復賜明教以暢之且以海應之愚蒙也而謂可與明
理之訓所斥懇懇盈幅克牘旣感厚誼豈敢終嘿以
孤君子之意乎夫考證者博學中一事也夫物之同
條而異賢者不得不援引的據而證之訓之似是而
實非者不得不廣引他說而證之性之犬牛之分色
而焉雪之諭孟子亦嘗言之矣降至宋末王應麟洪
适之徒始倡之至于明而大盛其岐遂分蒐討異聞
援引奇跡歆補前賢之闕遺思續古経之訛缺者顧

「답홍연천척고증서」

부한 말에 빠지지 않게 된다는 논리인데, 이는 주목을 요한다. 궁리의 방법으로 변증을 강조한 것은 고증학의 두드러진 특징 중 하나인 입증 (立證)을 특기한 것이기 때문이다.

성해응은 원인(援引)·적거(的據)·광인(廣引)·변증(辨證) 등의 고증적 방법론을 치학(治學)에 적극 활용한 바 있다. 그가 한학과 송학의 장점을 취하는 데 있어 비중은 어떠한가? 또 '한송겸장'의 구체적인 양상은 무엇인가? 이에 대한 의문을 하나씩 풀어보기로 한다. 먼저,『시경(詩經)』을 통해 드러나는 한학과 송학에 대한 인식을 살펴볼 필요가 있다.

> 『역』·『시』·『서』에는 모두 서(序)가 있는데, 나는 그것을 고찰해 본 적이 있다.『시』는 본래 사물을 끌어와 정을 펼치고 일에 의탁하여 흥을 일으키기 때문에, 선을 칭찬하고 악을 비난할 때에 시인의 뜻을 얻어야만 밝아질 수 있다. 그런 까닭에 서(序)를 지을 수밖에 없었을 것이다. 그러나 오히려 견강부회한 자취가 있으니 아마도 한 사람의 손에서 나온 것은 아닐 것이다. 이런 까닭에 주자는「시서(詩序)」의 신뢰성을 의심하다가『후한서』「유림전」을 고찰한 뒤에 황문랑(黃門郞) 위굉(衛宏)이 지은 것이라 여겼다. 모공 이래로 위굉에 와서 이루어진 것임은 의심할 것이 없다. (…중략…)「역서(易序)」와「시서」는 본래 경생(經生)과 강사(講師)에게서 나온 것이니 그래도 의거할 만하다.[19]

시서(詩序)는 모시서(毛詩序)를 가리키는 것으로, 성해응은 시서가 후

19　『研經齋全集』권15「書序辨」. "易詩書皆有序, 而余嘗考之, 詩固引物抒情, 託事起興, 其
善惡美刺之際, 得詩人之指而後可明. 故序不得不作, 而猶有遷就附托之跡, 蓋非一手所
出. 是故, 朱子疑之, 而考諸後漢書儒林傳, 以爲黃門郞衛宏所著, 蓋自毛公以來, 至宏而
成, 無疑 (…중략…) 其易詩二序, 固出於經生講師, 猶足據也."

한(後漢)의 위굉(衛宏)에 와서 완성된 것으로 파악하였다. 모공(毛公) 즉 모형(毛亨)과 모장(毛萇)의 전승과정을 거쳐 위굉 등의 한유(漢儒)들에 의해 정리된 것으로, 시편의 뜻을 밝히는데 근거가 된다고 본 것이다. 주자(朱子)는 시서를 위굉의 작이라 여겨 그 가치를 폄하하였지만, 성해응은 위굉의 작임을 인정하면서 시서에 대한 신뢰를 가지고 있었던 것이다. 또, "자하(子夏)는 공자를 좇아 시를 전수한 사람으로 지금의 시서 및 그 전수의 근원은 모두 자하에게로 돌리고 있다"[20]라고 하여, 시서의 작자를 자하라고 지목하지는 않았지만 그 연원을 자하에게 돌리고 있다. 성해응은 시서의 작자를 자하로 보는 견해에 대해 직접적으로 긍정한 것은 아니었지만, 시서가 자하로부터 비롯되어 사승(師承) 관계를 통해 이어지다가 위굉 등의 후인들에 의해서 정리된 것으로 보았다. 즉 시서가 근서할 만한 것이라는 입장을 견지하고 있있다.

그렇다고 해서, 그가 시서에 대해 맹목적인 추종을 한 것은 아니다. 시서 및 주자의 해석을 검토한 후 가장 타당성 있고 근거 있는 해석을 따르고자 한 '시서(詩序)와 주자전(朱子傳)의 병행론'을 취하고 있었던 것이다. 이는 한학과 송학의 장점을 각각 취하여 박문약례의 가르침을 지향하고자 했던 그의 학문 태도에 근거한 것임을 알 수 있다. 그렇긴 하지만 조금 더 면밀히 살펴보면, 『시경』 각 편의 해석에 있어서 대체로 주자의 해석보다는 시서의 견해를 따르는 경우가 더 많았으며, 존서적(尊序的) 경향이 다분함을 확인할 수 있다. 이를 통해 그는 한송(漢宋)을 아우르는 입장을 견지하였지만 한학에 좀 더 무게를 두었음을 알 수 있다. 결국 성해응은 한학 중심의 한송겸장의 입장을 견지한 셈이다.[21]

20　『研經齋全集』 외집 권8 「逸詩辨」. "子夏卽夫子之所從傳詩者也, 今之詩序及受授之源, 皆歸之子夏."

성해응은 시경뿐만 아니라 다른 경전에 있어서도, 불완전한 경전을 원 모습대로 복원하여 옛 성인의 본지(本旨)를 파악하는 것을 연구의 목적으로 삼았고, 경전의 복원에 장점을 가진 한학을 적극 수용하였다. 즉, 경전 본지의 파악을 목적으로 하였고 그 수단으로 한학의 명물과 송학의 의리를 절충하자는 것이었다.[22] 이처럼, 그는 시경학을 포함한 경학에서 한학과 송학의 장점을 취하자고 주장하였으며, 그 중에서도 특히 한학의 장점을 수용하는데 적극적이었다.

이제 한학의 장점을 보다 적극적으로 설파하여 치학의 방법론으로 활용하는 태도에 대해서 살펴보도록 한다.

동방의 학자들은 미루어 그것을 통할 줄 모르고 걸핏하면 한유(漢儒)의 전문지학(專門之學)을 배척하지만, 한유를 어찌 가볍게 볼 수 있겠는가? 전수하고 전수받는 것이 이미 확고하고 사승관계 또한 돈독하니 만일 쳐서 없애려고 한다면 이는 이(理)를 이야기하면서 수(數)를 버리는 것이다. 나는 진실로 이것을 병통으로 생각하였다.[23]

이 글은 한학의 가치에 대해서 적극적으로 평가하는 한편 조선 후기 송학 일변도로 흐르는 학문풍토를 비판했다는 점에서 중요하다. 성해응은 한송의 겸장을 주장하였으되, 한유의 전문성과 수수(授受)의 확고

---

21 양원석, 「연경재 성해응의 시경학 연구」, 고려대 석사논문, 2000, 43~53면. 성해응의 시경학에 대한 인식은 이 논문의 도움을 받았음을 밝혀 둔다. 선행 연구자들의 논지를 인용할 경우, 그들이 논문 속에서 구사한 용어를 그대로 專載하였다.

22 김문식, 「성해응의 한학 중심적 한송절충론과 경세론」, 『조선 후기 경학사상 연구』, 일조각, 1996, 92~100면.

23 『研經齋全集』권13 「外集序」. "東方之學者, 不識推而通之, 輒斥漢儒專門之學, 漢儒烏可輕也. 授受既確, 師承且篤, 苟欲擊而去之, 是談理而遺數也. 余固病是."

함, 그리고 사승의 돈독함 등 한학의 장점에 대해서 보다 높게 평가하였다. 나아가 한학의 장점을 인정하지 않고 배척하기만 하는 당대의 풍토에 대해서도 불만을 제기하였다. 성해응이 한학의 장점에 보다 더 견인된 것은 분명해 보인다. 한학의 가치를 적극 옹호하는 학문 태도는 고경(古經)에 대한 연구로 이어졌다.

서한 시대로 내려와 잘 다스린 자들은 모두 경술에 의거하였으니, 동중서(董仲舒)는 『춘추』, 아관(兒寬)은 『역』, 황패(黃覇)는 『서』에 의거한 것이 그것이다. 경에 밝지 않으면서 자기의 마음을 미루어 남에게 미칠 수 있겠는가? 지금 정치에 종사하는 자들은 이와는 달라 고경을 쓸데없는 것으로 여겨 도덕 운운하는 자들을 직분에 빠져 들었다고 한다. 너도나도 용맹과 강건함을 흡속해하고 아늑바늑 따지고 들어야 일처리가 꼼꼼하다고 생각한다. 사사로운 지식을 발휘하고 작은 꾀를 과신하니, 선왕의 정사와 어긋남이 멀다.[24]

충청도 관찰사로 부임하는 홍석주를 전송하면서 1815년에 지은 글이다. 성해응은 선정(善政)을 펼친 역대 목민관들을 제시하고, 그들이 모두 고경에 학문적 기반을 둔 사실을 주목하였다. 홍석주에게 지방관으로서 선정을 베풀 것을 당부하며, 본받을 만한 목민관으로 동중서(董仲舒, B.C 179~B.C 104)와 아관(兒寬, B.C ?~B.C 108), 황패(黃覇, B.C ?~B.C 51)를 들었다. 이들은 모두 한나라 때의 인물로 당시 선정을 펼쳐 백성들에게

24　위의 책, 「送洪吏部(奭周)觀察湖西序」. "降及西京, 以循良治者, 亦皆依附於經術, 如董仲舒之春秋, 兒寬之易, 黃覇之書是已, 不明乎經而能推己以及人也哉? 今之從政者, 異於是, 以爲古經不可用, 言道德者, 謂溺其職, 競以武健爲愉快, 齷齪爲綜密, 騁私智夸小黠, 而畔先王之政遠矣."

추앙을 받았으며 목민관의 으뜸으로 여겨지던 자들이다. 성해응은 이들이 목민관으로서 선정을 베풀 수 있었던 것은 무엇보다 경술에 의거하였기 때문임을 지목하였다. 그리고 이들이 의거한 경술은 『춘추(春秋)』·『역경(易經)』·『서경(書經)』 등의 고경으로, 즉 육경을 바탕으로 한 것임을 밝혔다.

육경은 한에서 성행한 것으로, 시(詩)·서(書)·역(易)·춘추(春秋)·예기(禮記)·악경(樂經)이 그것이다. 사서(四書)가 송(宋)에서 성행하여 성명이기(性命理氣)를 중심으로 사변적(思辨的)이고 철리적(哲理的)인 특성을 지녔다면, 육경은 명물도수(名物度數)를 강조하며 박흡(博洽)하고 실증적(實證的)이며 경세적(經世的)이다. 그러므로 성해응이 육경을 중시한 사실은, 박학한 학문 성향과 고증적 태도, 나아가 서북 지역을 구제하기 위한 구체적인 개혁안을 제시하는 등 경세적 태도를 견지한 것에 대한 이론적 근거가 된다.

성해응은 "경은 길이고 사는 거울이다"고 하여, 학문의 본령이 '경사(經史)'에 있음을 일찍이 천명하였다. 특히 "경은 길이니, 사람은 길을 버리고 다닐 수 없다[經者道也, 人不能捨道而行]"고 하여, 경(經)을 자신이 걸어가야 할 길로 분명히 인식하였다. 또 스스로 '연경재(研經齋)'라고 호를 지을 만큼 경을 연구하는 데 강한 의지를 피력하였다.[25] 그렇다면 성해응이 그토록 치력하였던 '경(經)'은 무엇인가? 그가 '경'의 실체에 대해 구체적으로 언급한 것을 찾기란 쉽지 않은 일이다. 다만 산재되어 있는 편언척구(片言隻句) 등을 통해 어렴풋하게나마 그 실체에 접근할 수 있을 것으로 보인다.

---

25 『研經齋全集』 속집 책17 「行狀」. "然特研精於經, 合漢宋之學, 而操其要, 歸諸博文約禮之訓, 府君之自號有以也."

앞서 성해응이 「외집서(外集序)」에서 '총(叢)'의 의미를 '잡(雜)'으로 '유(類)'의 의미를 '비(比)'로 규정함에 있어, 『역전』과 『악기』를 인용한 사실을 확인하였다. 또 지방관으로 떠나는 홍석주에게 동중서·아관·황패를 본받을 것을 당부하면서, 이들이 각각 『춘추』·『역』·『서』 등의 고경에 학문적 바탕을 두었음을 강조하였다. 즉, 성해응이 논의의 근거로 삼은 것 중 대부분이 『춘추』·『역』·『서』·『악기』 등 육경인 것이다.

그런데 정작 「육경설(六經說)」에서는 육경에 대한 인식이 선명하게 드러나지 않는다. 육경의 연원과 각 시대에 따른 폐단을 지적하고, 이어 각각의 장점을 취하고 단점을 버릴 것을 주장하면서 끝맺을 뿐이다.[26] 그러나 그가 인용한 경전의 구절이나 논의의 근거로 삼은 것은 출처가 대부분 육경이다. 그렇다고 하여 사서(四書)를 언급하지 않은 것은 아니시만, 그 비중에 있어서는 이론의 여지기 없다. 그의 부친 성대중 또한 일찍이 육경을 학문의 본령으로 강조한 바 있다.[27] 성해응이 성대중에게서 많은 학문적 영향을 받았음은 이미 살펴본 바이다. 이러한 사실을 통해 '경은 길이다[經者道也]'와 '연경재(研經齋)'에서의 '경'은 '육경'을 의미하는 것이 분명하다.[28]

---

26 『研經齋全集』 권14 「六經說」. "要其指歸, 卽不過漢學宋學兩家而已. 夫漢學具有根柢, 而爲宋學者, 以其淺陋輕之, 不足以服漢學也, 宋學具有精微而爲漢學者, 以其空踈薄之, 亦不足以服宋學也. 要當平心, 各取其長, 互棄其短, 經義自明矣."

27 손혜리, 「청성 성대중의 문학 활동과 문학론」, 성균관대 석사논문, 1999, 54~60면.

28 이처럼 육경을 강조한 것은 성해응만의 독자적인 인식이 아니라 조선 후기 하나의 경향이었다. 특히 이 시기에 육경의 古義에 대한 관심이 높아져 『시경』과 『예기』에 관한 연구가 고조되었다.(서경요, 앞의 논문, 8~9면) 학문을 위한 학문을 한 것이 조선조 학술을 다양하게 만든 원인 중의 하나였다. 즉 조선조 후기에 벼슬자리는 한정되어 있었는데 지원자는 많고 또한 서족 출신에게 벼슬을 제한하는 제도 등으로 인해 학자들은 과거를 단념한 채 과거와는 상관없는 순수한 학문을 지향하게 된 것이다. 따라서 이 시기에는 과거를 위한 사서공부보다 학문을 위한 육경에 치력하게 되었다는 견해가 제시된 바 있어 참고할 만하다.

요컨대, 성해응은 경을 자신이 걸어가야 할 길로 인식하고, '연경재'
라 자호할 만큼 평생동안 경에 치력하였다. 이때의 경은 '육경'을 말하
는 것으로, 육경은 한나라 때 성행하여 명물도수(名物度數)를 강조하였
으며 박흡하고 실증적이며 경세적인 특성을 지닌다. 성해응이 육경을
강조한 사실은 그가 보다 한학에 견인되어 있었음을 의미한다. 이러한
의식은 경사(經史)뿐만 아니라 시문·서화·산수·금석·이기·도검
등 실로 다양한 분야에 관심을 갖게 된 근거가 되었다. 또, 원인(援引)·
적거(的據)·광증(廣證)·변증(辨證) 등 실증적인 방법으로 고훈(古訓)
을 밝히는 등 학문에 접근하는 하나의 방법론을 제시하였다. 실제 성해
응은 저술에서 실증적인 방법론을 주로 구사하였던바, 특히 기술의 정
밀함과 객관성을 추구하는 데서 잘 드러난다.

다만 여기서 주의할 점은, 성해응이 육경과 한학에 보다 경도된 것은
분명하나, 그렇다고 하여 송학의 가치를 절하한 것은 결코 아니라는 점
이다. 그는 여러 차례 '송학과 한학을 합하여[合漢學宋學]' '함께 그 요체
를 잡을 것[俱操其要]'을 천명하였다. 이는 송학의 가치를 절하하였다기
보다는 동시대에 활동한 다른 학자들보다 한학의 장점과 가치를 보다 적
극적으로 제고했다고 보는 것이 옳을 것이다. 그는 송학의 의리(義理)를
적극 수용하기도 하였는데, 방대한 분량의 「황명유민전」과 「송유민전」
의 저술 및 『존주휘편』의 편찬 등이 그러한 사실을 말해준다. 이러한 측
면에서 성해응의 학문관은 송학의 의리를 그 자체로 긍정하였고, 한학
의 장점을 보다 적극적으로 수용하여 부각시켰다고 보아야 할 것이다.

실제 그의 작품엔 한학과 송학의 장점을 각각 취하고자 하는 학문 태
도가 여실히 드러난다. 그 일례를 들면, 충효열 등 중세 보편적인 가치
관을 충실히 수행한 인물을 포착하여 그들의 행적을 기록한 것으로, 이

는 송학의 의리를 지향하여 내용적인 측면에서 접근한 예이다. 「산수기」와 국토지리에 관련된 서술은 객관적 자료에 의거하여 사실적인 기록을 지향하고 있는 바, 여기서는 세구(細究)와 변증(辨證)을 통한 실증적 방법론을 구사하여 접근하였다. 이는 한학의 장점을 수용하여 작품에 활용한 예이다.

요컨대, 성해응은 송학의 의리를 강조하여 전통적 유교이념을 충실히 수행함으로써 충효열을 고취한 인물들을 대거 포착하여 적극적으로 평가하였다. 역사지리에 관한 객관적이고 정밀한 기술은, 한학 즉 고증학적 학문 태도와 긴밀하게 연결된다. 기술의 정확함을 추구하고, 고거·변증 등의 실증적인 방법론을 구사하여 기술의 객관성을 담보하였던 것이다. 이러한 바탕 위에서 '사실에 의거하여 객관적으로 기술하는[據事直筆]' 기록의식이 형성되었다.

2. 문예인식의 방향

성해응은 부친 성대중의 예술에 대한 관심과 당대 유명한 예술인들과의 교유를 통해 어려서부터 서화와 고동, 음악에 대한 남다른 관심과 취(趣)를 가졌으며, 이를 기록으로 남긴 바 있다. 성해응의 서화와 고동, 음악에 대한 인식을 통해 문예에 대한 관심과 지향을 살펴보기로 한다.

성해응은 "그림은 비록 말예이지만 사람에 따라 기이해진다. 진실로 충렬과 효의(孝誼)의 자취로 사람을 인도하면 또한 마음이 감발하여 움

직이니 쉽게 선에 들어간다”[29]라고 하여, 도에 근본을 둔 그림에 대해서 긍정적으로 평가하였다. 또 “공경하고 삼가는 공력을 더한 뒤에 비로소 정밀해지니 학문을 이처럼 힘쓰지 않을 수 없다. 영리하여 아첨하는 것을 기이하다 여기고 기울어져 의혹된 것을 신묘하다고 여기는 자가 또한 이것을 말할 수 있겠는가?”[30]라고 하여, 서체에 대한 인식을 표출하였다. 서화에 대한 생각은 다음 글에서 보다 분명하게 드러난다.

> 시와 그림은 모두 기예의 작은 것이다. 그러나 또한 익혀서 신묘함을 획득하면 스스로 즐길만한 것이 있으니, 그 도가 서로 통해서일 것이다. 시는 사물을 형용하는 것을 공교하다 여기고, 그림은 모양과 비슷하게 그리는 것을 훌륭한 것으로 삼는다. 옛 사람들은 이것을 익힘에 힘이 온전하고 정신은 넉넉하였기 때문에 신묘하기를 구하지 않아도 저절로 신묘하였다.[31]

성해응의 조부 성효기는 조선에서 시와 그림을 모두 갖춘 작품을 모아 놓은 『동시화보(東詩畫譜)』를 기록한 바 있다. 이 글은 그에 대한 서문으로 서화란 비록 말기(末技)이긴 하지만 익혀서 신묘한 경지에 이르게 되면 충분히 즐길 수 있다고 여겨, 서화의 효용성에 대해서 긍정적으로 인식하였다.

고동에 대한 인식도 여기에서 크게 벗어나지 않는다. 성해응은 보현

---

29 『研經齋全集』속집 책11「題觀我齋畫屏後」. “夫畫雖末藝, 然以人而奇. 苟以忠烈孝誼之跡導人, 亦感移心意而易入於善也.”
30 『研經齋全集』권18「題京山李公篆帖後」. “加敬謹之工而後始精, 學之不可不勉如此. 儇媚以爲奇, 傾惑以爲妙者, 又可以語此哉?”
31 『研經齋全集』권13「東詩畫譜序」. “詩與畫皆藝之細者. 然亦習之而獲其妙, 有足以自娛者, 蓋其道相通也. 詩以狀物爲工, 畫以肖形爲得. 古人之爲是者, 力完神足, 故不蘄妙而自妙.”

당첩(寶賢堂帖)과 안평대군의 글씨를 아침저녁으로 완상하여 잠시도 손에서 놓지 않았다[32]고 고백하였다. 또 "훗날 옛 것을 좋아하는 박아(博雅)한 자가 진기한 물건 어루만지기를 그치지 않는다 하더라도 어찌 나만 하겠는가?"[33]라고 하여 '호고(好古)' 취향을 적극 표명하였다. 그는 고동에 대한 관심뿐만 아니라 실제 해박한 식견과 정보를 많이 가지고 있었다.

나는 도성에 있을 때 공인 김도산과 친하게 지냈다. 도산은 홍주의 아전으로 외모가 추하여 마치 아무 능력이라고는 없는 듯하였다. 홍주의 옆은 남포로, 남포에는 벼루의 재료가 났기 때문에 그는 벼루 만드는 것을 좋아하였고, 재주가 완성되자 아전직을 버리고 도성을 떠돌며 벼루를 팔아먹고 살았다. 신경록은 돈녕부의 아전으로 역시 벼루를 잘 만들었다. 조각을 특히 잘하여 때때로 중국벼루를 이지럽히기까지 하였다. 재상명사들로 세력있는 자들이 그를 불러 부리고는 값을 주지 않자, 경록은 수고롭기만 하고 이익이 없다 하여 스스로 손가락을 잘라 그 일을 면하였다(…중략…) 나는 도산 등에게서 벼루의 재질에 대해서 매우 자세히 들었다. 때문에 이렇게 갖추어 쓴다.[34]

김도산(金道山)과 신경록(申敬祿)에 관한 일화는 당시 재주있는 장인

---

32 成海應, 『研經齋全集』 속집 책16 「題寶賢堂殘帖後」. "余日夕所以玩閱而不暫舍也."; 『研經齋全集』 속집 책16 「題家藏昌黎集後」. "昌黎集, 乃壬辰倭亂後. 訓鍊都監以財窘之故, 用安平大君字本, 刻聚珍字, 印此書, 買之而裕用者也. 筆畫偉麗, 雖移刻, 不甚失直, 夫以昌黎之文, 經朱子是正, 而以安平筆印之, 可謂絶世之寶, 板本已久遠, 不知今尙存否, 余在湖中官次, 得之, 不暫釋手, 然間多壞澣, 可惜也已."

33 『研經齋全集』 권14 「肅愼石砮硯記」. "後之博雅好古者, 又摩挲珍玩而不已, 其將如余乎?"

34 『研經齋全集』 권12 「硯譜」. "余在都下, 善硏工金道山. 道山洪州吏也, 貌朴陋若無能者. 洪之隣藍浦也, 藍浦産硯材, 故好製硯. 工旣成, 棄吏役, 遊都下, 賣硯以自食. 申敬祿者, 敦寧府吏也, 製硯亦甚工, 尤善彫刻, 往往亂中國硯. 宰相名士有勢力者, 招而役之, 不與其直, 敬祿徒勞而亡所利, 乃欲自斷指而免(…중략…) 余從道山輩, 聞硯材甚悉, 故具書之."

들이 살아가는 모습에 대해 구체적으로 보여주는 만큼 매우 흥미롭다. 성해응이 이들과 친해진 것은 벼루에 대한 남다른 관심에서 비롯되었다. 벼루에 대한 관심이 있었기에 벼루 잘 만드는 재주를 지닌 이들을 유념해서 보았고, 그러한 연유로 이들과 친하게 되었다. 그리고 이들로부터 벼루에 관한 중요한 정보를 얻게 되었으리란 것도 짐작할 수 있다. 그는 이러한 정보를 바탕으로 각 지방의 유명한 벼루를 소개하고 품질의 등위를 매기는 등 벼루에 대한 감식안을 유감없이 발휘하였던 것이다.

서화고동에 대한 관심과 식견은 자연스럽게 서화에 대한 수장(收藏)으로 이어졌다. 성해응의 집안에는 대대로 전해오는 귀중한 간찰과 서첩이 다수 있었던 것으로 확인된다. 성해응은 "집안에 보관된 고적(古蹟)에 조맹부·동기창·주지번·여사담·아극돈의 글씨가 있어 이를 합하여 한 권으로 만들었으니, 모두 수묵이 새 것 같아 더욱 보배로 여길 만하였다"[35]고 한 바 있으며, "나는 집안의 구적(舊蹟)을 열람하다가 퇴계선생의 필첩 두 폭, 청송 선생의 필첩 한 폭, 옥산 이우 공의 필첩 한 폭을 얻었으니, 모두 그 사람됨과 비슷하였다"[36]라고 하여, 중국의 유명 서가(書家)와 조선 문인들의 글씨를 다수 소장하고 있음을 밝혔다. 서화고동에 대한 관심과 수장은 창녕 성씨가에 대대로 전해내려 온 셈이다.

성해응은 어떻게 서화고동에 대하여 관심을 가지게 된 것일까? 이에 관한 그의 유년 시절의 경험에 대해서는 이미 살펴본 바이다. 다음 글을 통해서 서화고동에 대한 성해응의 속내를 보다 구체적으로 확인할 수 있다.

---

35 『硏經齋全集』속집 책16「題家藏古蹟後」. "家藏古蹟, 有趙孟頫·董其昌·朱之蕃·呂思澹·阿克敦筆, 合爲一卷, 皆手墨如新, 尤可珍玩."
36 위의 책,「題東賢筆蹟後」. "余嘗閱家中舊蹟, 得退溪先生筆二幅, 聽松先生筆一幅, 玉山李公瑀筆一幅, 皆類其爲人."

중국은 왕조가 바뀐 것이 여러 번이라 영웅호걸이라 칭해진 이들은 모두 아득히 흔적이 없다. 다만 저 작은 비석만 멀리 떨어진 황무지 속에서도 남아 있어 그 흔적을 살피기에 충분하니, 선비가 금석에 스스로 의탁하여 후세에 전해지기를 바라는 것은 또한 나무랄 수 없다.[37]

현경비(顯慶碑)에 쓴 발문으로, 비석에 대한 단편적인 언급이긴 하나 서화고동 전체에 적용시켜도 무리는 없을 것이다. 「초방원비발(草坊院碑跋)」에서도 "국사(國史)와 야승(野乘)에 모두 실려 있지 않는데도 다만 변방의 조각돌에서 증거할 수 있으니, 또한 기이하지 않은가?"[38]라고 하였으니, 이 또한 같은 맥락이다. 즉 서화고동의 고상한 아취와 더불어 그 영속성을 포착한 것이다. 한 시대를 호령한 영웅호걸은 가고 없지만, 시화고동을 통해 남겨진 그들에 대한 기록은 영원히 전해져 우리에게 그들의 존재를 각인시킨다. 성해응이 기록에 치력한 것 역시 이러한 인식의 연장선에서 이해된다. 기록과 저술을 통해 정체성을 확인하고 존재의 가치를 길이 전하고자 한 사(士)의식의 발현인 셈이다.

이 지점에서 성해응이 이상적으로 추구하는 서화의 경지에 대해서 생각해 볼 필요가 있다. 다음 글은 성해응이 지향하는 이상적인 서화의 경지와 더불어 보다 섬세하고 예리한 감식안을 잘 보여준다.

무릇 멀어서 쫓아갈 수 없고 가깝되 잡을 수 없으며 농밀하되 부섬한 데는 이르지 않고 굳세되 거친 데까지는 이르지 않으며 조용히 거처하되 궁벽진

37　『研經齋全集』 권14 「顯慶碑跋」. "中國之代謝者屢矣, 所稱英豪俊傑, 皆漠然無跡. 獨彼短碑寄在退陬荒蕪之中, 猶足以考其跡, 士之自托於金石, 覬以傳於後世者, 亦未可誚矣."

38　위의 책, 「草坊院碑跋」. "國史野乘並不載, 獨於荒裔片石而徵之, 不亦奇哉?"

데에 이르지 않는 것, 이것이 경지에 들어간 시와 그림이다. 나는 산속에 오래 거처하면서 사계절에 초목이 꽃을 흐드러지게 피우고 밭과 도랑이 무성하여 아득히 바라볼 만함을 두루 경험하였다. 그런데 가장 좋았던 것은 안개비가 갑자기 몰려와 앞산의 한 자락을 가렸다가 홀연히 흩어져 산허리가 언뜻 보임에 온갖 형상이 넘쳐나는 것이었다. 이에 시정(詩情)과 화의(畵意)가 깨닫지 못하는 사이에 날아 움직인 것이 오래 되었다. 그러나 말은 졸렬하여 가슴 속의 뜻을 다 펼 수 없었고, 붓은 서툴어 풍광속의 정취를 다 표현할 수 없었다. 대저 익히지 않으면 공교로워질 수 없고 공교롭지 않으면 신묘해지지 못한다. 이로 말미암아 시와 그림을 잘 아는 사람은 용심(用心)이 부지런한 것임을 알 수 있다.[39]

성해응은 시와 그림의 이상적인 경지를 제시한 바, 멀어서 쫓아갈 수 없고 가까워도 잡을 수 없으며 농밀하여도 부섬하지 않고 굳세어도 거칠지 않으며 그윽하지만 궁벽하지 않은 것으로, 이것은 쉽게 도달할 수 있는 경지가 아니다. 성해응의 예술적 취향이 심원함을 느낄 수 있는 대목이다.

저 멀리서 안개비가 갑자기 몰려와 앞산의 한 자락을 가렸다가 홀연히 흩어져 산허리가 언뜻 드러날 때 온갖 형상이 넘쳐나는 것, 바로 그때 시정(詩情)과 화의(畵意)가 본인도 깨닫지 못하는 사이에 일어나는 그 경지를 앞서 제시한 다섯 가지로 표현해 낸다면, 이야말로 서화가

---

[39] 『硏經齋全集』 권13 「東詩畫譜序」. "夫遠而不可追, 近而不可挹, 濃而不至於富, 健而不至於麤, 幽而不至於僻, 乃詩畫之入品者. 余久居山中, 見四時草樹, 精華溢發, 田溝平蕪, 悠漾可望, 而最愛烟雨忽來, 遮前山一角, 忽去微露山林, 百態橫生, 而詩情畫意, 不覺飛動久之. 然辭拙而不能盡胸中之意, 筆澁而不能發境中之趣. 夫不習則不工, 不工則不妙, 由是益知善詩畫者, 用心之勤也."

'경지에 들어간[入品]' 경우라고 평가하였다. 다만 시정과 화의를 느낀다 하더라도 그것을 표현해낼 수 있는 방법은 시와 그림을 통해서이다. 그러므로 시정과 화의를 잘 표현해 내기 위해서는 부단한 연습을 통해야 공교로워질 것이고, 그러다 보면 어느 순간 신묘해져서 경지에 도달하게 되는 것이다.

성해응은 음악의 이상적인 경지에 대해서도 견해를 밝힌 바 있다. 부친인 성대중은 음악에 대한 남다른 관심과 예술적 감성을 지닌 인물로, 18세기 예원(藝園)의 흥취가 물씬 풍겨나는 「기유춘오악회(記留春塢樂會)」를 기록하였다. 성해응에게도 이와 비슷한 성격을 지닌 작품이 있어 눈길을 끈다. 성해응은 죽하 김기서의 「애이금사문(哀李琴師文)」을 읽고 느낀 바 있어, 「서애죽하이금사후(書哀竹下李琴師後)」와 「부서죽하애이금사문후(復書竹下哀李琴師文後)」를 기록하였다. 이 두 편은 성해응의 음악적 지향과 의경(意境)이 잘 표출된 작품으로, 그동안 학자로 널리 알려졌던 성해응의 섬세한 음악적 감성을 확인하기에 충분하다.

김기서는 성해응의 가장 절친한 벗으로 배와 김상숙의 아들이다. 성해응은 이금사를 직접 만난 적이 없으며 다만 김기서의 글을 통해서 그 존재를 알게 되었다. 그럼에도 "매양 밤 깊고 달 밝으면 문득 거문고 연주에 생각이 이르러 그윽하게 경(境)을 얻을 수 있었으니, 천리 먼 곳에 떨어져 있더라도 옆에 있는 듯하고 곧 그의 모습과 연주를 볼 수 있는 것만 같았다. 이제 금사가 없으니 무엇으로 말미암아 그 경을 얻을 수 있을 것인가?"[40]라고 하여, 이금사의 거문고 연주에서 경을 얻었음을 고백하였다.

---

40 『研經齋全集』 권11 「書竹下哀李琴師後」. "每夜久月朗, 思至便彈, 可穆然以得其境, 雖千里之遠, 卽几案之上矣, 鬚眉巾拂, 庶幾可見, 今琴師亡矣, 顧何由而得之."

그렇다면 성해응이 생각하는 '경(境)'에 대하여 좀 더 구체적으로 논의할 필요가 있다.

결성 황리의 이금사는 그 계보와 이름을 알 수 없다. 또한 면식조차 없으니 그 사람을 알지 못하는데 하물며 그의 음악이랴? 이는 아득하여 잊는 것이 마땅한데도 금사가 항상 거문고를 잡고 내 곁에서 연주하는 것과 같은 것은 무엇인가? 이것은 죽하의 글 때문이다. 죽하 또한 그 사람을 잘 알지 못하며 원당 유씨의 별장에서 한번 그 연주를 들었을 뿐이고, 또한 그 음악이 좋고 나쁨은 말하지 않았는데 내가 어떻게 그 음악을 알 수 있었을까? 이것은 경이다. 경이라는 것은 어떤 방법으로 얻을 수 있는가? 사물을 앞에서 접하여 보는 바를 따라가면 경이 되니 오직 마음이 있는 자만이 얻을 수 있다. 이미 얻었더라도 정신이 응집되지 않으면 또한 그 경을 유지할 수 없으며, 경이 유지되는 데 이르러야 오래간다.[41]

여기서 '경'은 굳이 말하지 않아도 알 수 있는 경지인 '의경(意境)'을 말하는 것이다. 즉 김기서는 이금사의 거문고 연주를 한 번 들었을 뿐이며, 이금사의 연주에 대하여 성해응에게 말을 한 적도 없다. 그럼에도 두 사람 모두 이금사의 연주가 범상치 않음을 알아차린 것이다. 성해응은 바로 이러한 경지를 '경'이라고 생각하였으며, 이 '경'이야말로 음악을 이해하고 감상하는데 있어서 가장 중요한 것이라고 여겼다.

---

41 위의 책, 「復書竹下哀李琴師文後」. "結城黃里之李琴師, 不知其系與名, 又未嘗識其面, 其人之未詳, 況其音乎? 是宜邈然若相忘者, 琴師常如操琴而鼓我側者何也? 是因竹下之文也. 竹下亦未嘗熟其人, 一聽於元堂柳氏之墅, 而又不言其音之善不善, 吾何從而識其音也. 曰是境也. 境也者, 由何術而得之. 曰有物交于前, 隨所見而爲境, 惟有心者得之. 既得之, 不以神凝之, 又無以持其境, 境而至於持則斯久矣."

'경'을 얻는 것도 어렵지만 지속시키기란 더욱 어려운 법이다. 때문에 '경'을 얻어서 지속시키는 것에 관심을 기울였다. 따라서 '사물을 앞에서 접하여[物交于前]' '보이는 바를 따르는 것[隨所見]'이 '경'의 경지라면 '유심자(有心者)'만이 이를 터득할 수 있으며, 설령 경의 경지를 얻었다 하더라도 이를 유지하기 위해서는 정신이 응결[神凝]되어야 함을 아울러 말하였다.

성해응은 추상적인 것으로 인식하던 '의경'을 좀 더 구체화시켜 그를 둘러싸고 있는 일상적인 것으로 인식한다.

> 나는 오랫동안 시골에 살았는데 산수·초목·금수·충어의 변화와 연무·상설·운월·사시의 회명(晦明)이 앞에서 서로 접하는 것을 보니, 모두가 내가 말한 경(境)이라는 것이었다. 내가 유유히 마음에 느낀 연후에 경이 비로소 내 마음과 합해져, 이에 그윽하면서 맑고 영연하면서 선하고 창연하면서 아득하여 스스로 즐길 만한 것이 있었다. 그러나 이것은 오히려 형체가 있는 것이다. 마음으로 인하여 생각이 생겨나고 생각으로 인하여 형체가 생겨나고 형체로 인하여 의경이 생겨나는 것은 오직 신(神)일 것이다.[42]

다시금 '의경'의 경지에 대해서 설명하고, 앞서 '의경'을 유지하기 위해 '정신이 응집'되어야 함을 강조하였던바, 그 '신(神)'에 대해서 보다 구체적으로 제시하였다. 눈으로 직접 본 뒤 형성된 '형체[形]'가 있는가

---

[42] 위의 책, "吾久居田野, 見山水林木禽獸虫魚之變化, 與夫烟霧霜雪雲月四時之晦明, 相接乎前, 皆吾所謂境者. 吾悠悠而感於心, 然後境始與吾心合, 於是乎穆然而淸, 泠然而善, 蒼然而遠, 有足以自娛樂者. 然是猶有形者, 若因心而生想, 因想而生形, 因形而生境者, 其惟神乎!"

하면, 눈으로 직접 보지 않고도 형성된 형체가 있다. 후자는 마음이 감발되어 가상의 이미지가 생성되고 그것으로 인해 형성된 형체인 것이다. '무형의 형체[無形之形]'로부터 '의경'이 생겨난다면, 그것이 바로 '신'의 경지임을 설명하였다. 성해응은 이금사의 거문고 연주를 직접 듣지 못하였지만[無形], 김기서의 글을 읽고 무언가 마음속에 스치는 것이 있었으며[想], 이에 연주를 직접 듣지 않고서도 그 절조를 느낄 수 있었던 것[形]이다. 그런 가운데 '의경'이 생겨났으니, 이것이 바로 '신'의 경지임을 체득하였다.

이어 "무릇 형체가 있는 것은 내가 아침저녁으로 함께 접하는 것이니 그 의경을 쉽게 얻을 수 있다. 형체가 있으면서 형체가 없는 것은 사람에게 달려 있는 것이니 진실로 그 사람을 생각하여 얻지 못한다면 의경은 이룰 수 없다. 무형 중의 뛰어난 것은 그 사람이 노니는 것에서 얻는 것이니, 더욱 간절하게 생각한 이후에 의경을 비로소 볼 수 있다"[43]라고 하였다. '무형 중의 뛰어난 것'이란 이금사의 뛰어난 거문고 절조를 의미한다. 주변에서 보고 들어 터득할 수 있는 '유형의 의경'과는 달리, '무형의 의경'은 보고 들을 수 있는 실체가 없다는 데 그 어려움이 있다. 이는 그 대상과 온전히 합일되어야만 이를 수 있는 경지로 도달하기 어려운 만큼 감흥의 정도 또한 크다.

금사가 거문고를 연주하는 것은 정제되어 있으면서 절절하고 곡조를 헤아리는 것은 느리면서 완만한 듯하다. 잠시 후에는 그 모습이 고요하게 눈에 들어오고 그 소리가 슬프게 귀에 흘러넘치며, 음률이 계속 이어져 거문고 소리

---

43 위의 책, "夫有形者, 在吾朝夕之所共接, 其境易得. 有形而無形者在人, 苟不能思其人而得之, 其境不可致. 無形之尤者, 又因其人之所遊而得之, 思之尤切而後, 境乃可見."

가 울리는 듯하니, 이것이 장씨(莊氏)가 말한 '정신이 응축된다'는 것이 아니
겠는가? 금사는 비록 세상을 떠났으나 그 경은 없어지지 않았다. 더구나 죽하
의 문장이 또 그 경을 발하고 있음에랴?[44]

성해응은 김기서의 「애이금사문」을 읽은 후 느낀 바가 있어 「서죽하
애이금사문후」를 지었으며, 이것으로도 부족하다 여긴 것인지 다시
「부서죽하애이금사문후」를 지어, 그 깊은 감응을 글로 형상하였다. 김
기서는 부친 김상숙에 이어 서화로 유명한 인물인 만큼 예술적 취향이
남달랐으며 음악에도 조예가 깊었다. 그는 이금사의 거문고 연주를 한
번 듣고 깊은 감명을 받았으며, 이에 이금사가 죽자 애통해하며 글을
남겼다. 성해응은 이금사를 직접 만났다거나 거문고 연주를 들은 것은
아니었다. 대신 김기서의 글 속에서 이금사의 거문고 소리를 들었던 것
이다. 들리지 않는 거문고 소리[無形]에서 참된 의경을 느꼈던바, 그 모
습은 눈에 선연하고 그 소리는 귀에 흘러넘쳐 이른바 '신응(神凝)'의 경
지에 도달한 것이다. 이금사는 죽고 없지만, 그의 거문고 연주는 성해
응의 글을 통해 이처럼 생동하게 들려온다.

성해응은 이금사의 연주를 직접 들은 것은 아니지만 김기서의 글을
읽고 그 속에서 절대적인 의경을 느꼈다. 이것은 음악에 대한 이해와
애정, 그리고 예민하면서도 섬세한 감수성이 있어 가능했을 것이다. 그
리고 성해응은 자신이 느낀 의경과 '신응'의 경지에 이르는 과정을 뛰
어난 필치로 생동감 있게 형상하였다. 그러므로 이 두 작품은 성해응의

---

44 위의 책, "琴師之操縵也, 若整而切, 度曲也, 若徐以緩. 旣而其容寂而入乎目, 其聲哀而盈
乎耳, 宮商迭奏鏗如也, 是非莊氏所謂其神凝者乎? 琴師雖沒, 其境未嘗沒, 況竹下之文,
又發其境乎."

예술적 감성과 문학적 역량을 가늠하기에 충분한 만큼 작품으로서의 성과가 크다. 서화에 대한 기록이나 비평이 종종 확인되었던 것에 비해 음악에 관한 기록은 이 글에서 처음 확인되는 만큼 소중한 자료이다.

이상에서 성해응의 서화고동을 비롯한 예술에 대한 인식과 지향을 살펴보았다. 성해응은 어려서부터 부친의 영향 아래 자연스럽게 예술에 대한 관심과 취향을 갖게 되었다. 이는 유년 시절의 짧은 추억에서 끝나지 않고 더욱 발전되어 서화와 음악에 대한 많은 기록을 남기게 된다. 후술하겠지만, 서화와 관련하여 110제에 달하는 「서화잡지(書畵雜識)」를 기록하였다. 또 음악적 지향과 감식안이 잘 드러난 「서죽하애이금사문후」와 「부서죽하애이금사문후」는 그동안 학자로서의 면모가 강하게 부각되었던 성해응의 섬세한 예술적 감수성을 확인할 수 있는 매우 중요한 작품이다.

저술의 방향과 그 태도

1. 저술의 체재와 인물지(人物誌)

성해응의 『연경재전집』은 본집(本集) 61권과 외집(外集) 70권, 그리고 속집(續集) 17책으로 이루어졌다.[1] 그런데 『연경재전집』을 간행한 성우증은 성해응의 시문이 모두 164권임을 밝힌 바 있다.[2] 따라서 현재 전하는 『연경재전집』은 성해응의 시문 중 일부분이 빠진 것으로 보인다. 이는 아마도 문집을 수합정리하는 과정에서 누락된 것이 있었던 듯

---

1 外集의 1~2책은 本集의 詩文이 상당수 轉載되어 있으며, 이를 제외한 나머지 부분도 편차가 混在된 곳이 많다.

2 『硏經齋全集』「硏經齋府君行狀」. "詩凡十四卷, 以冲澹爲主, 有王輞川·韋蘇州之韻. 文凡十六卷, 典雅閎廓, 有曾子固·歐陽永叔之意, 盖府君之夙好在是也. 并雜一百三十四卷, 爲一百六十四卷, 富矣哉!"

하다. 그러므로『연경재전집』의 저술 배경과 체재에 주목할 필요가 있
다. 이에 중복된 것을 생략하고 편차를 바로잡아 간행된『연경재전
집』에 대해서 살펴보고자 한다.

1) 저술의 배경과 외집의 체재

『연경재전집』은 본집과 외집, 속집으로 구성되어 있다. 본집은 여느
문인의 문집과 마찬가지로 시와 문이 연대별로 수록되어 있고, 외집은 경
(經)·사(史)·자(子)·집(集)의 체재로 이루어져 있다. 그리고 속집은 문
집을 간행하는 과정에서 누락된 것을 수록한 것으로 보인다.『연경재전
집』의 전모를 파악하기 위해서 목차를 일별하여 제시해 둔다.

『연경재전집(研經齋全集)』목차

연경재전집 I	권1~8	詩
연경재전집 I	권9~18	文
연경재전집 I	권19~21	經解
연경재전집 II	권22~30	禮論
연경재전집 II	권31~34	風泉錄
연경재전집 II	권35	崇貞逸事
연경재전집 II	권36	明季書稿
연경재전집 II	권37~43	皇明遺民傳
연경재전집 II	권44	文
연경재전집 II	권45	宋遺民傳
연경재전집 II	권46	北邊雜議
연경재전집 II	권47	錢論·服飾考·喪服·婦人服
연경재전집 III	권48	家傳
연경재전집 III	권49	世好錄

연경재전집Ⅲ	권50~51	山水記
연경재전집Ⅲ	권52	靑城孝烈傳
연경재전집Ⅲ	권53	逸民傳
연경재전집Ⅲ	권54~57	草榭談獻
연경재전집Ⅲ	권58~61	蘭室史料
연경재전집Ⅲ(외집)	권1~2	經翼易類
연경재전집Ⅲ(외집)	권3~6	經翼書類
연경재전집Ⅲ(외집)	권7~10	經翼詩類
연경재전집Ⅲ(외집)	권11~13	經翼春秋類
연경재전집Ⅳ(외집)	권14~18	經翼禮類
연경재전집Ⅳ(외집)	권19	經翼庸學類
연경재전집Ⅳ(외집)	권20	經翼孝經類
연경재전집Ⅳ(외집)	권21~23	經翼總經類
연경재전집Ⅳ(외집)	권24~27	史料禮類
연경재전집Ⅳ(외집)	권28~32	史料尊攘類
연경재전집Ⅴ(외집)	권33~36	史料尊攘類
연경개전집Ⅴ(외집)	권37·42	史料傳記類
연경재전집Ⅴ(외집)	권43	史料儀章類
연경재전집Ⅴ(외집)	권44~51	史料地理類
연경재전집Ⅴ(외집)	권52~53	史料故事類
연경재전집Ⅴ(외집)	권54	史料草木類
연경재전집Ⅴ(외집)	권55	史料識小類
연경재전집Ⅵ(외집)	권56~61	子餘筆記類
연경재전집Ⅵ(외집)	권62	子餘器量類
연경재전집Ⅵ(외집)	권63	子餘古蹟類
연경재전집Ⅵ(외집)	권64	子餘筆記類
연경재전집Ⅵ(외집)	권65~70	載籍雜綴類
연경재전집Ⅵ(속집)	책1~5	詩說
연경재전집Ⅶ(속집)	책6~8	禮說
연경재전집Ⅶ(속집)	책9	禮論
연경재전집Ⅶ(속집)	책10	史論
연경재전집Ⅶ(속집)	책11~12	文
연경재전집Ⅶ(속집)	책13~14	讀書記
연경재전집Ⅶ(속집)	책15	風泉錄

| 연경재전집Ⅶ(속집) | 책16 | 書畵雜識 |
| 연경재전집Ⅶ(속집) | 책17 | 文 |

이 중 외집의 체재에 대해서 주목을 요하는 바, 독특하게도 경·사·
자·집의 4부 체재로 구성되었기 때문이다.[3] 외집 서문에서 저술의 배
경과 체재에 대해서 자세하게 언급한 만큼 이를 살펴보기로 한다.

나는 젊어서부터 왕백후(王伯厚)와 정어중(鄭漁仲)의 풍모를 흠모하여 문
헌연구를 좋아하였다. (…중략…) 벼슬살이에 부침한 지 이십 여 년 동안 혹 사
무에 휘둘린 적은 있었지만, 이 뜻은 조금도 해이해진 적이 없었다. 늙고 쇠약
해져서는 고향으로 돌아와 뽕나무밭과 삼밭을 돌보고 꽃과 약초를 가꾸는 여
가에, 때때로 다시 상자를 열어보니 그동안 저술한 것이 쌓여있고 게다가 조정
의 동료들과의 옛일을 생각하니 망연히 전생과 떨어져 있는 듯하였다. 친지들
은 대부분 세상을 떠나 내가 말을 하더라도 칭찬해 줄 이가 없음을 탄식한다.
살아있는 자 또한 영락한 채 이어가니, 성쇠의 때를 되돌아보면 하나 같이 탄식
만 하게 된다. 또한 만년에는 이치상 꽃을 버리고 열매를 취해야 하며 넓은 것
을 버리고 요약하여 보존해야 마땅하니, 바야흐로 심신에서 구하기도 부족한
데 또 어찌 언어의 끝에 구구하게 늘어놓겠는가? 그러나 기술하는 일을 세밀히

3　김문식 교수는『研經齋全集』의 외집의 체재와 내용에 대해서 자세하게 언급한 바 있는
데, 그 체재가 徐命膺의『保晚齋叢書』와 徐瀅修의『奎章總目』의 체재와 유사한 점을 주
목하였다. 특히『보만재총서』는 서명응·서형수 부자를 비롯하여 成大中·朴趾源·李
德懋 등 다수의 규장각 학인들이 공동으로 편찬한 것으로, 체재에 대해서는 이들 사이에
일정한 합의가 있었던 것으로 보았다. 따라서『보만재총서』나『규장총목』의 체재에서 보
이는 서명응·서형수 부자의 학문적 자신감은 규장각을 중심으로 한 당대의 경기학인들
이 공감하는 부분이었고, 성대중·성해응 부자도 그러한 문화적 분위기 속에서 성장하여
외집의 독특한 체재가 나온 것으로 파악하였다. 이에 대해서는, 김문식,「성해응의 한학
중심적 한송절충론과 경세론」,『조선 후기 경학사상연구』, 일지사, 1996, 80~86면 참조

髮蒼原無以得火時意氣之盛然歎老嗟甲非丈夫
事也以古人兩相勉者及之如邁伯玉五十而知四
十九年之非衛武公年九十而作抑戒之詩者不亦
善子

外集序

余少嘗慕王伯厚鄭漁仲之風好以文獻爲事顧鄉
居寡書籍無以資聞見而博記述及通籍內閣縱覽
中秘所藏懍家又多博洽之士每公餘談笑皆足以
發吾志又愛 上命多預編纂之役與當世鴻儒相
追逐上下靹以經傳奧古互相發難亦徃徃有所得

雖浮沈仕官者二十餘年或爲事務所撓奪此志未
嘗火嬾及衰老而返于鄉里理桑麻課花藥之餘時
復披閱箱篋頗於成秩仍念天工高遊茫然如隔時
前塵親知多亡有嶔言莫賞之歎存者亦落落相
望而就簡咸東之一巉且値衰喬之際理當剝
革而乾實撟博而存約方未於心身而不足又何用
邅直於言語之末予然細究其成記述之工或追經傳
而疇新見或報子史而繹舊得或駒古人之紕繆而
正之或就今世之觀閱而顯之或憑考据而備遺愆
或賓覽羅而歸實用或曰辨證而考得失或拾零瑣

「외집서」

궁구하여 경전을 따라 새로운 견해를 펼치기도 하고, 자사(子史)를 엮어서 옛
날에 터득한 것을 연역하기도 하고, 고인의 잘못을 끄집어내어 바로잡기도 하
며, 금세의 보고 들은 것에 나아가 기록하기도 하고, 고거(考據)에 의지해서 빠
트리고 잊어버린 것을 갖추기도 하며, 모아서 수집한 것을 바탕으로 실용에 돌
아가게끔 하고, 변증을 통해 득실을 상고하기도 하며 자잘한 것을 수습하여 기
이한 견문을 넓히기도 하였다. 바야흐로 따져 물어서 자세히 하고 교열하여 정
리하고 모아서 넓게 펴 이로써 문자의 오묘함에 힘을 다했으니 즐거움이 없다
고 말할 수는 없을 것이다.[4]

4　『研經齋全集』 권13 「外集序」. "余少嘗慕王伯厚·鄭漁仲之風, 好以文獻爲事 (…중략…)
雖浮沈仕宦者二十餘年, 或爲事務所撓奪, 此志未嘗少懈. 及衰老而返于鄉里, 理桑麻課

이 글은 크게 두 단락으로 나누어진다. 첫 번째 단락은 관직에서 은퇴한 이후 느낀 상실감과 노년의 외로움에 대해서 서술하였으며, 두 번째 단락은 기록의 8가지 방법을 구체적으로 서술하였다. 이는 외집의 저술 목적일 뿐만 아니라 『연경재전집』의 저술 목적이기도 하다.

성해응은 정조 사망 이후 외직을 전전하다 은퇴하였는데, 이때는 이미 육순의 나이에 가깝던 터라 절친하게 지내던 선배학자와 벗들이 대부분 죽은 뒤였다. 그는 관직에서 물러난 후 세상으로부터 점점 소외되는 위기의식과 함께 노년의 외로움을 많이 느꼈던 듯하다. 무엇보다 20여 년의 관직생활을 마무리한 후 뒤따른 상실감과 허전함이 컸을 것이다. 그러므로 그는 가슴 속의 번뇌와 외로움을 떨쳐버릴 대상이 절실히 필요하였다. 이러한 상황이 그로 하여금 더욱 저술활동에 치력하게 만들었으며, 그 결과 그는 방대한 문집을 남길 수 있었던 것이다.

물론 성해응은 은퇴하기 이전, 관직 생활을 하면서도 저술활동을 하였다. 그러나 그가 은퇴한 시점인 1815년에서 1826년 사이에 대부분의 저술이 집중적으로 이루어진 것임을 그의 문집을 통해 확인할 수 있다. 성해응이 이처럼 방대한 저술을 하게 된 것은, 그 자신의 뛰어난 학적 역량에다 가학의 영향 및 검서관으로서 많은 서적을 편찬하고 간행한 경험, 절친하게 지냈던 선배학자인 이규상·이덕무·유득공 등의 저술에 영향을 받아서였다. 그리고 또 하나, 관직에서 은퇴한 이후 느낀 상실감과 허전함, 시간적 여유 등을 저술의 배경으로 꼽을 수 있다.

花藥之餘, 時復披閱箱篋, 頗哀然成秩, 仍念天上舊遊, 茫然如隔前塵. 親知多喪亡, 有發言莫賞之歎. 存者亦落落相望, 反顧盛衰之際, 爲之一嘅. 且値桑楡之際, 理當刳華而就實, 捨博而存約, 方求於心身而不足, 又何用區區於言語之末乎? 然細究其記述之工, 或追經傳而抒新見, 或掇子史而繹舊得, 或鉤古人之紕繆而正之, 或就今世之覩聞而錄之, 或憑考据而備遺忘, 或貪蒐羅而歸實用, 或因辨證而考得失, 或拾零瑣而廣異聞, 方其難詰而詳之, 校閱而整之, 薈萃而博之, 以之盡力於文字之妙, 則不可謂無其樂矣."

이제 외집의 체재를 구체적으로 논의해 보고자 한다. 다음 글은 외집을 편찬한 경위에 관한 보고서이다.

마침내 그 버려두고 흩어져 없어지는 것을 안타까워하여 『한위총서』를 모방하여 사문(四門)으로 나누고 경익·사료·자여·재적이라 하였다. 또 사문을 가지고 구양수의 『유설』을 모방하여, 경익은 역류·서류·시류·춘추류·예류·총경류라 하고, 사료는 예류·존양류·지리류·전기류·의장류·고사류라 하였다. 자여는 천문류·초목류·지소류라 하고, 재적은 기량류·고적류·잡기류라 하였다.[5]

성해응은 명나라 정영(程榮)의 『한위총서(漢魏叢書)』[6]를 본받아 자신의 저술을 경·사·자·집의 사문(四門)으로 나누고, 송나라 구양수(歐陽脩)의 『유설(類說)』을 모방하여 사문을 다시 세분화하였다. 또, 종인걸(鍾人傑)의 『당송총서(唐宋叢書)』·진사도(陳師道)의 『담총(譚叢)』·육우(陸友)의 『연북잡지(研北雜志)』·초굉(焦竑)의 『국사경적지(國史經籍志)』를 참고하여 사문 중「자여(子餘)」편을 저술하였다.[7] 「재적(載籍)」편을 저술할 때는 유흠(劉歆)의 『칠략(七略)』과 순욱(荀勖)의 『사부(四部)』를 참고하기도 하였다. 이처럼, 성해응은 『한위총서』를 비롯하여

---

5 위의 책, "遂惜其棄置漫滅, 倣漢魏叢書, 分四門, 曰經翼, 曰史料, 曰子餘, 曰載籍. 又就四門, 而倣歐陽氏類說, 於經翼, 曰易類, 曰書類, 曰詩類, 曰春秋類, 曰禮類, 曰總經類. 於史料, 曰例類, 曰尊攘類, 曰地理類, 曰傳記類, 曰儀章類, 曰故事類. 於子餘, 曰天文類, 曰草木類, 曰識小類. 於載籍, 曰器量類, 曰古蹟類, 曰雜記類."

6 『漢魏叢書』는 명나라 程榮이 편찬하여 1590년경에 간행한 것으로, 漢·魏·六朝시대의 서적 38종을 經·史·子의 3부로 나누어 수록한 것이다.

7 『硏經齋全集』 권13 「外集序」. "且考之唐宋叢書, 陳氏(師道)後山譚叢·陸氏(友仁)研北雜志之屬, 皆係之子家, 又焦竑國史經籍志子類, 別設小說家一門, 如筆記數三種, 識小之流, 倣二書例歸之子餘, 餘者末也, 顧其本則存耳."

『유설』·『당송총서』·『국사경적지』·『칠략』·『사부』 등의 서적을
두루 참조하여 외집의 사부 체재를 만들었던 것이다.

그는 어려서부터 왕백후(王伯厚)와 정어중(鄭漁仲)의 풍모를 흠모하
여 문헌으로 일삼기를 좋아했다고 고백한 바 있다. 왕백후 즉 왕응린(王
應麟, 1223~1296)과 정어중 즉 정초(鄭樵, 1104~1162)는 『곤학기문(困學紀
聞)』과 『통지(通志)』를 저술한 유서학자(類書學者)로서, 특히 왕응린의
『곤학기문』은 가장 초기의 차기체(箚記體) 저작으로 고증학자들이 채
택한 기본적인 방식이었다. 『사고전서』의 편찬관들은 왕응린의 『곤학
기문』이 고증학적 기술을 사용하여 경학 담론의 전 분야를 연구한 차기
체 저작이라고 평가하기도 하였다. '차기체 저작'이란 이름에서 짐작할
수 있듯이 즉석에서 기록한 메모의 형태가 아니라 보다 체계적인 독서
노트였다.[8] 성해응이 어려서부터 왕응린과 정초를 흠모했다는 사실은
그가 일찍부터 유서학(類書學)과 차기체 저작에 관심이 있었음을 의미
한다. 성해응에게 많은 영향을 준 이덕무 또한 박제가에게 보낸 편지에
서 "스스로를 가만히 어중(漁仲, 鄭樵)과 귀여(貴與, 馬端臨)의 반열에 붙
였소"[9]라고 하여, 유서학에 대한 지대한 관심과 지향을 표명하였다.

청대 학자들은 17세기 고염무(顧炎武)에서부터 19세기 학해당(學海
堂)의 학생에 이르기까지 모두가 교육의 중점을 차기(箚記)의 저술에 두
었다. 차기는 그들이 우연히 읽고 찾아내고 듣게 된 적절한 정보를 기
록하는데 사용되었다. 청대 고증학자들은 이러한 차기 안에 특정한 분
야의 연구에 관한 자료들을 수집해 두었다. 차기체 저술 자체가 청대의

---

8   벤저민 엘먼, 양휘웅 역, 『성리학에서 고증학으로』, 예문서원, 2004, 353~357면.
9   李德懋, 「與朴楚亭」. "吾儕, 二十年前, 汎覽百家, 亦云富有, 畢竟歸趣, 卽全經全史, 而著
     書立言, 不出經濟實用間, 竊自付於漁仲貴與之間."

중요한 저술의 장르였고, 나중에는 다른 학자들이 이용할 수 있는 자료적 성격의 책으로 그 성과가 집약되기도 하였다.[10]

양계초(梁啓超, 1873~1929)는 "학문에 관심을 가진 모든 이들은 자신의 차기를 가지고 있었다. 그리고 이 차기에다가 자신이 읽으면서 깨달은 점들을 기록하였다"[11]라고 말한 바 있다. 그는 학자들이 자신의 연구 성과를 정확하고 자세하게 기록하는데 영향을 준 대표적인 작품으로 고염무의 『일지록(日知錄)』을 꼽았다. 폭넓은 독서와 세심한 관찰을 통하여 체계적이고 실증적으로 지식에 접근하는 방식의 위대함은, 『일지록』 같은 전형적인 작품이 18세기의 학자들에게 전해 준 중요한 요소였다. 대부분의 한학자(漢學者)들은 원천 자료를 축적하기 위해 차기체 저작 방식을 사용했다.[12]

이를 통해, 『연경재전집』은 청대 차기체 저작으로부터 많은 영향을 받아 저술된 것임을 알 수 있다. 성해응 자신이 견문하고 연구한 모든 것을 대상으로 기록하였으며, 폭넓은 독서와 세심한 관찰을 통한 실증적인 태도로 접근하였다는 점에서, 이러한 사실이 분명해 보인다.

성우증은 「연경재부군행장」에서 성해응의 주요 저술을 정리하여 밝힌 바 있다. 주로 경사(經史)에 관한 저술을 중심으로 기록하였는데, 이는 성해응 자신이 경사를 학문의 본령으로 천명한데다 성우증 또한 성해응의 학자적 역량과 성과에 중점을 두었기 때문으로 보인다. 따라서 본고에서는 이러한 사실을 감안하여, 경과 사를 중심으로 외집의 사부 체재를 간략하게 살펴보기로 한다.

---

10 벤저민 엘먼, 양휘웅 역, 앞의 책, 355면.
11 梁啓超, 『淸代學術槪論』, 臺灣商務印書館, 1968. "大抵當時好學之士, 每人必置箚記冊子, 每讀書有心得則記焉."
12 벤저민 엘먼, 양휘웅 역, 앞의 책, 356~357면.

먼저 「경익(經翼)」편에서는, 공자의 육예(六藝)에서 시작하여 사서(四書)와 오경(五經)이 정립되어 가는 과정을 설명하고, 한학이 사승관계가 분명한데도 송학의 이(理)만 중시하는 현실을 비판하였다.[13] 성해응은 한학의 '상수학(象數學)'과 송학의 '의리학(義理學)'의 장점을 합하여 널리 취할 것을 강조한 바 있다. 또 한학과 송학의 겸장(兼掌)을 주장하긴 하였지만 한학에 보다 더 경도된 사실을 확인하였다. 실제 「경익」편은 13경의 금고문(今古文)과 주석의 차이, 13경의 글자수와 석경(石經)에 대한 자료 정리 등 한학의 범주에 속하는 내용들이 대부분이다.[14] 경(經)에 관한 저술을 요약하여 제시하면 다음과 같다.

① 역(易)-「고문역(古文易)」·「괘륵설(挂扐說)」

② 예(禮)-「예론(禮論)」·「의례상절(儀禮詳節)」·「향음주요의(鄕飮酒要義)」·「심의해(深衣解)」·「진 주두오(陳注枓誤)」

③ 시(詩)-「모허이훈(毛許異訓)」·「전주동이(箋註同異)」·「사가시설(四家詩說)」

④ 서(書)-「서서변(書序辨)」·「고문서목설(古文書目說)」·「일서변(逸書辨)」·「위서변(僞書辨)」

⑤ 대학(大學)-「고문설(古文說)」

⑥ 효경(孝經)-「금고문변(今古文辨)」

⑦ 춘추(春秋)-「두주고이(杜註考異)」·「춘왕정월변(春王正月辨)」

⑧ 기타-「경해(經解)」·「십삼경고(十三經考)」

13　『硏經齋全集』 권13 「外集序」. "東方之學者, 不識推而通之, 輒斥漢儒專門之學, 漢儒烏可輕也. 授受旣確, 師承且篤. 苟欲擊而去之, 是談理而遺數也. 余固病是."
14　김문식, 앞의 책, 84면.

「사료(史料)」편에서는, "존주양이(尊周攘夷)의 의리가 천지를 지탱하는데 그것을 엮는 것은 세상의 교화에 도움이 될 수 있으며, 변경과 산천에 대한 논의들이 간책에서 빠져있는데 그것을 엮는 것은 조정의 계책에 도움을 줄 수 있으니, 궁극적으로 쓸모없는 학문은 아니다"[15]라고 하여, '존주양이의 의리'와 '변경과 산천에 대한 논의'를 그 중심에 두었다. 이는 「황명유민전」과 「송유민전」 및 각종 지리지와 산수기의 저술을 염두에 둔 발언이다. 사(史)에 관한 저술과 목적을 요약하여 제시하면 다음과 같다.

① 「이십삼사약례(二十三史約例)」─세계(世系)·성(姓)·휘(諱)·연호(年號)·능호(陵號) 등을 명료하게 하기 위함

② 「삼황기(三皇紀)」─홍광(弘光)·융무(隆武)·영력(永曆)황제는 황조의 정통임

③ 「황명유민전(皇明遺民傳)」─장정옥(張廷玉)의 『명사(明史)』는 기휘(忌諱)한 것이 많아 충의의 선비가 드러나지 않음

④ 「정미전신록(丁未傳信錄)」─황통(皇統)이 아직 끊어지지 않았으니 원통한 뜻을 풀 수 있을 것임

⑤ 「화양동지(華陽洞志)」─청이 망할 날이 얼마 남지 않았으니 분하고 억울한 자들은 감회를 일으킬 수 있음

⑥ 「십지열전(十志列傳)」─기자(箕子) 이후의 문헌은 징험할 만한 것이 없고 나려(羅麗)시대의 국사는 체재를 이룬 것이 없기 때문에, 이를 보충하기 위함

⑦ 「초사담헌(草榭談獻)」·「난실담총(蘭室譚叢)」─자잘한 것들을 모아서 만듦

---

15 『研經齋全集』권13 「外集序」. "且尊周攘夷之義, 撑拄乎天地, 而編之所以神世敎也, 邊圉山川之論, 遺佚於簡策, 而屬之所以贊廟謨也, 究非無用之學也."

⑧「금산순절제신전(錦山殉節諸臣傳)」,「갑자순난제신전(甲子殉難諸臣傳)」·
　「진양순난제신전(晉陽殉難諸臣傳)」,「북방충의전(北方忠義傳)」·「독부충
　의전(督府忠義傳)」,「장릉병의제신전(莊陵秉義諸臣傳)」−국초부터 영조 무
　신(戊申)까지 충렬로써 국승(國乘)과 야사(野史)에 실린 자를 위함

2) 인물지 지향과 그 의미

　성해응은 인물에 관한 수많은 기록을 남겼는데, 역사적 인물에서 동
시대를 살아가는 인물에 이르기까지 두루 망라하여 그들을 기록하는
데 치력하였다. 그러므로 인물을 기록한 전(傳)이나 기사(記事)는 그 분
량이 압도적이다. 전과 기사는 인물이나 사건을 사실에 의거하여 기술
하는 장르다. 이때 기술된 인물과 사건은 역사적으로 기릴만한 가치가
있는 것을 소재로 삼기 때문에 역사와 관련성이 깊다. 전과 기사의 형
태는 아니지만, 인물에 대한 기록인 인물지가 유독 많은 점도 주목할
만하다. 인물지 또한 사실에 근거한 정확하고 객관적인 기록을 지향한
다. 이제 성해응이 남다른 관심으로 인물에 대한 기록을 지향한 사실을
구체적으로 확인하고자 한다.

　성해응은 「황명유민전(皇明遺民傳)」 7권과 「송유민전(宋遺民傳)」·
「가전(家傳)」·「청성효열전(靑城孝烈傳)」·「일민전(逸民傳)」 각 1권씩
을 저술하였다. 전(傳)이란 표제(表題)가 붙은 것은 아니지만 역사적 인물
에 대한 기록인 「난실사료(蘭室史料)」 4권을 저술하였으며, 개별 인물에
대한 전도 적지 않다. 입전 대상은 충효열 등 전통적 유교 이념을 충실하게
실천한 인물군이 대부분이다. 그 중에서도 특히 이름 없는 병졸이나 노비,

기녀 등 사회적으로 소외된 하층신분의 인물이 많다. 또 분량은 미약하지만 신선이나 유협, 악사 등 기이한 풍모를 지닌 인물을 입전한 경우도 있다. 방대한 분량의 전을 일별하여 제시하기로 한다.

권 수	제 목		입전 인원	대표 인물
권37	皇明遺民傳 1		76명	岷王子, 朱術桂
권38	皇明遺民傳 2		65명	王玉藻, 文可紀
권39	皇明遺民傳 3		75명	顧炎武, 黃宗義
권40	皇明遺民傳 4		83명	孔尙擧, 顔伯璟
권41	皇明遺民傳 5		98명	沈蘭先, 惲日初
권42	皇明遺民傳 6		110명	時琚, 胡琛, 吳昌文
권43	皇明遺民傳 7		67명	高笠先生, 李先生
권45	宋遺民傳		117명	方鳳, 吳思齊
권48	家傳			
권52	靑城孝烈傳		33명	蠹實, 貴禮
권53	逸民傳		99명	楊士彦, 林億齡, 金壽增
권58	蘭室史料 1	羅麗遺民傳	50명	李穡, 成汝完, 吉再
권59	蘭室史料 2	莊陵秉義諸臣傳	35명	金時習, 南孝溫
		晉陽殉難諸臣傳	25명	金時敏, 金千鎰, 金俊民
권60	蘭室史料 3	錦山殉節諸臣傳	51명	趙憲, 靈圭, 高敬命
		北方忠義傳	42명	鄭文孚, 金應福
권61	蘭室史料 4	督府忠義傳	31명	鄭運, 丁景達
		甲子殉難諸臣傳	11명	朴永緖, 李重老

위 표를 통해 입전인물의 유형과 규모를 확인할 수 있다. 간략하게 정리하면 「황명유민전」 535명, 「송유민전」 117명, 「청성효열전」 33명, 「일민전」 99명, 「나려유민전」 50명, 「장릉병의제신전」 35명, 「진양순난제신전」 25명, 「금산순절제신전」 51명, 「북방충의전」 42명, 「독부충의전」 31명, 「갑자순난제신전」 11명이다. 개인을 대상으로 한 인물전은 차치하고라도, 1200여 명에 달하는 방대한 인원이 10권에 나뉘어 입전

되어 있다. 이는 동시대에 활동한 문사뿐만 아니라 그 이전과 이후로도 볼 수 없는 방대한 규모이다. 성해응의 인간에 대한 관심이 여실히 드러나는 지점이다.

한편, 성해응은 40여 편의 기사를 남기고 있는데[16] 이 또한 그 분량을 주목할 만하다. 기사를 일별하여 제시해 둔다.

권 수		제 목
권12	雜著	「書烈女宋氏事」, 「書寧邊吏事」, 「書成姬事」, 「書李神仙事」, 「書趙處子事」, 「書孺人宋氏事」
권17	書事	「書畫巖宋公玄載事」, 「書孺人李氏事」, 「書白永叔事」, 「書金薇菴事」, 「書淸安張處女獄事」, 「書朴春事」, 「書檀弓高麗本事」, 「書榮川朴烈婦事」
권18	記事 雜著	「記朴承樞淳事」, 「記朴文烈事」, 「記李判官純馨事」, 「記舊奴婢事」
권33	風泉錄3	「書李節婦事」, 「書陸蘇事」, 「書王永壽事」, 「書崔永元事」, 「書南漢十卒事」, 「書尹起鳳事」, 「書安穎男事」, 「記險川戰事」, 「記柏田光教戰事」
권44		「東江記事」
권46	北邊雜議	「記厚州事」
속집 책12		「記圃隱錄事」, 「記洞陰黃公事」, 「記獐子島事」, 「記三韓國大夫人吳氏墓事」
속집 책15	風泉錄	「書二使抗節圖事」, 「記楊古利事」, 「記貞翼李公事」, 「記朱倫瀚事」

위 표를 통해 기사의 분량과 내용을 확인할 수 있다. 조선 후기로 접어들면서 기사는 사건보다는 인물을 위주로 한 기술이 많아진다. 이러한

---

16 『研經齋全集』은 1981년 오성사에서, 그리고 2001년 한국고전번역원에서 간행하여 영인한 바 있다. 오성사본은 「본집」의 기사가 「외집」에 중복 수록된 것이 많은데, 이를 정리하면 성해응의 기사는 모두 39편이 된다. 한국고전번역원에서 간행한 한국문집총간본은 오성사본을 저본으로 하여 정리하는 과정에서 4편의 기사(「書舅母坡平尹氏事」·「書聘君李公事」·「書郭國安事」·「記木川縣吏金漢彩事」)가 누락되었고, 2편의 기사(「記貞翼李公事」·「記朱倫瀚事」)가 첨가되었다. 따라서 오성사본에 수록된 39편과 한국문집총간본에 첨가된 2편을 합하면 성해응의 기사는 모두 41편이 된다. 누락되고 첨가된 자세한 이유에 대해서는 알 길이 없으나, 다만 오성사본은 중복 수록된 것이 많으며 한국문집총간본은 이를 정리하면서 오류가 생긴 것으로 보인다.

양상은 조선 후기 사회·경제적인 변화와 맞물려 다양한 인물군상이 출현하는 바, 이에 대한 작가들의 관심과 무관하지 않다. 이는 인물전에서 확인할 수 있는 사안이거니와, 기사문 역시 예외는 아닐 것이다.

성해응의 기사는 인물을 소재로 한 것이 대부분이며 작가로서의 역량이 잘 반영되어 있다. 기사의 소재로 등장하는 인물 중 가장 많은 비중을 차지하는 유형은 충신과 열녀, 덕행을 실천한 일반인들로, 이들은 모두 '충렬의 고취'라는 측면에서 취재대상이 되었다. 그런데 여기서 충렬의 대상은 그리 단순하지 않다. 국가를 위해 살신(殺身)한 인물과 정절을 지킨 열녀가 대부분이지만, 노비나 하급관료 등이 자신의 주인과 직분을 위해서 분골쇄신하는 모습은 비상한 주목을 요한다. 병자호란이라는 국가의 큰 전란이 일어났을 때 죽음을 각오하고 활약한 인물군과 여성 특히 열녀의 정절을 형상화한 작품군과 하층민으로서 직분에 충실한 인물군 등을 주목할 만하다. 이 작품군은 전체 기사의 반 이상을 차지함으로써 비중이 클 뿐만 아니라 문학적 형상화 또한 뛰어나, 작가의 서술 의식을 엿보기에 좋은 자료들이기 때문이다.

여기에서 전과 기사의 몇 가지 공통적인 특성이 감지된다. 첫째 분량이 많다는 점, 둘째 대부분 인물을 소재로 했다는 점, 셋째 인물 중에서도 충효열을 실천한 하층인물이 많다는 점 등이 그것이다. 이러한 특성을 염두에 두고 작품을 구체적으로 살펴보기로 하자.

「황명유민전(皇明遺民傳)」은 명말청초에 몰락해 가는 명나라를 위해서 자결하거나 은둔 또는 조국을 버리고 유랑한 유민을 입전한 것이다. 고염무와 황종희(黃宗羲)를 비롯한 535명의 유민이 입전되어 자료적 가치가 크다. 입전대상의 간략한 인적사항과 주요 행적 등을 중심으로 2~3줄의 짧은 기록에서부터 60여 줄에 이르는 비교적 긴 분량의 기록도 있다. 그 중 한 편을 소개하기로 한다. 황명유민 중 비교적 널리 알려진 고염무에 대한 기록으로, 인물의 비중만큼이나 분량이 긴 편이다.

고염무는 자가 영인(寧人)으로 오(吳)땅 장주(長洲) 사람이다. 외모가 매우 괴이하고 추하였으며 두 눈은 모두 안은 희고 밖은 검었다. 일찍이 복사(復社)에 들어가 같은 고을의 귀장(歸莊)과 이름을 나란히 하였다. 두 사람은 모두 꼿꼿하여 세속에 섞이지 않으니 마을 사람들은 '귀장은 기이하고 고염무는 괴상하다'고 지목하였다. 병란이 일어난 후 재산을 모두 팔아 몸을 빼어 북으로 달아났다. 이르는 곳마다 여종을 사고 별장을 마련하고는 1~2년이 안 되어 버리고 가서, 마침내 돌아보지 않았다.[17]

전의 도입부분으로 고염무에 대한 간략한 인적사항과 외모를 설명하고, 이어 꼿꼿한 성품과 은둔의 과정을 기록하였다. 그의 범상치 않은 외모와 꼿꼿한 성품에서 나라가 망한 뒤의 비범한 행적을 짐작할 수 있다. 실제 고염무는 명이 망한 후 항청(抗淸) 투쟁에 적극적으로 참가하였으나, 실패한 후로는 전국을 유랑하며 청조의 부름을 단호히 거절한 절의의 표상이다. 명말청초를 살다간 한 지식인의 정신적인 고뇌와 방황을 가늠하기에 충분하다. 이어지는 글은 고염무의 고증학자로서의 면모를 잘 보여준다.

어려서부터 박흡하고 힘써 지식을 쌓아 수집 변론하는 학문을 좋아하였다.

17　『研經齋全集』권39「皇明遺民傳」3「顧炎武」. "顧炎武字寧人, 吳之長洲人, 貌極怪醜, 兩眼俱白中外黑. 早年入復社, 與同邑歸莊齊名, 兩人皆耿介不混俗, 鄉人有歸奇顧怪之目. 兵後盡鬻其産, 脫身北走, 所至買媵婢, 置庄舍, 不一二年卽棄去, 終已不顧."

境而興懷必感歎排側忠義之心油然蓺于中卽不
能遊而覽是書者亦有以尋殿屋之制籩簋邊豆之
其與夫崔刻　御筆皆瞭然得其始末則又若躬踐
其地而益不禁榛苓之思明天理正人心於是乎在
作葦陽洞記四篇

皇明遺民傳序

皇明遺民凡五百三十五人傳七卷余嘗讀張廷玉
所著　皇明史廷玉臣事淸有所忌諱爲　皇朝忠
義之士多掩晦不章李靑莊德懋蒐葺葦遺民若干人
顧義例未立余乃汰其濫而補其闕又從乘史子集

「황명유민전서」

경사에 조예가 깊었으며 널리 자집(子集)과 패야(稗野)에까지 이르렀으니, 역대 이름난 사람들의 저술의 은미하고 자잘한 뜻을 모두 고구하였다. 발자취가 천하에 반이나 걸쳐 산천과 풍속을 유람하고 이해득실을 고핵(考核)하였다. 황량한 산과 허물어진 터를 지나다 오래된 비석과 유적이 있으면 반드시 덤불을 헤치고 이끼를 닦아 읽고는 손으로 중요한 것을 기록하여 돌아왔다. 10여 세부터 70세에 이르러 늙을 때까지 늘 부지런히 하였으며, 육서(六書)의 음의(音義)에 더욱 정밀하였다. 『정림집』·『일지록』·『영평이주지명기』·『역대제왕택경기』·『천하군국이병서』·『음학오서』 등이 있다. 염무가 죽은 후 그의 문도 반뢰(潘耒)가 유서(遺書)를 간행하여 세상에 행해졌는데, 다만 『조역지』만은 산일되어 수습하지 못하였다.[18]

전의 마지막 부분으로 고염무의 박학하고 고증적인 학문 성향을 중심으로 서술하였다. 수집하여 토론하고 변론하는 학문을 좋아한다는 것은, 여러 자료를 두루 수집한 뒤 고구(考究)하고 논핵(論劾)하는 실증적인 학문 태도를 견지하였음을 의미한다. 아울러 경사(經史)뿐만 아니라 자집(子集)과 패관야사(稗官野史)에 이르기까지 실로 박학한 학문 성향을 지닌 점도 확인할 수 있다. 고염무는 방대한 전거 인용과 치밀한 고증을 활용한 학문방법을 구사하여 청대 고증학의 개황으로 일컬어지는 인물이다. 그는 군자의 학문은 명도(明道)와 구세(救世)를 위한 것이라고 하여 자신의 학문 목표를 경세치용에 두었으나, 실제 학문연구는 고증학의 주변

---

18 위의 책, "自幼博涉强識, 好爲蒐討辨論之學, 邃於經史, 旁及子集稗野, 列代名人著述微文碎義, 無不考究. 足跡半天下, 流覽山川風俗, 考核利病得失, 所至荒山頹址, 有古碑版遺蹟, 必披榛菅, 拭苔蘚讀之, 手錄其要以歸. 十餘歲至七十而老, 勤如一日, 於六書音義尤精. 有亭林集·日知錄·營平二州地名記·歷代帝王宅京記·天下郡國利病書·音學五書. 炎武歿後, 其徒潘耒刊遺書, 行于世, 獨肇域志散佚不收."

에서 이루어졌다.[19]

성해응은 고염무의 박학고증적인 학문 성향을 적실하게 묘파한 뒤, 그의 저서를 소개하는 것으로 글을 마무리하였다. 고염무에 대한 기록은 「황명유민전」의 여타 기록보다 분량이 많아, 성해응의 고염무에 대한 관심이 잘 드러난다. 그런데 성해응이 고염무의 견결한 성품과 유민이 된 사정에 관심을 둔 것은 분명하지만, 그보다는 박학고증적인 학문 성향에 조금 더 비중을 두었던 것으로 보인다. 이것은 성해응의 학문 성향과 연동시켜 이해할 수 있는데, 성해응의 학문 성향은 고염무의 것과 별반 다르지 않다. 경사(經史)뿐만 아니라 다양한 학문 분야에 두루 관심을 기울였고, 치학(治學)에 있어 고구(考究)와 변증(辨證)을 통한 학문의 엄밀성을 추구했다는 점에서 특히 비슷하다. 성해응이 비교적 많은 지면을 힐애하여 고염무를 입전한 것은 명에 대한 의리와 더불어 박학고증적인 학문 성향을 주목했기 때문이다.[20]

한편 위의 인용문은 일반적인 전과는 달리 작가의 논찬이 없는 것이 특징이다. 고염무뿐만 아니라 다른 인물에 대한 기록 역시 논찬이 없다. 이는 역사적인 인물의 삶을 기록하는데 유용한 전이라는 장르의 형식만 차용한 것임을 짐작할 수 있다. 또 「황명유민전」이라는 표제에서 알 수 있듯, 이는 황명에 대한 의리를 지킨 인물을 입전한 것임으로 논평의 필

---

19 김경천, 「고염무 고증학의 성격과 의의」, 『중국어문논총』 제15집, 중국어문연구회, 1998, 260면. 김경천 교수는 고염무 고증학의 특징으로, 晩明 당시 국가·조정·사회·경제·문화 등 모든 방면의 積弊와 유관한 대상, 양명학의 오류와 해악 및 원시유학의 학설과 정신, 역대 유학의 오류학설이나 疑案, 성운학·문자학·교감학·금석학·천문학·방지학·지리학 등의 분야에서 경학·사학을 비롯한 경세치용학을 보조해주는 주제에 대한 폭넓은 고증과, 방대한 증거를 수집하고 고증의 진실성을 획득하기 위하여 일차자료와 직접자료를 중시한 점을 거론한 바 있다.(위의 논문, 271~274면)

20 성해응의 고염무에 대한 인식과 수용에 대해서는 손혜리, 「조선 후기 문인들의 고염무에 대한 인식과 수용」, 『대동문화연구』 73집, 성균관대 대동문화연구원, 2011 참조

요를 느끼지 못했을 것이다. 즉 제목을 통해 어느 정도 입전 의도는 밝혀진 셈이며, 따라서 535명이나 되는 방대한 인물에 대동소이한 논평을 일일이 다는 것은 무의미하다고 여긴 것이다. 무엇보다 성해응은 명말청초를 살다간 한 지식인이 유민으로 전락하게 된 과정과 또 고증학자로서의 학문 성향을 보여주는 데 집중하였다. 그 결과 고염무라는 인물의 사적을 충실히 기록함으로써 그에 대한 정보를 충실히 제공해 주었다.

인물에 대한 관심과 기록은 중국뿐만 아니라 조선의 인물에게도 해당된다. 「일민전(逸民傳)」은 정사(正史)에서 누락된 인물의 사적이 인멸되는 것을 안타까워하여 입전한 것이다. 임억령(林億齡)·김수증(金壽增)·양사언(楊士彦) 등 주로 벼슬에 연연하지 않고 평생을 고결하게 살다간 99명을 대상으로 하였다.

인물에 대한 단편적인 기록을 모아 놓은 것도 이채롭다. 이는 인물지의 특성을 잘 보여주는데, 「초사담헌(草榭談獻)」은 그 좋은 예이다. 「초사담헌」은 4권에 걸쳐 140여 명에 이르는 인물의 사적이 기록된 것으로, 재주와 덕을 갖추었지만 현달하지 못한 인물들이 대부분이다. 신라의 최치원(崔致遠)에서 승려 휴정(休靜)·유정(惟政), 병자호란 때 불운한 삶을 살았던 김영철(金英哲)과 최척(崔陟), 미천한 신분이지만 절개를 지켰던 논개(論介)와 이수칙(李守則)·김은애(金恩愛), 청나라 노이합적(努爾哈赤)의 아들 귀영가(貴盈哥), 뛰어난 기예를 지녔지만 그에 걸맞는 평가를 받지 못한 김성기(金聖基)·김명국(金鳴國)·홍세태(洪世泰) 등 시대와 국적·계층·성별을 망라하여 두루 기록함으로써 인물지로서의 면모를 유감없이 드러내었다.

이 중 특히 주목할 만한 두 사람을 중심으로 살펴보기로 한다. 김성기(金聖基)는 금사(琴師)로 당대에 유명한 악공이다. 그는 원래 상의원

(尚衣院)의 활 만드는 사람이었는데 음률을 좋아하여 활 만드는 일을 버리고 거문고를 배웠다. 거문고를 배우느라 집안을 돌보지 않아 처자가 추위에 떨고 굶주려도 개의치 않고 거문고만 익힌 범상치 않은 인물이다. 목호룡(睦虎龍, 1684~1724)과 관련된 일화를 통해 자의식이 강한 한 예술가의 면모를 확인할 수 있다.

궁노 목호룡이 모반을 조정에 알려 옥사가 크게 일어났다. 드디어 김충헌 등 사대신을 죽이고 공신이 되어 동성군에 봉해져 기염이 사람을 태울 정도였다. 일찍이 그 무리를 크게 모으고, 준마와 도종(徒從)을 갖추고는 성기를 청하여 거문고를 연주하도록 하였으나, 성기는 병을 핑계대고 가지 않았다. 그 무리 중에 그를 청한 자가 여러 명이었으나 끝내 가지 않았다. 목호룡이 노하여 말하기를, "성기가 오지 않는다면, 내 장차 그를 욕보일 것이다"라고 하였다. 성기는 바야흐로 손님들과 비파를 연주하고 있다가 그 소리를 듣고는 크게 노하여 심부름 온 사람 앞에 비파를 던지고는 꾸짖어 말하기를, "너는 빨리 돌아가 호룡에게 말하거라. 내 나이 일흔이니 어찌 너를 두려워하였느냐? 너는 고변을 잘하니 어찌 나를 고변하여 죽이지 않느냐?"라고 하였다. 호룡이 그 소리를 듣고는 실색하여 모임을 파하였다.[21]

경종 2(1722)년 노론 일파가 왕을 시해하고자 모의했다는 목호룡의 고변으로 노론 4대신을 비롯한 관련 50여 인이 처형당하는 신임사화(辛

---

21 『研經齋全集』 권57 「草榭談獻」 4 「金聖基」. "宮奴睦虎龍上變, 獄大起, 遂殺金忠獻等四大臣, 爲功臣封東城君, 氣焰熏人. 嘗大會其徒, 具駿馬徒從, 請聖基鼓琴, 聖基辭以疾不往, 其徒請之者數輩, 終不往. 虎龍怒曰: '聖基不來, 吾且辱之.' 聖基方與客鼓琵琶, 聞之大怒, 擲琵琶於使者前, 罵曰: '若趣歸語虎龍, 吾年七十矣, 豈懼汝者? 若善告變, 盍告殺我?' 虎龍聞之色沮, 爲之罷會."

壬士禍)가 일어났다. 이 사화로 소론은 노론을 일망타진(一網打盡)함으로써 정권을 장악하게 되었던 것이다. 신임사화 후, 고반의 주동자인 목호룡은 동성군(東城君)에 봉해지는 등 그 위세가 하늘을 찌를 듯했다. 바로 이즈음 목호룡은 연회를 열어 당대 최고의 악사인 김성기를 불렀는데, 김성기가 거절했던 것이다. "너는 고변을 잘하니 어찌 나를 죽이지 않느냐?"라는 발언은 김성기의 강개한 성격을 여실히 보여준다. 당대의 권력자 목호룡의 부름을 거절하고 오히려 그를 비난하기까지 하는 노기 띤 어조에서 죽음조차 두려워하지 않는 당당한 모습을 볼 수 있다. 당대의 세력가라 하더라도 그 행위가 의롭지 않으면 죽음을 무릅쓰고 자신의 뜻을 관철시킨 자의식 강한 한 예인의 면모를 엿볼 수 있다. 성해응은 논평을 통해 김성기와 같은 하층 인물도 진퇴의 합당함을 알아 거취를 정하는데, 사대부라는 자들이 그렇지 못함을 김성기의 일화를 인용하여 비판하였다.[22] 즉 견결한 성품을 지닌 김성기의 일화를 통해 당대 사대부들의 처신을 비판하고자 했던 것이다.

다음은 당대에 널리 알려져 여러 문사들에 의해 전이나 기사로 서술된 바 있는 「강상열효녀(江上烈孝女)」이다.

강상열효녀는 누구의 자식인지 모른다. 고(故) 판서 정재희의 집은 동작강가에 있었다. 몹시 추운 겨울날 동자 하나가 걸식하여 그 집에 왔는데 나이는 열두셋쯤 되었고 외모가 매우 예뻤다. 한 아이가 따라왔는데 나이는 한두 살 많아 보였고 또한 예뻤다. 재희가 가족을 물어보니, 동자는 말하기를 "아비는 남

---

22   위의 책, 「金聖基・金鳴國」. "懷絶藝者, 其性氣必異於人, 非駞迫束縛而得之也. 如金聖基隱居江上, 故以航髒名, 豈虎龍所可屈哉? 世之士大夫, 或去就不能定, 以取汚辱者, 視聖基可以知愧哉?"

쪽 지방으로 도망간 노비를 잡으러 갔다가, 어떤 장사꾼과 돌아오게 되었는데 그 장사꾼이 아비의 보따리를 탐내어 길에서 아비를 죽였습니다. 저는 마침내 의지할 곳이 없어 걸식하다가 여기에 이른 것입니다"라고 하였는데, 그 말이 매우 슬펐다. 재희는 불쌍히 여겨 날이 저물자 문간방에서 묵게 하였다. 벽을 사이에 두고 병들어 잠 못 이루는 노파가 있었는데, 아이들이 소곤거리는 소리 를 듣고는 숨죽여 가만히 들어보니 말소리가 나직하고 흐느꼈기 때문에 그다 지 분명하지 않았다. 이윽고 한 아이가 몰래 나가는 듯 했고 한참 후 돌아와서 말하기를, "종적을 찾았다. 적이 막 승방점의 몇 번째 방에 묵고 있다"라고 하 였다. 한 아이가 곧 크게 목이 매여 말하기를, "절치부심한 것이 삼년인데, 지금 에야 비로소 만났구나"라고 하였다. 한 아이는 말하기를, "언니는 울고만 있을 것인가? 날이 곧 밝아질 것이니 조금만 늦으면 다시 기회를 놓치게 될 것이다" 리고 하였다. 곧 끈을 묶는 소리가 나고 문이 열리더니 걸어 나갔다. 이때 달이 대낮처럼 밝았는데 노파는 머리털이 곤두섰으나 나이가 들어 노둔하였고 두 려워 감히 좇을 수 없었다. 날이 밝자 승방점에서 어떤 사람이 객상(客商)을 죽 이고 달아났는데 칼로 가슴을 찌르고 뽑지 않았으며 칼로 네 번이나 찌르고는 그 길로 달아났다고 한다. 노파가 재희에게 어젯밤 일을 고하니, 재희는 크게 놀라더니 한참 만에 한숨을 쉬면서 "섬약한 한 예쁜 여자아이더냐?"고 말하였 다. 만나는 사람마다 이야기를 해 주었으나, 끝내 간 곳을 알지 못하였다.[23]

---

23 『研經齋全集』 권56 「草榭談獻」 3 「江上烈孝女」. "江上烈孝女, 未知誰氏子. 故判書鄭載 禧家在銅雀江上, 冬日寒冽, 有一童子行乞, 至其家, 年可十二三, 貌甚姣. 一僮從焉, 年亦 差一二長, 而又纖好. 載禧問其族, 童子曰: '父責逋奴於南方, 與一賈歸, 賈利父裝, 而戕 父於路. 兒遂無所依, 乞食到此.' 其言甚悲酸. 載禧憐之, 暮舍之門傍屋. 間壁一嫗病無睡, 聞而兒昵昵語, 閉息潛聽, 語幽嗚嗚咽, 不甚分明. 已而一兒若潛出, 移時返曰: '跡得矣, 賊方宿僧房店第幾舍.' 一兒卽大哽塞曰: '腐心者三年, 今始遇矣.' 一兒曰: '娘子泣而已 乎, 天將明矣, 少緩復失之.' 卽絆絆爲結束聲, 戶開蹀蹀然, 時月明如畫, 嫗爲之髮竪, 而 年老鈍劣, 懼不敢跡. 天旣明, 聞僧房店有人殺一客商而逸, 刀函胸不抽, 刀四射而首其 街. 嫗以告載禧, 載禧大駭, 良久太息曰: '卽纖纖一姣女乎?' 逢人輒以爲言, 竟不知所之."

「강상열효녀」는 연약하고 어린 여자의 몸으로 아버지를 죽인 원수를 갚았다는 이야기로, 전과 서사한시, 한문단편 및 야담으로 전해질 만큼 당대에 널리 알려졌다. 성해응도 강상효녀를 대상으로 「강상효녀전(江上孝女傳)」과 서사한시인 「강상효녀편(江上孝女篇)」을 기록한 바 있다. 그 또한 강상효녀에 대해서 남다른 관심을 가진 것이다. 「강상효녀전」은 「강상열효녀」와 전체적으로 대동소이하며 약간의 글자 출입이 있을 뿐이다. 다만 「강상효녀전」은 전의 양식에 충실하게 논평이 있어, 이것이 「강상열효녀」와 다른 점이다. 「강상효녀편」은 4언(言) 24행인 서사한시로, 작품의 말미에서 "마침내 원수의 가슴을 찌르니, 위대하도다! 아름답고 의젓함이여[竟陷讐胸, 偉哉英毅]"라고 하여, 그녀들의 행위를 고평하였다.

「강상효녀전」의 논찬을 통해, 성해응이 강상효녀를 전과 서사한시 및 인물지로 기록한 이유를 확인할 수 있다.

찬에 말한다. "살인한 자를 용서하지 않는 것은 삼대시대에 함께 했던 바이다. 성인은 뒷날 법을 집행하는 자가 그것을 시행함이 분명치 않아 원한을 풀지 못하는 자가 있을까 염려하였다. 이에 원수를 갚는 의리를 논하여 자식이 변고에 대처하는 도리를 다하였던 것이니, 가령 고요가 사(士)가 되었다면 어찌 이러한 일이 있었겠는가? 강상효녀가 어찌 아비를 죽인 장사꾼을 관에 고하여 국법으로 그를 죽여야 함을 몰랐겠는가? 그녀는 유사가 적을 밝히지 못하여 자신의 원한을 풀지 못할까 진실로 두려워하여, 이에 손으로 직접 죽였으니 참으로 열이라 하겠다."[24]

---

[24] 『研經齋全集』 권17 「江上孝女傳」. "贊曰: ‘殺人者無赦, 三代之所共也. 聖人慮夫後之執法者, 或行之不明, 而冤有不得伸者, 爲之論復讐之義, 以盡人子處變之道. 使皐陶爲士,

논찬이 전체 분량의 절반을 차지하는 만큼, 논찬을 통해 의론하고자 하는 바를 강조하고 있음을 알 수 있다. 강상효녀가 왜 연약한 여자의 몸으로 직접 아버지를 죽인 원수를 죽일 수밖에 없었던 가에 대한 이유를 제시하였다. 이는 다름 아닌 법을 집행하는 유사(有司)를 신뢰할 수 없기 때문이다. 아버지의 억울한 죽음을 관에 고발하여 법으로 집행하는 것이 가장 좋은 방법이긴 하나, 당시 법 집행이란 것이 유사가 범인을 제대로 잡을 수 있을지, 잡는다 하더라도 제대로 처벌할 수 있을지 신뢰할 수 없는 지경이었다.[25] 그러므로 강상효녀는 직접 원수를 죽일 수밖에 없었던 것이다. 이 작품에서 성해응은 강상효녀의 효를 특기함과 동시에 법 집행의 부정과 부실함을 비판하였다.

이처럼 「초사담헌」은 후세에 길이 전해질만한 행적에도 불구하고 그대로 인멸될 처지에 놓인 인물에 대한 기록이나, 일정한 형식을 징하지 않고 인물에 대한 기록 자체에 집중한 것으로, 인물지를 의도한 것은 아니었으나 결과적으로 인물지를 이루었다. 그러므로 일정한 구성이나 체재가 없는 대신 수록된 인물은 시대와 계층, 국적을 망라하여 두루 실려 있다. 이는 자칫 문혀버릴 수 있는 훌륭한 사적을 기록하여 후세에 전하고자 한 성해응의 투철한 기록의식의 결과물이다.

이러한 인물지의 성격을 가진 것으로 이규상의 『병세재언록』을 들 수

寧渠有是? 江上孝女, 豈不知告賊商于官, 以王法誅之哉? 彼誠恐有司不能明其賊, 而己之寃不得伸, 乃手自剪除之, 誠烈矣哉!'"

25 이러한 사정은 「書榮川朴烈婦事」에서도 확인할 수 있다. 영천의 박열부는 자신을 욕보이려 한 金祖述을 관에 고발하였으나 김조술은 관에 뇌물을 주어 잡히기는커녕 오히려 박열부를 모함하니, 이에 박열부는 자신의 무죄를 증명하기 위해서 자결한다는 기사다. 여기에서도 당시 법을 집행하는 데 있어 뇌물이 횡행한 것과 공정한 법 집행이 이루어지지 않은 사실을 분명히 확인할 수 있다. 「書榮川朴烈婦事」에 대해서는 5장에서 자세히 논의할 예정이다.

있다. 앞서 성해응이 이규상으로부터 학문적으로 영향을 받은 바 있음을 살펴보았는데, 두 사람의 인물지는 자연스럽게 비교가 된다. 이규상은 자신과 동시대를 살아간 인물들을 두루 수합하여 『병세재언록』을 저술하였다. 『병세재언록』은 '병세(幷世)'와 '재언(才彦)'에 대한 기록인 만큼, 일종의 '18세기 조선의 인물지'인 셈이다. 즉, 이규상은 당대의 인물에 대한 다양한 관심과 해박한 정보에 기인하여 18세기 조선의 인물지를 저술하였던 것이다. 『병세재언록』은 이규상의 박학한 학문 성향과 고증에 의거한 사실적 기록 태도에 기인한 바 크다.

이러한 글쓰기 태도는 성해응에게 영향을 주었는데, 성해응은 선배 학자인 이규상과 교유하면서 동시대를 함께 살아간 인물에 대한 해박한 정보와 박학 고증적인 기록 태도의 영향을 받았다. 그런데, 성해응의 인물 기록은 이규상의 『병세재언록』과 다소 양상이 다르다. 『병세재언록』이 '18세기' '조선'의 '인물지'인 것에 비하여, 성해응의 대표적 인물지인 「초사담헌」은 시대와 공간을 초월한다. 즉 신라의 최치원으로부터 고려를 거쳐 성해응과 동시대를 살다간 조선 후기의 인물에 이르기까지 시대를 초월한다. 또 명의 유민 고염무와 육소(陸蘇), 그리고 청 태조(太祖)의 아들 귀영가(貴盈哥)에 이르는 등 조선뿐만 아니라 중국의 인물까지 아우르면서 공간을 넘나들었다. 두 인물지의 수록 대상은, 사대부 문인에서 유민·서화가·기녀·승려 등에 이르기까지 폭이 넓은데, 좀 더 면밀히 따져보면 성해응의 인물지가 훨씬 더 광범위하다.

다시 말해, 성해응의 인물지는 전시대적·범공간적·범계층적 인물지로 일종의 인물 백과사전이라고 평할 수 있다. 그러므로 성해응의 인물지는 일차자료로서 매우 훌륭한 정보를 제공한다. 사실성을 담보하는 전이나 기사뿐만 아니라 인물에 대한 단편 기록까지, 모두 직접 견문한 것이나 역사적 사료에 의거하여 기록한 것인 바, 이러한 저술태도는 그의 인물지에 한층 객관성과 신뢰감을 부여한다.

한편, 『병세재언록』은 「유림록(儒林錄)」·「고사록(高士錄)」·「문원록(文苑錄)」·「곤재록(梱材錄)」·「서가록(書家錄)」·「화주록(畫廚錄)」 등으로 범주를 나누어 그에 해당하는 인물을 각각 기록하였다. 인물에 대한 기록인 인물지를 지향하여 항목을 구성하고 서술하는 등, 말하자면 의도된 기획 아래 저술된 '기획물'인 것이다. 반면 성해응의 인물 기록은 인물지를 의도한 것이 아니라는 점을 주목해야 한다. 「황명유민전」·「송유민전」·「일민전」·「청성효열전(青城孝烈傳)」처럼 저술 의도를 분명하게 드러낸 것도 있다. 그러나 이와 같은 전이나 기사는 인물을 포창하기 위해 선택된 장르인 만큼 그 자체에 이미 저술 의도가 내포되어 있는 셈이다. 그러므로 어떤 특징한 장르를 표방하지 않은 「초사담헌」이야말로 성해응 인물지의 성격을 제대로 표출한 것이다.

또 하나 주목할 것은 인물지에 기록된 이들은 대부분 충효열 등 인간으로서 지켜야 할 기본 도리를 충실하게 실천했다는 점이다. 그러한 의미에서 「황명유민전」은 특히 눈여겨볼 만하다. 고염무와 황종희처럼 널리 알려진 인물이 있는가 하면 이름조차 생소한 유민도 있다. 조선의 인물뿐만 아니라 국경 밖 중국의 유민까지 광범위하게 취재하여 기록한 사실을 통해 성해응의 인간에 대한 관심과 기록에 대한 의지를 다시금 확인할 수 있다. 인간이 지향해야 할 최고의 덕목으로 충효열을 부각하고 나아가 이를 실천한 인물의 사적을 사실적으로 기록한 저술 태도를 통해, 한학과 송학의 장점을 합하여 취하고자 한 '한송겸장(漢宋兼掌)'의 학문자세는 분명하게 드러난다.

그렇다면, 성해응은 무엇 때문에 이처럼 인간에 관한 많은 기록을 남긴 것일까? 이 물음에 대한 해답을 찾아가는 과정에서 성해응의 문학, 특히 인물지에 구현된 의식의 중요한 단서를 찾을 수 있을 것이다. 이는 방대한 분량의 인물전과 인물기사, 그리고 인물지의 저술 동기를 고찰함으로써, 그의 문학에 표출된 주된 인식과 양상을 파악할 수 있을 것으로 기대된다.

무엇보다 인간을 바라보는 성해응의 애정 어린 시선을 놓칠 수 없다. 어려운 상황 속에서도 묵묵히 충효열을 실천한 하층민을 대하는 성해응의 감정은 남달랐다. 그러나 성해응의 이러한 시선에도 불구하고 현실적으로 이들은 역사에 그대로 묻힐 수밖에 없는 처지였다. 그래서 성해응은 인멸되어 버릴 운명에 처한 이들의 사적을 주목하여 기술하고자 하였다. 이들을 입전한 이유로 "사적이 곧바로 없어져 업적이 크게 드러나지 않을까 안타까워" 하고, 또 "후손이 영락하여 문헌이 전해지지 않았기" 때문임을 밝힌 바 있다. 즉 국가와 백성을 위해 훌륭한 일을 했음에도 신분이 미천하여 기록으로 전해질 가능성이 없거나, 후손이 쇠락하여 조상의 사적을 문집으로 엮을 형편이 못되거나, 기록을 했다 하더라도 제대로 보관하지 못하여 일실되고 만 것을 안타까워한 것이다.

이 지점에서 그는 남다른 연민의 감정과 책임의식을 가졌던 것 같다. 연민의 감정은 특히 뛰어난 재주나 덕을 지니고도 다만 신분이 미천하기 때문에 세상에 알려지지 않은 채 그대로 인멸될 처지에 놓여 있거나, 일사(逸士)로서 높은 뜻을 품고 있으면서도 실현하지 못한 채 불우하게 생을 마쳐야 했던 인물들의 전에서 더욱 잘 드러난다. 이 경우 연민의 감정에는 천도(天道)에 대한 회의 및 역사에 대한 신뢰가 좌우에 연결되고 있다. 요컨대, 천도에 대한 회의로부터 비롯되는 역사에 대한 강한 믿음 위에서 현세에 자기 삶의 정당한 보답을 받지 못한 사람들을 동정하면서

그들을 역사 속에 길이 전함으로써 그 삶을 보상받게 한다는 논리다.[26]

이 문제는 성해응 자신의 신분적 처지와도 긴밀하게 연결되는 바, 그는 뛰어난 학적 역량을 지니고 있음에도 불구하고 실제 자신의 포부와 경륜을 펼칠 만한 요직에 오르지 못하였다. 검서관에 등용되어서는 줄곧 서적의 편찬과 간행에 종사하였고, 정조 사망 후에는 지방현감을 전전하다 물러났기 때문이다. 그렇다고 해서 그가 자신의 신분적 처지에 따른 불만을 적극적으로 표출한 것은 아니다. 다만 남달리 하층민을 소재로 한 작품을 많이 저술함으로써 자신의 감정을 그 속에 대리 투영시켰을 뿐이다. 세상에서 소외받는 하층민들은 칭송될 만한 일을 하였음에도 그들의 처지 때문에 포창을 받거나 기록으로 전해지는 경우가 매우 드물었다. 따라서, 성해응은 인멸될 처지에 놓인 이들에 대한 기록을 남기는 데 치력하여 그들의 존재를 세상에 적극적으로 알리고자 했던 것이다.

2. 거사직필(據事直筆)의 태도

이 절에서는 성해응의 저술태도와 특징에 대해서 살펴보고자 한다. 성해응은 인생의 후반부를 오롯이 저술에 몰두한 만큼 그에게 있어 저술은 남다른 의미를 지닌다. 즉 세상과 소통할 수 있는 길이며 사(士)의식의

26 　박희병, 「조선 후기 전의 소설적 성향 연구」, 서울대 박사논문, 1991, 19~20면.

표출인 셈이다. 이를 염두에 두고 '사실에 의거하여 직서적으로 서술[據事直筆]'한 글쓰기 태도의 실제와 그 의미에 대해서 주목하고자 한다. '거사직필'이란 춘추(春秋)시대 진(晉)의 사관(史官)인 동호(董狐)가 '조둔이 임금을 시해하다[趙盾弑其君]'고 쓴 일에서 유래하여, 권세를 두려워하지 않고 사실을 있는 그대로 써서 역사에 남기는 일을 뜻한다. 이후로는 춘추의 필법을 지칭하는 말로 쓰였다. 본고에서는 자의(字意)에 충실하여 '사실에 의거하여 직서적으로 서술'하는 의미로 사용하고자 한다.

이러한 저술태도가 잘 드러난 작품을 구체적으로 살펴보기로 하자. 「팔성전(八姓傳)」은 효종(孝宗)을 따라 조선에 귀화한 명의 유민 8명을 입전한 것이다. 병자호란이 끝난 후 효종은 대군의 신분으로 심양에 억류되어 있다가 귀국하였는데, 그때 이들은 효종을 따라 조선으로 들어왔다. 8명의 유민에 대한 간략한 인적사항과 행적을 서술하였으며, 분량은 대부분 4~6줄로 간략한 편이다. 다음 글은 「팔성전」의 도입부로 입전 배경을 짐작할 수 있다.

왕봉강의 후손 덕구는 여덟 사람의 일을 엮어 「황조유민록」을 만들었는데, 대부분 내가 기록한 것과 같지 않다. 그러나 모두 온전하지 못한 단편기록에서 나와 잘 되었는지 못 되었는지 모르겠다. 우선 기록해 두어 후일의 고거를 기다린다.[27]

성해응은 「황조유민전(皇朝遺民傳)」 즉 「황명유민전」을 저술하여 이들 8인의 사적을 기록한 바 있다.[28] 그런데 「황조유민전」이 8인의 후손

---

27   『研經齋全集』 속집 책15 「八姓傳」. "王鳳岡之後孫德九, 編八姓事, 爲皇朝遺民錄, 多與余所記不同. 然俱出於斷爛之中, 未知失得何居, 輒錄之, 以俟他日之考据."

중 한 사람인 왕덕구(王德九)가 편찬한 「황조유민록(皇朝遺民錄)」과 다
른 점을 포착한 것이다. 이에 그는 「황조유민전」 중에서 8인의 일만 따
로 분류하여 입전한 뒤 「황조유민록」과의 변별을 구하였다. 특히 "대
부분 내가 기록한 것과 같지 않기" 때문에 "우선 기록해 두어 후일의 고
거를 기다린다"는 말에서, 성해응의 기록의식의 일단(一端)을 확인할
수 있다. 자신과 타인의 기록이 다를 경우, 이를 모두 기록해 두어 후인
들이 공정하게 논의할 수 있는 바탕을 마련한 것이다. 합리적이고 객관
적인 저술태도를 견지한 셈이다. 다음 글에서 이러한 저술태도는 더욱
구체적으로 드러난다.

세상에서 충민(忠愍)을 말하는 자들은 그가 바다를 건너 중국에 들어간 일
을 위대하게 생각한다. 그러나 그가 등주에 이르러 도독 주예를 실득했다고
일컫는 일에 대해서는 변론할 만한 증거가 없다. 또 해풍현에 이르러 의종황
제가 기특하게 여겨 조서를 내리고 부총병에 제수했다는 사실은 『명사』에 실
려 있지 않다. 충민은 서쪽 변방 일을 오래하였기 때문에 용만에서 전해지는
일이 매우 많았는데, 뒤섞이고 어긋났음에도 사실을 궁구하지 않고 혼동하여
들었던 듯하다. 충민의 공은 적강의 전투를 최고로 여기며, 의리는 금주에서
싸우지 않은 것을 열로 삼는다. 나는 그러므로 전겸익이 지은 「자염장군주문
욱전(紫髯將軍周文郁傳)」과 청나라 임금이 경진년에 내린 칙서를 기준으로
삼았는데, 사실을 따랐기 때문이다. 그 나머지 대충 전해들은 것으로서 의심
스러운 것 등은 모두 빼 놓는다.[29]

---

28 위의 책, "余嘗撰皇朝遺民傳, 歷擧八姓事. 八姓者, 庠生王鳳岡・楊福吉・馮三仕・王美
承・裵三生・王文祥・進士鄭先甲・守備黃功也."
29 위의 책, 「林忠愍傳」. "世之談忠愍者, 未嘗不偉其浮海入中國事, 然其稱至登州, 說都督

임경업(林慶業, 1594~1646)을 입전한 「임충민전(林忠愍傳)」으로, 전이라는 장르의 속성상 임경업의 사적을 사실에 의거하여 서술하였다. 여기서 임경업의 사적을 기록하면서 보인 성해응의 저술태도를 눈여겨 볼 필요가 있다. 그는 세상 사람들이 모두 그렇다고 생각하는 일에 대해서도 증거가 없을 경우 사실의 진위(眞僞)를 분명하게 파악해야 할 것임을 강조하였다. 인물에 대한 보다 정확한 기록을 위해, 사적을 뒷받침해 줄 명확한 증거가 없을 경우 기꺼이 진위 여부에 대한 판단을 유보했던 것이다.

정확한 사실을 기록하고자 한 의지는 참고 서적을 선택할 때도 여실히 드러난다. 객관성을 담보하기 위해 인용한 서적 역시 사실을 따른 것[從實] 즉 사실에 의거한 것인지의 여부를 준거의 기준으로 삼았기 때문이다. 이러한 인식의 연장선에서 대충 전해지거나 의심스러운 말 등 사실여부를 분명하게 확인할 수 없는 것은 아예 기록의 대상에서 제외시켰다. 이는 성해응 자신이 직접 확인한 사실이거나 또는 그 근거가 분명한 것만 기록하겠다는 의지의 표명이다. 즉 사실의 여부가 분명하거나 『명사(明史)』를 비롯한 문헌에 수록되어 있는 것[30]을 기록함으로써, 무엇보다 '종실'을 중요시하였음을 알 수 있다. 요컨대, 성해응은 사실에 충실한 기록을 지향하였고, 이를 기록정신의 준거로 삼은 것이다.

이상에서 성해응의 종실(從實)을 지향한 기록 태도를 확인하였다. 그

朱裔者, 無證左可辨. 又抵海豐縣, 毅宗皇帝奇之, 下璽書, 授副總兵者, 不載明史. 忠愍久於西邊事, 故爲灣上諺傳者甚衆, 疑其錯迕繆戾, 不究事實, 卽混擧之也. 忠愍之功, 當以荻江之戰爲最, 其義當以錦州之不戰爲烈. 余故因錢謙益所撰紫髥將軍周文郁傳及淸主庚辰勅書爲準, 從實故也. 其他所涉傳疑之辭, 竝闕之."

30 문헌을 인용할 경우, 대상 텍스트 자체에 오류가 있을 수도 있으나 보다 중요한 것은 텍스트의 적실성 여부보다는 출처가 분명한 텍스트를 인용하고자 했던 성해응의 의식 자체를 주목해야 한다.

는 자신의 기록이 타인과 다를 경우 양측의 기록을 모두 기재하여 후인
들이 사실의 여부를 판단할 수 있는 바탕을 마련해 주었다. 또 실제 기록
을 할 때는 종실을 중요시하여, 출처나 근거가 명확하지 않은 것은 아예
기록의 대상에서 제외하였다. 이는 결국 사실에 의거하여 객관적으로
기술하고자 한 '거사직필'의 기록의식인 셈이다. 위에서 예로 든 인용
문은 모두 전(傳)인 만큼, 한 개인의 삶을 사실에 근거하여 기술한 것이
다. 전은 역사적 인물을 서술하든 그렇지 않든 모두 사실에 충실하다.
사실에 충실하기 위하여 작자는 역사재료를 객관적으로 탐구하는 태도
를 취할 것이 요구된다. 하나는 과거에 이미 있었던 기록이고, 또 하나
는 직접적인 사료와 작자 자신의 견문에 의거한 것이다. 어떤 부류의 것
이든 경솔하게 믿지 않고 해부 분석과 감별 대비라는 작업을 거쳤다.[31]
　성해응의 이러한 기록 태도는 전뿐만 아니라 기사(記事)에도 표출된
다. 그가 많은 편수의 기사를 남긴 사실을 앞서 확인하였는데, 기사는
자신의 견문이나 체험을 기술하여 전하는 서사양식이다. 그 내용은 실
재 있었던 사실이면 되고 그 형식은 '언제 어디서 이런 일이 있었다'는
식으로 사실의 경위를 전달해 주면 된다.[32] 기사문을 인물의 언행과 공
적을 기술하는 것을 그 중요한 기능으로 하는, '진실되다'는 기본적인
전제가 가능하다면, 역사 서술의 일차자료로서도 손색이 없는 비지전
장류로 파악한 견해도 있다.[33] 요컨대 기사 역시 실재 있었던 '사실에
근거한 기록'인 것이다.
　'거사직필'의 기록의식이 실제 기사에서 어떻게 구현되었는지 확인

---

[31]　진필상, 심경호 역, 『한문문체론』, 이회, 1995, 85~101면.

[32]　조창록, 「조선 후기 '기사' 연구」, 성균관대 석사논문, 1992. 기사의 개념에 대해서는 1~8
면 참조

[33]　이희목, 「영재 이건창 산문 연구―인물 기사를 중심으로」, 성균관대 박사논문, 1992, 26면.

해 볼 필요가 있다. 성해응은 「서박춘사(書朴春事)」에서 "내가 춘의 일을 본 것 또한 『백사잡기(白沙雜記)』에서였다"[34]라고 하여, 역사적인 인물과 사건에 대해선 당시의 신뢰할 만한 문헌을 참고하였음을 밝혔다. 『백사잡기』라는 취재원(取材源)을 밝힘으로써 문헌에 근거한 객관적인 기록 태도를 볼 수 있다. 이러한 태도는 자신이 직접 견문하고 기록한 기사를 통해서 더욱 분명하게 드러난다.

> 나는 음성현에 있을 때 일찍이 장 처녀의 옥사를 다스렸는데, 그 정열은 안정의 정절녀에 비해 부족하긴 하지만 허물없이 억울한 죄를 받아서 죽은 것은 마찬가지다. 근래에 정리상 비참하고 절박한 옥사임에도 위로 조정에 알리려고 하지 않아 번번이 장살하여 그 자취를 없앴으니, 나는 힘써 그 안건을 계속 물고 늘어지지 못한 것을 한스럽게 여긴다.[35]

자신이 직접 경험한 사실임을 표명하여 '거사직필'에 의거한 기록의식이 기사에도 침투되어 있음을 확인할 수 있다. 이상을 통해 『백사잡기』와 같은 문헌에 근거하였거나, 또는 자신이 직접 견문한 사실에 의거하여 기사를 서술하였음을 알 수 있다. 이것은 성해응이 기사의 본령인 '기록의 사실성'을 충실히 이행하고 있음을 말해준다. 그런 의미에서 기사는 전과 마찬가지로 '거사직필'의 기록의식을 적절하게 담아낼 수 있는 장르이다. 이런 까닭으로 성해응은 방대한 분량의 전과 기사를 저술한 것이다. 여기에는 '거사직필'의 기록을 통해 한 인간의 사적을

34　『研經齋全集』권17「書朴春事」. "余見春事, 亦於白沙雜記云."
35　위의 책, 「書淸安張處女獄事」. "余在陰城縣, 嘗按張氏處女之獄, 其烈雖不足與安亭貞女比, 無辜受枉而死則一也. 近來情理慘切之獄, 不欲上聞于朝, 輒杖殺之以滅其跡, 余恨不能力持其案."

진실되게 전달하고자 하는 의도가 내재되어 있다.

성해응의 기록의식은 전이나 기사뿐만 아니라 다른 양식에도 표출되어 있는데, 이것은 매우 중요한 문제이다. 어느 특정 양식에 국한된 것이 아니라 그의 문학작품을 아우르는 글쓰기 특징으로 볼 수 있기 때문이다. 먼저 산수기(山水記)에 나타난 기록의식부터 살펴보기로 하자. 성해응은 「동국명산기(東國名山記)」에서 백두산에 이르는 여정을 허항령(虛項嶺) → 삼지(三池) → 백두천(白頭泉) → 연지봉(臙脂峯) → 목극등비(穆克登碑) → 대택(大澤)의 순서로 기록하였다. 그리고 이어 다음에 도착할 장소와의 실제 거리를 서술하였다. 마치 지도를 펼쳐 도착할 곳을 일일이 짚어보는 듯한 느낌을 준다. '왼쪽 못은 둥글고[左池圓]', '오른쪽 못은 네모나고[右池方]', '가운데 못은 넓으면서도 둥글다[中池廣而圓]'와 같은 구질은 사실직 묘사를 구사한 것이다. '섬은 둥근 부평초 같고[島嶼如圓萍]', '수목은 나무를 쌓아놓은 것 같다[樹木如簀水]'는 비유를 하긴 했지만 '둥글다[圓]'와 '쌓여있다[簀]'는 것에 의미를 부여했을 뿐이다. 이어 백두는 서북에 소백은 동북에 있다고 하여, 각 곳의 위치와 거리에 대해서 알려준다.

산수기는 경(景)·정(情)·의(議)가 융합된 산물이라는 데 많은 사람들의 시각이 일치하고 있다. 경(景)은 경물(景物)을 있는 그대로 그려내는 것, 정(情)은 경물에서 촉발된 작가의 주관적 정서, 의(議)는 경과 정을 넘어 작가가 펼치는 의론을 의미한다. 이 세 가지가 잘 어우러졌을 때 훌륭한 산수기라고 평가를 받는다. 그런데 성해응의 산수기는 개인적인 정회나 의론보다[36] 경물을 중심으로 사실적 묘사를 시도한 것이 대

---

36 名山大川을 유람하는 도중에 느낀 흥취를 글로 표현한, 즉 情을 위주로 한 산수기는 儒者들에 의해서 널리 기록된 바 있다. 이들의 산수기에 의론이 없는 것은 아니나 그 비중

부분이다. '종실'하고자 한 기록의식의 연장선에서 이해할 수 있다.

국토지리와 관련된 저술 또한 이와 비슷하다. 성해응은 조인영에게 보낸 편지에서 "동인(東人)의 말은 인용한 것이 착오가 많으니, 적성의 용문을 가리켜 동주의 용문이나 설인귀의 사당이라 하고, 해주의 수양을 가리켜 포판의 수양이나 백이숙제의 사당이라고 한 것은, 참으로 잘못된 것입니다"[37]라고 하여, 우리나라 사람들이 근거 없이 인용하여 오류가 많은 점을 지적하였다. 조인영에게 보낸 다음 편지에서는 지리에 대한 철저한 고증을 통해 사실의 객관성을 중요시하는 태도가 보다 분명하게 드러난다.

> 제 생각에는 대동을 패수라고 하는 것은 실로 증거가 있습니다만, 예부터 의심한 단서는 '위만이 동으로 달려 국경을 나와 패수를 건넜다'는 구절 때문인 듯합니다. 옛날 역도원은 『수경』을 변별하여 잘못된 증거라 하였고, 근래에 신경준은 『요사』를 인용하여 이하(泥河)로 인식하였습니다. 그리고 공께선 압록강이 거기에 해당한다고 하셨습니다. 그러나 그러한 견해들은 고거에 깊지 않은 듯합니다.[38]

패수(浿水)의 지리적 위치에 대한 역도원(酈道元)·신경준(申景濬)·

은 작은 편이다. 한편, 의론을 본격적으로 활용한 산수기로는 李象秀(1820~1882)의 「東行山水記」를 꼽을 수 있는데, 이에 대한 자세한 것은, 김채식, 「嶠堂 李象秀의 산수론과 「東行山水記」 분석」, 성균관대 석사논문, 2001 참조.

37 『研經齋全集』 권13 「答趙義卿(雲石)書」 1. "東人之說, 稱引多錯, 如積城之龍門, 指爲同州之龍門, 而爲薛仁貴之祠, 如海州之首陽, 指爲蒲阪之首陽, 爲夷齊之廟者, 固錯矣."

38 위의 책, 「答趙義卿(雲石)書」 2. "淺見以大同爲浿, 實有證援, 而終古所疑之端, 卽衛滿東走出塞渡浿水一句語也. 古之酈道元辨水經而謂之誤證, 近之申景濬引遼史而認以泥河, 明見又以鴨綠水當之. 然似未深於考據."

조인영의 설에 대해서 부정적인 견해를 피력하였다. 성해응은 대동강을 패수라고 생각하였으며 근거로 삼을 만한 증거[證援]가 있음을 밝혔다. 또 당시 지리학자로 유명한 신경준과 한학(漢學)의 성과에 상당한 조예가 있던 조인영의 설을 고거(考據)에 깊지 않다고 평가할 만큼, 성해응의 지리에 대한 식견은 높았던 것으로 보인다. 성해응은 증원(證援)이나 오증(誤證), 고거(考據) 등의 단어를 유독 많이 사용하고 있는데, 이러한 단어는 모두 사실에 충실한 기록을 위하여 작가의 주도면밀한 의도아래 채택된 것이다. 국토지리에 대한 인식은 7장에서 다시 자세히 논의하기로 하고, 여기에서는 우선 성해응이 사실을 입증하기 위해 고증적 방법을 적극 활용하고 있음을 언급해 둔다. 이 또한 종실을 추구하는 하나의 방법이기 때문이다.

성해응은 패수가 대동강임을 입증하기 위해서 여러 문헌을 참조하였던바, 중국의 문헌으로는 『사기(史記)』·『당서(唐書)』·『요사(遼史)』·『위략(魏略)』·『한서지리지(漢書地理志)』·『설문(說文)』·『수경주(水經注)』와, 조선의 문헌으로는 『동국여지승람(東國輿志勝覽)』·『고려사(高麗史)』·『문헌비고(文獻備考)』 등이 그것이다. 역사서와 지리지를 중심으로 한 다양한 문헌을 두루 탐독한 결과 「패수변(浿水辨)」을 지어, 패수의 위치에 대한 여러가지 설을 소개하고 그 설에 대해서 자세하게 변증하였다.

한편, 성해응은 「동수경서(東水經序)」에서 "기록하는 자는 원류를 구별한 것이 자세하지 않고 지류를 기록한 것이 분명하지 않다"[39]고 하여, 사실을 정확하게 파악하지 않고 기록이 분명하지 않음을 지적하였

---

39 『硏經齋全集』「東水經序」. "然記之者, 別其源流不審, 錄其條枝不明."

다. 이어 "우리나라 사람은 거칠고 황폐하며 정밀하지 않아 패수를 세 곳이라 하고 대방을 두 곳이라 한다"[40]고 하여, 동인(東人)이 세심한 주의를 기울이지 않아 정확한 사실을 파악하지 못함을 비판하였다. 그리고 이러한 폐단을 고치기 위해서는 기술하는 방법을 정밀하게 연구하여 정확하게 기록해야 할 것임을 강조하였다. 다음 글은 성해응이 자료를 널리 취재하여 탐독한 다음 저술에 임하는 태도를 잘 보여준다.

> 그러나 기술하는 일을 세밀히 궁구하여 경전을 따라 새로운 견해를 펼치기도 하고, 자사(子史)를 엮어서 옛날에 터득한 것을 연역하기도 하고, 고인의 잘못을 끄집어내어 바로잡기도 하고, 금세에 보고 들은 것을 기록하기도 하며, 고거에 의거해서 빠트리고 잊어버릴 것을 대비하고, 모아서 망라한 것을 바탕으로 실용에 돌아가기도 하고, 변증을 통해 득실을 상고하기도 하며, 자잘한 것을 수습하여 기이한 견문을 넓히기도 하였다. 바야흐로 따져 물어서 상세히 하고 교열하여 정리하며 모아서 넓게 펴, 이것으로 문자의 오묘함에 진력하였으니 즐거움이 없다고 말할 수는 없을 것이다.[41]

기술하는 방법에 대하여 구체적으로 여덟 가지를 제시하였다. ① 경전을 따라 새로운 견해를 편다. ② 제자서와 역사서를 엮어 예전에 터득한 것을 연역한다. ③ 고인의 잘못을 끄집어내어 바로잡는다. ④ 지금 세상에서 보고 들은 것을 기록한다. ⑤ 고거에 의거해서 빠트리고 잊어

---

40 『研經齋全集』속집 책11 「東水經序」. "且東人荒蕪不精, 指浿水爲三, 指帶方爲二."

41 『研經齋全集』권13 「外集序」. "然細究其記述之工, 或追經傳而抒新見, 或掇子史而繹舊得, 或鉤古人之紕繆而正之, 或就今世之覩聞而錄之, 或憑考据而備遺忘, 或資蒐羅而歸實用, 或因辨證而考得失, 或拾零瑣而廣異聞. 方其難詰而詳之, 校閱而整之, 薈萃而博之, 以之盡力於文字之妙則不可謂無其樂矣."

버린 것을 갖춘다. ⑥ 수집한 것을 바탕하여 실용으로 돌아간다. ⑦ 변증을 통해 득실을 살핀다. ⑧ 자잘한 것을 모아 기이한 견문을 넓힌다.

이 중 눈여겨 볼 것은 ③, ⑤, ⑦인데 모두 고증적인 방법을 이용한 것이라는 점에서 중요하다. 성해응은 '기술의 정밀성'을 강조하였던바, 이를 실천하기 위해서는 실증적인 방법론을 적용하는 것이 가장 효과적이다. 그러므로 '기술의 정밀성'과 '고증적 방법론'은 그의 저술에 있어 지향점이자 목표를 이루기 위한 방법인 셈이다. 성해응이 고증적 방법론을 적극적으로 활용한 사실을 다시금 확인시켜 주는 대목이다. 이는 성해응의 기록의식을 파악하는데 있어 무엇보다 중요하며, 나아가 그의 학문과 문학 전반에 걸쳐 폭넓게 드러난다는 점에서 보다 신중하게 따져볼 필요가 있다.

이 시점에서 성해응의 사가(史家)로서의 투철한 사명감에 대해서 짚고 넘어가야 한다. 그는 '거사직필'의 기록의식을 지녀 종실의 글쓰기 태도를 지향하였으며, 그 과정에서 고증적 방법론을 적극 활용하였다. 특히 기술의 정밀성을 추구하였고 근거가 분명하지 않은 것은 처음부터 제외하는 등 기록에 있어 분명한 준거를 가지고 있었다. 이러한 의식에 근거하여 마치 사관이 투철한 사명감을 지니고 정사를 기록하듯, 그는 재야에서 이름 없는 하층민들의 훌륭한 사적을 기록하여 후세에 전달하는데 치력하였던 것이다. 훗날 이들의 사적이 정사에 취재될 수 있도록 기록해둠으로써 미리 대비해 두겠다는 의도이다.

그는 경(經)과 사(史)를 학문의 근본으로 삼고 있는데, '사'를 '경'의 반열에서 인식한 것은 매우 중요한 사실이다. 사관으로서의 사명감이 생성되게 된 의식의 기저를 엿볼 수 있으며, 아울러 거사직필의 저술태도를 이론적으로 뒷받침해 줄 수 있기 때문이다. 그는 '역사는 거울이니

인간은 거울을 등지고 비출 수는 없다[史者鑑也, 人不能背鑑而照]'라고
하여, 역사를 거울에 비유하였다. 거울을 보면서 현재의 모습을 비추어
보고, 그 속에서 지나온 자취를 반추하는 동시에 앞으로 나아갈 길을 인
지할 수 있음을 포착한 것이다. 실제 역사는 거울의 이러한 속성과 부합
하는 면이 있다. 이러한 까닭으로 성해응은 사를 중시하였고 그러한 인
식의 바탕 위에서 거사직필의 저술태도를 견지한 것이다.

역사서술에 있어 중요한 것은 사실에 근거한 객관적인 서술이다. 성
해응의 문학작품은 사실에 근거하여 객관적으로 직서(直敍)한 양식이
많은 비중을 차지한다. 특히 방대한 분량의 전은 기본적으로 역사산문
이기에 역사에 대한 신뢰를 바탕에 깔고 있다. 전이 인멸에 저항하면서
인물의 덕과 선행을 역사 속에 길이 전하고자 함도 바로 이러한 역사산
문으로서의 성격에서 연유한다. 또한 전의 창작에 임하는 작자들의 태
도가 역사가적이거나, 적어도 준(準)역사가적인 태도를 보여주는 것도
이와 관련된다.[42]

이러한 기술 태도는 한 작가의 문학적 역량을 가늠하는 형상성의 측
면에서 저평가 될 가능성이 농후하다. 그러나 이것은 분명 작가의 의도
적인 글쓰기 방법으로, '사실에 근거한 객관적인 기술'을 지향하였기
때문에 그 문체는 간략하면서도 체재를 이루었다고 평가할 수 있다.[43]
따라서 성해응의 이러한 의식에 대한 적절한 이해가 선행되어야만, 그
의 문학작품에 나타나는 사실 위주의 객관적 기술에 대한 평가가 적실
하게 이루어질 수 있을 것이다.

42　박희병, 앞의 논문, 15면.
43　이병도 박사는 성해응의 작품 중 「皇明遺民傳」과 「東國名山記」·「草槎談獻」·「蘭室
　　　史料」 등이 '모두 글은 간결하지만 뜻을 갖추었다'고 평가한 바 있다.(이병도, 『한국유학
　　　사』, 아세아문화사, 1987, 443면)

제5장

기록정신과 문학화

성해응은 힘겨운 상황 속에서도 충의와 열을 고취한 인물에게 남다른 관심을 보이며 그들의 사적을 취재하고 기록하는 데 심혈을 기울였다. 더욱이 노비와 기녀처럼 사회적으로 소외된 이들이 충의와 열을 실천한 경우 더욱 그러하였다. 또한, 하나의 권(卷)을 설정하여 신라시대부터 성해응 당대에 이르기까지 우리나라를 대표하는 서화가들과 그들의 작품에 대한 기록과 평을 서술하기도 하였다. 그런 만큼, 이 장에서는 성해응의 문학작품 중 충의와 열을 실천한 인물군과 예인(藝人)에 대한 기록을 중심으로 그 특징과 성격을 살펴보고자 한다.

1. 충의(忠義)와 열(烈)의 형상

1) 충의의 제고(提高)

성해응은 「황명유민전」 7권과 「풍천록(風泉錄)」 4권을 저술한 바 있다. 당시 대명의리를 바탕으로 명의 유민에 대한 기록을 남긴 이는 많지만, 성해응은 그 분량에 있어 단연 압도적이다. 이처럼 방대한 저술을 남기게 된 것은 그의 가문적 배경과 긴밀하게 연관된다. 성해응의 5대조인 성후룡은 김상용(金尙容)의 서녀(庶女)와 결혼하였는데, 김상용은 병자호란 때 왕족을 시종하고 강화로 피난했다가 강화성이 함락되자 자결한 인물이다. 그의 동생 김상헌(金尙憲)은 예조판서로서 척화를 주장하였고, 청나라에서 요구한 출병을 반대하는 상소를 하여 이듬해 심양으로 잡혀가기도 하였다. 또 성해응의 종고조인 성완은 명나라 영력(永曆)황제가 오삼계(吳三桂)에게 피살되었다는 소식을 듣고는 자결을 기도할 정도였다.[1]

성해응의 장인은 이경으로 병자호란 때 크게 활약한 이완의 5세손이다. 이완은 임경업의 부장(副將)으로 효종의 북벌정책을 최측근에서 보좌한 인물이기도 하다. 이러한 사실을 통해, 성해응은 친가와 처가가 모두 철저히 대명의리론을 견지함으로써 그들에게서 많은 사상적 영향을 받았음을 알 수 있다.

병자호란을 배경으로 많은 작품을 서술한 것 역시 이러한 인식의 소산

---

1   『研經齋全集』 권10 「翠虛公墓誌」. "皇朝淪亡, 永曆皇帝入緬甸, 爲吳三桂所弑者已十年矣. 東國人士未之詳也, 輒悲咤慷慨, 欲潔身自靖."

이다. 병자호란은 성해응의 사상과 문학에 큰 영향을 끼친 사건인 만큼, 그와 관련된 인물의 서술방향을 추적해 보고자 한다. 다음은 병자호란이 끝난 후 난에 적절하게 대처하지 못한 사대부들을 비판하는 글이다.

> 묘당의 신하들은 매번 "청나라 임금은 오지 않을 것이다"라고 말하였다. 청나라 임금이 성 아래에 도착한지 며칠이나 되고 화친을 청한 뒤에야 비로소 그 사실을 알게 되었으니, 이와 같고서 어떻게 적을 막아낼 수 있겠는가? (…중략…) 우리나라는 바다 밖 변방에 위치한데다 오랫동안 화평하여 군대를 운용하는 것이 매우 엉성하다. 임진왜란을 겪은 뒤에도 군대를 운용하는데 마음을 두지 않아 적국의 허실과 용겁을 알지 못하였다. 그리고 모든 군사계책에서는 반드시 "적이 도착하면 도모할 것이다"고 말하였는데, 적이 도착한 뒤에 도모한다면 이미 늦다. 하물며 적이 온 뒤에도 도모하려는 계책조차 없이 허둥대기만 했으니, 어떻게 기세등등한 적을 막겠는가?[2]

국가의 존망(存亡)과 안위(安危)에 관한 중요한 문제에서조차 탁상공론만 일삼는 조정대신들에 대한 분노를 표출하였다. 병자호란이 발발할 당시 조정 대신들은 청에 대한 정보가 전혀 없었을 뿐만 아니라, 그들이 쳐들어와도 막아낼 계책조차 준비하지 못하였다. 심지어 임진왜란이라는 큰 전쟁을 겪었음에도, 이처럼 전혀 대비가 되어 있지 않은 조정 대신들의 안이한 태도를 신랄하게 비판하였다.

---

2 『研經齋全集』속집 책15「題南漢日記後」. "廟堂之臣, 每謂淸主不來, 淸主至城下屢日, 請成而後, 始知之, 若是而安能禦敵乎? (…중략…) 我國僻處海外, 升平日久, 凡用兵曲折極鹵莽, 雖經壬辰之役, 而亦不留心用兵, 不知敵國虛實與勇怯, 而凡所措劃, 必曰: '敵至而圖之.' 敵至而圖之, 已晚矣. 況亦無所謂圖之者, 只擾攘而已, 何以當方張之敵乎?"

실제 조선은 병자호란이 끝난 후 심각한 혼란에 휩싸였다. 종주국으로 받들던 명이 한낱 오랑캐라고만 생각했던 청에게 순식간에 멸망당하고, 뒤이어 조선마저 그들의 말발굽에 짓밟히는 상황은 조선의 사대부들에겐 실로 곤혹스러운 상황이 아닐 수 없었다. 그들에겐 가치관의 혼란뿐만 아니라 정신적 공황상태까지 야기하기에 충분했던 것이다.[3] 병자호란은 비록 한 달 남짓한 짧은 기간의 전쟁이었으나, 그것이 남기고 간 상흔은 쉽게 지워지지 않았다.

성해응은 청군이 쳐들어와 조선군과 격전을 벌인 강화도 전투나, 청이 강화협약 후 심양으로 돌아가면서 동강진(東江鎭)에서 벌인 혈전에 대해서 전과 기사로 형상하였다. 「기험천전사(記險川戰事)」와 「기백전광교전사(記柏田光敎戰事)」에서는 전쟁의 참혹성과 죄없는 병사들의 무참한 죽음을 서술하였고, 「기장자도사(記獐子島事)」와 「동강기사(東江記事)」, 「기후주사(記厚洲事)」에서는 국경에 대한 관심과 수비의 중요성을 강조하기도 하였다. 당시 조선군은 수십만 대군을 거느린 청에 비해 수적인 면에서나 군사들의 훈련 상태에 있어서, 그 어느 것도 상대가 되지 않았다. 그럼에도 불구하고 오직 국가를 구하겠다는 일념으로 목숨을 아끼지 않고 용감하게 싸운 이들에게서, 성해응은 느낀 바 있어 기록을 남긴 것이다. 작품의 수와 분량이 많은데다 형상 또한 핍진하면서도 자세하게 묘사되어 있다.

「임충민전」은 명을 돕다가 결국 청에 발각되어 죽임을 당한 임경업

---

3 조선은 강화도가 함락된 후 남한산성에서 청 태종과 강화협약을 맺었는데, 그 협약내용 또한 조선의 사대부들이 쉽게 받아들일 수 없는 것이었다. 조선은 청에 대하여 신하의 예를 행할 것, 명과의 交好를 끊을 것, 조선왕의 長子와 次子 그리고 대신의 아들을 볼모로 청에 보낼 것, 청이 명을 정벌할 때 조선은 원군을 보낼 것 등 11개의 조문이었는데, 조선으로서는 어느 것 하나 치욕스럽지 않은 것이 없었다.

을 입전한 것이다. 당시 임경업 이야기는 너무나 유명하여 각종 설화까지 유행할 정도였다. 그 중 「임경업전(林慶業傳)」은 비운에 쓰러진 임경업의 일생을 영웅화한 한글소설로, 청에 대한 강한 적개심과 나라의 위기를 당하여 사리사욕만을 일삼던 간신에 대한 분노를 민족적·민중적 차원에서 소설로 승화시킨 작품이다. 역사적 사실이 부분적으로 반영되어 있으나, 기실은 외적의 침입으로 수난을 겪은 조선의 국민들이 모두 지난 역사를 반성하고 국난 중에 영웅의 활약을 갈망하고 있음에 부응하여 창작된 허구적 작품이다.[4]

「임충민전」은 전의 양식에 걸맞게 철저히 사실에 근거하여 서술된 작품이다. 한글소설 「임경업전」이 역사적 사실을 배경으로 하였으되 민중적 욕구에 부합하여 어느 정도 창작이 가미된 허구적 작품인 반면, '임충민전」은 실제 역사적 사실에 근거하여 직서적으로 서술되었다. 성해응 또한 "세상에 잘못 알려진 역사적 사실을 바로잡고자 이 전을 쓴다"라고 하여, 입전의 동기를 밝힌 바 있다. 앞서 성해응이 종실(從實)의 글쓰기 태도를 지향하고 충실히 실천한 사실을 확인하였던 만큼 「임충민전」은 하나의 사료로 간주해도 무방하다. 성해응은 임경업의 충을 고평하여 특기한 동시에 세상에 잘못 전해진 그의 사적을 바로잡고자 「임충민전」을 저술한 것이다. "충민의 공은 당연히 적강의 전투를 최고로 여기며, 의리는 금주에서 싸우지 않은 것을 열로 삼는다"고 한 성해응의 평가는 적실하다. 임경업을 제대로 평가하기 위해서는 그 행위와 업적에 대해서 구체적인 역사사실에 조응하여 보다 자세하게 살펴볼 필요가 있다.

---

4 서대석, 「임경업전연구」, 『고전소설연구』, 정음사, 1979.

인조 7(1633)년 명을 배반한 장수 공유덕(孔有德)과 경중명(耿仲明)이 후금군과 내통하려고 하자, 임경업은 이 사실을 명의 대도독 주문욱(朱文郁)에게 알려 이들을 섬멸하였다. 하지만 명나라 장군간의 싸움으로 정작 공유덕과 경중명을 사로잡는 데는 실패하였다. 임경업은 이 공로로 명으로부터 총병(摠兵) 벼슬을 받고 크게 알려지기 시작했다. 1639년 말부터 청은 명의 근거지인 금주위(錦州衛)를 공격하기 위하여 조선에 병력동원과 군량미의 원조를 강력하게 요구하였다. 이에 조정에서는 임경업과 이완을 선발하였는데, 임경업은 전선(戰船)과 군량미를 싣고 안주를 출발하여 금주위로 향하는 한편 재상이었던 최명길(崔明吉)과 밀의하여 이 사실을 등주의 홍승주(洪承疇)에게 통고하는 등 애써 싸우게 하지 않았다.

청은 임경업의 함대를 전진시키려 하였으나 임경업은 전진하지 않았고 명의 배를 만났으나 싸우지 않았으므로, 우리 조정과 짜고 명과 내통한 것이라고 힐책하였다. 그러나 임경업은 이에 아랑곳하지 않은 채, 다만 청 장수의 지휘에 따라 진퇴만 같이 하였을 뿐 그동안 한 번도 명군과 싸우지 않았다. 청에서는 그가 명과 내통하고 있는 사실을 눈치 챘으나 확증을 잡지 못하여 고민하였는데, 마침내 1642년 임경업의 청에 대한 비협조 사실이 드러나기 시작하였다. 결국 청의 압력으로 조정에서는 임경업을 체포하여 청으로 압송하였고, 조선으로 송환된 뒤 죽임을 당하고 만다. '금주에서 싸우지 않은 것을 열로 삼는다는 것'은 바로 이러한 사실을 두고 말한 것이다. 가문의 영향 아래 그 자신 또한 투철한 대명의리를 지녔던 만큼, 성해응이 임경업에게 관심을 가지는 것은 당연해 보인다. 임경업에 대한 관심만큼 전의 분량이 많으며 행적도 자세하게 묘사되어 있다.

「풍천록」에 수록된 13편의 기사 역시 병자호란과 관련된 인물과 사건을 중심으로 한 것이 대부분이다. '풍천(風泉)'이란 '풍(風)'은 비풍(匪風)을, 천(泉)은 하천(下泉)을 말하는 것이다. 비풍은『시경(詩經)』「회풍(檜風)」의 편명으로 문왕·무왕과 주공의 정치를 사모하여 지은 시이며, 하천은 「조풍(曹風)」의 편명으로 조나라 사람들이 포학한 공공(共公)을 미워하고 명왕(明王)과 현백(賢伯)을 사모하여 지은 시이다. 모두 제후국의 사람들이 주(周)나라를 생각하여 지은 시로, 여기서는 명이 임진왜란 때 조선을 구원해 준 공에 대해 조선인들이 명을 그리워하며 존숭한 것을 의미한다.

「풍천록」에는 사대부·일반 백성·병졸·절부(節婦)·중국인 등 그야말로 다양한 인물의 충의가 형상화되어 있다. 세상에 전해질만한 가치가 있다고 여긴 인물에 대해서는 폭넓게 취재하여 기록으로 남긴 것이다. 「서이사항절도사(書二使抗節圖事)」는 청이 개국할 때 사신으로 가서 황제에게 절하지 않은 두 사신에 대한 기사다.

이때 나·이 두 공이 사신의 임무를 받들고 마침 이르렀다. 청인이 강제로 하례하게 하자 두 공은 완강히 거부하였다. 오랑캐가 구타하여 괴로워 거의 버티지 못할 지경이 되었지만 끝내 굴복하지 않았다. 사신이 돌아가자 심양 사람들은 두 사신의 항절도를 그렸다. 또 건륭주가 지은 전운시(全韻詩)에 다음과 같은 구절이 있다. "태종문황제가 연호를 세우고 하늘에 제사지낼 때 여러 나라에서 모두 와서 하례하였는데, 조선에서는 예의를 빌려서 명조를 섬기니 사신 이곽과 나덕헌은 절하지 않았다." 우리가 외치는 존양의 의리는 다만 말 뿐이지 실제 행동으로 옮긴 일을 보지 못했다. 중국 역사에 빛나 후인의 입에 오르내리는 것은 다만 나·이 두 공과 저 홍·오·윤 삼학사뿐이다.[5]

　나덕헌(羅德憲)과 이곽(李廓)은 사신의 임무를 받고 심양(瀋陽)에 들어갔는데, 당시는 청이 연호를 고치고 칭호를 높일 즈음이라 하례(賀禮)의 반열에 참여하도록 협박을 받았다. 그러나 이들은 죽음을 무릅쓰고 하례식에 참석하지 않았다. 성해응은 두 사신이 청 황제에게 절을 하지 않고 저항하다가 국문당하는 장면을 많은 지면을 할애하여 구체적으로 묘사하였다. 그러나 두 사신이 살아서 조선에 돌아왔을 때 이들에 대한 당시의 여론은 부정적이었다. 목숨의 위협을 당하면서까지 굴복하지 않은 사실보다 일국의 사신으로 상대국에서 치욕을 당했음에도 즉시 자결하지 않은 것을 더욱 비난하였던 것이다. 이에 그치지 않고 두 사신은 청에서 조선을 비하한 국서를 제대로 간직하지 못하고 버림으로써 사신의 임무를 저버렸을 뿐 아니라 조국을 욕되게 하였다는 평가를 받기도 하였다. 그리하여 여론이 이들을 죽이자는 쪽으로 들끓었으나, 당시 조정은 청에 굴복하지 않은 사실을 인정하여 목숨을 살려주었다는 기록이 있다.[6]

　성해응 또한 이러한 사정을 알고 있었을 것이다. 그런데 두 사신이 청에서 저항한 사실만 집중적으로 기록하여 그들의 충신으로서의 면모를 부각시켰다. 이곽과 나덕헌이 청을 다녀오는 과정에서 사신으로서의 기본적인 의무를 방기한 사실을 배제한 채, 청에서 절을 하지 않은 사실을 집중 서술한 것이다. 이러한 서술방식을 통해 성해응의 의도

<hr>

5　『研經齋全集』 속집 책15 「書二使抗節圖事」. “是時, 羅李二公, 奉使適至, 淸人强令與賀, 二公力拒之, 虜又歐擊, 輒困殆不支, 然終莫能屈. 使者還, 瀋陽人寫二使抗節圖. 又乾隆主所製全韻詩, 有曰: ‘太宗文皇帝建號祭天, 列國皆來賀, 朝鮮假禮義事明朝, 其使臣李廓羅德憲不拜.’ 我尊攘之義, 徒議也, 而未見於行事. 其炳烺於中國之史, 爲後人之口實者, 獨羅李二公與夫洪吳尹三學士耳.”
6　『조선왕조실록』 인조 14년 4월 26일 조 참조

를 충분히 짐작할 수 있다.

이는 성해응이 절친하게 지냈던 이덕무와 박제가의 기록과 비교해 보면 그 의미가 더욱 분명하게 드러난다. 이덕무는 정조 2(1778)년 은사를 따라 북경에 갔다가 두 사신의 충절이 기록된 「전운시(全韻詩)」를 보았다. 그는 귀국하여 이러한 사실을 조정에 알리고 두 사신에 대한 재평가와 포창을 건의하며, 나덕헌의 일사(逸事)와 행장(行狀)을 지었다.[7] 박제가 역시 두 사신의 사적에 감동을 받아 이들에 대한 합전(合傳)을 지은 바 있다.[8] 그런데 이덕무의 「나통어사일사장(羅統禦使逸事狀)」과 박제가의 「이곽나덕헌전(李廓羅德憲傳)」은, 일사(逸事)와 행장 및 전의 형식에 걸맞게 두 사신의 생평과 사적에 대해서 자세하게 서술하였다. 이것은 두 사신이 저항하다가 고문당한 사실을 집중적으로 기록한 「서이사항전도사」와는 분명 그 양상이 다르다. 기사는 인물의 생평보다는 특정한 사건을 중심으로 서술하는 것이므로, 여기서 성해응의 시선이 어느 곳을 향하고 있는 지 분명히 알 수 있다.

「기양고리사(記楊古利事)」는 청 태조 노이합적(奴爾哈赤)의 사위인 양고리에 대한 기사로, 그가 죽임을 당한 사건의 전말에 대해서 서술하였다. 양고리는 전투에 능하여 노이합적에게 총애를 받았으나, 병자호란 때 조선에 왔다가 죽임을 당하였다. 이 기사는 양고리의 활약상과 죽음을 다루었지만, 실상 성해응이 하고픈 말은 그의 논평에서 확인할 수 있다.

7　李德懋, 『靑莊館全書』 「雅亭遺稿」 권5 「羅統禦使逸事狀」; 위의 책, 권70 부록 상.

8　朴齊家, 『貞蕤閣集』 권3 「李廓羅德憲傳」. 논평을 통해 두 사신을 입전한 박제가의 의도를 알 수 있다. "外史氏曰: '余聞丙丁以後, 我使之入中國者, 自登萊以北至燕京遼陽數千里之間, 舘譯墻壁, 往往見羅李抗節圖云. 當時之赫赫如此, 而不能見信於國人何哉? 及讀兩公遺事, 其才幹風節, 雖不使虜也, 而猶斷斷乎一名臣矣. 夫以眇然小國之臣, 而名動華夷, 使區區未明之大義, 永有辭於天下來世者, 夫豈偶然哉? 夫豈偶然哉?'"

오랑캐가 우리를 침범하였을 때 전투에 참가하였다가 우리 병졸의 조총에 맞아 죽었고, 추증되어 무훈왕에 봉해졌다. 이것이 김준룡의 광교전투이다. 우리 조정은 병사가 적고 힘이 약하여 숭정 병자·정묘년에 연이어 패하여 궤멸되었지만, 광교 전투에서만은 사람들의 사기를 조금 진작시켰다. 더군다나 양고리는 청의 영웅인데 그를 죽일 수 있었던 것이다. 당시에 군비를 정비했다는 일을 들어본 적이 없다. 김준룡은 훈련되지 않은 병사를 데리고도 이처럼 뛰어났으니, 가령 장수를 뽑아 병졸을 훈련시켜 오랑캐를 막기를 진실로 척화의 상소처럼 하였더라면, 어찌 갑자기 항복하는 부끄러움이 있었겠는가? 오랑캐가 모든 군대를 이끌고 와서 도적질했던 것은 우리가 무방비임을 알고 다만 우리를 가볍게 여긴 것이며, 우리를 가볍게 여겼기 때문에 우리를 겁주려고 했던 것이다. 저들은 중원에 뜻이 있었으므로 진실로 우리나라에 전력을 다하지 않았을 것이다.[9]

양고리의 죽음은 그리 단순한 문제가 아니다. 죽은 상대가 바로 전투에 뛰어나 청의 영웅으로 일컬어지던 인물이라는 점을 주목해야 한다. 그런 그가 제대로 훈련조차 받지 못한 무명의 조선병사에게 죽임을 당한 것이다. 이 문맥은 행간의 의미를 조금 더 면밀하게 파악할 필요가 있다. 병자호란이 일어났을 때 조선이 보다 침착하고 냉정하게 판단하여 체계적으로 대응했더라면 삼전도에서의 굴욕을 피할 수도 있었을 것임을 의미한 것이기 때문이다.

<hr>

9   『研經齋全集』속집 책15 「記楊古利事」. "及虜犯我, 從之戰, 傷於我卒鳥鎗而死, 追封武勳王, 此乃金俊龍光郊之戰也. 我朝兵力寡弱, 當崇禎丙丁之際, 奔潰相屬, 獨光郊之戰, 差强人意, 況楊古利淸人之雄, 而乃能殺之. 當時未嘗聞征繕之役, 俊龍以不習之兵, 獲儁如此, 使能選將鍊卒, 以禦虜, 誠如斥和章疏, 豈遽有下城之恥乎? 虜傾國而來寇者, 知我無備, 直輕我爾, 輕我故欲懼之而已, 彼方有志中原, 固不當盡力於我也."

실제 병자호란 때 청은 조선이 무방비상태임을 알고 공격을 한 것이다. 당시 청은 중원을 호시탐탐 노리는 이적들 때문에 오랫동안 중원을 비워놓고 마냥 조선을 공격할 수 없는 형편이었다. 조선을 공격한다 하더라도 중원을 노리는 이적들에 대한 견제를 늦출 수 없는 상황이었기에, 조선에 총력전을 펼 수 없었던 것이다. 이러한 사정으로 전쟁을 하되 단기간에 승부를 볼 수밖에 없었다. 상황이 이러함에도, 현실을 제대로 인식하지 못한 채 제대로 한 번 싸워보지도 않고 항복한 조정 대신들의 무능력함을 신랄하게 비판한 것으로, 성해응의 의론과 비판은 매우 논리적이고 적실하다.

성해응의 이러한 의식은 조선에 망명 온 명의 유민들에게로 확장된다. 「서육소사(書陸蘇事)」는 명의 유민으로서 표류하다가 우리나라의 시해로 들이온 육소에 관한 기사다.

강음땅 육소는 건삼을 찢고 가족을 데리고 배로 옮겨 표류하다가 조선에 이른 적이 있다. 조선의 시인 국리(國釐) 등 십여 명과 한 달여 남짓 시를 수창하다가 돌아갔다. 국리들은 그의 성씨를 자세히 알지 못하고 대략 자만 기억할 뿐이었다. 현종 갑진년 가을에 나주의 임 모(某)가 소금을 굽기 위해 바다 가운데 섬으로 들어갔는데, 마침 중국인이 또한 표류하다가 이르렀다. 관복을 입고 배 위에 앉아있는데 짐과 책이 많았다. 임 모를 보더니 읍을 하고 이곳이 어디냐고 글로 물었다. 임 모는 답하였다. "조선의 나주땅이오" 그러자 곧 흔연히 종이 몇 장에 거의 오육십 줄을 써서 수창하고 답할 것을 구하였으나, 임 모는 글에 능하지 못하였다. 겨우 그 첫 머리에 영력 18년만 기억하고 다른 것은 알지 못하였다. 그 사람은 웃고는 종이를 찢어버렸다. 이윽고 바람이 불자 돛을 펼쳐 떠나갔다. 임 모는 고(故) 판서 담(墰)의 서족이다. 호남 바다 가는 예부터 항주·월주와 통하였으니, 육소가 국리들과 수창하였다는 것은 우언이 아닌 것이다. 임 모가 만난 이가 어찌 육소가 아님을 알겠는가? 해상의 유민은 다만 영력황제가 계림에서 즉위한 사실만 알고 경자년에 오삼계에게 피살된 것은 몰랐으니, 바다길이 더욱 멀어 자세한 사실을 얻을 수 없었다. 정성공이 영력 21년 대통력을 만들었다고 하는 것은 이 때문일 것이다. 강남의 민심이 황조를 잊지 못함이 이와 같다.[10]

육소(陸蘇)가 조선의 서해로 들어와 서해지방 백성들과 교류한 사실을 흥미롭게 다루었다. 명이 망하자 유민들은 강남으로 많이 옮겨갔는데, 강남은 우리나라의 서해와 지리적으로 가깝다. 그 과정에서 배를 타고 떠다니던 유민들이 서해로 많이 건너오게 된 것이다. 기사의 곳곳에 드러난 황명에 대한 그리움, 나아가 은둔하거나 자결함으로써 충절을 지킨 이들에 대한 포창, 변절하여 청에 귀의한 인물에 대한 비난과 성토를 통해서 성해응의 대명의식을 확인할 수 있다. 「황명유민전」에도 육소에 대한 기록이 있는데, 명이 망한 뒤 유랑하게 된 과정과 바다 가운데 섬에서 배를 타고 떠돌며 살아가는 모습이 「서육소사」보다 한층 더 구체적으로 서술되어 있어 참고할 만하다.[11]

---

10 『研經齋全集』 권33 「書陸蘇事」. "江陰陸蘇毁巾衫, 擧家遷於舟, 嘗漂至朝鮮, 與朝鮮詩人國釐輩十餘人, 唱酬月餘而返, 國釐未詳其姓氏, 想擧其字耳. 顯宗甲辰秋, 羅州林某煮鹽入海島, 適有華人亦漂至, 冠服坐船上, 多貨物書史, 見林某揖, 書問此何地. 答曰: '朝鮮國羅州地.' 卽欣然書數紙幾五六十行, 要與相酬答, 林某不能文, 僅記其首永曆十八年, 不知其他. 其人笑而裂之, 已而遇風張帆去. 林某故判書墰庶族也, 湖南海上, 故與杭越通, 陸蘇所與國釐唱酬, 非寓言也. 林某所遇, 安知非陸蘇歟? 海上遺民, 只知永曆皇帝卽位桂林, 不知庚子歲爲吳三桂所弑, 海路悠遠, 無得以詳. 若鄭成功造永曆二十一年大統曆者, 以是故也. 江南民心不忘皇朝如此"

11 『研經齋全集』 권42 「皇明遺民傳」 6 「陸蘇」. "陸蘇, 字望來, 江陰人, 六歲善屬文, 十一歲值甲申國變, 蘇白衣冠哀號七日夜. 乙酉淸人下江南, 遂毁巾衫, 焚筆硯, 擧家遷於舟, 誓

이 문제는 당대 대국가적인 인식의 향방을 이해하는 것과 상관관계가 있다. 영정조 시기엔 활발한 개혁논의에도 불구하고 의외로 대명의리에 관한 논의가 어느 때 보다도 심화되는 시기였다. 당시 영조는 병자호란에 패배한 지 2주갑(周甲) 되는 해(1757), 대보단(大報壇)에 충신과 열사를 배향하고 그 자손들을 제사에 참여시켰다. 또 충량과(忠良科)라는 특별 과거 시험을 실시하였는데, 이것은 임진왜란과 병자호란 때 희생된 자들과 그들의 자손을 밝혀서 포상하고, 그 후손들에게도 선조와 같은 충성심을 유도하고자 한 것이다. 그 후 정조는 명에 대한 자료들을 편찬하도록 명하는데, 그 중 주목할 것이 바로 『존주휘편』이다.

『존주휘편』은 정조의 명으로 춘추대의(春秋大義)를 선양하기 위한 여러 사례들을 모아 1800년에 간행한 책이다.[12] 명나라 의종의 위령제를 지내고 역대 지사(志士)와 병자호란 때 척화순절(斥和殉節)한 사람들을 추념(追念)하여, 대명(對明)·대청(對淸) 관계의 기록을 총정리하여 북벌론과 존주론을 정리한 것이다. 1796년 정조는 "내가 열성조의 뜻과 사업을 이어서 춘추의 의리를 닦아 밝히려고 한다. 세월이 점점 오래되어 문헌이 사라지니, 나는 사대부들이 혹 소홀히 하여 잊을까 두렵다. 널리 공사(公私)간의 기록을 뽑고 알려지지 않은 사실들까지 찾아내어 보고하라"[13]고 하여, 성대중과 이의준(李義駿)에게 『존주휘편』을

不登岸. 冠昏皆在舟中, 惟披網捕魚, 令童子入市換米, 以自給. 每遇風雨之夕, 輒繫棹荻葦間, 仰天長號呼崇禎皇帝不輟, 久之, 聲卽啞. 相知者掉艇來訪, 以書代語, 揚帆海上, 隨波以往, 或遭舟幾覆, 衆皆服粟, 蘇仰天大笑曰: '諸君何爲懼哉? 人莫不有死, 死陸死水等耳.' 卒年五十, 遺命葬於海島曰: '毋使我魂遊中土也.'"

12 『尊周彙編』은 실록에서 『尊周錄』으로 범칭되었다. 본래 20권이었다가 15권으로 산삭되었는데, 체재는 1~5권 「皇朝紀年」, 6~7권 「本國紀年」, 8권 「皇壇志」, 9권 「皇壇年表」, 10~15권 인물에 관한 기록으로 구성되어 있다.

13 『研經齋全集』 권31 「尊周彙編敍」. "予紹述列聖朝志事, 修明春秋之義, 歲月寖遠, 文獻亡佚, 予懼士大夫或忽焉而忘爾. 其博采公私簡策, 搜及幽潛以聞."

간행할 것을 명하였다. 이어 성대중과 이서구(李書九)가 범례를 만들고, 성해응이 보좌하도록 하였다.[14] 이서구가 도중에 병이 들어 더 이상 작업을 맡을 수 없게 되자 성해응에게 마무리를 맡겼다.

『존주휘편』의 간행 경위와 황명에 대한 의리는 「존주휘편서(尊周彙編敍)」에 잘 드러나 있다.

> 우리나라 땅 수천 리에 백성들이 이를 물들이지 않고 몸에 문신을 하지 않으며 베옷을 입고 그 땅의 곡식을 먹으니 이것은 누구의 힘이었던가? 그러나 군대가 약하고 힘이 모자라 그 은혜에 보답하지 못한데다가 또 그 뜻을 지키지 못하였다. 이에 원통함과 부끄러움에 명나라 왕실을 생각하는 노래를 부른 것이 마치 조(曹)·회(檜)의 대부들 같았다. 그러나 오랑캐가 홍광·융무·영력 세 황제를 시해하고 중국의 주인 행세를 한 것이 거의 이백 년이 되었다. 어지러움이 이미 극에 달하고 세상의 다스림은 막막해져 다시 볼 수 없게 되었으니, 어찌 흐느끼고 애달파 하지 않을 수 있으랴! 황하의 물이 맑아질 날이 멀지 않으니 우리의 뜻과 사업을 천하에 스스로 내보일 수 있는 것은 오직 이 책에 달려 있다. 깊이 간직해 두었다가 꺼내어 법도로 삼는 날을 기다려야 하리라.[15]

명의 문화적 전통에 힘입어 조선은 소중화국으로 자임할 수 있었는

---

14 『研經齋全集』「研經齋府君行狀」. "丙辰, 復入內閣. 是歲, 上命校莊陵史補及展拜皇壇, 命靑城公與李公義駿, 博采尊周文字. 尋命惕齋李公書九, 發凡起例, 府君佐之. 又命依思政殿綱目例, 以春秋爲綱, 左傳爲目, 其卷首凡例, 實復君之總裁也."

15 『研經齋全集』권31「尊周彙篇敍」. "環東土數千餘里, 其民不染其齒, 不文其身, 衣褐食毛者, 伊誰之力哉. 顧兵弱力絀, 旣不能報其恩, 又不能守其志, 冤憤愧恨, 謳吟思明室, 若曹檜之大夫, 而虜弑弘光隆武永曆三皇帝, 主中國垂二百年矣. 亂已極而世治漠然不復觀. 安得不於邑悱惻乎. 河淸有日, 則我之志事, 足以自明於天下者, 惟此書在, 其可不深藏以待其取法乎."

데 멸망하는 명을 도울 수 없는 상황임을 자괴(自愧)하는 언명을 통해, 그의 투철한 대명의식을 다시금 확인할 수 있다.

「황명유민전」은 이러한 인식의 소산물이다. 명말청초의 유민 535명을 입전한 것으로, 실로 방대한 분량이다. 성해응은 "나는 장정옥이 지은 『명사』를 읽은 적이 있는데, 장정옥은 신하로 청을 섬겼기에 피하고 꺼린 것이 있어, 황조의 충의지사들이 대부분이 가리고 덮혀 드러나지 않았다"[16]고 하여, 장정옥의 『명사』 저술태도를 비판하고 그 한계를 지적하였다. 이덕무도 황조의 유민을 주목하여 「뇌뢰낙락서」를 저술하였다.[17] 성해응은 이를 참고하여 「황명유민전」을 저술하였음을 밝힌 바 있으며,[18] 그 분량에 있어서는 「뇌뢰낙락서」를 훨씬 능가한다.[19] 이

---

16 위의 책, 「皇明遺民傳序」 "余嘗讀張廷玉所著皇明史, 廷玉臣事淸, 有所忌諱, 爲皇朝忠義之士, 多掩晦不章."

17 이와 관련하여 李圭景(1788~1856)의 『五洲衍文長箋散稿』에 저간의 사정이 자세하게 기록되어 있어 참고할 만하다. "大抵皇明史, 非出一手, 故雖朱毛之博, 亦未免紕謬之譏, 且於崇禎革世之際, 事多微婉失實, 時世當然, 且不立遺民一傳, 忠魂毅魄, 泯沒無傳, 故中原人有排悶錄等書, 可見其志也. 我王考靑莊館先生, 爲之慨然, 有磊磊落落書, 先君恩暉公有補篇, 成知縣海應有尊周錄, 先此, 李惕菴書九亦有尊周錄, 以爲發潛闡幽, 靑莊館先生, 又以皇明末造事實, 雖有三藩紀事, 太略難徵, 撰三藩紀事增補一篇, 後有更正明史者, 取以考據焉."(李圭景, 『五洲衍文長箋散稿』 「經史篇－史籍類」 「二十三代史及東國正史辨證說」)

18 『硏經齋全集』 권31 「皇明遺民傳序」. "李靑莊德懋薈萃遺民若干人, 顧義例未立, 余乃汰其濫而補其闕. 又從乘史子集與夫偏部短記, 復得幾人."

19 흥미로운 점은, 중화민국의 魏建功이 1936년 북경대학 출판부에서 성해응의 「황명유민전」을 영인했다는 사실이다. 위건공은 「황명유민전인용서목」과 「황명유민전」 7권을 그대로 全載하였으며, 「影印皇明遺民傳跋」에서 「황명유민전」을 입수하게 된 계기와 저작시기에 대해서 비교적 자세하게 밝히고 있다. 이 글에 따르면, 위건공은 1927년 京城大學의 華語講師로 왔다가 이 책을 소유하게 되었으며, 책의 저작 시기는 1791~1800년 사이로 보았다. 그러나 '撰著姓氏不詳' '是朝鮮人所作'이라고 하여, 「황명유민전」의 작자가 조선인이라는 사실 정도만 파악한 것으로 보인다. 그는 '明去其恩怨, 更自有故, 而海外遯逸之士 氣類感格, 庸無關乎?'라고 하여, 조선의 '遯逸之士'로서 황명에 대한 은혜를 잊지 않고 「황명유민전」을 저술한 것에 감동받았음을 밝히고 있다.(魏建功, 『皇明遺民傳』, 북경대학 출판부, 1936)

어지는 글에서 「황명유민전」의 입전 의도가 보다 분명하게 드러난다.

그 절개가 이처럼 우뚝한데도 일은 쉽게 인멸되고 말았다. 황조의 역사로
엮기엔 너무 늦게 태어났고, 청인의 역사에 끼워 넣는 것은 충의를 대접하는
도리가 아니다. 한 부의 책으로 그 사람들을 나열하지 않는다면 충의의 자취
를 덧붙일 곳이 없기에 나는 이 책을 엮었다. 아! 청인이 천하의 주인된 것이
이미 오래되었다. 편안한 생활이 중국인에게 젖어들어 중국인들은 과연 울분
을 토로하며 경주(京周)를 생각할 수 있겠는가? 아니면 생각을 하면서도 스스
로 드러내지 않는 것인가? 억울함을 품고 때를 기다리는 것인가? 만약 그렇지
않다면 유민을 살피는 뜻이 너무 쓸모없지 않는가? 유독 동방의 선비만이 항
상 만력과 숭정의 은혜를 생각하여 진실로 존양이 사모할 만한 것임을 안다.
나의 집안 역시 대대로 이 뜻을 지켜왔다. 그러므로 기쁘게 유민을 위하여 전
을 지으니 황하가 맑아지는 날 천하에 드러나기를 기다릴 것이다. 우리 집안
의 의리는 이것으로 인멸되지 않을 것이다.[20]

명나라의 종실조차 청을 섬기는 상황에서, 목숨을 걸고 황명에 대한
의리를 실천한 인물들을 고평하여 특기한 것임을 알 수 있다. 그들은
명말청초에 활동하여 명나라의 역사에 편입시키기엔 시기적으로 너무
늦고, 그렇다고 충의지사(忠義之士)를 청의 역사에서 서술할 수도 없는

20　『研經齋全集』 권31 「皇明遺民傳序」. "顧其節磊落如是, 而其事易歸於湮沒, 若編之皇朝
　　之史則其生也後, 若齒之於淸人之列則非所以待忠義也. 不有一部書以列其人, 則忠義之
　　跡, 無所附焉, 此余編輯之意也. 嗚呼! 淸人之主天下已久, 休養生息, 昫濡於中國之人, 中國
　　之人果能謳吟慨歎, 有京周之思乎? 抑有之而不自見乎? 且鬱湮而待時乎? 苟不然者, 其視
　　遺民之義, 不已弁髦乎? 獨吾東之士, 常懷萬曆之恩 · 崇禎之惠, 尙能知尊攘之爲可慕. 余
　　家又世守此義, 故喜爲遺民作傳, 以待河淸之日, 得章顯于天下, 而余家之義, 因之不泯乎."

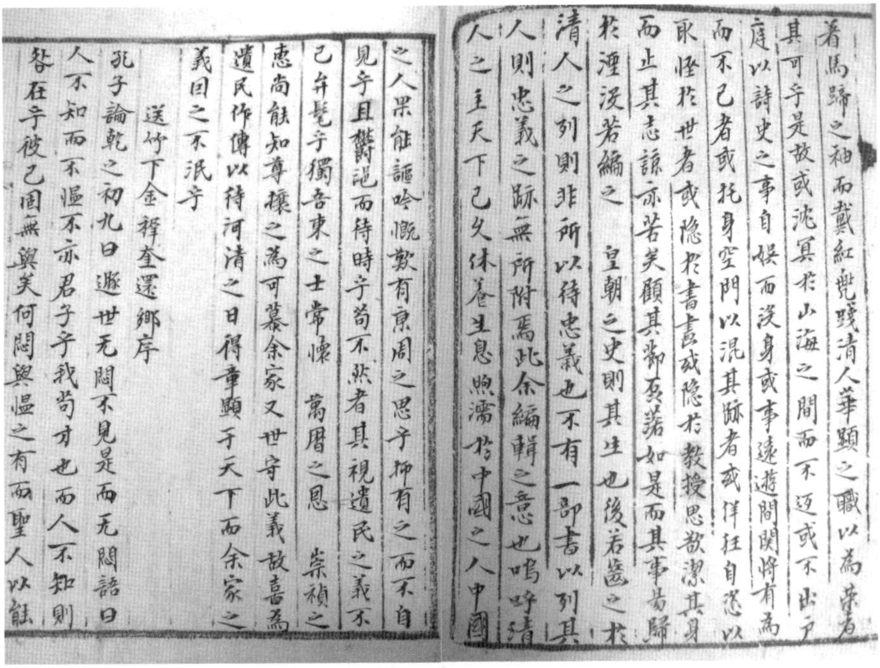

「황명유민전서」

노릇이다. 그러므로 성해응은 직접 이들에 대한 책을 엮었던 것이다.
정작 중국인들은 청조의 흥성함에 무젖어 황조에 대한 의리가 점점 무
뎌져가고 있음을 안타까워한 반면, 조선인들만 존양의 의리를 굳게 지
키고 있는 것에 대하여 강한 자부심을 표명하였다.

앞서 성해응의 집안이 대대로 대명의리를 고수한 사실을 살펴본 바
있다. 정조가 성대중과 성해응 부자에게 『존주휘편』을 편찬하게 한 것
또한 그들의 가문적 배경과 무관하지 않을 것이다. 여기에서 송학(宋學)
의 의리론(義理論)에 근본을 두고 이를 지향한 학문자세가 분명히 드러
난다. 성해응은 의리를 지향한 인물로 조선뿐만 아니라 명나라의 유민
까지 두루 포착하여 기록으로 남겼다. 더욱이 다양한 인용서목을 활용

하여 문헌에 의거하고 사실적으로 기록한 점을 통해 박학하면서도 고증적인 학문 태도를 확인하였다. 「황명유민전」은 한학과 송학을 합하여 그 요체를 잡으려던 성해응의 학문자세에 정확하게 부합하는 저술인 것이다.

2) 열(烈)의 형상

충의를 세운 인물에 이어 열(烈)을 실천한 여성들에 대한 기록을 살펴보기로 한다. 성해응은 열을 실천한 여성들을 전과 기사로 기록하였는데, 그 분량을 주목할 만하다.[21] 특히 서민층 열녀[22]를 대상으로 한 작품이 다수를 차지하며 문학적 형상화 또한 뛰어나, 이를 중심으로 논의하도록 할 것이다.

성해응이 살다간 18~19세기에는 세도가 땅에 떨어지고 풍기가 문란해진 반면[23] 사회 전반적으로 열녀들의 종사(從死)행위는 널리 퍼져

---

21 성해응은 28명의 열녀를 12편에 입전한 바 있는데, 이에 대한 자세한 것은 손혜리, 「연경재 성해응의 열녀전에 대하여」, 『한국한문학연구』 35집, 한국한문학회, 2005 참조. 또 열녀에 관한 기사는 모두 9편으로, 이에 대해서는 손혜리, 「연경재 성해응의 인물기사 연구」, 『민족문학사연구』 24호, 민족문학사학회, 2004, 225~230면 참조.

22 손혜리, 「연경재 성해응의 열녀전에 대하여」(『한국한문학연구』 35집, 2005, 413면)에서 구체적으로 확인할 수 있는 바, 성해응이 입전하거나 기사화한 열녀들의 신분은 매우 다양하다. 그런데 면밀히 살펴보면 鄕人・村人 등 村家나 民家 출신이 많은 비중을 차지하며, 私婢나 私賤 등의 노비출신도 있음을 알 수 있다. 班家나 庶族 출신의 규수가 없는 것은 아니지만, 그 분량이나 비중은 소략하다. 때문에 본고에서는 이러한 상황을 염두에 두고, 서민 이하 노비 출신을 아울러 '서민층 열녀'라고 명명하였음을 밝혀둔다.

23 이에 대해서는 洪奭周도 비슷한 발언을 한 적이 있는데, "嗚呼! 世道之降久矣, 居高位, 爲世所貴, 而棄義失志者多矣, 又烏得以地賤而忽人也哉?"(『淵泉先生文集』 권20 「關北烈女傳」)라고 하여, 미천한 신분임에도 열을 실천한 이들을 입전하여 무너진 사회기강을 바로잡고 세교를 흥기시키고자 한 의도를 피력하였다. 그의 언급을 통해서도 이 시기

있었다. 열녀들의 종사에 대해서 비판적인 시각을 견지한 문인도 있었는데, 이옥(李鈺, 1760~1813)은 「생열녀전(生烈女傳)」에서 맹목적인 열에 대한 회의와 함께 삶에 대한 긍정, 현실의 중요함을 강조하였다.[24] 정약용(丁若鏞, 1762~1836)은 「열부론(烈婦論)」에서 정절 때문에 죽는 것은 천하의 흉한 행동으로 규정하고 열녀를 국가에서 포상하는 제도에 문제가 있음을 지적한 바 있다.[25] 이보다 앞서 박지원(朴趾源, 1737~1805)은 「열녀함양박씨전(烈女咸陽朴氏傳)」에서 평생을 수절하며 살았던 한 여인의 인간적 고통에 주목함으로써 우리들에게 열녀가 여인이기 이전에 한 인간으로서의 본성과 고통을 가진 인물임을 새삼 환기시켜 주었다.[26] 성해응이 열녀의 종사를 바라본 시각을 통해 열에 대한 인식을 살필 수 있을 것이다.

나는 일찍이 부인은 남편이 죽어도 개가하지 않아야 진실로 열이라 할 만하다고 생각했다. 이것은 나라의 풍속이 같은 바이다. 아내가 남편의 뒤를 따라 자결하는 것은 열중에서 최상의 것이다. 그러나 죽음은 사람이 어려워하는 것이므로, 비록 학사 대부와 법도 있는 가문이라도 많이 볼 수는 없다. 시골 여염집의 여자와 같은 경우에는 또 이것을 가혹하게 요구하는 것은 불가하다. 열부는 시골 여염의 집에서 태어나 저 학사 대부와 법도 있는 가문의 부인들도 하기 어려운 일을 실천하였다. 죽음에 임해서 조용히 떳떳함을 얻었음은 의론할 것도 없으니, 빛나도다. 그 열이여![27]

사회기강이 이미 그냥 내버려둘 수 없을 만큼 땅에 떨어졌다는 사실을 확인할 수 있다.

24　이옥, 실시학사 고전문학연구회 역, 『이옥전집』, 소명출판, 2001, 217~218면.

25　丁若鏞, 『與猶堂全書』 권11 「烈婦論」.

26　朴趾源, 『燕巖集』 권1 「烈女咸陽朴氏傳」.

27　『研經齋全集』 권17 「朴烈婦傳」. "余嘗謂婦人夫死而不改嫁, 固可謂烈, 是國俗所同也.

「박열부전(朴烈婦傳)」으로 경상도 흥해(興海)에서 종사한 박열부를 입전한 것이다. 남편이 죽으면 아내가 개가하지 않고 수절하는 것을 열이라 한다.[28] 이러한 층위의 열은 조선시대의 많은 여성이 이미 성취한 바 있으며, 오늘날에도 드물기는 하지만 우리들의 어머니에게서 볼 수 있기도 하다. 즉 오랜 세월동안 여성들의 인식 속에 폭넓게 스며든 열의 실천양상이었던 것이다. 수절보다 층위가 높은 것으로 종사(從死)가 있는데, 성해응은 이를 '최상의 열[烈之尤]'이라 하여 높게 평가하였다. 그렇다면 남편이 죽었을 때 종사하는 것만이 최상의 열인가? 의지할 곳 없는 시부모와 어린 자녀가 있더라도 종사하는 것이 최선의 선택인가? 라는 의문이 생긴다. 이러한 의문에 대한 성해응의 진술을 추적해 본다면, 열에 대한 인식을 보다 구체적으로 파악할 수 있을 것이다.

성해응은 「유인평산신씨가전(孺人平山申氏家傳)」에서, "부인이 남편을 따라 죽는 것을 옛 경전에서는 논하지 않았다. 하물며 사자(嗣子)가 없고 종사(宗祀)의 무거움이 있을 땐 더욱 죽어서는 안 된다(…중략…) 그러므로 종부가 되어 가벼이 남편을 따라 죽는 것은, 이것은 슬퍼서 죽는 것이지 의 때문에 죽는 것은 아니다"[29]고 하여, 유학자의 지침서인 경전에서조차 종사에 대해서 의론한 적이 없음을 분명히 하였다. 더구

其下從者, 又其烈之尤者, 然死者人所難也, 故雖學士大夫與夫法家, 不能多見之. 至若村
閭之女子, 又不可以此苛責之也. 烈婦生村閭之間, 能踐夫學士大夫與夫法家婦人之所難
能, 其臨死從容得宜, 無可議者, 耿耿烈哉!"

28 열녀의 개념과 조선 후기 열녀상의 변모에 대해서는, 이혜순, 「열녀상의 전통과 변모」, 『진
단학보』85, 진단학회, 1998 참조. 조선시대의 열녀담론에 대해서는, 이혜순, 「조선조 열녀
전의 전개와 유형」, 『한국의 열녀전』, 월인, 2002; 이혜순, 『조선시대의 열녀담론』, 월인,
2002 등을 참고할 만하다.

29 『研經齋全集』권17 「孺人平山申氏家傳」. "婦人之從夫死, 古經不論也, 況無嗣子而有宗
祀之重者, 尤不宜死 (…중략…) 故知爲宗婦而輕從夫死, 是死於哀也, 非死於義也."

나 봉양해야 할 시부모와 어린 자식이 있거나, 종사(宗祀)의 책임을 진 종부(宗婦)라면 더욱 목숨을 끊어서는 안됨을 강조하였다. 한 가문의 종부로서 종사하는 행위는 남편에 대한 아내로서의 절개 때문이 아닌, 남편이 죽은 슬픔을 이기지 못한 것에 불과하다고 비판의 강도를 높인다. 이러한 인식은 「김열부전(金烈婦傳)」에서도 다시 한 번 확인된다.[30]

이 지점에서 성해응의 열에 대한 인식이 그리 단순하지 않다는 것을 알 수 있다. 즉 「박열부전」에서는 종사를 긍정한 반면, 「유인평산신씨가전」과 「김열부전」에서는 종사에 대해 부정적인 입장을 표명한 것이다. 그렇다면 성해응은 과연 종사를 긍정한 것인가? 부정한 것인가?

이에 대해서는 「청성효열전(靑城孝烈傳)」을 통해 구체적인 속내를 살필 수 있다. 「청성효열전」은 고향 포천에서 효와 열을 실천한 인물로 효자 19인과 열녀 14인의 행적을 고평한 집전(集傳)이다. 사대부 여성에서부터 서민·노비에 이르기까지 다양한 계층이 두루 입전되어 있다. 그런데 사대부 여성이라 하더라도 명문거족이 아닌 변방 지방관의 처자들이며, 일반 서민여성과 노비 등 하층민이 대부분을 차지한다. 이들에 대한 기록은 유사한 행적을 보인 몇 명의 사적을 나열하고 논평하는 식이다. 분량이 서너 줄에 그친 작품도 있어, 전의 형식보다는 간략하게라도 행적을 기록하여 후세에 전하고자 한 의도가 큰 것임을 알 수 있다.

남편이 죽은 뒤 각기 다르게 대처한 네 열부에 대한 평가를 살펴보기로 하자. 먼저 최씨는 남편이 죽자 염을 한 날 저녁에 간수를 먹고 자결하였으며, 사비(私婢)인 독실(纛實)은 남편이 객사하자 시신을 챙겨 고향으로 돌아와 장사지낸 뒤 약을 먹고 죽었다. 이 두 사람은 남편이 죽

---

30 위의 책, 「金烈婦傳」. "余嘗謂婦人從夫死, 而不顧宗祀之重舅姑之依者, 非義也. 夫死而奉宗祀事舅姑, 所以贊夫志也, 顧不重耶?"

자 곧바로 종사함으로써 열을 실천하였다. 사천(私賤) 출신의 이임촌(李
王寸)은 남편과 시아버지가 전염병에 걸려 죽자 품팔이를 하여 장사를
지냈으며 홀로 남은 시어머니를 극진히 섬겼다. 그녀는 용모가 빼어나
온갖 유혹을 받았지만 목숨을 걸고 절개를 지켰다. 사비 귀례(貴禮)는
성해응 집안의 종으로, 평생을 수절하며 자신의 뜻을 지켰다. 악소배가
겁탈하려 하는 등 험한 일을 당하기도 했지만, 손자 하나를 데리고 칠
십 평생 부지런히 농사지으며 역경을 이겨낸 강인한 인물이다. 이임촌
과 귀례는 종사대신 시어머니를 봉양하고 어린 손자를 키우면서 평생
을 수절하였다.

성해응은 이들에 대해서, "살아서 절개를 지키기는 어렵지만 죽어서
절개를 세우기는 쉽다. 나는 그러므로 임촌과 귀례의 절개가 최열녀와
독실의 열보다 낫다고 여겨진다"[31]라고 하였다. 최씨와 독실은 종사를
함으로써 열을 실천한 반면, 이임촌과 귀례는 살아서 홀로 남은 시어머
니를 봉양하고 손자를 키웠다. 종사한 최씨와 독실보다는 평생을 수절
하며 시어머니를 봉양하고 어린 손자를 키운 임촌과 귀례의 열을 한층
높게 평가한 것이다. 이들 네 사람 중 어떤 이는 죽음을 선택하였고 어떤
이는 그렇지 않았으나, 열을 실천하였다는 점에서는 공통적이다. 그러
나 그들이 열을 실천하는 양상은 자못 달랐다. 성해응은 슬픔을 이기지
못하여 종사한 이보다 슬픔을 참고 남은 가족을 부양하면서 평생을 수
절한 이, 즉 생열부를 더욱 높게 평가한 것이다. 이러한 생각은 「서유인
이씨사(書孺人李氏事)」에서도 잘 드러난다.

31　『研經齋全集』권52 「靑城孝烈傳」. "生而守節者難, 死而立節者易, 吾故謂壬寸貴禮之節,
　　逾於崔烈女及纛實之烈也."

옛 사람들은 뜻을 지키는 것을 중요하게 생각하기 때문에 백주(柏舟)와 같은 열을 지켰지만 남편의 뒤를 따랐다는 것을 듣지 못했다. 지금 사람은 삶을 버리는 것을 중요하게 생각하기 때문에 백희(伯姬)의 열과 같은 후에 비로소 열이라고 인정하니, 오직 선택할 바에 달려있다.[32]

열에 있어 옛 사람들은 뜻을 지키는 것[守志]을, 지금 사람들은 삶을 버리는 것[捐生]을 중요하게 생각한다고 보았다. 자신의 뜻을 지키는 것과 삶을 버리는 것은 모두 열녀가 되기 위한 것으로, 이 둘 사이에는 이루어야 할 목적과 그 목적을 실행하기 위한 수단이라는 관계가 성립한다. 즉 뜻을 지키는 것은 열의 목적이고, 삶을 버리는 것은 정절을 지키기 위한 하나의 방법인 것이다. 성해응은 이 중 어느 것에 더 무게를 두었는지 다음의 논평을 통해서 확인할 수 있다.

슬픔을 이기지 못하여 울부짖고 그 몸을 해치는 자는 또한 귀하다고 하기에 부족하다. 반드시 조용히 절개에 맞기를 유인(孺人)과 같이 한 뒤에야 열이라고 일컬을 수 있을 것이니, 어렵지 않은가? 지금의 정열을 대우하는 자는 반드시 정려가 세워지고 작위가 봉해진 뒤에야 비로소 마음에 만족한다. 그러나 유인은 이미 옛 도를 행하였으니, 어찌 이것으로써 경중을 삼겠는가?[33]

뜻을 지키는 것[守志]에 더 큰 가치를 두었음이 분명해진다. 열을 실천

---

32 『研經齋全集』 권17 「書孺人李氏事」. "古之人以守志爲重, 故如柏舟之烈, 而未聞其下從. 今之人以捐生爲重, 故如伯姬之烈而後, 始許之爲烈者, 惟在所擇."
33 위의 책, "然不勝悲哀, 號呼叫頓, 而戕其身者, 亦不足貴, 必從容中節如孺人, 然後方可稱其烈也, 不亦難哉! 今之所以待貞烈者, 必旌閭封爵而後, 始乃愜於心, 然孺人旣已行古之道, 則豈以是爲輕重哉?"

하려는 목적과 실천하기 위한 방법은 둘 다 중요하다. 그러나 자발적이고 순수한 의도에서 벗어나, 단지 정려문과 작위를 받아 가문을 빛내기 위해서 목숨 버리는 것을 비판한 것이다. 그런데 열녀에 대한 의식에 대해서는 한 번 생각해 볼 필요가 있다. 「서청안장처녀옥사(書淸安張處女獄事)」는 청안현 장처녀가 죽게 되는 과정을 밀착 추적하고 있다. 계모가 오촌간인 장인협(張仁浹)과 정을 통하고서는 이를 무마시키기 위해 장처녀를 급기야 죽이려고 하는 내용이다. 특히 장인협이 목침을 내리쳐 장처녀를 죽이는 과정이 처참하게 그려져 있다. 그 논평을 주목할 만하다.

나는 처녀의 죽음을 불쌍히 여겼으나 다만 그녀가 도망쳐 나온 뜻을 알 수가 없다. 장차 서구(徐嫗)의 악행을 드러내려 해서인가? 서구는 비록 그녀의 아버지와 끊어졌지만 아버지가 이미 죽었으니 명을 받을 것이 없다. 그렇다면 한 때의 목숨을 도모해서인가? 한밤에 창망하였으니 진실로 송(宋) 백희의 의로움에 부끄러움이 있을 것이다. 처녀는 비록 죽음이 마땅할 뿐이나, 다만 그 형세가 그렇지 않을 수 없었을 뿐이니 애석하다! 시골향리에서 나고 자라 옛 사람이 위기에 처할 때의 의를 듣지 못해서인가? 가령 처녀가 조용히 죽었더라면 진실로 의에 편안했을 것이다.[34]

장처녀가 방에 갇혔을 때 자결하지 않고 밖으로 도망 나온 것을 꾸짖고 있다. 성해응의 이러한 의식은 「서조처자사(書趙處子事)」에서도 재

---

34 위의 책, 「書淸安張處女獄事」. "余旣愍處女之死, 而獨其跳出之意, 未可究也. 抑將發徐嫗之惡耶? 徐嫗雖與其父絶, 其父已死, 無所受命也. 且圖一時之命耶? 半夜蒼黃, 誠有愧於宋伯姬之義矣. 爲處女者, 雖當死而已. 顧其勢不得不然耳. 惜乎! 生長鄕里, 不得聞古人處變之義, 使處女從容而死, 則誠安於義矣."

현되는데, 조처자가 도적에게 붙잡혀 갔을 때 죽지 않고 돌아온 것을 문제 삼고 있다.[35] 말하자면 열녀를 취재하면서도 그들이 완전한 열녀로서의 삶을 구현하지 못한 것을 질책하고 있는 것이다. 성해응은 귀유광(歸有光, 1506~1571)의 「기안정장정녀사사(記安亭張貞女死事)」[36]를 읽고 느낀 점이 있던 중, 마침 재직 중이던 음성현에 비슷한 사건이 일어나 「서청안장처녀옥사」를 서술하였다.

귀유광의 「기안정장정녀사사」는 음란한 시어머니에게 억울하게 죽임을 당한 며느리에 대한 기사로, 사특한 시어머니가 뇌물로 자신의 죄를 감추려고 한 것까지 「서청안장처녀옥사」와 비슷하다. 성해응은 이 기사의 들머리에서, "내가 음성현에 있을 때 일찍이 장처녀의 옥사를 살펴보았는데, 그 열은 비록 안정 장처녀에 견줄 바는 아니지만 죄 없이 억울하게 죽은 것은 한가시이다"[37]라고 하였다. 청안 장처녀가 익울하게 죽은 것에 대해서는 동의를 하고 불쌍하게 여겼지만, 그녀의 열에 대해서 긍정적인 평가를 내리는 것은 주저한 것이다.

성해응이 청안 장처녀의 열을 안정 장처녀의 열보다 하위에 둔 것은, 안정 장처녀가 시어머니에게 욕을 당하자 즉시 자결을 시도한 반면 청안 장처녀는 계모에게 붙잡혔을 때 바로 자결하지 않고 도망쳐 나와 살기를 도모해서이다. 성해응은 청안 장처녀가 목숨을 도모한 사실을 두고 궁벽한 곳에서 배우지 못한 탓이라고 여긴다. 이러한 논평을 두고, '열에 대한 성해응의 시각이 어느 정도 닫혀있다'고 한 연구결과가 있

35　『研經齋全集』권12 「書趙處子事」. "處子方爲盜所驅也, 豈不知以一死自暴哉? 苟然則其寃未可白也."

36　歸有光의『震川先生集』에 「書張貞女死事」라는 제목으로 실려 있다.

37　『研經齋全集』권17 「書淸安張處女獄事」. "余在陰城縣, 嘗按張氏處女之獄, 其烈雖不足與安亭貞女比, 無辜受枉而死則一也."

書事

書清安張處女軼事

余讀歸震川集中記安亭張貞女死事狀震川誠亦
有志於風教者深痛其為淫姑所殺具書造謀之跡
下手之狀惟恐賊黨之行貨而得免論辯數百言怒
憤之氣溢于紙墨夫倫彝斁壞貞烈之不能自全欠
笑震川雖苦心得非纓冠之救乎余在陰城縣嘗按
張氏處女之獄其烈雖不足與安亭貞女比無辜受
枉而死則一也近来情理慘切之獄不欲上聞于

「서청안장처녀옥사」

는데,[38] 이는 타당성이 있어 보인다. 성해응은 열녀를 취재하긴 하였지만 보다 열녀다운 열녀—예를 들면, 처녀가 강포한 이를 만나면 비록 욕을 당하지 않았더라도 자결함으로 자신의 무죄를 증명하는—를 추구함으로써, 열녀에 대한 시각이 매우 보수적이다.

그의 열녀에 대한 시각을 부정적으로만 평가할 것인가? 박지원은 「열녀함양박씨전」에서 사대부 집안의 열녀 만들기가 민간에 퍼지는 것을 우려하면서도 함양 박씨의 열을 높이 기렸다. 열녀의 비극을 청산하고 어떻든 간에 삶을 택해야 한다는 주장이 제기된 것은 정약용에 이르러서였다.[39] 성해응이 동시대에 활동한 정약용보다 보수적인 시각을 견지한 것은 분명하다. 다만 성해응이 처한 가문적 배경과 사회적 상황을 고려한다면, 그의 시각을 단순히 보수적이며 닫혀있다고만 평가하기에는 섣부른 점이 있다는 것이다. 한 작가의 의식과 문학세계는 적어도 그가 살다간 시대와 상황을 이해하는 것에서부터 시작함이 마땅하기 때문이다.

성해응은 철저히 대명의리론을 견지했던 가문적 배경 아래 그 자신은 성리학적 사유에 무젖은 인물이다. 더구나 그는 서족 출신이었다. 그의 집안은 비록 서족이기는 하나, 진사와 생원을 연이어 배출하고 일본 사행의 제술관이나 서기로 활동하였으며, 교서관 교리와 규장각 검서관에 발탁되는 등 서족으로서 누릴 수 있는 거의 모든 영예를 누렸다. 또 과거에 합격하기 위한 모임까지 따로 만드는 등 가문의 문한과 영광을 유지하기 위해 각고의 노력을 기울였다. 그런 만큼 체재의 논리에 부합하기 위해 더욱 보수적일 수밖에 없었을 것이다. 성해응이 충의와

---

38 정환국, 「조선 후기 인물기사의 전개와 그 성격」, 『한국한문학연구』 29집, 2002, 302면.
39 이지양, 「이옥 문학에서 남녀 진정과 열절의 문제」, 『한국한문학연구』 29집, 2002, 447면.

열에 있어 보수적인 시각을 가진 것은, 그 자신의 보수성에 기인한 바 있지만 그보다는 출신배경과의 관련성이 더 큰 것으로 보인다. 각고의 노력 끝에 주류에 편입되었고 또 편입되고자 열망했던 한 서족 출신의 문사가 어떤 식으로든 체재에 저항하기란 결코 쉽지 않았을 것이다.

이어서 극심한 정신적, 육체적 고통을 겪으면서도 견결하게 열을 지향한 열녀들의 모습을 살펴보기로 한다. 「절부변부인전(節婦邊婦人傳)」은 주체적이면서도 당찬 한 여인에 대한 전으로 매우 흥미로운 작품이다. 변부인은 친정아버지가 병으로 죽게 되자, 여동생에게 "아버지가 후사가 없는데다 어머니 또한 병환이 심하니 누구에게 의지하겠는가? 상에 임하여 예를 다하는 것이 어찌 다만 남자들만의 일이겠는가?"[40] 라고 하고는, 시댁의 허락을 받고 직접 상례를 주관한 뒤 삼년상을 치르고 시댁으로 돌아갔다. 변부인의 적극적이면서도 당찬 성격은 이후 빛을 발한다. 남편이 숙천(肅川)의 지방관으로 재임할 때 인근에서 홍경래의 난이 일어났는데, 적들은 숙천의 인근인 안주(安州)를 호시탐탐 엿보았다. 안주는 숙천과 매우 가까운데다 마침 남편은 도성에서 공무를 수행중이라 숙천은 그야말로 위태로운 상황이었다. 이에 아랫사람들이 난을 피할 것을 권하자, 변부인은 거절한다.

남편께서 평소 충의로 자처하였으니 변란의 소식을 들으신다면 말을 달려 돌아오셔서 적을 토벌할 것이다. 나는 관아에 있으면서 이후 의복과 음식물이 부족하지 않도록 하여 내 직분을 다할 것이다. 만약 또 여의치 못하게 된다면 나는 마땅히 종사할 것이다. 지금 부중(府中)이 바야흐로 흉흉하니, 내가 만약 한 걸음

40　『研經齋全集』 권17 「節婦邊婦人傳」. "父亡嗣, 而母又病甚, 誰其賴者? 居喪盡禮, 豈徒男子事乎?"

이라도 이 곳을 떠난다면 어찌 소동을 더하는 것이 아니겠느냐?[41]

자신이 피란을 떠나면 관내 백성들이 동요할 수 있음을 염려하여 남아서 관아를 지키겠다는 것이다. 지방관의 아내로서 목숨을 걸고 직분을 다하고자 한 것이다. 그 사이에 남편이 돌아와 사태를 진정시킴으로써 숙천은 무사할 수 있었다. 변부인의 견결한 의지를 다시금 확인할 수 있는 대목이다. 한편, 변부인의 남편은 지병이 있었는데 홍경래의 난을 치르면서 더욱 심해져 회복할 수 없는 상태에까지 이르렀다. 이때 변부인은 남편을 살리기 위해 자신의 허벅지를 베어 그 피를 먹인다.

시비는 부인이 왼쪽 넓적다리를 드러내 놓고 칼로 정강이에서 무릎까지 찢어 큰 그릇을 낭겨 한 되 가량 피를 받는 것을 보았다. 부인이 시비에게 주면서 말하였다. "나는 다리살을 베어 공의 병을 구하고자 한다. 병이 갑자기 이처럼 위급하니 너는 우선 이 피를 가지고 공에게 드려서 내가 유감이 없도록 하라."[42]

스스로 정강이에서 무릎까지를 칼로 베어 피를 받는 장면이 핍진하게 묘사되어 있어, 상황의 엄숙함이 제대로 전달된다. 여종에게 자신의 피를 건네주어 남편에게 마시도록 하는 장면은 사뭇 비장하기까지 하다. 특히 부인이 시비에게 한 말은 마치 마지막 유언처럼 여겨져, 남편을 위한 그녀의 절절한 마음이 잘 느껴지는 만큼 형상화가 뛰어나다.

---

41 위의 책, "家翁素以忠義自許, 聞變當馳歸討賊. 我在衙而後可使衣服食物無闕, 以盡吾職, 若又不幸, 則我當從之死. 今府中方洶洶, 我若離此一步, 夫豈不重其繹騷乎?"

42 위의 책, "侍婢見夫人露左股, 刀裂之, 自脛至膝, 引大揲承之血可一升. 授侍婢曰: '吾欲割股肉以救公病, 病猝急如此, 汝第以此血進之, 使我無所恨.'"

그러나 변부인의 이러한 노력에도 불구하고 끝내 남편이 죽게 되자 그녀 또한 따라 죽는다.

이 작품은 세 가지의 일화가 시간적 순서에 따라 서술되어 있는데 각각 변절부의 적극적이면서도 견결한 성격을 드러내기에 손색이 없다. 그녀는 여자의 몸으로 아버지의 상례를 주관하였으며, 지방관의 아내로서 부중(府中)의 위급한 일을 당해서는 자신의 목숨을 돌보지 않은 채 직분을 다하였다. 또 남편이 병들자 자신의 살을 베어 그 피를 마시게 하였고 남편이 죽자 따라 죽었다. 이상의 세 가지 일화를 유기적으로 나열함으로써, 부모에 대한 효, 국가에 대한 충, 남편에 대한 열을 모두 실천한 범상치 않은 인물임을 섬세하고도 핍진하게 묘사한 뛰어난 작품이다.

윤절부 또한 적극적이면서도 자발적으로 열을 실천한 인물이다. 그녀는 남편이 역모죄에 연루되어 체포되자 "내 비록 약한 여자지만 어떻게 앉아서 보겠는가?"라 하고, 혈서를 써 남편의 무죄를 조정에 하소연하고자 하였다. 그러나 그 뜻을 이루지 못하자, 칼로 목구멍을 찔러 자결을 시도하였으나 그마저 실패하여 죽지 못했다. 이윽고 남편이 경흥(慶興)으로 유배되었는데, 경흥은 북관지방에서도 외지고 험벽하여 죄수들이 모여 있는 곳이다. 당시 경흥에서는 토착민들 중에서 선발하여 유배되어 온 자를 먹이고 재워주게 하는 것이 관례였는데, 풍속이 매우 사나워 유배되어 온 자들의 고생은 이루 말할 수 없는 지경이었다. 윤절부는 몸이 약한 남편이 유배생활을 제대로 견디지 못할 것이라 여겨 경흥으로 거주를 옮겼다. 남편의 거처 옆에 방 하나를 얻어 삯바느질을 하고 보리를 갈아서 팔아 뒷바라지를 하였다. 그녀는 조금이라도 더 이윤을 챙기기 위해서 직접 맷돌을 짊어지고 다니면서 보리를 갈아 파는 등 강한 생활력을 보여준다.

절부의 지극정성에도 불구하고 남편은 결국 병을 얻어 죽게 되었다. 절부는 즉시 자결하려 했으나, "살아서 남편을 봉양하고 죽어서 장례를 치르는 것은 모두 나의 책임이니, 나는 죽을 수 없다"[43]라 하고 잠시 그 뜻을 미루었다. 마침내 남편의 관을 고향으로 가지고 와 장례를 주관하고 삼년상을 마치는 날 자결하였다. 윤절부는 죽기 전에 유서를 남겼는데 남편을 향한 그리움과 애틋함이 잘 표출되었다.[44] 여기에서 윤절부가 유배 간 남편을 위해 경흥으로 이주하고 또 직접 절구를 매고 보리를 찧어 팔아서 남편의 유배생활을 뒷바라지 한 것이, 다만 아내로서의 직분 때문만은 아님을 알 수 있다. 그녀가 적극적이면서도 주체적으로 열을 실천한 것은 무엇보다 남편을 사랑했기 때문이다. 윤절부의 죽음은 결코 주변의 강요나 암묵적인 사회 분위기에 휩쓸려 이루어진 것이 아니다. 자발적인 의지로 종사를 실천한 것이다.

「서영천박열부사(書榮川朴烈婦事)」는 영천의 박열부에 대한 송사사건을 소재로 한 기사이다. 박열부가 관아로 찾아가 자신의 결백을 밝히기 위해서 스스로 목숨을 끊는 과정이 생생하게 묘사되어 있다. 범인 김조술(金祖述)이 관아의 관리들을 매수하여 법망에서 벗어나는 장면, 아내와 결별하면서까지 주인의 원통한 죽음을 밝히는 노복 만석(萬石)의 모습이 몇 번의 장면전환을 통해 서사가 극적으로 재현되어 있는 만큼 형상화가 뛰어나다. 이 사건은 당시에 영천을 비롯해 전국적으로 비상한 관심을 불러일으켰을 뿐만 아니라 조정에서도 사관(査官)을 파견하여 조사할 정도로 커다란 사회적 이슈가 되어 세간의 비상한 관심을 끌었다.[45]

43　『研經齋全集』속집 책12「尹節婦傳」. "生而供給, 死而葬祭, 竝吾責也, 吾不可死也."

44　위의 책, "吾至今不死者, 爲三年祭也, 今三年畢, 歸見夫地下, 不亦樂哉? 夫讁死, 何忍以華鮮加我哉? 斂我以綿布. 只每年冷節中秋, 以酒一盞, 灌吾夫婦墳, 亦樂享之矣."

「서영천박열부사」

관비를 돌아보며 말하기를, "너는 아이를 밴 모습을 알 터이니 아이를 밴 것이 이와 같은가?" 하며, 잠방이를 풀고 배를 드러내 보이더니 또한 젖가슴을 살펴보게 했다. 이를 본 자들이 모두 놀라며 말하기를, "정말 처녀의 몸이다"고 하였다. 박씨가 밖으로 나와 관청의 빈 객사에 이르러 새끼줄로 팽팽하게 그녀의 목덜미를 네다섯 차례 두른 후 작은 칼을 가지고 그 목을 찔렀다.[46]

45 『조선왕조실록』 순조 22년 10월 21일조에 이 사건과 관련한 기사가 있어 참고할 만하다. "烈女 朴氏에게 정문을 세워 주라고 명하였다. 박씨는 士族의 청상 과부였는데, 본 고을 사람 金祖述의 핍박을 받자 자결하여 몸을 깨끗이 하였다. 그런데 흉도들이 옥사를 번복시켜 3년이 되도록 판결이 나지 않았는데, 그의 노복 萬石이 눈물을 흘리며 여러 차례 호소한 끝에 비로소 밝혀져 예조로 하여금 여쭈어 처리하게 하였다. 만석은 충직한 노복이라 하여 생전에는 復戶해 주고 사후에는 정문을 세워 주라고 하였다."
46 『研經齋全集』 권17 「書榮川朴烈婦事」. "顧官婢曰: '若知懷孕狀, 懷孕者若是否?', 解褌

박열부는 과부인데 이웃의 김조술이란 자가 범하려고 하자 관아에 고발하지만, 김조술은 아전들에게 뇌물을 주고 무죄로 풀려날 뿐만 아니라 도리어 박씨가 남의 아이를 밴 음부(淫婦)라고 소문을 내어 곤경에 빠뜨린다. 자신의 원통함을 벗을 길이 없다고 판단한 박씨가 곧장 관아로 달려드는 장면이다. 박씨의 이러한 행동은 상당히 파격적이긴 하지만 이런 결행을 하지 않고서는 원통함을 해결할 수 없는 상황이다. 박열부의 죽음에도 불구하고 뇌물에 매수된 수령은 음부가 자결한 것이라고 단정 짓고 만다. 이 어려운 상황은 노복 만석에 의해서 해결되는데, 만석은 김조술의 종이었던 자신의 아내와 헤어지고 사건의 진상을 필로(蹕路)에 하소연함으로써 마침내 박열부의 원통함을 씻었다.

성해응의 이러한 의식은 서사한시 「전불관행(田不關行)」에서도 여실히 드러닌다. 「전불관행」은 미천한 신분의 한 여성이 순결을 지키기 위해 자결해 죽는다는 사연이다. 「춘향전」과 이야기의 전말이 아주 유사한데, 주인공 불관은 수청을 요구하는 관장에게 "제 행동 돌아보건대 잘못이 없삽거늘 매를 치다니 법도에 어긋납니다"라고 하여, 부당한 인습과 제도에 항거하며 적극적으로 저항한다. 또 "인생이 어찌 이리 몹쓸 운명 타고났나요? 사는 길을 택하자면 짐승같이 될 터이지"라는 언명은 짐승처럼 사느니 차라리 죽는 것이 낫다는 그녀의 서글픈 탄식이거니와, 한 인간으로서 주체적인 삶을 살고자 한 의지의 표명인 셈이다.[47]

披腹而示之, 且按其乳. 見者皆歎曰: '眞處子身也.' 朴氏出至官廨空舍, 以索緊線其項者四五遍, 引小刀, 刺其喉."

47 임형택 교수는 『이조시대 서사시』 하(창작과비평사, 1992, 194~195면)에서, 전불관의 비극적 삶을 조명하고 그녀의 자기 주체를 지키기 위한 강렬한 의지를 높이 평가한 바 있다. 진재교 교수는 이 작품을 사대부로서의 남성적 시선이 묻어 나오지 않으며, 전불관의 죽음은 한 남자에 대한 정절이라는 '열' 이념을 뛰어넘어 떳떳한 인간이 되고자 한 천민여성의 자아각성으로 발전하고 있다고 평가하였다.(「이조 후기 한시에 나타난 '열'의

이처럼 성해응은 미천한 신분이지만 모진 고난을 딛고 일어서 주체적이면서도 당당하게 자기 삶을 이끌어가는 이 땅의 여성들, 특히 서민층 여성을 포착하여 그들의 사적을 기록하는데 치력하였다. 이들을 입전한 것은 어려운 상황 속에서도 견결한 의지로 열을 실천한 행위에 감동을 받아서이며, 아울러 이들의 사적이 역사의 뒤안길에서 인멸되어버릴 수도 있음을 우려해서이다. 또 이들에 대한 기록을 통해 상층부의 인물을 권계시키려는 의도도 적지 않을 터이다. 그러나 무엇보다도 '인간'에 대한 관심과 애정이 이들을 입전하게 된 가장 큰 이유일 것이다. 주류에서 빗겨선 사회 저층부의 인물들에게 더욱 애정 어린 시선을 보내고 있음을 알 수 있다.

이상에서 성해응은 학사대부나 법도 있는 가문 등 이른바 상층의 열녀보다 하층의 열녀를, 그리고 남성보다 여성의 도덕적 우월성에 대해 감탄하고 있음을 확인하였다. 이러한 사실은 보통 사대부들이 열녀전을 입전할 때 하층 열녀의 열 실천 행위를 상층 열녀보다 우위에 놓지만 실은 그 이면에 사대부의 우월성을 이미 포석해놓고 있는 것과는 그 양상이 다르다.

시대상」, 『이조 후기 한시의 사회사』, 소명출판, 2001, 209~213면)

2. 하층민의 기록화

성해응은 인간에 대한 남다른 관심과 애정을 바탕으로 충의와 열을
고취한 인물을 대거 포착하여 기록한 사실을 앞서 확인하였다. 이 절에
서는 논의의 대상을 확장하여, 하층민으로서 주인에 대한 충과 정절을
보다 적극적이면서도 자발적으로 실천한 인물을 살펴보려 한다. 특히
자신의 직분에 충실함으로써 그들만의 독특한 면모와 성격을 드러내
는 인물군이 있어 주목을 요한다.

1) 하층민의 직분 수행의 면모

성해응은 하층민으로서 '충렬'을 실천한 인물들에 남다른 관심을 표
명하고 이들을 작품화하였다. 사회적으로 소외된 이들은 주인에 대한
충과 열을 묵묵히 수행하여 주목을 요한다. 특히 노비와 기녀를 다룬
작품은 그들의 직분 수행의 면모가 구체적으로 드러나 있어 흥미롭다.
「의복전(義僕傳)」과 「의기전(義妓傳)」을 중심으로, 노비와 기녀가 직분
을 충실히 수행하는 면모를 살펴볼 것이다. 성해응은 서사한시 「육기
영(六妓詠)」에서도 기녀들을 형상했던 만큼, 이를 참고하여 논의를 보
강하도록 할 것이다.
「의복전」은 7명의 의로운 노복을 입전한 작품이다. 주인 유관(柳灌)
의 원수를 갚고 죽임을 당한 갑(甲), 병자호란 때 강화도에서 자살한 김
상용을 따라 죽은 순승(順承), 사학(邪學)에 연루된 주인집이 몰살될 위

기에 처하자 이를 구한 유항검(柳恒儉)의 여종, 귀양간 주인의 의식을 보살펴준 김우추(金遇秋)의 여비, 병자호란 때 자신의 처자를 버려두고 주인집 도령을 업고 피난을 간 이수온(李守溫)의 가노(家奴) 이험산(李險山), 곤궁해진 주인집 아들을 데려다 30년 동안 정성껏 모신 이만증(李萬增)의 가노 박귀동(朴貴同), 대가 끊겨 제사지낼 사람이 없게 되자 대신 주인집 제사를 지낸 단금이(段金伊) 등이 그들이다. 이 중 형상화가 뛰어난 인물을 중심으로 살펴보기로 한다.

(1) 유관의 여종 갑(甲)

유관(柳灌, 1484~1545)은 명종이 즉위하자 윤원형(尹元衡)·이기(李芑) 등의 모함으로 일어난 을사사화(乙巳士禍)에서 윤임(尹任)·유임숙(柳仁淑) 등과 함께 삼흉(三兇)으로 몰려 죽임을 당하였다. 정순붕(鄭順朋, 1484~1548)은 이기 등과 음모를 꾸며 많은 사람을 죽이고 귀양 보냈는데, 유관도 그 중의 하나였다. 정순붕은 을사사화의 공로로 유관의 가족들을 적몰하여 자기의 노비로 삼았으며, 갑(甲)도 이때 그의 노비가 되었다. 당시 갑은 14~15살의 어린 나이였는데 옛 주인의 원수를 갚기 위해 범상치 않은 행동을 한다. 성해응은 갑에 대한 서술을 다른 노복에 비해 배가(倍加)하여 주인의 원수를 갚기 위한 행동을 자세하고도 핍진하게 묘사하였다. 갑이 주인의 원수를 갚기 위해 시행한 행위들을 서술 분절을 나누어 살펴보기로 한다.

　① 갑은 14~15살로 정성을 다해 정순붕을 섬겼다.

② 매번 옛 주인이 자신을 야박하게 대했다고 욕함으로써 정순붕의 사랑을
   받았다.

③ 갑이 보기(寶器)를 훔치자 정순붕은 의심을 했지만 풀어 주었다.

④ 갑은 정순붕의 하인과 사통한 후, 그에게 역병으로 죽은 사람의 사지를
   구해올 것을 협박하였다.

⑤ 갑은 역병으로 죽은 사람의 팔 하나를 정순붕의 베개 속에 넣었다.

⑥ 정순붕은 역병에 걸려 죽었다.

⑦ 갑은 심문을 당하자, 옛 주인의 원수를 갚은 것이라 하고서 죽임을 당하였다.

갑은 억울하게 죽은 주인의 원수를 갚기 위해 먼저 정순붕을 극진하게 섬겨 신임을 얻는데 성공한다. 정순붕은 그녀가 어린데다 자주 옛 주인을 욕하는 것으로 인해 전혀 의심하지 않고 오히려 신임하기까지 하였다. 서술 분절 ③에서 갑은 정순붕의 보기(寶器)를 훔쳤음에도 무사히 풀려났다. 갑이 정순붕의 보기를 훔친 이유는 분명하지 않다. 다만 정순붕이 아끼던 것이라 보복을 하기 위해 훔쳤을 것이란 짐작을 할 수 있다.

서술 분절 ④에서 갑은 본격적으로 주인의 원수를 갚기 위한 계략을 꾸민다. 먼저 정순붕의 종과 사통하고 협박하여 역병으로 죽은 자의 사지를 구해줄 것을 요구한다. 갑이 정순붕의 하인을 협박하고 역병으로 죽은 자의 사지를 요구하며, 하인이 갑의 요청을 승낙하는 장면이 모두 대사로 처리되어 있어, 마치 옆에서 직접 현장을 보는듯한 긴장감을 자아낸다.

이 지점에서 한 번 생각해 볼 것은, 이 어린 여자 아이의 대담함이다. 주인의 원수를 갚기 위해서 어린 여자의 몸으로 남자와 사통을 하고, 게다가 이 남자를 사주하여 역병에 걸려 죽은 자의 사지를 요구하기까지 한다. 그리고 이것을 정순붕의 베개에 넣어둠으로써 결국 역병에 걸려

죽게 만든다. 무엇이 이 어린 여자로 하여금 이토록 대담하고 무서운 행동을 하도록 만든 것인가? 이는 정순붕이 죽은 후 심문을 당하는 과정에서 나온 갑의 발언을 통해 짐작할 수 있다. 그녀는 억울하게 죽은 주인의 원수를 갚기 위해 자신의 안위는 돌보지 않았던 것이다.[48] '주인의 원수는 곧 나의 원수다'라는 말을 통해, 갑이 주인과 자신을 동일시하고 있음을 알 수 있다. 목숨을 돌보지 않고 주인에 대한 직분을 실천한 그녀의 '충'에 대한 결연한 의지를 확인할 수 있다.

(2) 유항검의 여종

유항검(柳恒儉, 1756~1801)은 조선에 천주교가 도입된 초기에 활약한 인물로, 신부의 권한을 위임받고 호남지방 전교에 힘썼으며 북경에서 주문모(周文謨) 신부가 입국하자 그를 도와 함께 전교하였다. 1801년 신유(辛酉)박해가 일어났을 때 호남에서 제일 먼저 체포되어 능지처참형을 받고 순교하였다. 당시 그의 일가족은 몰살당할 위기에 처했으나, 이것을 구한 이가 바로 유항검의 여종이다. 그녀는 '전주 부자 유항검의 여종[全州富人柳恒儉之女奴]'이라 할 뿐 이름은 전하지 않는다. 유항검의 부인과 아들 및 손자들은 이미 죽임을 당하였고, 조카 유중식마저 연루되어 일족이 멸문당할 상황이었다. 가노들은 주인이 천주학에 가담하였다고 증언한데다 유항검조차 서양선교사를 불러들이려 했음을 자복했던 터라, 유중식이 죽는 것은 시간문제였다.

48　『硏經齋全集』 권12 「義僕傳」, "爾殺吾主, 卽吾讐也. 吾今報讐, 知死所矣."

어린 여종도 끌려와 심문을 당하였는데, 그녀는 "주인집은 곧 사대부 가문인데, 어찌 규문 안에 노복들을 데려다 놓고 섞어 앉아 요괴한 일을 했겠습니까?"[49]라고 말하였다. 그리고는 여러 종들이 제각각 증언한 것을 하나하나 변론하여 주인의 무죄를 증명하기 위해 노력하였다. 유중식이 연루되었다고 굳게 믿은 관에서는 사실을 캐내기 위해 어린 여종을 매질하였으나, 그녀는 끝내 자복하지 않았다. 그녀는 목숨이 위태로운 상황에서도 주인집의 멸문을 막기 위해 사나운 매질을 견뎠고, 주인에게 불리한 증언들을 일일이 변론함에 조리가 있었다.

성해응은 위험에 처한 여종의 말을 대화체로 처리하여 긴급한 상황을 생동감 있게 묘사하였으며, 여종의 의로움과 충을 부각시키기 위해 주변의 인물과 그에 관한 상황들은 간략하게 처리하였다. 마침내 유중식은 어린 여종의 지략과 담용에 힘입어 극적으로 살아났으며 멸문의 화를 면하게 되었다.

유항검의 여종은 「육기영」에서도 형상화된 바 있는데, 「육기영」은 5언 고시 6편으로 이루어진 연작시다.

全州柳家婢,	전주의 유씨집 계집종,
年纔十四五.	나이 겨우 열 네다섯.
主黨染邪學,	주인집 무리 사학에 물들어,
誅剷覆門戶.	죽임을 당해 문호가 전복되었네.
餘禍且蔓延,	남은 화가 또 만연하여,
行將及其主.	일이 장차 그 주인에게 미치려 하네.

況復衆紀綱,　　하물며 다시 여러 종들에 있어서랴?

交相證淫醜.　　서로 추악한 증거를 대었다네.

婢獨明不然,　　계집종 혼자 그렇지 않음을 밝혀,

辨析理皆剖.　　변론하고 따져 이치가 모두 자르듯이 하였네.

查官欲深覈,　　사관은 깊이 조사하고자 하여,

笞擊詰淵藪.　　볼기를 쳐 근원을 알고자 하였네.

弱體受楚毒,　　약한 몸 모진 고통을 받았지만,

逾益扶蒙垢.　　그럴수록 뒤집어 쓴 누명을 걸어 내었네.

臀膚雖困株,　　엉덩이와 살갗 비록 몽둥이에 피멍들었지만,

荂言寧自口.　　추악한 말 어찌 자기 입에서 나오랴.

終能誠意格,　　끝내 성의에 감격하여,

主乃免刑戮.　　주인은 죽임을 면했다네.

君莫醜私婢,　　그대들은 사비를 추하게 여기지 말라,

私婢義更卓.　　사비의 의로움이 더욱 드높도다.

　1~2구는 주인공인 유씨집 여종에 대한 간략한 인적사항이다. 「의복
전」에서 유씨 일가에 대하여 자세하게 서술한 반면, 「육기영」에서는
유씨, 주인 등으로 지칭할 뿐이다. 유씨보다는 유씨집 여종에게 집중하
려 한 것이다. 9~18구는 유씨집 여종의 의로운 행위를 중심으로 서술
하였는데, 그녀의 현명함을 부각시키기 위해 '변석(辨析)'이란 용어를
거듭 사용하여 고평하였다.

　유씨집 여종은 현명할 뿐만 아니라 자신이 옳다고 믿는 것에 대해서
는 모진 고통을 당하면서도 결코 바꾸지 않는 견결한 의지를 지녔다.
'분별하고 변석하는 현명함'과 '모진 고통에도 주인을 위해 자복하지

않았던 강건함’이 결국 주인집 일가의 몰살을 막았다. 이에 성해응은
‘그대들은 사비를 추하게 여기지 말라, 사비의 의로움이 더욱 드높도
다’라고 논평하여, 그녀의 의를 특기하였다. 미천한 신분의 여종이지
만, 주인을 위해 자신의 직분을 충실히 실행한 그녀의 의로움을 놓치지
않고 포착하였던 것이다.

이제 「의기전」을 살펴보기로 하자. 이 작품은 절의를 실행한 4명의
의기(義妓)에 대한 일화를 중심으로 서술되어 있다. 4명의 의기에 대한
일화를 각각 제시하고 논평을 덧붙임으로써, 이들이 ‘열’을 추구하고
실천한 사실을 밝혔다. 입전된 순서대로 각 인물의 행적과 그 의미를
분석하고자 한다.

(3) 홍림(洪霖)의 기녀, 해월(海月)

열사 홍림(洪霖)과 의기(義妓) 해월(海月)에 대한 이야기로, 해월보다는
홍림을 위주로 서사가 전개되었다. 해월에 대해서는 ‘열사 홍림의 시희
(侍姬) 해월은 청주의 기녀이다’라고 서두에 간략하게 소개한 뒤 홍림의
활약상을 중심으로 서술하였다. 이 일화는 크게 세 단락으로 나눌 수 있다.

첫째 단락은 홍림이 무신란에 참여하게 된 계기와 과정에 대해서 서술하
였다. 홍림은 1728년 무신란, 즉 이인좌(李麟佐)의 난이 일어났을 때 활약한
무인이다. 하급관리였던 홍림은 난리가 일어났다는 소문을 듣고 귀향했다
가 막료로서의 소임을 다하기 위해 군대에 복귀한다. 둘째 단락은 홍림의
지략과 의로운 죽음에 대해서 서술하였다. 홍림은 병마절도사 이봉상(李
鳳祥)에게 적의 계략을 충언하였으나, 이봉상은 홍림의 간언을 듣지 않았

다. 결국 이봉상은 적에게 청주성을 함락당하고 사로잡혀 죽임을 당하였다. 이때 홍림은 죽음을 무릅쓰고 이봉상을 구하기 위해 적진으로 뛰어들었다가 함께 죽고 만다.[50]

셋째 단락에서 해월은 비로소 본격적으로 등장하여 의기로서의 면모를 유감없이 드러낸다. 홍림이 죽자 그녀는 적에게서 홍림의 시신을 거두어 직접 장례를 치렀다.[51] 그리고 몇 달 뒤에 아이를 낳았는데, 이 아이가 일곱 살에 요절하자 그녀는 곧 자결한다. 존재의 이유였던 아들이 죽어버리자 곧바로 죽음을 감행했던 것이다.

성해응은 「육기영」에서 해월을 형상한 바 있는데, 여기에서 그녀의 의로운 행위를 다시금 확인할 수 있다.

有女名海月,	그녀 이름 해월,
少屬淸州妓.	어려서 청주기(妓)에 소속되었네.
爲誰侍巾櫛,	누구를 위해 수건과 빗을 모실까?
赫赫洪烈士.	빛나는 홍열사라네.
伊昔上黨亂,	저 옛날 상당(上黨, 청주)의 난리에,

---

50 洪霖에 대해서는 金道洙(1699~1733)의 「洪霖傳」을 참고할 만하다. 홍림의 신상과 위험에 빠진 李鳳祥을 구하는 과정, 무신란을 당하여 李麟佐에게 저항하는 과정이 자세하게 서술되어 있어 흥미롭다. 홍림을 입전한 것인 만큼 그의 충의를 중심으로 형상화하였고, 해월에 대한 언급은 보이지 않는다(金道洙, 『春洲遺稿』 권2 「洪霖傳」)

51 海月이 홍림의 시신을 거두는 과정에 대하여 『조선왕조실록』 영조 28년 6월 12일조에 자세하게 언급되어 있다. 박문수는 '해월은 忠淸兵營의 한 명의 賤妓에 불과합니다. 홍림이 좋아하였는데 賊變이 발생했을 때 다른 기생들은 적들에게 시종을 든 자가 많았으나, 해월만은 남몰래 수직자에게 뇌물을 주고 홍림의 시체를 찾아내어 엷은 판자에 넣어 장사지내려다가, 이봉상이 들어갈 棺이 없음을 듣고는 그 엷은 판자를 주고 홍림의 시체는 베로 싸서 이봉상을 묻은 곳에 함께 장사를 지냈습니다. 해월은 기생이 되어서도 능히 이 같은 일을 했으니, 비록 義士라 해도 옳을 것입니다'라고 하며, 해월의 표창과 면천을 요구한 바 있다.

賊盜干邦紀.	도적이 기강을 범하였다네.
元帥斃竹林,	원수는 대나무 숲에서 죽고,
烈士亦同死.	열사 또한 함께 죽었네.
妓卽愬賊魁,	기생은 즉시 적의 우두머리에게 하소연하여,
乞得斂公屍.	공의 시신을 거두기를 빌었네.
辭旨旣哀酸,	말의 뜻이 이미 애절하여,
梟獍爲之悲.	적의 우두머리도 슬퍼하였지.
問妓胡不從,	묻노니, 기생은 어찌 따라 죽지 않았느냐?
腹中方有兒.	배 속에 아이가 자라고 있습니다.
兒生命又促,	아이가 태어나 명이 또한 촉급하여,
七歲病不治.	일곱 살에 병들어 고치지 못하였네.
刎頸明素志,	목 을 베어 평소의 뜻 을 밝히니,
自恨捐生遲.	목숨을 버린 것이 늦음을 스스로 한스러워하였네.
君莫蔑公賤,	그대들은 공천(公賤)을 멸시하지 말라,
公賤能爾爲.	공천이 능히 이와 같구나.

  이 시는 5언 20구로 크게 다섯 단락으로 나눌 수 있다. 첫째 단락은
1~4구로, 주인공 해월의 신원과 소속, 그리고 그녀가 홍림의 시기(侍
妓)였음을 서술하였다. 둘째 단락은 5~8구로, 무신란이 일어나자 죽음
을 무릅쓰고 싸우다가 전사한 홍림에 대하여 서술하였다. 셋째 단락은
9~12구로, 해월이 위험을 무릅쓰고 적진에서 홍림의 시신을 거두는 장
면이 애절하게 그려졌다. 넷째 단락은 13~18구로 다른 분절보다 호흡
이 길다. 홍림이 죽었는데도 해월이 따라 죽지 않은 것은 임신을 하고
있었기 때문이며, 그 아이가 죽자 해월이 결국 자결한 사실을 서술하였

다. 마지막 단락은 두 구로 된 논평으로, 간결하면서도 분명하게 해월의 의로움을 집약하였다.

(4) 이귀(李貴)의 기녀

이귀(李貴, 1557~1633)와 그를 모신 기녀에 대한 일화로, 서두에서 '이연평의 시기는 그 이름을 모른다'고 하여 주인공의 신원을 간략하게 소개하였다. 이어 본론으로 들어가는데, 이귀는 광해군을 폐위시키고 반정을 도모한 주동자로 인조반정이 성공한 후 정계의 막강한 실력자로 등장한다. 역당에 대한 처벌문제로 날마다 이귀의 집에는 대간들이 모였으며, 이들은 정적을 숙청할 수 있는 좋은 기회로 삼아 이귀에게 역당에 대한 가혹한 처벌을 주장하였다. 그들의 기세가 워낙 살벌하여 이귀로서도 형벌의 경중을 결정하지 못하던 중에 시기가 그에게 간곡한 충고를 하였던바, 그녀의 충언을 눈여겨볼 만하다.

시첩은 가무로 지난날 여러 재상들을 모시었으며 이이첨도 오래도록 모신 적이 있습니다. 이이첨은 바야흐로 흉악한 의론을 벌일라 치면 대간의 입을 빌려 마음껏 공격하였습니다. 지금 공의 집안에 앉아서 남을 논박하는 여러 대간 분들은, 모두가 지난날 이이첨의 집에 드나들던 사람들입니다. 이이첨이 나이가 많고 덕이 있으며 직언하는 선비를 지목하여, '그 자의 죄가 어떠하냐?'고 물으면, 저 대간들은 그때마다 죽이라는 둥, 벌을 주라는 둥, 유배를 보내라는 둥 의논이 어지러워 한결같지 않음이 오늘 같았는데, 이것을 이이첨 또한 염증을 내었습니다. 저 대간들이 요행히 왕의 법망에서 벗어나더니 다시 어르신을 그르치려 하고 있습니다. 어르신께서 내쳐서 멀리하지 않으신다면 또한 머지않아 화를 당하실 것입니다.[52]

시기의 충언은 대화로 처리되었으며 분량은 과반을 차지하는 만큼, 성해응이 치력한 대목임을 짐작할 수 있다. 이름조차 전하지 않는 천한 신분의 그녀는, 인조반정이라는 심각한 정치적 소용돌이 속에서 급박하게 돌아가는 상황을 재빠르게 직시하고 올곧게 판단함으로써, 이귀가 정쟁에 휘말리지 않도록 하였다. 그녀는 상황을 정확하게 판단했을 뿐만 아니라, 이를 근거로 주인에게 충언할 수 있는 담용까지 겸비하였다. 결국 이 일화는 자신의 이익을 위하여 세치 혀를 마음대로 놀림으로써 정쟁을 일으켰던 대간들의 실상을 지적하여 그들을 꾸짖는 동시에, 현명하게 상황을 판단하고 주인을 위해 용감히게 충언하였던 한 기녀의 행위를 높이 평가한 것이다.

(5) 민항렬(閔恒烈)의 첩, 삼등(三登) 기녀

세 번째 일화는 민항렬(閔恒烈, 1745~1776)의 첩으로 삼등(三登)지방 기녀에 대한 이야기다. 민항렬은 정조가 세손으로 있을 때, 벽파인 홍인한(洪麟漢)·정후겸(鄭厚謙) 등과 함께 세손의 대리청정과 즉위를 반대

---

52 『研經齋全集』권12「義妓傳」. "妾以歌舞得事向時諸宰相, 亦嘗侍爾瞻久. 爾瞻方以凶議自張, 假臺諫恣搏擊. 今日坐公之坐, 論人諸臺諫, 皆遊爾瞻之坐者也. 爾瞻指老成直言之士曰: '某罪當如何?', 彼輒曰: '可誅可刑可竄.' 紛紜不一, 如今日, 爾瞻亦厭之. 彼幸得漏王章, 復欲誤主家. 主不斥遠之, 亦覆敗無日矣."

하였던 관계로, 정조가 즉위하자 곧바로 처형된 인물이다. 민항렬이 죽임을 당하자 기녀는 상복을 입고 그의 집을 찾아가, 조모에게 "어려움을 보고 달아나는 것은 의가 아닙니다"라고 하며 돕기를 청하였다. 이전에 민항렬은 삼등 기녀를 집안으로 들이고자 하였으나 엄격한 조모의 반대로 그만둔 적이 있었다. 그럼에도 그녀는 민항렬의 처가 목숨을 끊자 초상을 치르고 제사를 지냈으며 조모까지 정성껏 모셨다.

어려운 상황에 직면하여 이를 피하고자 하는 것은 인간의 본능이다. 이는 학문적 소양과 도덕적 품성이 뛰어난 사대부들이라 해도 예외는 아니다. 인간의 본능인 생존욕구와 결부되어 있기 때문에 어려움에 직면하여 이를 피하는 것을 쉽게 비난할 수는 없다. 다만 이러한 본능을 물리치고 의를 위해서 어려운 상황에서도 도망치지 않고 직접 부딪쳐 해결하거나 또는 그 과정에서 목숨을 바친 경우를 우리는 높이 평가하는 것이다. 「육기영」에 서술된 삼등 기녀를 살펴보기로 하자.

昔有三登妓,　　옛날에 삼등 기녀

早爲閔氏妾.　　일찍 민씨의 첩이 되었으나

不得攜入門,　　그 집 문에 들어갈 수 없었으니

大母嚴禮法.　　조모가 예법을 엄히 해서라네.

潛室東門外,　　몰래 동문 밖에 집을 얻어

晨夕來往熟.　　아침저녁으로 자주 왕래하였다네.

家難忽中作,　　집안의 어려움이 갑자기 안에서 생겨

主人被刑戮.　　주인은 죽임을 당했다네.

禍殃方酷熱,　　재앙이 매우 혹독하여

舊客皆屛跡.　　예전에 알던 이 모두 자취를 감추었네.

妓乃披髮至,　　기녀는 이에 머리를 풀고 이르러

始謁大夫人.　　비로소 대부인을 뵈었네.

賤妾跡雖閟,　　"미천한 첩이 자취를 비록 감추었지만

逃難誠不仁.　　어려움을 피하는 것은 참으로 어질지 못한 것입니다.

目見主家覆,　　눈으로 주인댁이 전복되는 걸 보면서도

寧忍更涉溱.　　어찌 차마 다시 진수(溱水)를 건너겠습니까?[53]

志願在靡他,　　제 뜻은 다른 데 있는 것이 아니라

畢命同苦辛.　　목숨을 다하도록 고생을 함께 하는 것입니다."

君莫賤私畜,　　그대들은 기녀를 천하게 여기지 말라

私畜義殊倫.　　기녀의 의로움이 자못 뛰어나구나.

이 시는 크게 네 단락으로 나누어진다. 첫 번째 단락은 1구~6구로, 삼등 기녀가 민항렬의 첩이 된 것과 민항렬이 본가로 돌아갈 때 그녀를 데리고 가려 했으나 엄한 가법 때문에 이루지 못하고 본가의 근처에 집을 얻은 사실을 서술하였다. 두 번째 단락은 7구~10구로, 정조가 세손으로 있을 때 대리청정과 즉위를 반대하였던 까닭에, 민항렬은 정조가 즉위하자 죽임을 당하였고 주변의 민심조차 돌아섰음을 서술하였다.

세 번째 단락은 11구~18구로, 삼등 기녀가 몰락의 위기에 처한 민항렬의 집에 찾아가 어려움을 함께 하겠다고 한 대목이다. 특히 이 부분을 모두 대사로 처리하여 그녀의 강한 의지를 보여줌과 동시에 의로움을 부각시켰다. 그녀의 대사 분량은 적지 않은데, 민항렬의 조모를 찾아가 어려움을 함께 하겠다는 의지를 표명한 대목을 적지 않은 분량을 할애

53　溱水는 지금의 河南省에 있는 강으로서 남녀가 이곳에서 향초를 주고받으며 봄놀이를 즐긴다는 내용에서, '溱水를 건넌다[涉溱]'는 것은 남녀 간의 음란함을 뜻한다.

하여 대사로 처리함으로써 그녀의 의로움을 한층 드높이고자 하였다. 네 번째 단락은 마지막 두 구로 논평에 해당한다. 기녀를 사축(私畜)으로 표현한 것이 자못 흥미로우며, 기녀의 사회적 처지를 여실히 보여준다. 그러나 무엇보다 중요한 것은 그녀의 미천한 신분보다는 그러한 처지에도 불구하고 누구보다 의로웠던 삼등 기녀의 의로움이다.

(6) 윤지(尹志)의 첩, 나주(羅州) 기녀

영조 1(1725)년 정월에 신임옥사(申壬獄事)를 무옥(誣獄)으로 규정하고 노론 4대신을 신원한 을사처분이 단행되었는데, 당시 소론의 주요 인사들은 정계에서 숙청당하였다. 윤지(尹志, 1688~1755)는 이때 김일경(金一鏡)의 무리로 지목되어 처벌을 받았던 윤취상(尹就商)의 아들이다. 윤지 또한 목호룡의 심복으로 음모에 참여하였다 하여 유배를 가게 되었다. 윤지는 유배지인 나주에서 아들 윤광철(尹光哲)을 통해 필묵계(筆墨契)를 조직하여 거사를 계획하고자 하였다. 정쟁의 소용돌이에서 희생된 후, 조정의 흐름이 점차 자신의 정계 복귀와는 거리가 멀어지자 위기의식을 느낀 나머지 역모를 일으키고자 한 것이다.

조정에서는 이 사건을 심각하게 인식하여 강경한 자세를 보였다. 괘서(掛書) 내용이 정국을 비판한 것이기도 했지만, 윤지가 소론계 인물이고 그가 소유한 문서 중 소론 인사들과 주고받은 서찰이 다수 발견되었기 때문이다. 괘서 사건이 조정에 보고된 후 7일 만에 윤지는 체포되고 영조의 친국(親鞫)이 이루어졌다. 국문 대상자들 중에서는 윤지 이외에 이하징(李夏徵)·이수경(李壽慶)·이광사(李匡師) 등이 포함되어 있었다. 이들 대부분은 영조 초기의 김일경 옥사나 무신란 등에 연루되어 처벌을 받은 소론 인사, 혹은 그들과 친족 관계로서 정계에서 소외되어 있던 자들이었다. 이들은 자신의 처지를 회복하고 동시에 소론, 특히 준소 계열의 재기를 위해 거사 계획에 적극 참여했던 것이다.

영조는 이 사건을 계기로 소론 준론(峻論)의 명문가문과 우수한 학자들을 대거 사형에 처했다. 이로써 준론·완론(緩論)할 것 없이 소론의 명문가들 대부분이 몰락하여 재기 불능의 상태까지 이르게 되었다. 노론 강경파의 주장대로 신임옥사의 번안은 물론이고 토역(討逆)까지도 달성된 셈이다.[54] 이러한 정국의 상황을 염두에 두고 윤지와 나주 기녀에 대해 살펴보기로 하자.

역적 윤지의 첩은 나주의 기녀로 윤지가 나주에 유배되어있을 때 사랑한 기녀이다. 윤지는 역모를 꾀하다가 죽임을 당하였다. 기녀는 딸 하나가 있었으니 윤지의 소생이다. 이전부터 죄인의 자녀는 유배된 곳의 관부에 소속되어 노비가 되었지만, 어리고 약할 경우 대부분 그 친족과 함께 유배되었다. 그러므로 기녀는 딸과 함께 북청부의 관비가 되었는데 죽어도 절개가 변치 않을 것이라 맹세하였다.[55]

나주 기녀는 윤지가 나주에 유배되어 있을 때 사랑한 여자이다.[56] 윤지에 대해서는 도입부분에서 '역적 윤지[尹逆志]'라고 한 뒤, 이어 '역모

---

54 이성무, 『조선시대 당쟁사』 2, 동방미디어, 2000, 175~177면. 나주 괘서 사건의 발생경위와 공초과정에 대해서는, 『조선왕조실록』 영조 31(1755)년 2월조에 자세하게 나타나 있다.

55 『研經齋全集』 권12 「義妓傳」. "尹逆志妾, 羅州妓也, 志竄羅州狎妓. 及謀逆誅死, 妓有一女, 志之出也. 先時罪人子女, 雖屬所配官爲奴婢, 穉弱多得與其支屬同配. 故妓與女爲婢北靑府, 矢死不渝節."

56 『조선왕조실록』 영조 31년 3월 7일조에 의하면, 윤지의 첩은 羅允學의 婢였으며 나윤학은 윤지와 친했던 것으로 알려져 있다.

에 연루되어 죽임을 당하였다[及謀逆誅死]'라고 하여 간략하게 서술할
뿐이다. '역적 윤지'란 구절을 통해 윤지를 역적으로 규정한 성해응의
정치적 성향이 은연중에 드러난다. 일화 (3)에서 홍림에 대한 서술이 전
체 분량의 2 / 3를 차지하며, 일화 (4)와 (5)에서 이귀와 민항렬에 대한 서
술이 각각 전체의 반을 차지하는 것과는 분명 대비된다. 이는 나주 기녀
를 입전하기 위하여 윤지를 언급하긴 하였지만, 그 언급을 극도로 자제
함으로써 윤지의 행적에 대한 작가 나름의 평가를 내린 것이다. 그럼으
로 이 일화는 윤지의 첩인 나주 기녀에 대한 서술이 대부분을 차지한다.

윤지가 죽임을 당한 후, 나주 기녀는 딸과 함께 북청부의 관비가 되
었는데 목숨을 걸고 절개를 지켰다. 성해응은 바로 이 점을 고평하여
그녀를 입전한 것이다. 한편, 이 일화는 유배 가는 죄인과 그 자식의 유
배생활을 자세하게 기록하여 그 실상을 보여줌으로써, 우리에게 흥미
롭고 소중한 정보를 제공해 주었다.

이 글에서 성해응의 중요한 의식을 발견할 수 있다. 성해응은 자신과
당파가 다르며 벽서사건을 일으킨 윤지에 대해서는 '역적 윤지'라 규정
하고 그에 대한 기술을 극도로 자제하였다. 반면 윤지의 첩임에도 불구
하고 자신이 섬긴 지아비에 대한 열을 충직하게 수행한 그녀의 행적을
고평하여 입전한 것은 주목할 필요가 있다. 조선 후기를 살다간 사(士)
로서 당론에 자유로울 수는 없었으나 나름대로 객관적이고 엄정한 시
각을 유지하려 하였음을 이 작품을 통해 확인할 수 있기 때문이다.

성해응은 전통적인 유교 가치 이념을 공고히 실천한 인물을 적극적
으로 형상화하였음을 확인한 바 있다. 그럼에도 비록 당파가 다르고 심
지어 역모까지 일으킨 인물의 첩이기는 하지만 어려운 상황 속에서도
열을 실천한 한 여성의 사적을 높게 평가함으로써, 객관적이고 엄정한

시각을 유지하였다고 평가할 수 있다. 즉 윤지와 그의 첩에 대하여 일관된 잣대를 들이대지 않고, 인물과 행적에 따른 공정하면서도 유연한 시각을 견지한 것이다. 이 점은 그의 문학작품을 이해하는 데 중요하게 작용한다. 인물을 바라보는 그의 시선에 대해 보다 깊이 이해할 수 있도록 해 주기 때문이다. 성해응 문학의 주된 대상이 인간이었던 만큼, 이 점은 그의 문학을 이해하는 첩경이 될 것이다. 그의 이러한 의식은 「서화잡지」를 통해서도 다시금 확인된다. 예술적 기량이나 작품이 뛰어나다면, 당파 및 당론에서 완전히 자유로울 수는 없겠지만 비교적 공정하게 인물과 작품에 대한 기록을 남겼던 것이다. 여기에서 한 인간에 대한 관심과 애정에서 비롯된 일시적인 현상이 아닌, 그의 사상 저변에 도저하게 흐르는 인식의 표출로 보아도 충분할 것이다.

앞서 「의기전」에 입전된 네 명의 기녀에 대한 일화를 중심으로 살펴보았다. 성해응은 기녀들이 주인을 위해 목숨을 바치거나 충언을 하고 죽을 때까지 절개를 변치 않은 점을 높이 평가하여 입전하였다. 이 일화들은 시간적인 계기(繼起)나 유기적인 구성으로 이루어진 것이 아니기에 순서를 바꾸어도 문제가 되지 않는다. 성해응은 네 편의 일화에서 각각의 논평을 생략하는 대신 작품 말미에서 총평을 제시하였다. 이에 대해서는 후술하도록 할 것이다.

성해응은 전에서뿐만 아니라 기사에도 노비·군졸·아전 등 하층민을 적극 수용하여, 그들에게 따뜻하고 애틋한 시선을 보인다. 「기구노비사(記舊奴婢事)」는 성해응 집안의 노비인 일명(一命)과 차옥(次玉)에 대한 기사다. 이들은 성해응의 집안이 가난할 때 일하던 종으로서 주인의 어려움을 앞장서서 처리하고는 하였다.[57]

57　『研經齋全集』 권18 「記舊奴婢事」. "吾家舊貧甚, 先王考由安山之職串村, 徙居抱川之香

차옥의 남편은 술을 마시면 몹시 완악해져 돌아가신 조부께 죄를 얻었다. 차옥은 딸 하나가 있었는데, 남편이 이미 주인에게 죄를 얻었으니 더 이상 섬길 수 없다 생각하고 곧장(남편과의 관계를) 끊었다. 그녀의 남편이 함께 살고 싶어 백방으로 애를 썼으나 끝내 불가하였고, 새로 장가를 드는데도 돌아보지 않았다. 홀로 딸과 함께 살았고, 딸이 시집가자 따라가 살다 뜻을 지키고 죽었다.[58]

차옥이 주인에 대한 충을 지키기 위해 남편을 버린 것은 의리를 선택함이 정밀하다고 이를 만하다. 그녀는 남편이 주인에게 죄를 짓자 그와 결별하고 평생을 수절하였다. 남편이 주인에게 죄를 지었으니, 주인을 섬겨야 하는 노비의 입장에서 남편의 죄를 용서할 수 없었던 것이다. 또 비록 남편과 헤어지긴 하였지만 평생을 수절함으로써 남편에 대한 열(烈)을 실천하였다. 노비로서 주인에 대한 충과 아내로서 남편에 대한 열을 모두 충실히 수행한 것이다. 다만 충을 열보다 우위에 둔 것은 분명해 보인다.

하층민 중에는 노비로서 주인에 대한 그저 충직한 모습으로만 머물러 있지 않고, 보다 적극적인 행동을 하는 자도 있으니 「서영천박열부사」에서 노복 만석이 그러하다. 앞서 잠깐 살펴본 바 있듯이, 박열부가 자결을 함에도 사건은 해결될 기미가 보이지 않고 오히려 억울한 누명만 쓰게 되자, 만석은 사건의 진상을 밝히기 위해서 필로(蹕路)에서 하소연을 하였다. 그리고 원수 집의 종이었던 자신의 아내와도 헤어진다.[59]

積山下. 于時從之來者, 一奴曰一命, 一婢曰次玉, 並忠勤于主. 當困急時, 賴以濟者甚多, 余不能悉記也."

58 　위의 책, "次玉之夫, 使酒頑甚, 得罪于先王考. 次玉有一女矣, 以爲夫旣得罪於主, 則不可事, 卽絶之. 其夫欲與之居, 萬端終不可, 至改娶而不顧也. 獨與女居, 旣嫁女而從, 守志以沒."

59 　『硏經齋全集』 권17 「書榮川朴烈婦事」. "朴氏之僕萬石者, 祖述之婢之壻, 而生一子矣.

만석이 아내를 버린 것은 「기구노비사」에서 차옥의 행위와 유사하다. 만석이 주인의 원통함을 필로에서 호소하자 송사에 대한 재심리가 이루어짐으로써 사건은 해결의 기미를 보인다. 그러나 박씨의 원통함은 밝혀졌으나 김조술이 귀양을 가는 데 그치자, 만석은 다시 필로에서 항소함으로써 결국 김조술은 죽임을 당하게 되었다. 주인집의 원수의 종과는 함께 살 수 없다 하여 아내를 내치고, 주인의 억울함을 풀어주기 위해 두 번이나 송사를 한 만석의 행동은 여느 노비와는 분명 다른 적극적인 형상을 띠고 있다. 성해응은 만석의 충을 가상히 여겨 서사한시 「의복행(義僕行)」을 지어, 노비로서 직분에 충실했던 만석을 고평하였다.

이상에서 하층민이 직분을 수행하는 구체적인 면모를 살펴보았다. 이때 '직분'은 주인에 대한 노비의 충이나 기녀의 열로 귀결되는데, 중요한 것은 직분을 충지하게 실천한 이들이 대부분 하층민이라는 사실이다. 이들은 사회적으로 소외된 계층인 만큼 권리가 주어지지 않는 대신 의무의 이행도 필요치 않다. 그럼에도 이들은 심지어 남편과 아내를 버리면서까지 평생을 수절하며 주인에 대한 충렬을 지켰다. 성해응은 바로 이러한 점을 주목하여 그들의 행적을 전이나 기사로 특기한 것이다.

2) 하층민의 직분 수행의 의미

성해응이 이처럼 하층민을 대거 포착하여 전과 기사, 그리고 서사한시로 남긴 이유는 무엇일까? 이에 대해서는 하층민 중에서도 가장 천하다고 여겨지는 노비에 대한 인식을 살펴보기로 한다. 「의복전(義僕傳)」
의 서두에서 먼저 논찬을 제시한 다음 각 인물에 대한 일화를 중심으로
서술하였는데, 논찬을 통해 앞서 제기한 문제의 실마리를 찾을 수 있다
고 판단되는 만큼 다소 길지만 전문을 제시하도록 하겠다.

　　노비가 대대로 신역(身役)을 지는 것은 옛 법도가 아니다. 지금 사람들은 걸
핏하면 기자의 가르침 중 도둑질하는 자는 남자는 완전히 그 집안의 노(奴)로,
여자는 그 집안의 비(婢)로 삼는다는 구절을 끌어온다. 기자가 다스리던 시대
에 우리나라 풍습이 도둑질하는 것을 좋아하였기에 기자가 잘못된 풍습을 바
로잡고자 그들을 천하게 한 것이다. 어찌 그 자손들을 함께 금고하여 노예로
삼았겠는가? 또 어찌 지금 사람처럼 값을 따져 마소를 매매하듯 했겠는가? 지
금의 노비는 곧 몽고의 제도이다. 몽고가 중국을 노략질하여 날마다 포로를
데려와 영원히 자신들의 소유로 삼아 운명을 마음대로 하였다. 아들이 (분가
할 때) 재산을 쪼개거나 딸이 시집갈 때면 (노비를) 나누어 주었다. 그런데 주
인이 노비의 재산을 탐내면 허물을 범하기를 기다렸다가 매질을 하여 가두고
재산을 몰수해 가는데 이를 초고(抄估)라고 한다. 또한 노가 만약 재산을 바쳐
서 면천되기를 구한다면 방량(放良)이라 하였다. 고려가 몽고에 복속되었을
때 몽고의 제도를 모방하여 나라의 풍속이 그것을 그대로 따랐다. 형률에 사
사로이 소를 잡은 이에게 곤장 백 대를 가하였는데, 사사로이 노비를 죽인 자
또한 곤장 백 대를 가하였으니, 여기에서 사람과 짐승의 차이가 없어졌다. 이
것이 어찌 성인의 마음이겠는가? 성인은 인륜을 다섯 가지로 제정하였다. 지
금 노비도 또한 그 하나에 속하는데, 가혹하게 부리고 비천하게 대하면서 주
인에게 충성하기를 부자간보다 더하게 하고, 주인에게 공경하기를 군신처럼
하게 하니 이것은 무슨 법을 따른 것인가? 서고청(徐孤青)은 독서한 사람이고

유극량(劉克良)은 절의를 다한 선비이니, 군주를 위해 직분을 다한 것은 마땅하다. 그러나 이처럼 미천한 사람으로 무젖어 들고 사모하는 바탕이 없으면서 자연스럽게 느낌이 일어 절로 의에 합치되었으니 더욱 어려운 일이 아니겠는가? 사람이 모두 요순이 될 수 있다는 것은 빈 말이 아니다.[60]

성해응은 본인뿐만 아니라 자손들까지 대대로 연좌되어 노비가 되는 것과 노비를 마치 마소처럼 매매하는 것에 대해서 강한 어조로 비판하였다. 그리고 이에서 나아가 노비제도의 연원과 과정에 대해서 자세하게 서술하였다. 이 부분은 명나라 도종의(陶宗儀)가 편찬한 『철경록(輟耕錄)』의 「노비(奴婢)」조에 나오는 내용을 참조하여 작성된 것으로, 내용이 대부분 일치한다. 당시 의식 있는 많은 문인들은 노비제도의 비인간적인 면모를 비판하고 노비제도의 폐지를 주장하였다. 성해응 역시 노비제도의 불합리함과 제도의 폐지에 깊이 공감하고 있었기에, 주인을 위해 충을 다한 노비들의 의로운 행위를 주목한 것이다. 논찬의 마지막 대목인 "보잘 것 없고 미천한 사람의 경우 무젖어들고 사모하는 바탕이 없이 자연스럽게 느낌이 일어 절로 의에 합치되는 것은 더욱 어려운 일이 아니겠는가? 사람이 모두 요순이 될 수 있다는 것은 빈 말이 아니다"에서, 의복을 입전한 의식이 극명하게 드러난다.

---

60 『研經齋全集』권12「義僕傳」. "奴婢之役以世, 非古也. 今之人動引箕子之敎, 相盜者, 男沒爲其家奴, 女爲婢. 箕子之世, 東俗喜寇鈔, 箕子欲矯其俗而賤之也, 豈並其子若孫而錮之爲隸乎? 又豈若今之人計價相轉賣如牛馬乎? 今之奴婢, 卽蒙古制也. 蒙古寇掠中國, 日以俘到, 永以爲己有, 而制其命. 男柝産, 女嫁人, 輒分之. 主利奴富, 則俟有過犯, 杖而錮之, 卷其財以去, 名曰: '抄估'. 奴若願納財, 以求脫免, 名曰: '放良'. 高麗服于蒙古, 而襲其制, 國俗仍之. 刑律私宰牛, 予杖一百, 私殺奴婢, 亦予杖一百, 於是乎, 人與獸無異矣. 此豈聖人之心哉? 聖人制人倫爲五, 今則奴婢又居其一焉, 虐使之賤畜之, 而使之誠於主, 過於父子, 敬於主, 比於君臣, 是遵何法哉? 徐孤靑讀書之人, 劉克良盡節之士也, 爲其主, 盡分固也. 如微匹之人, 非有濡染企慕之素, 而油然感發, 自能合於義, 則尤非難乎? 人皆可爲堯舜者, 非虛語矣."

노비는 조선시대 신분계층에서 가장 하층에 속하여 마치 말과 소처럼 매매가 가능하였다. 존엄성을 가진 인간이 아니라 사유재산의 일부로 취급받았을 뿐이다. 이들은 사대부가의 자제처럼 어려서부터 견문한 바가 있는 것도 아니고, 서적을 통해 충의를 배운 것도 아니다. 그럼에도 본성에서 자연스레 느낀 바가 있어 주인을 위해 목숨을 바치거나 뒷바라지를 한 것이다. 노비에 이어 기녀에 대한 인식도 확인할 수 있다.

천한 사람으로 기녀만한 것이 없고 기녀 또한 스스로 천한 것을 알기에 대부분은 금수 같은 행동을 하고도 부끄러운 줄 모른다. 그러나 남보다 뛰어나게 열을 지킨 사람을 보면 또한 개연하여 사모할 만한 경우가 있다. 혜보 유득공은 일찍이 다음과 같이 말하였다. "공산에 노닐 때 관기가 태수를 따라 들판으로 나왔는데, 한창 술이 오르고 즐거이 풍악을 울리다가 멀리 바라보니 밭에서 한 남자가 김을 매고 그 아내는 막 들밥을 내오는 것이었다. 이 광경이 아련히 마음에 와 닿아 스스로 이와 같지 못함을 슬퍼하며 간혹 크게 한숨을 쉬는 것이었다." 하류에 거처하는 자가 어찌 본심에서 원한 것이겠는가? 국초에 기녀제도를 없애자는 논의가 있었는데 허문경이 이를 말린 것은 무엇 때문인가? 대개 정욕을 막아서 범법하지 않은 경우는 있지만, 욕정을 터주어 범법하지 않는 경우는 들어보지 못하였다. 문경의 의론은 속된 견해다.[61]

기녀 역시 노비와 마찬가지로 사회에서 가장 천대받고 미천하게 여

---

61 위의 책, 「義妓傳」. "賤者莫若妓也, 妓亦自知其賤也, 多禽獸行而莫之愧也. 然見決烈出常者, 亦慨然有企慕者. 柳惠甫嘗言: '遊公山, 官妓從太守於野, 方酣嬉奏絲竹, 望見田中男子耘苗, 其婦方饁. 依依可念, 自傷不得如之, 或太息.' 其居下流者, 豈素心哉? 國初議欲罷妓, 而許文敬止之者, 何哉? 盖防其慾而不犯法, 有之矣, 未聞導其慾而不犯法者. 文敬之論, 盖俗見也."

겨지는 계층이다. 일반적인 통념으로 미루어 볼 때, 의라든가 열이라는 것은 그녀들과 거리가 먼 것이 사실이다. 그럼에도 불구하고 그녀들은 자신의 주관적 판단에 근거하여 의와 열을 견지한 것이다. 성해응은 바로 그러한 인물을 주목하였다. 이들은 인간으로 대우받는 것을 포기하였지만, 그래도 인간이기에 여느 평범한 아낙네처럼 지아비에게 사랑받기를 원했고 사랑하는 이를 위해 목숨을 바치기도 하는 등 의와 열을 적극적으로 실천하였던 것이다.

이 글에서 유득공의 언급은 매우 인상적이다. 보통 여자들처럼 사랑하는 남편을 위해 들밥을 내가는, 그런 일상의 작은 행복마저 기대할 수 없는 기녀들의 인간적인 고통과 상처를 놓치지 않고 포착한 것이다. 인권적인 차원에서 기녀제도를 없애고자 하는 논의는 여러 번 있었으나, 그때마다 번번이 실패하였다. 소선 건국 초기에 허조(許稠, 1369~1439)는 기녀제도의 폐지를 적극 반대하였는데, 이에 대한 성해응의 의견을 제시해 둔다.

> 세종 때 기녀제도를 폐지하고자 하였으나 허문경공이 저지하였다. 그것을 저지한 것은 나이 어린 조관(朝官)들이 밖에서 묵으면서 간악한 짓을 하고 금하는 것을 범하여 죄에 빠질까 두려워한 것이다. 그러나 예로써 정욕을 저지한 경우는 있으나, 정욕을 내버려두어 스스로 그치게 한다는 것은 들어보지 못하였다.[62]

성해응은 허조의 주장에 대해 강하게 논박하며 기녀제도를 폐지할 것을 주장하였다. 그는 기녀제도를 유지한다고 해서 범법행위가 없어

---

[62] 위의 책, 「續罪言」, 「罷妓樂」. "世宗時欲罷之, 爲許文敬所止. 止之者, 恐年少朝官客於外, 有作奸冒禁陷於罪. 然以禮止欲者, 有之, 未聞縱之慾而使自止也."

지지는 않을 것이라 여겼다. 그것이 기녀들의 인권 문제이건 사대부들의 범법행위를 사전에 미리 차단하고자 하는 윤리문제이건 상관없다. 성해응 역시 자신의 신분을 자각하고 있던 터, 이들 기녀들에 대한 감정은 남달랐던 것으로 보인다. "하류에 거처하는 자가 어찌 본심이겠는가?"라는 언급은 기녀들의 처지에 대한 연민일 뿐만 아니라 자신의 신분적 처지에 대한 울울함까지 함께 내포되어 있는 것으로 보이는 만큼 의미심장하다.

성해응은 자신의 직분을 충직히 수행한 하층민들에게 남다른 관심과 애정을 가지고 이들을 작품으로 형상하였다. 특히 주인에 대한 충의를 실천한 노비, 마음을 주었던 이에 대한 열과 의를 견지한 기녀 등 이른바 사회적으로 소외된 이들을 따뜻한 시선으로 포착하였다. 이들의 훌륭한 사적은 미천한 신분으로 인해 후세에 전해지지 못하고 인멸될 처지에 놓였는데, 성해응은 바로 이 점을 안타까워하여 적극적으로 기록에 임한 것이다. 이들에 대한 전·기사·서사한시 등을 남김으로써 그 이름과 행적을 길이 전하고자 하였으며, 나아가 이러한 기록을 통해 자신의 이름 역시 역사에 전해지기를 기대했던 것이다. 실제 이들에 대한 기록을 통해서 성해응은 오늘날에도 여전히 살아 숨 쉬고 있는 셈이다.

3. 예인(藝人)의 기억과 비평

　성해응은 서화와 음악, 고동 등에 남다른 취와 식견을 지녔으며 교유 인물 중에는 뛰어난 예술인이 많다. 그는 예술가와 예술작품에 대한 많은 글을 남겼는데, 그 중 「서화잡지」를 주목할 만하다. 「서화잡지」는 국내의 서화가와 서화를 품평한 제발(題跋)과 제후(題後)가 많은 비중을 차지한다. 제발이나 제후는 조선시대 많은 문인들의 문집에서 확인할 수 있는데, 18세기에 이르면 서화에 대한 취미가 보편화되면서 문인들이 서화를 감상하고 수장하며 이를 기록하여 문학으로 표출하려는 의식이 더욱 팽배해진다.[63] 그 결과 서화를 감상하고 비평한 제발이 활발하게 창작되었다. 이용휴(李用休, 1708-1782)·강세황(姜世晃, 1713~1791)·이영유(李英裕, 1743~1804)·성해응·남공철(南公轍, 1760~1840)·서유구(徐有榘, 1764~1845) 등의 문인이 많은 제발을 남긴 바 있다.

　이 중 성해응과 남공철은 많은 분량의 제발을 남겼으며 또 제발만을 따로 분리시켜 각각 「서화잡지」와 「서화발미(書畵跋尾)」라는 독립된 권을 기록한 만큼 비상한 주목을 요한다. 「서화잡지」가 국내 서화가와 서화작품을 중심으로 감상하고 품평한 기록이라면 「서화발미」는 중국의

63　사대부 문인들이 서화를 감상하고 수장하는 취미는 서화가 순수한 감상의 대상으로서 대두되는 고려시대부터 형성된다. 서화에 대한 취미와 그에 대한 기록은 시대와 더불어 조금씩 확산되다가, 조선 후기에 이르면 그 양이 훨씬 더 많아지며 취미를 공유하고 기록하는 대상의 범위 또한 넓어진다. 즉 사대부들뿐만 아니라 중인들 사이에서도 서화에 대한 취미가 유행하게 된 것이다. 이러한 현상은 임병 양란 이후 경제가 회복되면서 문예가 부흥되고, 淸과의 활발한 서화교섭을 통하여 중국 서화가 물밀듯이 조선으로 들어오면서 더욱 활성화되었던 것으로 보인다. 우리나라 문인들이 서화를 감상하고 수장하는 취미의 사적 전개에 대해서는, 문덕희, 「남공철의 서화관」, 『동방학』 1집, 한서대 동양고전연구소, 1996, 190~195면 참조

서화가와 서화를 중심으로 한 기록이다. 그런 만큼 「서화잡지」와 「서화
발미」는 서화 감상과 수장 및 비평이 활발하게 이루어진 18~19세기 초
반을 대표하는 기록이라 평가할 수 있다.[64] 이 절에서는 성해응의 「서화
잡지」를 중심으로 다양한 학예 인물에 대한 기록과 평을 살펴봄으로써,
18~19세기 당대의 문화와 예술에 대한 유용한 정보를 얻게 될 것이다.

1) 「서화잡지(書畵雜誌)」의 체재와 특징

성해응은 부친인 성대중에게서 학문적인 영향과 함께 교유권을 이어
받았는데, 성대중은 뛰어난 학적 역량과 혼후한 성품을 지녀 당대 유명
인사들과 폭넓은 교유를 하였다. 그는 이덕무·유득공·박제가 등 실학
파 문인뿐만 아니라, 이한진·나열·김상숙 등의 서화가들과 절친하게
지내며 자주 시회(詩會)를 갖고는 하였다. 성대중 자신도 글씨가 뛰어나
당시 교유 인사들로부터 '붓을 잡으면 글씨가 솟아오를 것[把筆而飛騰]'처
럼 뛰어나다는 평가를 받았다.

성해응은 어려서부터 부친을 따라 이러한 모임에 자주 참여하여 예술
적 분위기에 익숙하였으며, 또 당시 어울렸던 인물들과 돈독한 관계를 유
지하였다. 따라서 이들에 대한 많은 기록을 남길 수 있었으며, 「서화잡
지」는 그 결과물인 셈이다.

「서화잡지」는 조선과 중국 및 일본, 그리고 신라의 김생(金生)으로부

---

64 「서화잡지」와 「서화발미」에 대해서는 손혜리, 「18~19세기 초 문인들의 서화감상과 비
평에 관한 연구—성해응의 「서화잡지」와 남공철의 「서화발미」를 중심으로」, 『한문학보』
19집, 우리한문학회, 2008, 747~778면 참조.

葉有道碑跋	神禹碑跋	高麗恭愍王筆跋	題趙子昻墨蹟後
題蘇長公墨蹟後	題日本牘後	題仇十洲畫後	題東賢筆蹟後
題華廟碑後	題張遷碑後	題右軍筆蹟後	題家藏淳化閣帖後
題淸虛堂額後	題石陽正畫後	題坏窩帖後	題景賢帖後
題李玉洞筆後	題楊蓬萊筆後	題普賢碑後	題尤翁筆蹟後
題槎老詩帖後	題李凌壺尺牘後	題京山李公篆隸帖後	題鄭文寶模嶧山碑後
題石鼓文後	題瘞鶴銘後	題趙子昻筆後	題坏窩書牘後
題韓石峯千字後	題寶賢堂殘帖後	題家藏古蹟後	書曺娥碑後
題中隱帖後	題梧里李文忠公筆蹟後	題許眉叟書牘後	題同春堂及老峯兄弟書牘後
題家藏古簡後	又題古簡牘後	仁宗大王墨竹跋	柳岫雲墨竹跋
題檀園金弘道畫後	題槎川挽嘯軒詩後	題金石坡龍行畫後	題謙齋畫後
題李凌壺畫	題李憕畫後	題崔北畫後	題金弘道八疊屛後
題蓮潭金鳴國畫後	題洪陽淸難碑後	題陜州碑後	題靈業書後
書坦然筆後	題大鑑國師碑	題慧眞塔碑	題朗慧和尙塔碑
題高麗古碑後	題李寅文畫	題蒹葭堂雅集圖	峻豐跋
題麟角碑	金生筆跋	題忠貞公墨蹟後	題梧亭筆後
題李京山所書寢屛小記後	題岳武穆筆後	題鍾繇墨蹟後	記王氏眞蹟
題蘭亭帖後	題崔北畫後	興法碑跋	題蔓溪畫後
題多胡碑後	題陶山記後	題陶山十二曲後	題扇畫後
題鹿脯帖零本後	題鄭石癡畫後	題瘞鶴銘帖後	題定遼後衛百戶印後
題東方畫贊後	書石臺孝經後	題聖敎序後	題家藏昌黎集後
題白月碑後	題羅兩峯蘭後	題張水屋畫後	題姜豹菴畫後
題海陽筆蹟後	題月村墨蹟後	題徐公懋修筆蹟後	題雪翁筆蹟後
題圓嶠筆蹟後	再題聖敎序後	題趙松雪寫畫錦堂記後	題樂毅論後
題趙文敏草千字後	記吳道子畫	題練光亭額後	題寒水齋墨蹟
題栗谷先生墨蹟後	記水雲亭額	記凌壺篆後	題白沙李文忠筆蹟
題尙書石經後	記安岐印記	題李參奉筆後	題申紫霞墨竹後
題楊蓬萊筆刻後	題孟永光畫後		

터 18세기에 활동한 서화가에 이르기까지 시공간을 통섭하여 다양한 예술인과 서화에 대한 기록이다. 중국 서화에 대한 제발(題跋) 27제(題), 일본의 서화 제발 4제, 조선의 서화 제발 79제 등 총 110제가 수록되어 있다. 조선의 서화에 직접적으로 많은 영향을 준 중국뿐 아니라 일본의 서화 제발 4제(「제일본독후(題日本牘後)」·「제구십주화후(題仇十洲畵後)」·「제겸가당아집도(題蒹葭堂雅集圖)」·「제다호비후(題多胡碑後)」)가 있어 흥미롭다.

성해응의 부친 성대중은 1763년 계미사행의 정사 서기로 참가하여 일본 문사들과 교유한 바 있으며, 사행 이후 조선으로 돌아와 당시의 경험을 절친하게 지내던 후배학자 이덕무·유득공·박제가 등에게 전해주었다. 성해응 또한 부친에게서 일본 서화에 대한 정보를 제공받고 기록을 남긴 것으로 보인다. 일본 서화에 대한 제발은 분량이 많은 것은 아니지만 18세기 일본 문사들의 서화 수준과 이에 대한 조선 문사의 평을 엿볼 수 있다는 점에서 중요하다.

「서화잡지」는 '글씨[書]'에 대한 기록이 '그림[畵]'에 대한 기록보다 많다. 또 조선의 서화가와 서화에 대한 제발이 중심을 이룬다. 더욱이 정선(鄭敾)·강세황(姜世晃)·김홍도(金弘道)·최북(崔北)·나열·김상숙·이인문(李寅文) 등 성해응과 동시대에 활동한 18세기 서화가와 서화에 대한 제발이 상당수를 차지한다. 따라서 「서화잡지」는 '18세기' '조선' 서화가들의 '글씨'를 중심으로 한 서화 감상과 비평에 대한 기록이다. 「서화잡지」에 수록된 제발은 길이가 매우 짧다. 200여 자에 이르는 비교적 긴 것도 있지만 대부분 20~50자에 이르는 만큼 간결하다. '제발'은 문체의 특징상 분량이 간략하다는 사실을 충분히 염두에 두더라도,[65] 「서화잡지」는 그 분량이 매우 간략하다. 「제단원김홍도화후(題檀園金弘道畵後)」를 살펴보기로 하자.

단원 김홍도는 근세 화가 중의 거장이다. 처음에는 현재 심사정에게서 배웠고 중간에 겸재 정선의 화법을 섭렵하여 사물을 형상화하는데 더욱 기묘하였다. 정종 신해년에 임금의 화상을 그린 공로로 연풍 현감이 되었다. 이 그림은 구룡연의 한 굽이를 그린 것인데 매우 기이하면서도 장대하다.[66]

김홍도는 조선 후기를 대표하는 화가로 18세기 당시에 이미 화가로서 최고의 명성을 누린 인물이다. 성해응은 김홍도가 심사정(沈師正, 1707~1769)과 정선(鄭敾, 1676~1759)에게 수학한 사실을 밝혔는데, 이는 석법(石法)과 수파묘(水波描) 등의 영향을 받은 사실을 기록한 것으로 보인다. 김홍도의 화가로서의 위치와 사승관계, 정조의 어진(御眞)을 그려 연풍현감이 된 사정과 「구룡연(九龍淵)」에 대한 평을 간략하면서도 명료히게 60글자 안에 서술하였다. 조선 후기 문인들의 김홍도에 대한 제발 중 가장 짧은 기록이다. 이처럼 조선 후기 최고의 화가인 김홍도에 대한 짧고 명료한 기록이 「서화발미」의 형식적 특징이 되는 셈이다.

원교 이광사는 어려서 백하 윤순에게 글씨를 배웠으나 그 격식과 힘은 그보다 뛰어났다. 집안의 화에 연좌되어 북쪽 지방으로 유배되었고 또 남해의 한 섬으로 이배되었다. 원교는 재기는 뛰어났으나 침울하고 좌절하여 그 불평한 기운을 오로지 글씨에 드러냈기 때문에 기이하고 험벽한 데에 지나쳤다.[67]

65　'跋'은 '序'와 같은 부류로 이른바 책의 뒤나 글의 뒤에 놓이는 '서'이다. 송나라 때 출현하기 시작하여 '書後'나 '題後'라는 명칭으로도 불리워졌다. '발'은 '서'와 유사하지만 단 약간의 차이가 있는데, 일반적으로 서는 자세하고 발은 간단한 것이다.(진필상, 심경호 역, 앞의 책, 1995, 230면)

66　『研經齋全集』속집 책16 「題檀園金弘道畵後」. "檀園金弘道, 近時畵師之鋸匠也. 始學于玄齋沈思貞, 間又涉謙齋鄭敾法, 狀物尤奇. 正宗辛亥. 效勞於御眞之役, 出知延豊縣. 此帖寫九龍淵一曲, 甚奇壯."

18세기 당대에 이름났던 이광사(李匡師, 1705~1777)의 글씨에 대한 기록이다. 서체의 사승과 특징, 그리고 서체와 도의 연관성에 대해서 간략하게 서술하였다. 이광사는 영조 31(1755)년 나주벽서(羅州壁書)사건으로 큰아버지 이진유(李眞儒)가 처벌되자 연좌되어 회령(會寧)을 거쳐 전라도의 외진 섬 신지도(薪智島)로 이배되어 그 곳에서 생을 마감하였다. 마음속의 불평한 기운이 그대로 드러나 글씨가 지나치게 기이하고 험벽하다는 평가는 바로 이러한 상황을 두고 말한 것이다. 이광사에 대한 평가를 통해 성해응이 기이하고 험벽[奇險]한 글씨에 부정적인 인식을 지녔음을 알 수 있다. 이 문제는 성해응의 서화에 대한 인식과 긴밀하게 연결되는데, 아무리 급박한 상황에 처하더라도 울울한 심정이 그대로 글씨에 표출되는 것을 비판한 것으로, 이는 서화의 독자적인 가치보다 도와 학문에 바탕을 둔 서화를 지향한 것임을 의미한다. 이 글 역시 전체가 57자로 매우 간략하다.[68]

이러한 특징은 이규상의 『병세재언록』에 수록된 이광사의 글씨에 대한 평과 비교하면 더욱 뚜렷하게 드러난다.

대개 그의 글씨를 놓고 윤백하와 서로 우열을 다투는데 어떤 사람은 이광사가 낫다고 하고 어떤 사람은 윤백하가 낫다고 한다. 그는 글씨를 윤백하에게서 배웠는데 서법은 약간 다르다. 윤백하는 전적으로 구결을 위주로 하고 이광사는

<hr>

67 위의 책, 「題圓嶠筆蹟後」. "李圓嶠匡師, 少學書於尹白下淳, 其格力過之. 以家累坐配北邊, 又移南海島中. 圓嶠才調奇特, 而沈鬱困躓, 其不平之氣, 一於筆發之, 故過於奇險."
68 여기에서 짚어 둘 것은 성해응이 소론 명문가 출신인 이광사를 기록하였으며 또 그의 글씨가 格力이 뛰어난 점에 대해서 적극적으로 평가하였다는 사실이다. 앞서 윤지의 첩을 기술한 대목에서 살펴본 바 있는데, 비록 당파가 다르더라도 뛰어난 기량을 가진 인물을 특기하여 고평한 사실을 통해 성해응의 객관적이고 유연한 시각을 다시금 확인할 수 있다.

전적으로 획을 위주로 하였다. 윤백하는 방법(方法)보다 원법(圓法)을 즐겨 구사하고 이광사는 원법보다 방법이 많다. 윤백하의 글씨는 자태가 좋고 이광사의 글씨는 기세가 좋다. 윤백하는 이왕(二王)을 꼭 닮았으며, 이광사는 「난정첩」과 「성교서」를 근본으로 하면서 소동파와 미남궁을 배합했다. 윤백하는 비록 초서라 하더라도 옹용단적(雍容端的)한데, 이광사는 비록 해서의 글자라도 반드시 우울한 심기를 떨치듯 삐딱하다. (…중략…) 하나의 획을 긋고 하나의 글자를 씀에 울림이 기세가 등등하고 빼어나지 않은 것이 없으니, 이는 진실로 은갈고리나 쇠줄 같아 용이 날고 호랑이가 뛰는 듯한 기상이 바탕에 있다. 윤백하의 글씨는 득의작이 아닌 경우는 다른 사람의 글씨와 섞여 있으면 그 가늘면서 파쇄한 것이 구별해내기 어렵다. 이광사의 글씨는 득의작이 아닌 것이라도 비록 다른 글씨와 섞어 놓았을 때 일견해서 문득 집어낼 수 있다. 그의 글씨는 획이 툭 트이면서 필세가 꺾어지는 특징이 있다.[69]

이 글은 이광사의 서체에 대해서 매우 자세하게 서술하였다. 특히 윤순(尹淳, 1680~1741)과의 비교를 통해 이광사의 서체 특징이 잘 부각되었다. 성해응의 「제원교필적후(題圓嶠筆蹟後)」를 이 글과 비교하면 「서화잡지」의 특징이 보다 선명해진다. 이러한 양상은 앞서 살펴 본 두 작품뿐만 아니라 「서화잡지」의 전면(全面)에 나타난다. 물론 『병세재언록』의 「서가록(書家錄)」에도 분량이 짧은 작품이 있긴 하다. 예를 들면,

---

69 李奎象,『竝世才彦錄』「書家錄」「李匡師」. "盖其書相上下尹白下. 或曰: '李勝.' 或曰: '尹勝.' 書學於尹, 而法小異. 尹專主構結, 李專主畫. 尹圓法勝於方, 李方法多於圓. 尹書多態, 李書多氣. 尹酷肯二王, 李本蘭亭聖敎序, 而雜東坡米南宮. 尹雖草書, 雍容端的, 李雖楷字, 必拂鬱橫斜 (…중략…) 措一畫排一字, 無非悍豪而秀拔. 眞是銀鉤鐵索, 龍飛虎跳底氣像. 尹書之不得意者, 混在他筆, 似難卜其纖碎. 李書雖不得意者, 雖雜置他筆, 一見便拈出. 李畫之軒豁頓挫也." 이에 대한 번역은 이규상,『18세기 조선인물지』, 창작과비평사, 1997, 127~128면 참조.

이한진에 대해서 "이한진은 자가 중운으로 전서를 잘 썼는데 골기가 부족하였다. 한때 명관들이 많이 그의 전서를 요청해서 조정에 쓰이는 데 이바지했다"[70]라고 하여, 「제원교필적후」보다 오히려 분량이 더 적다. 그러나 이는 드문 경우로 대부분 「서화잡지」보다 분량이 훨씬 많다.

다시 「제원교필적후」로 돌아가면, 이 글은 이광사가 윤순에게 글씨를 배웠으나 스승보다 더 뛰어난 것과 집안이 몰락한 탓에 불평한 기운이 가슴속에 쌓여 글씨도 따라서 기이하고 험벽해졌다는 내용이다. 분량은 짧지만 이광사 서체에 있어서 중요한 두 가지 특징을 서술한 것이다. 이를 통해 성해응은 서화가나 그들의 작품에 있어 가장 중요한 특징을 포착하여 이를 간결하면서도 적실하게 서술하였음을 확인할 수 있다.

2) 다양한 학예(學藝) 인물의 평

서화가와 서화작품에 대한 성해응의 평을 구체적으로 살펴봄으로써 그의 비평안을 확인하도록 할 것이다. 서화와 시문에 있어 당당히 한 시대를 대표하는 나열과 이한진에 대한 기록을 살펴보고자 한다.

나열(1731~1803)은 자가 자회(子晦) 호는 주계(朱溪)·해양(海陽), 본관은 안정(安定)으로, 광해군과 인조 대에 형조참의를 지낸 나만갑(羅萬甲, 1592~1642)의 5대손이다. 동생 나걸과 함께 시문으로 문단에 이름을 나란히 하였고 모두 글씨가 뛰어났다. 나열은 성대중과 진사시에 동방(同榜)하면서 교유를 시작하였으며 평생 동안 가장 절친한 사이였다. 성대중의

---

70 위의 책, 「李漢鎭」. "李漢鎭, 字仲雲, 能書篆, 乏骨氣. 一時名官, 多倩其篆, 供公家之進."

문집인『청성집』에 나열과 수창한 시가 다수 있을 뿐 아니라, 나열의 시집인『해양시초(海陽詩鈔)』에도 성대중과 수창한 시가 수록되어 있다.[71] 성대중은 나열의 묘지명에서, "시는 소릉을 본받고 글씨는 우군을 배워서 기이하고 굳세며 오묘했으니, 아우 또한 그러했다"[72]라고 하여, 나열 형제의 시와 글씨를 높게 평가하였다.

성해응도 나열과 절친하였으니, 두 사람간의 교유를 잘 보여주는 일화가 있다. 부재중이던 부친을 대신해서 성해응이 나열을 접대한 적이 있는데, 나열은 집으로 돌아가면서 성해응에게 시를 한 수 지어 주었고 성해응은 이 시를 오래도록 소중히 간직하며 그 시절을 그리워했다고 한다.[73] 다음은 나열의 시와 글씨를 평한 「제해양필적후(題海陽筆蹟後)」이다.

해양 나공은 소릉을 시의 종주로 삼고 우군이 필세를 본받아, 그 법은 차라리 험벽할지언정 아첨하는 태도를 드러내지 않았고 드높을지언정 비루하지 않았고 졸렬할지언정 부화하지 않았다.[74]

성해응은 나열의 서체가 기교를 부리거나 아름답게 꾸미기 위한 공력에 힘쓰지 않은 점을 높게 평가하였다. 앞서 성대중은 나열의 시와 글씨를 '기이하고 굳세며 오묘하다[奇健奧妙]'고 평하였으며, 성해응은 '굳셈을 얻었다[得其遒勁]'고 평가한 만큼,[75] 나열에 대한 성해응의 평

---

71 나열의『海陽詩鈔』는 연세대에 소장되어 있으며 不分卷 2卷 1冊 필사본으로 총 84張이다. 『海陽詩鈔』의 구성과 내용에 대해서는, 진재교,『해양시초』, 연세대 귀중본 해제, 2004 참조
72 成大中,『靑城集』권9「敦寧都正羅公墓誌銘」. "詩宗少陵, 書學右軍, 奇健奧妙, 季氏亦然."
73 『硏經齋全集』권18「題海陽詩後」.
74 『硏經齋全集』속집 책16「題海陽筆蹟後」. "海陽羅公, 詩宗少陵, 筆倣右軍, 其法寧僻毋媚, 寧亢毋卑, 寧拙毋華."
75 『硏經齋全集』외집 권55「羅海陽詩」. "海陽羅公, 嘗絜家室, 入茂朱山中, 自號朱溪. 及還

가는 성대중과 거의 일치한다. 성대중과 성해응 부자 모두 나열 서체에 있어 '굳셈'을 주목한 것이다. 이규상은 『병세재언록』에서 나열에 대해 "교관인 나삼의 아들로 동생 나걸과 함께 시문으로 문단에 이름을 나란히 하였으며 모두 글씨를 잘 썼다"라고 하여, 그의 개성적 면모가 널리 18세기 시단의 주목을 받았음을 확인할 수 있다.[76]

이한진(1732~?)은 자가 중운(仲雲) 호는 경산(京山)이며, 본관은 성주(星州)이다. 성대중과 절친하였으며, 성대중은 김용겸(金用謙, 1702~1789)을 통해 이한진을 사귀게 되었는데 특히 그의 예술적 기량을 고평하였다.

처음 내가 중운을 사귀게 된 것은 교교재 김선생을 통해서였다. 선생은 모임의 어른으로서 인재를 아끼고 좋아하였다. 그러므로 그 문하에서 노니는 자가 많았는데, 선생은 중운을 가장 총애하여 문장을 하거나 술을 마시거나 산수를 노닐 때 모두 그와 함께 하지 않은 적이 없었다. 나는 중운과 나이가 서로 비슷하여 사귈수록 중운을 기뻐하게 되었다. 중운은 참으로 여러 가지 재주가 많았는데 전자(篆字)에 대한 학문은 세상에 으뜸이었고 음률까지 잘 알아서, 퉁소는 담헌의 거문고와 짝할 만했으며 또 완천리의 통달함이 있었다. 경치 좋은 누대에서 퉁소 한 곡조를 불면 듣는 사람들이 모두 난새와 학이 하늘에서 내려온 것으로 생각했다.[77]

<hr>

大興故居, 改海陽. 以其在西海上也. 詩學少陵, 得其遒勁."

76　이규상의 『幷世才彦錄』「文苑錄」에서 "羅烈, 字子晦, 號朱溪, 官都正, 教官蔘子. 蔘習經學, 善科策, 參議萬甲後. 烈與弟杰, 齊名於文家詩苑, 俱善寫字"라고 하였고, 吳世昌의 『槿域書畫徵』에서는 "나열이 왕희지를 배워서 글씨가 기이하고 강건하다"고 언급한 바 있다.

77　成大中, 『靑城集』 권5 「送李仲雲盡室入洞陰序」. "始余交仲雲, 因嘐嘐金先生. 先生世主丈席, 愛好人材. 故游其門者衆, 而先生冣愛仲雲, 文酒水山之娛, 未嘗不與之俱. 余則齒相比也, 交益懽. 仲雲故多藝, 篆學冠世, 旁通音律, 簫與湛軒琴耦, 而又有阮千里之達. 山水樓臺, 至輒一弄, 聽者, 以爲鸞鶴降也."

성대중이 이한진과 절친하게 된 과정을 알 수 있다. 이한진은 전자(篆字)를 잘 쓴데다 통소소리는 홍대용의 거문고와 짝할 정도이며, 완첨(阮瞻)처럼 거문고에 통달하였다. 이한진은 어려서 연암그룹의 젊은 문인들이 즐겨 찾던 북악에 살며 예술적 분위기에 영향 받았거니와, 그가 서화와 음악에 높은 안목을 지닐 수 있었던 것도 어린 시절의 이러한 분위기와 무관하지 않다.[78] 성해응은 이한진의 전주체(篆籒體)를 주목하여 다음과 같이 말하였다.

> 경산 이공은 전주(篆籒)를 좋아하였다. 구루비나 석고명, 상·주의 이정(彛鼎)의 글씨, 진나라 비와 한나라 예서는 그 심오한 이치를 모두 연구하지 않은 것이 없었으며 법도를 취함에 근엄함을 힘써 좇았다. 그러므로 옥저전(玉筯篆)이 신묘하였다. 절도사가 한번은 가지고 갔는데 중국인들이 모두 보배로 여겨 소중히 하였으며, 안남·유구 등 멀리 떨어진 곳의 사신들도 다투어 많은 값을 치루고 사갔다. 송원 김상서는 연경에 갔다 온 적이 있는데, 중국인들이 다투어 경산의 안부를 물었다고 하였다. 경산은 우리나라의 평범한 선비로 그 명성이 이처럼 천하를 움직였으니 경산은 위대하도다.[79]

이한진은 전주체를 좋아하여 우임금이 홍수를 다스릴 때의 공적을 새긴 구루비(岣嶁碑)와 석고명(石鼓銘), 상(商)나라 주(周)나라 때의 이정(彛

---

78 오수경, 「18세기 서울 文人知識層의 性向」―'燕巖그룹'에 관한 研究의 一端」, 성균관대 박사논문, 1989, 93면.

79 『研經齋全集』 권18 「題京山李公篆帖後」. "京山李公好篆籒, 如岣嶁之碑·石鼓之銘·商周彛鼎之文, 秦碑漢隷, 靡不究其蘊奧, 取法務從謹嚴, 故玉筯爲妙. 節使嘗有持去者, 中州人皆珍惜, 而安南·琉球諸遠方之使, 競以重貨購之. 松園金尙書, 嘗遊燕中還, 爲言中州人競問京山安否. 京山東國一布衣也, 名動天下如此, 京山盛矣哉!"

鼎)에 새겨진 글씨와 진나라 비석에 새겨진 글씨, 그리고 한나라 예서(隷書) 등을 모두 연구하여 신묘한 경지의 옥저전(玉筯篆)을 만들었다. 옥저란 진(秦)나라 이사(李斯)가 만든 소전(小篆)을 말하는 것으로, 이한진이 전서와 예서에 기원을 두고 서체를 학습하였음을 밝혔다. 이한진은 전서체를 비롯 다양한 예서체를 두루 섭렵하여 일가를 이루었으며, 당시 그의 글씨는 국외에서 더욱 높은 평가를 받았던 모양이다. 특히 중국인들은 연행간 사신에게 반드시 이한진의 안부를 물었으며, 안남(安南)과 유구국(琉球國)에서는 비싼 값을 주고 그의 글씨를 살 정도였다고 한다.

성해응은 평범한 포의출신이지만 뛰어난 글씨로 천하에 이름을 알린 이한진을 특기하여 중국에서도 가치를 인정받았는데 정작 조선에선 제대로 평가받지 못한 점을 안타까워하였다. 「제경산이공전예첩(題京山李公篆隷帖)」에서는 "그의 법은 매우 치밀하였고 노년에 이르자 더욱 부화함을 벗어버리고 스스로 굳세고 신묘함을 다하여 고전(古篆)과 종정체(鐘鼎體)를 익히기 좋아하였다. 다만 조전(鳥篆)이나 과두문(蝌蚪文)은 익히지 않았다"[80]라고 하여, 그의 글씨에 대해서 보다 구체적으로 평하였다.

이처럼 성해응은 서화에 대한 남다른 관심과 해박한 식견을 바탕으로 동시대를 함께 살아간 서화가들에 대해 다양한 기록과 평을 남겼다. 그런데 이러한 평들은 본격적인 감상비평(鑑賞批評)과는 다소 거리가 있다. 조금 앞선 시기에 활동했던 이규상의 『병세재언록』「서가록」과도 묘사의 디테일에 있어 차이를 보인다. 그런데 중요한 것은 성해응이 서화가와 서화 작품에 비평을 의도한 것은 아니라는 점이다. 서화가와 그들의

---

80 『研經齋全集』속집 책16「題京山李公篆隷帖後」, "其法甚縝密, 至于高年, 益脫落浮華, 自盡遒妙, 好習古篆鍾鼎體, 獨不習鳥跡蝌蚪之篆."

작품에 대한 비평이라기보다는 그들에 대한 기록을 남기고자 했던 것이다. 비평을 의도한 것이라면 그 의도한 바에 걸맞게 그의 기록과 평을 평가해야 하나, 실상이 그렇지 않다는 점을 염두에 두어야만 그의 기록과 평에 대한 온당한 평가가 이루어질 것이다.

요컨대 성해응은 서화가와 그들의 서화 작품을 관찰하고 이에 대한 감상을 간결하게 기록하였다. 분량은 짧은 편이며 본격적인 감상비평이라고 하기엔 다소 아쉬움이 남는 것은 사실이다. 그러나 그의 기록들은 꽤나 예리하여 서화가들의 특성과 작품의 장단점에 대해서 간결하면서도 적실하게 묘파하였다. 바로 이 점을 주목해야 한다. 한 개인의 주관적인 기록과 평가이지만 그 평가가 보다 객관적인 공감대를 형성할 때, 이 단편 기록들은 협의의 의미에서 '비평'이라고 부르기에 충분하다고 여겨진다.

이상에서 다양한 학예인물에 대한 기록과 평을 살펴보았다. 성해응은 어려서부터 부친의 영향으로 자연스럽게 예술에 대한 관심과 취향을 갖게 되었다. 이는 유년 시절의 짧은 추억으로 끝나지 않고 더욱 발전되어 서화와 음악, 고동에 대한 많은 기록을 남기는 데 이른다. 특히 서화에 대한 제발과 제후를 기록한 「서화잡지」는 서화가와 그 작품에 대한 감상과 평이 간결하면서도 적실하게 이루어졌다. 110제에 달하는 많은 작가와 작품이 소개되어 있는데다 종실(從實)한 기록 태도가 여실히 표출되어 자료로서의 가치가 크다.

서사의 관심과 그 성과

성해응은 40여 권의 시문을 저술한 바, 그 중 시는 권1~8에 걸쳐 연대별로 수록되어 있으며 5언 절구에서 고시(古詩)에 이르는 등 형식이 다양하다. 특히 권1에 수록된 서사한시는 형상화가 뛰어나고 주제의식이 선명하게 드러나는데, 「전불관행(田不關行)」과 「유객행(有客行)」은 이조시대 서사시를 논의하는 장에 빠지지 않고 소개될 만큼 일찍부터 작품성을 인정받은 바 있다.[1]

이 절에서는 「전불관행」·「유객행」·「의복행(義僕行)」을 중심으로

---

[1] 임형택 교수는 『이조시대 서사시』(창작과비평사, 1992)에서 「田不關行」과 「有客行」의 전문을 수록하고 작가 소개와 작품 해설을 한 바 있으며, 이성호는 「이조후기 한시의 서사적 경향과 형상화 방법」(성균관대 석사논문, 1993)에서 「전불관행」과 「유객행」의 작품분석을 시도하였다. 또 진재교 교수는 『조선 후기 한시의 사회사』(소명출판, 2001, 209~213면)에서 「전불관행」을 주목하여 전불관의 정절을 고평하였다. 기녀 全不關의 자의식과 수절을 주목하여 서사한시·전·야담과의 대비적 고찰을 중심으로 한 연구도 있다.(황수연, 「기녀 전불관의 자의식과 '수절'」, 『열상고전연구』 제16집, 2002)

성해응의 서사한시를 논의하고자 한다. 이 세 작품을 논의의 중심에 두는 것은 작품으로서의 완성도가 뛰어나며 성해응의 시인으로서의 역량을 가늠할 수 있는 좋은 자료이기 때문이다. 이 세 작품을 중심으로 서사수법과 형상화 및 주제의식을 규명하여[2] 서사한시의 특징을 파악하고 나아가 산문과의 연관성을 확인할 것이다. 또 성해응은 동일한 소재를 대상으로 각각 전이나 기사, 서사한시 등으로 서술한 만큼, 제(諸) 서사양식간의 교섭양상을 검토하여 서사에 대한 관심과 그 성과를 구명(究明)하고자 한다.

1. 서사수법과 형상화

서사한시(敍事漢詩)는 어떤 사건을 서술함으로써 시인의 사상과 감정을 표출하는 것이다.[3] 이때 서술하는 사건은 대부분 시인 당대의 일

---

2   서사한시에 대한 관심은 임형택 교수의 『이조시대 서사시』가 출간되면서부터 본격적으로 시작되었다. 이후 이조후기에 서사한시가 집중된 사실을 주목하여, 이성호는 이조후기 서사한시의 출현배경과 서사구조를 통한 형상화 방식을 논의한 바 있다.(위의 논문) 이어 진재교 교수는 「이조후기 현실주의 시문학의 다양한 발전」,(『민족문학사강좌』上, 1995)에서 서사한시의 출현배경과 그 문학적 성취에 대해서 논의하였다. 박혜숙 교수는 「서사한시의 장르적 성격」,(『한국한문학연구』 17집, 1994)에서 서사한시의 개념 및 용어, 장르적 성격과 담화이론과 시점에 의한 유형분석을 시도하고, 그 내부적인 미학적 특질에 대해 논의한 바 있다. 이 절은 이러한 선행연구에 견인된 바 크며, 기왕에 논의된 서사한시의 출현배경이나 장르론적 접근에 대해서는 논외로 할 것이다.

3   서사한시의 정의에 대해서 '개별화된 인물이 등장하고 사건의 진행이 있는 시'(임형택, 「현실주의의 발전과 서사한시」, 『이조시대 서사시』 상, 창작과비평사, 1992, 16면) 또는 '뚜렷한 개성을 지닌 여러 인물의 등장, 그리고 한 사람의 사고·감정·행동은 다른 사람의 그것과

로서, 직접 눈으로 보고 귀로 들은 이문목도(耳聞目睹)의 결과물이다. 보고들은 견문을 어떻게 구성하고 표출하느냐? 즉 형상화의 문제는 작품의 예술적 성취에 하나의 관건이 되는 부분이다.[4] 때문에 서사한시는 서사를 구성하는 인물과 사건의 형상화에 특색이 있게 되는 것이다.

1) 서사의 객관적 진술

이조후기의 서사한시는 주관적 정회와 서정적 토로를 주로 하던 시가 지닌 제약을 극복하기 위한 모색의 산물로서, 의식적으로 서사를 지향하고 있다. 시인자신이 사상과 감정을 직접적으로 서술하기보다는 서술적인 구주로 형상화된 사건과 이야기를 통하여 간접적으로 전달하는 방식을 취한다.[5] 서사한시는 이문목도의 결과물인 만큼 보고들은 견문에 의거하여 직서적으로 기술한다. 문제는 이 과정에서 시인의 정회 표출의 정도인데, 시인이 문면에 거의 드러나지 않아 서사가 객관적 진술에 의해서만 진행되는 시가 있으며, 시인이 주인공의 입을 빌어 자신의 사상과 감정을 전달하는 등 객관적 진술과 주관적 정회가 동시에 표출되는 시도 있다.

연관되어 있으며 이에 따라 성격의 변화나 인물간의 갈등이 야기되고, 이를 통해 사건이 전개되면서 일정한 짜임새와 줄거리를 갖춘 한 편의 이야기가 구성된 것'이란 견해가 있다(박혜숙, 「서사한시의 장르적 성격」, 『한국한문학연구』 17집, 1994; 「한국 한문서사시 연구」, 『한국한문학연구』 22집, 1998, 233~240면) 이러한 논의를 근거로 하여, 본고에서 사용하는 '서사한시'는 '개성을 지닌 개별인물이 등장하고 사건의 진행(일의 시작과 끝)이 있는 시'로 규정하였음을 밝혀둔다.

4   임형택, 앞의 논문, 27~32면.

5   이성호, 앞의 논문, 28면.

　시인이 문면에 등장하지 않는 경우, 즉 전지적 작가 시점을 유지할 경우 서사의 전개는 오롯이 객관적 진술에 의거하여 그 완결성이 높아진다. 한편 시인이 주인공의 입을 빌어 사건을 진행하는 경우 시인의 정회가 주인공의 언술을 통해 간접적으로 투영된다. 전자에 비해 그 정도는 약하지만 시인의 견문을 바탕으로 사건이 진행되기 때문에, 이 또한 서사는 객관적으로 진술된 셈이다.

　「전불관행」은 5언 144구로 이루어진 장편 서사한시로 서사적 완결성이 돋보이는 작품이다. 주인공 전불관과 전임 진장(鎭將) 구모(具某), 신임 진장 조모(曺某), 그리고 전불관의 이모가 등장한다. 평안도 강계(江界)의 만포진(滿浦鎭) 소속 관비 전불관의 사랑과 이별, 그리고 그녀에게 수청을 강요하는 신임 진장의 강요와 억압, 이에 대항하는 불관의 모습이 시간의 경과에 따라 순차적으로 서술되었으며 작가의 논평으로 끝을 맺는다. 서술의 편의상 분절을 나누어 살펴보기로 한다.

① 1구 滿浦有官妓~16구 爲庇親誼敦 : 전불관의 출신배경과 성장과정, 전임 진장 구모(具某)와의 사랑과 이별에 대해서 서술

② 17구 新鎭聞姓曺~42구 汝生良亦足 : 신임 진장 조모(曺某)의 호색한 면모와 불관에게 수청을 강요하는 장면이 14구에 걸쳐 묘사

③ 43구 不關訴衷曲~66구 勿復事逼迫 : 신임 진장의 유혹을 거절하는 불관의 언술이 22구에 걸쳐 서술됨

④ 67구 鎭將卽拍案~78구 極意加摧辱 : 신임 진장은 수청을 거절하는 불관에게 화를 내고 고문함

⑤ 79구 顧我非潑泟~90구 嘿嘿受痛毒 : 모진 고문에도 불구하고 주체적 자아를 지키기 위해 묵묵히 견뎌내는 불관의 강인한 면모가 부각됨

⑥ 91구 鎭將尙戀戀~104구 得免禍殊速 : 신임 진장은 미련이 남아 불관을
　　풀어주고, 불관의 이모는 수청들 것을 회유함

⑦ 105구 不關嘿不語~112구 深藏在箱篋 : 불관은 회유하는 이모에게 자
　　결하고자 하는 뜻을 암시함

⑧ 113구 官柳繫秋千~123구 鎭將睡仍熟 : 신임 진장이 다시 불관을 불러
　　들이자, 불관은 죽기를 작정함

⑨ 124구 潛從洗劍亭~130구 日暮聞號哭 : 불관은 세검정 폭포에 몸을 던
　　져 자결함

⑩ 131구 聖人設司敎~144구 擇吏須卓犖 : 작가의 논평

　　위 서술 분절을 통해 확인할 수 있듯이, 서사는 시간의 경과에 따라
순차직으로 진행되어 독자로 하여금 이야기의 크리기 명백히여 모순
과 갈등을 고도로 집중시키는데 유리하게 작용하는 역할을 한다. 한편
작가가 문면에 드러나긴 하나 서사의 객관적 진술에 몰두하고 있다. 그
럼에도 진행과정이 결코 지루하지 않은 것은 전적으로 작가가 인물과
사건을 형상하는 능력과 유관하다. 사건의 전개과정에서 대화체를 활
용하여 개별 등장인물의 성격과 인물간의 관계가 뚜렷하게 부각되는
데, 특히 서술 분절 ④와 ⑤는 신임 진장과 불관의 인물형상이 뛰어나
관련 원문을 제시한다.

鎭將卽拍案,　　진장은 당장 책상을 치며,

吼怒從中作.　　노여운 호령이 터져나온다.

官家置若曹,　　“관에서 너희들 둔 것은,

不過供耳目.　　보고 즐기자는 데 불과하거늘.

何敢附貞節,　　네깟 년에 정절이란 당키나 하느냐,

遽欲官意逆.　　관장의 뜻을 거역하려 들다니.”

催呼鈴下卒,　　즉시 사령들을 호령하여,

亟與筞撻酷.　　매를 매우 치라 한다.

卒隷應聲至,　　집장 사령 명이 떨어지자 달려드는데,

箇箇狀貌惡.　　개개이 생긴 꼴들 흉악하구나.

捽抑疾風火,　　득달같이 나꿔채 끌어내어,

極意加摧辱.　　욕을 보이기 더할 수 없네.

顧我非潑洼,　　“제 행동 돌아보건대 잘못이 없삽거늘,

苦擊違法式.　　매를 치다니 법도에 어긋납니다.”

擧體伏刑具,　　불관을 끌어다 형틀 위에 엎어놓고,

倏忽已束縛.　　삽시간에 결박을 짓는구나.

掀翻剝褻衣,　　치마를 들추고 속옷까지 들추니,

綽約露肌肉.　　하얀 살결 그대로 드러나네.

一打腫青黑,　　한번 매질에 피멍이 들고,

再打血迹射.　　두 번 매질에 붉은 피 솟는구나.

我體雖糜爛,　　“이 몸뚱이 아무리 으스러질지라도,

我心不變易.　　내 마음 끝내 변치 않으리.”

叫頓豈祈憐,　　울고불고 조아리며 애걸하랴,

嘿嘿受痛毒.　　입을 악물고 아픔을 참더라.[6]

6　본고의 「전불관행」과 「유객행」은 『이조시대 서사시』(임형택, 창작과비평사, 1992)의 번역을 참조하였음을 밝혀둔다.

서술 분절 ④와 ⑤에서는 신임 진장과 불관의 대화를 통해 그들의 관계가 결코 극복될 수 없는 것임을 확인할 수 있다. 특히 서술 분절 ⑤에서 "顧我非潑淫, 苔擊違法式"과 "我體雖糜爛, 我心不變易"이라는 불관의 언명을 주목할 필요가 있다. 그녀의 강인하면서도 주체적인 성격이 잘 부각되기 때문이다. 불관은 처음으로 몸과 마음을 준 전임 진장에 대한 열(烈)을 지키고자 신임 진장의 수청 요구를 거부하였다. 관기로서의 운명을 거부하고 자신이 선택한 사랑을 위해 목숨을 버린 것이다. 자신의 사랑을 지키고자 했으나 뜻대로 되지 않았을 때, 이를 죽음으로 성취한 그녀의 의지가 돋보인다. 한 인간으로서의 주체적 자아를 지키고자 한 불관의 의지가 대화를 통해 핍진하게 형상되었다.

「유객행」은 명문거족 출신의 여자가 정치적 전란으로 인해 하루아침에 관비가 되어 갖은 고난과 수모를 당하는 이야기이다. 5언 92구로 이루어져 있고 3단 구성으로 나뉘는 바, 이에 따라 서술 분절을 크게 서론, 서사의 본론, 논평으로 나누어 살펴보고자 한다.

> ① 1구 有客從西來~6구 官家有使役 : 시인이 서북지방을 여행하던 중 주인공 여자를 만남
> ② 7구 答云方乳兒~68구 得不罹此毒 : 주인공의 고난에 찬 역정이 자신의 언술을 통해 구체적으로 서술됨
> ③ 69구 聽之尋譜系~92구 是特仁者惻 : 논평으로 주제사상이 부각됨

서론인 ①에서 '有客從西來'의 有客은 시인 자신을 지칭한 것으로, 시인이 서도에서 온 것을 밝혀 사실에 근원한 것임을 보여준다. 서사의 본론에 해당하는 ②는 62구로서, 고관대작의 딸로 고귀한 삶을 살았던

주인공 여자가 하루아침에 멸문(滅門)의 화(禍)를 당하여 관비로 전락하게 된 사정과 이후 고달픈 삶이 그녀의 직접적인 언술을 통해 구체적으로 형상되었다. 주인공 여자의 고난에 찬 역정이 핍진하게 서술된 부분을 살펴보기로 한다.

一朝遭傾覆,	하루아침 몰아치는 바람에 넘어지니,
驚怖喪弱魄.	놀랍고 두려워 넋이 나갔지요
父兄被誅戮,	아버지 오라버니 죽임을 당하고,
母妹蕩分析.	어머니 여동생 뿔뿔이 쪼개지니.
腹毒輒嘔吐,	차라리 죽자 독약을 마셨는데 토해 나오고,
雉經被解釋.	목을 맸으나 기어이 풀어주대요
王府問我名,	의금부 판결에 제 이름 물어보고는,
外方充賤籍.	변방 고을 관비로 충원하라 명하니.
緹騎促登途,	나졸이 갈 길을 재촉하는데,
迷不知南北.	천지에 눈앞이 아득합니다.
置我西塞去,	나를 서쪽 변방에 던지고 가니,
孤身寄絶域.	고아의 신세 절해에 떨어진 듯.
苦飢誰我食,	배고파 괴로워도 누가 밥 한술 주며,
臥病誰我藥.	병들어 쓰러져도 누가 약 한 첩 주리오
呼我供廚汲,	시도 때도 없이 불 때라 물 길어라,
雜厠婢隷屬.	종년들 사이에 끼여 있는 신세거늘.
調戲豈敢較,	놀림 당한다, 어디 가서 따지리오,
事事輒委曲.	일마다 고분고분 굽신굽신.
細務或齟齬,	하찮은 일이라도 혹시나 잘못하면,

著處被嗔責.　　야단맞기 일쑤.

針工復督我,　　바느질 일 다시 나를 괴롭히니,

裁縫有程式.　　마름질 꿰매기 법식이 다 있거늘.

不得少錯誤,　　조금의 어긋남도 허용치 않아,

責償無紀極.　　꾸지람이 한도 끝도 없답니다.

最苦官長毒,　　괴로울손 원님의 모진 성품,

那能安弱植.　　위약한 처지 숨 한번 편히 쉬랴.

眄眴或微悟,　　눈을 좀 치뜨거나 불평한 기색 보이면,

柔肌豈任受,　　연약한 피부 어이 견디겠소,

號暴氣欲絶.　　부르짖다 까무라치고 말지요.

猛卒手更麤,　　집장 사령 손때 한번 매서워,

下杖愈不惜.　　매질하기 인정사정 두질 않고

瘡瘢深役膚,　　상처 자리 살갗이 파여지고,

裂如刀劒劃.　　칼로 그은 듯 갈라지기도 합니다.

往往悅我貌,　　그뿐인가요, 어떤 놈이 제 용모 탐을 내서,

逼我要伴宿.　　제게 집적이며 덤벼들면.

生旣被玷缺,　　살아서 이미 이지러진 몸,

那得避穢辱.　　어찌 오욕을 회피할 수 있나요

이 글에 앞서 시인은 고관대작의 자손으로서 부귀영화를 누리며 남 부러울 것 없는 삶을 살았던 주인공 여자의 모습을 서술한 바 있다. 이 어 주인공 여자가 당쟁의 환란으로 하루아침에 관비로 전락하여 모진 고통을 겪는 장면이 마치 옆에서 직접 보는 것처럼 생동감 있게 묘사되 었다. 손에 물 한 방울 묻히지 않던 귀한 여자가 가장 천한 신분이 되어

직접 물 긴고 불 때며 바느질을 하고, 심지어 성적인 모욕까지 당하는 등 그야말로 처참한 노비생활을 하고 있는 것이다. 호사로웠던 시절과 관비로 전락하여 모진 고통을 겪는 장면을 대비적으로 서술하여, 독자들이 주인공의 고통을 공감하여 감정이입을 하도록 만들었다.

시인은 주인공의 언술을 객관적이면서도 사실적으로 서술할 뿐이다. 물론 어찌할 수 없는 정치적 상황에 의해 큰 고통을 겪는 주인공을 안타깝게 여긴 시인의 감정이 이입되었을 가능성도 있다. 그러나 시인은 서두에서 자신이 직접 견문한 사건임을 명시하였고, 결론에서는 "이야기를 듣고서 가계를 살펴본 바[聽之尋譜系]"라고 하였다. 그렇다면 본론은 시인이 주인공 여자에게서 직접 들은 언술임이 분명하며, 그녀의 진술 또한 그녀가 직접 겪은 일을 사실대로 진술한 것임을 알 수 있다. 따라서 이 작품은 서사가 작품의 대부분을 차지하는 만큼 객관적으로 진술된 것이라 평가할 수 있다.

성해응 서사한시의 중요한 특징으로 서사의 객관적 진술을 확인하였다. 이러한 양상은 그의 산문에도 여실히 드러난다. 성해응은 충효열 등을 충실히 실천한 다양한 계층의 민에게 남다른 관심과 애정을 가진 결과, 이를 방대한 분량의 전이나 기사 또는 인물지로 형상하였다. 이는 모두 사실에 근거하여 직서적으로 기록하는 양식인 만큼, 거사직필의 기록 태도는 성해응 문학에 있어 중요한 특징이다. 그런 만큼 성해응은 서사에 많은 공력을 들였으며 그 결과 얻은 문학적 성취를 이미 그의 산문작품에서 확인한 바 있다.

그런데 흥미로운 것은 성해응의 시문학 중 문학성을 인정받는 작품은 모두 서사한시라는 점이다. 여기에서 성해응의 산문과 서사한시를 연결하는 접점을 찾을 수 있는데, '서사'가 바로 그것이다. 특히 서사한시에서 확인한 서사의 객관적 진술은 성해응의 '거사직필'의 기록 태도와 긴밀하게 연결된다. 이는 시에서조차 성해응 산문의 중요한 특징이 투영되어 있음을 의미한다. 따라서 거사직필의 기록 태도는 그의 산문뿐만 아니라 서사한시에도 포섭된 만큼, 서사의 객관적 진술은 그의 시문을 아우르는 중요한 특징 중의 하나임을 알 수 있다.

2) 부차적 인물상의 제시와 그 의미

성해응의 서사한시에는 주인공을 비롯한 제2·제3의 인물이 등장하는바, 제2·제3의 등장인물은 단순한 존재 그 이상의 의미를 갖는다. 특히 사건의 진행에 있어 주인공과 대립되는 인물로 설정된 경우가 많은데, 이때 이들은 갈등을 유발하고 심화시키는 결정적인 역할을 담당한다. 그렇다고 해서 이들이 소설에서의 제2·제3의 인물유형을 의미하는 것은 아니다. 소설에서는 주인공과 갈등을 유발하는 인물의 성격을 다각적으로 부각시킬 수 있지만, 서사한시는 상대적으로 제한된 시구에다 인물을 서술하며 장르상 시이기에 서사와 함께 서정을 고려해야 한다. 그러므로 서사한시에서의 인물묘사는 종종 세부묘사를 축소하거나 삭제하여, 인물을 소설만큼 다방면에서 상세하게 부각시킬 수 없다.[7]

그런데 성해응의 서사한시에는 주인공뿐만 아니라 그를 둘러싼 부차적 인물상이 비교적 선명하게 제시되어 있어 주목을 요한다. 이러한 점을 고려하여, 주인공을 둘러싼 부차적 인물상의 역할과 의미에 대해서 살펴보고자 한다.

---

7   이성호, 앞의 논문, 80면.

「전불관행」은 주인공인 전불관 외에 신임진장 조모와 불관의 이모가 등장하는데, 이 중 신임진장 조모란 이는 흥미로운 인물이다. 그는 불관이 자결하는데 결정적인 원인을 제공한 만큼 사건의 전개에 있어 매우 중요하다. 따라서 시인은 신임진장 조모의 등장에서부터 그의 호색한 면모를 예리한 필치로 곡진하게 그려내고 있다. 또 불관에게 수청 들기를 강요하고 이를 거부하는 불관을 윽박지르는 장면은 많은 지면을 할애하여 형상화가 뛰어나며 신임진장 조모의 성격이 뚜렷하게 부각된다.

爾若擇佳壻,	"네가 좋은 서방 고르자면,
孰若儂可欲.	나 말고 또 누가 있겠느냐?
儂方作鎭將,	나는 시방 진장으로,
銀帛在把握.	돈이야 비단이야 손안에 들었으니.
使汝堆滿屋,	너 사는 집에 가득가득 채울게고,
焜燿聳隣族.	으리번쩍 친척 이웃에 빛이 나리.
且當隨我歸,	나를 따라 서울로 갈 양이면,
彩轎具彫餙.	화려하게 아로새긴 교자에.
長安花柳遍,	장안이라 꽃피고 화려한 곳,
吾家臨紫陌.	우리 집 한 골목에 있으니.
淳鰲爲汝食,	팔진미 네가 먹을 음식이요,
綺紈爲汝服.	비단옷 네가 입을 옷이란다.
鎭日取懽娛,	하루 종일 호강하며 즐길테니,
汝生良亦足.	너의 인생 이에 부족함이 있으랴."

신임 진장이 불관을 유혹하는 장면으로 시인의 풍부한 표현력이 유
감없이 드러난다. 진장의 인물됨을 뛰어난 필치로 전달하고 있는데, 그
의 대단한 자만심과 호색한 면모, 감언이설로 불관을 유혹하려는 교활
함이 잘 나타나고 있다. 신임 진장이 불관을 유혹하는 장면을 이처럼 자
세하고 핍진하게 서술한 것은, 이어지는 불관의 수청 거절을 더욱 부각
시키려는 의도에서다. 신임 진장이 그녀에게 부귀와 영화를 약속하였
지만 불관은 그의 요구를 거절하였다. 이때 신임 진장은 불관의 강력하
면서도 주체적인 의지를 더욱 부각시켜주는 역할을 담당한 것이다.

이번에는 불관의 이모의 말을 들어보기로 한다. 불관은 끝내 신임 진
장의 수청요구를 거절하였고, 그 결과 모진 고문을 당한다. 신임 진장
은 그래도 그녀에게 미련이 남아 풀어주었고 불관은 집으로 돌아오게
된다. 이때 그녀의 이모는 불관을 회유한다.

姨母垂涕謂,	이모 눈물을 흘리며 타이르길,
汝生在妓屬.	"너는 태어나길 기생 아니더냐,
官令儘可畏,	관가의 명령 참으로 두렵단다.
焉得避褻瀆.	오욕을 당한다 피할 수 있으랴,
終始若違拒,	끝끝내 거역하려 들다간.
不過斃梃朴.	몽둥이 아래 죽음 밖에 더 있더냐,
何不狥其慾,	부디 저 좋을 대로 들어주어라.
得免禍殃速.	재앙을 부르는 데 벗어나야지 않겠느냐."

불관의 이모는 매를 맞고 돌아온 조카를 걱정하며 수청들 것을 권유
한다. 기생으로 태어난 이상 괜한 화를 부르지 말고 현명하게 처신하라

는 간절한 당부를 통해, 불관에 대한 애정을 엿볼 수 있기도 하다. 이 구절 역시 대화체로 서술되어 조카의 안위를 걱정하는 이모의 마음이 생동감 있게 전달된다. 중세 봉건시대를 살다간 많은 이들이 그러했듯이, 이모의 충고 역시 당대의 보편적인 관념에 바탕한 것이다. 불관으로서는 이모의 충고를 따르는 것이 목숨을 지킬 수 있는 유일한 방법이었지만 끝내 이를 듣지 않고 자결한다. 시인은 당대 보편적인 사고를 지닌 불관의 이모를 등장시켜 불관의 의지가 얼마나 확고한 것인지 다시금 확인시켜 주었다.

「의복행」은 영천 박열부에 대한 송사사건을 소재로 한 작품이다. 의복인 만석(萬石)은 억울한 누명을 쓰고 자결한 주인의 원통함을 풀기 위해 두 번이나 필로에 호소하여 마침내 박열부의 억울한 누명을 풀어 주었다. 시인은 박열부 송사사건의 전모를 서술하고 만석의 충을 높이 평가하였다.

도입부(1~2구)에서 만석에 대한 간략한 소개를 한 뒤, 박열부가 억울한 누명을 쓰고 이를 벗기 위해 노력하는 장면, 김조술의 계속되는 악행, 뇌물을 받고 눈을 감아준 관아의 비리 등을 중심으로 사건은 시간적 순서에 따라 서술된다. 이어 만석이 주인의 누명을 벗기기 위해 동분서주하는 모습이 구체적으로 형상되어 있다. 그런데 이 대목은 전체 82구 중 24구에 불과하며 송사사건의 전모를 기록한 것이 56구로, 결국 시인은 박열부 송사사건 자체에 더 큰 관심을 가지고 있었던 것이다. 박열부 송사사건은 발단부터 이를 해결하게 되기까지 다양한 인물이 등장하여 각자의 목소리를 낸다. 그 중 박열부와 김조술을 눈여겨 볼 만한데, 각각 누명을 벗고자 하며 누명을 씌우고자 하는 상황이 잘 형상화되어 있어, 인물들의 성격과 관계가 선명하게 드러난다.

婦知此寃終難伸,　절부는 이 원통함이 끝내 풀릴 수 없음을 알고,

斷送一縷非所惜.　이 한 가닥 목숨 끊는 것 아까울 것 없었네.

還家搜盡篋中物,　집에 돌아와 장롱 속의 물건을 온통 뒤져보니,

幾箇尺髢幾幅帛.　한 자 남짓 몇 개의 다리와 몇 폭의 비단이더라.

且謂從姒姒兒長,　이에 사촌 언니에게 이르기를, 언니의 아이가 자라
나거든,

吾夫後事今有託.　내 지아비의 뒷일을 이 길로 부탁하오

待兒娶婦持贈此,　아이가 장가들거든 며느리에게 이것을 주어,

申以吾意須反覆.　내 뜻을 거듭거듭 일러주기 바라오

更入縣庭不障面,　관아의 뜰에 다시 들어가니 얼굴도 가리지 않아,

奴婢胥隷叢衆目.　노비건 아전이건 온 시선이 쏟아지네.

婦言官當知懷胎,　절부 말하기를, 관장은 응당 회임한 배를 알 것이요,

安有懷胎似此腹.　어찌 회임한 배가 이와 같을 리 있겠소

披開褻體不避羞,　속옷을 풀어헤쳐 부끄러움도 마다하지 않으니,

只欲志節終一暴.　다만 나의 지절이 한번으로 드러났으면.

出至空館仍結脰,　관아의 빈 곳으로 나아가 그 길로 목을 묶는데,

手自緊束重重索.　손으로 단단히 묶고 칭칭 감았다네.

復有利刀新發硎,　다시 새로 숫돌에 간 날랜 칼을 잡아들고,

便能揮霍引自刺.　곧바로 발받침을 차버리고 제 몸을 찔렀다네.

隣舍蕩子金祖述,　이웃집 탕아 김조술,

見婦少艾挑情慾.　절부가 젊고 예뻐 정욕이 일었네.

瞰婦來舂向婦溺,　방아찧으러 온 절부를 보고 그에게 오줌을 내갈기니,

隣女壅蔽防耻辱.　이웃집 여자가 가려주어 치욕을 막았다네.

舅適出他室無人,	시아버지 마침 출타하여 집에 사람이 없는데,
深夜犬吠警盜賊.	깊은 밤 개가 짖으니 도둑이라도 왔는가?
姑謂烈婦出見之,	시어머니 절부를 시켜 밖으로 나가보아,
恐教偸失家中犢.	집안의 송아지 도둑맞지 않게 살피라 하네.
婦出外舍戶反扃,	바깥채로 나가보니 문은 빗장이 걸렸는데,
忽見祖述伺窓隙.	문득 조술이란 자가 창틈으로 엿보는 것 눈치챘네.
鐕鈜撼鋪更密語,	달그닥 문고리를 당기며 은밀히 하는 말이,
何不開入相伴宿.	어서 문을 따서 하룻밤 어울려보자 하네.
婦乃飜身走入內,	절부는 얼른 몸을 돌려 안채로 달려들어,
且驚且怕仍慟哭.	놀랍고 두려운 나머지 통곡을 하였구나.
舅還聞此奔祖述,	시아버지 돌아와 이 일을 듣고 조술에게 좇아가,
手持莝刀鬧欲斫.	손에 낫을 들고 이 찍어죽일 놈 고함을 쳤네.
復詣縣門訴寃屈,	또 관아에 나아가 분하고 억울함 호소하니,
官亦逐捕將誅謫.	관아에서도 잡아들여 죄를 물으려 하였다.
祖述倡言婦善淫,	조술이란 놈 말을 꾸며대기를, 절부가 음탕하여
屢見懷子子輒落.	여러 번 애를 배었다가 지우는 것 보았고
吾亦合通非一二,	나와도 통정한 것 한 두 번이 아니니,
女若有行焉敢瀆.	여자가 조신하였다면 언감생심 욕보일 마음 생겼겠소

  첫 번째 인용문에서 박열부의 형상은 구체적이고 사실적으로 묘사되어 있다. 자신의 원통함을 벗을 수 없다고 판단한 그녀가 관아로 달려들고, 그 곳에서 무죄를 증명하기 위해 젖가슴을 풀어헤치는 형상은 매우 파격적이다. 이런 결행을 하지 않고서는 원통함을 해결할 수 없는 상황이었기 때문이다. 박열부는 자신의 무죄를 입증하기 위해서 여성으로

서의 수치스러움을 무릅쓰면서까지 보편적인 관념에 저항하였다. 특히 관아에서 많은 사람들이 지켜보는 가운데 웃옷을 풀어헤치고 자신의 무죄를 외친 그녀의 절규는, 독자들로 하여금 그녀의 절실한 상황을 이해하고 공감하도록 만들 뿐만 아니라 만석의 행위에 동기를 부여한다.

두 번째 인용문에서는 김조술의 악행이 잘 서술되어 있다. 박열부 앞에서 오줌을 갈긴 것에서부터 그녀를 탐하기 위해 담을 뛰어넘어 회유하는 장면, 그리고 박열부를 모함하고 음해하는 장면이 시간의 경과에 따라 사실적으로 서술되어 있다. 관장 앞에서 '절부가 여러 번 애를 배었다가 지웠으며 자신과도 통정하였다'고 무고하는 장면은, 그의 악덕함이 극에 달해 있음을 생생히 보여준다.

이상에서 주인공과 더불어 제2·제3의 등장인물이 모두 구체적이면서도 입체적으로 형상화되어 있음을 확인하였다. 시사의 진개과정에서 중요한 부분은 등장인물의 대화로 처리하여 독자의 시선을 집중시켰으며 개별 등장인물의 성격과 그들의 관계를 보다 생생하면서도 뚜렷하게 전달하였다. 이처럼 시인은 주인공뿐만 아니라 주인공의 행적을 부각시켜주는 부차적 인물상을 등장시키고 그들의 인물형상을 입체적으로 묘사함으로써 서사를 보다 긴밀하게 구성하였다. 소설에 등장하는 부차적 인물상의 디테일과는 비교할 수 없지만, 한시라는 제한된 편폭에서 서사전개에 일정한 영향을 끼치는 개별인물이 등장한 것은 분명 주목할 만하다. 게다가 그들의 인물형상이 매우 구체적이면서도 생동감 있게 묘사된 경우는 더욱 그러하다.

2. 서사한시의 주제의식

서사한시는 조선왕조 사회의 체재적 모순이 심화·확대되는 과정에서 민(民)과 그들의 질고(疾苦)를 포착해서 서사화한 것이다. 앞서 서사한시를 '개성을 지닌 개별화된 인물이 등장하고 사건의 진행이 있는 시'로 규정한 바 있는데, 이때 개성을 지닌 개별화된 인물은 삶의 고난과 갈등을 지닌 민을 의미하며, 사건의 진행이란 체재의 모순 속에서 고통 받거나 또는 이를 적극적으로 헤쳐 나가는 민의 모습을 중심으로 서술한 것을 말한다. 현실의 모순과 민의 생활상의 문제를 예민하게 느끼고 심각하게 생각하는 자체가 바로 현실주의적인 것이다.

이러한 측면에서 성해응의 서사한시는 주제의식과 관련하여 현실주의적인 작가의식을 들 수 있다. 이에 「전불관행」과 「유객행」에 제시된 시인의 논평을 중심으로 주제의식을 살펴보고자 한다. 「전불관행」은 전체 144구 중 의론이 14구이며 「유객행」은 전체 92구 중 24구가 의론이다.

聖人設司教,	성인의 가르침 마련한 뜻,
常欲倫理篤.	윤리를 바로 세우는 데 있거늘.
胡不禁官妓,	어찌 관기를 금하지 않아,
秖令風俗黷.	오직 풍속을 더럽게 만드는가?
耽樂壞坊範,	향락을 탐하다 예법을 무너뜨리니,
良足增慚忸.	진실로 부끄럽고 창피한 노릇이다.
況乃使殘酷,	하물며 잔혹한 자 내보내,
種種司民牧.	백성 다스리는 일 맡게 하다니.

有似縱虎狼,	이야말로 호랑이를 풀어놓아,
任意囓且搏.	물어뜯게 하는 것과 무어 다르랴.
貞烈不自葆,	한 여자 정조를 지키기 어려우매,
慘慘爲鬼錄.	마침내 처절한 원혼이 되었구나.
安得告當路,	아무럼 이런 사실 당로에 알려서,
擇吏須卓犖.	관리로 옳은 사람 뽑도록 못할 건가.

「전불관행」의 의론으로 두 가지 작가의식이 드러난다. 기녀제도의 폐지를 주장함과 부정부패한 관료에 대한 비판과 이를 임명한 조정에 대한 불만을 표출한 것이 그것이다. 논의의 편의상 후자부터 살펴보기로 한다. 이조후기로 올수록 체재적 모순으로 인해 민의 삶은 피폐해지고 그 살등은 극에 달하게 된다. 이때 '체새 모순'이란 민과 지배체재 사이에서 발생한 것이다. 민과 지배체재 사이의 갈등이 유발된 가장 근본적인 이유는, 체재편의 과도한 수탈이며 그 중심에 바로 부정부패한 관리가 있다. 이들은 가렴주구를 일삼거나 자신의 권력을 이용하여 민의 삶을 파탄에 이르게 하고 심한 경우 죽음으로 내몰기도 하였다.

성해응은 권력을 남용하여 한 여자를 농락하려 하였으며 결국 죽음으로까지 내몰게 만든 관리의 행태를 예리한 시선으로 포착하여 사실을 토대로 핍진하게 형상하였다. 그리고 그러한 사람을 관리로 임명하여 민을 도탄에 빠지도록 만든 조정의 관리 선발제도를 비판함과 동시에 선정을 베푸는 관리를 선발할 것을 권유하였다. 여기에서 성해응의 민의 현실에 즉해서 민을 대변하고자 하는 의식을 분명히 확인할 수 있다.[8] 이러한 의식은 「의복행」에서도 여실히 드러난다.

官門胥隷皆飽錢,	관아의 아전배들 모두 돈을 잔뜩 먹었는지라,
潛相欺誣將見釋.	서로 감추며 속여 풀려나가게 되었네.
老舅將婦復哀訴,	늙은 시아버지 며느리를 데리고 다시 슬피 하소연하며,
乞得詰狀分白黑.	죄상을 조사하여 흑백을 가려달라 애걸하네.
官復叱隷驅將出,	관장이 아랫사람을 꾸짖어 얼른 내쫓으라 하고는,
彼豈無端伺汝屋.	저 자가 어찌 까닭 없이 너희 집을 엿봤겠는가 나무라네.
婦知此寃終難伸,	절부는 이 원통함이 끝내 풀릴 수 없음을 알고,
斷送一縷非所惜.	이 한 가닥 목숨 끊는 것 아까울 것 없었네.
(…중략…)	
祖述募人言婦死,	조술은 사람들에게 말하기를 절부가 죽어,
要我市毒仍自服.	나에게 악독함을 끼치려 자살한 것이라 하네.
縣中聞者皆憎惡,	온 고을에 이 말을 들은 사람 너 나 없이 미워하였는데,
只有長吏瞞易得.	오직 관장만은 쉽게 속아 넘어가네.
訴官訴營皆婘婀,	관아에 호소하고 감영에 호소해도 모두 우물쭈물,
縱有查報皆繆錯.	비록 조사하고 보고한들 온통 엉터리라네.

이 글은 하급관리의 부정부패와 관장의 무능에 초점을 두고 있다.
"관아의 아전배들 모두 돈을 잔뜩 먹었는지라, 서로 감추며 속여 풀려
나가게 되었네"란 구절을 통해, 당시 뇌물이 횡행하여 올바른 송사가

<hr>

8　성해응의 이러한 의식과 관련하여 「辛巳大水篇」을 참고할 만하다. 이 시는 서사한시는
　아니지만, 민의 현실에 즉해서 민을 대변하고자 하였으며 나아가 위정자들에게 선정을
　베풀 것을 권계한 시로, 서사한시 뿐만 아니라 일반 시에서도 작가의 현실주의적인 의식
　이 투영되어 있음을 확인할 수 있다. "顧今南服, 以曁西土. 或苦亢暘, 或困洀雨. 諒此怨
　咨, 施澤維普. 政戒偏私, 用愼寇虐. 無蔽狃昵, 無棄厖碩. 無以狐狢, 蔑彼襤縷. 無以廈屋,
　陋彼窮蓽. 無以淳熬, 蔑彼蔬茹. 無素其餐, 使物得所. 穰穰降福, 充溢區宇. 我以是諷, 倘
　不我拒."(『硏經齋全集』권1)

진행될 수 없는 사정임을 짐작할 수 있다. 또 마지막 구절의 "관아에 호소하고 감영에 호소해도 모두 우물쭈물, 비록 조사하고 보고한들 온통 엉터리라네"에서는 관장의 무능함을 지적하였다. 민의 송사를 처리해야 할 관장이 실증적인 조사를 하지 않은 채 다만 뇌물을 받은 관리들의 참소만 믿고 올바른 판결을 내리지 못함을 비난하였다.

다음으로 기녀제도를 폐지하려는 주장에 대해 논의하고자 한다. 성해응은 「전불관행」에서 "어찌 관기를 금하지 않아 오직 풍속을 더럽게 만드는가?"라고 하여 관기제도의 폐지를 논의한 바 있다. 이러한 의식은 「의기전」에서 더욱 구체적으로 드러나는 바, 그 논평에서 "하류에 거처하는 자가 어찌 본심에서 원한 것이겠는가? 국초에 기녀제도를 없애자는 논의가 있었는데 허문경(許文敬)이 이를 말린 것은 무엇 때문인가? 대개 욕정을 막아서 범법하지 않은 경우는 있지만, 욕정을 터주어서 범법하지 않는 경우는 들어보지 못하였다. 문경의 의론은 대략 속견이다"[9]라고 하여 관기제도에 대해서 강력하게 반대하였다.

허문경(許文敬)은 조선 초에 활약한 문경공 허조(許稠, 1369~1439)를 말한다. 그는 "만약 관기를 폐지한다면 사명을 받들고 공무를 수행하기 위해 오랫동안 지방에 가 있는 자가 민간에 폐를 끼치는 일이 없지 않을 것입니다"[10]라고 주청(奏請)하여, 관기제도의 유지에 결정적인 역할을 한 인물이다. 기녀는 사회적으로 가장 천대받고 미천하게 여겨지던 계층이다. 자신의 의지와는 상관없이 태어나면서부터 기녀라는 신분적 굴레에 얽매이게 되니, 그녀들은 중세 사회의 계급적 모순으로 인해 가

---

9 『研經齋全集』 권12 「義妓傳」. "其居下流者, 豈素心哉? 國初議欲罷妓, 而許文敬止之者
   何哉? 盖防其慾而不犯法, 有之矣, 未聞導其慾而不犯法者. 文敬之論, 盖俗見也."
10 국역 『승정원일기』 인조 8년 3월 27일 기사 참조.

장 큰 피해와 억압을 받는 당사자들이기도 하다. 국초부터 기녀제도를 없애고자 하는 논의는 여러 번 있었으나, 결국 허조 등의 주장으로 실패하고 만다. 성해응은 한 인간으로서의 기본적인 권리조차 주장하지 못하는 그녀들의 사회적 처지에 남다른 연민을 느꼈으며 나아가 기녀제도의 폐지를 주장하였던 것이다. 성해응의 이러한 의식은 「유객행」에서 다시 한 번 확인할 수 있다.

誅譴及身止,	죽이건 귀양 보내건 제 몸에 그쳐야지,
收司得無酷.	연좌를 시키다니 잔혹하지 않은가.
關和剗此法,	균형을 찾아 이 악법 제거하면,
邦國實受福.	온 나라 실로 복을 받게 되리라.
沈勁爲忠門,	나라 위해 죽으면 충신 가문이요,
安世化名族.	세상을 편안히 하면 명족이 되나니.
世類又奚累,	출신이 또 무슨 관계있으랴,
是特仁者惻.	이 여자 참으로 측은하여 보이네.

명문거족 출신인 주인공이 당쟁의 화를 당해 하루아침에 관비로 전락하는 과정을 그린 작품이다. 연좌제의 부당성을 제기하고 폐지를 주장한 점에서 주목할 만하다. 더욱이 이 글의 앞에서 "이야길 듣고서 가계를 살펴본 바, 그 집안 과연 찬란히 빛나서. 한때 권력의 칼자루 거머쥐고, 남의 집 도륙낸 적도 있더니. 어느새 멸문의 화를 입어, 재앙이 어린애에까지 미쳤구나. 남에게 악한 짓 삼가 경계할지니, 열배 백배로 앙갚음을 받는 법이라. 내가 남의 눈에 눈물 나게 하면, 남은 내 눈에 피가 나게 하느니"[11]라고 하여, 복수는 복수를 낳을 뿐이라는 평범한 명

제를 재인식시키고 주인공의 가문 또한 스스로 멸문의 화를 자초한 것
임을 적시하였다.

그런데 흥미로운 것은 그녀가 그 가문의 일원이긴 하지만, 그녀를 가
문과 분리시켜 인식했다는 점이다. '출신이 또 무슨 관계있으랴'라는 언
명은 무엇보다 한 인간의 기본적인 인권을 존중해야 함을 주장한 것으
로, 이는 신분질서를 중시하는 중세봉건사회에서 매우 혁신적인 발언
이다. 신분질서는 중세사회를 지탱하는 중요한 근간으로서, 이것이 흔
들리면 체재 자체가 흔들리기 때문에 집권층은 신분질서의 유지에 더
욱 집착할 수밖에 없다. 이런 상황 속에서 성해응은 연좌제의 폐지를 주
장하여 불합리한 제도로 고통 받는 민의 목소리를 대변하고자 하였다.
그는 분명 유교적 이념을 충실히 실천하고 이를 지향한 문인임에 틀림
없으나, 한편으론 기녀제도니 연좌제의 폐지를 적극 주장하는 등 합리
적이고 진보적인 사상을 견지하였던 것이다.

3. 서사양식의 교섭과 특징

성해응은 이완과 같은 역사적 인물이나 강상효녀·영천 박열부처럼
당대에 널리 알려진 이야기를 전이나 기사, 서사한시 등 제(諸) 서사양

11　『研經齋全集』 권1 「有客行」. "聽之尋譜系, 門戶果煇爀. 其家據權要, 亦嘗赤人族. 倏忽
受殄滅, 禍殃及稚弱. 愼勿毒諸人, 反遭必十百. 我使人下涕, 人使我見血."

식으로 기록하였다. 당대에 널리 알려진 이야기인 만큼 여러 문인들이 이를 대상으로 다양한 작품을 남기기도 하였다. 그런데 흥미로운 것은 다른 문인들이 하나의 소재를 하나의 서사양식으로 서술한 반면, 성해 응은 이를 다양한 서사양식으로 서술하였다는 점이다. 그는 왜 동일한 소재를 다양한 서사양식으로 기록한 것일까?

동일한 이야기를 전이나 기사, 서사한시로 서술한 만큼 양식간의 넘나듦이 이루어졌다고 볼 수 있다. 넓은 의미에서 서사양식간의 교섭이 이루어진 셈이다. 그런데 이는 조선 후기에 빈번하게 일어난 서사양식 간의 교섭과는 그 양상을 달리한다. 즉 사실기록을 지향하는 전과 기사 는 역사적 사실에 근거하여 직서적으로 서술된 만큼 역사기록과 밀접 한 관련성을 지닌다. 그러나 조선 후기에 오게 되면 전이나 기사에조차 허구적 요소가 틈입되기 시작하는데, 이는 서사에 대한 인식의 변화와 구연이 서사양식에 광범위하게 들어가 양식의 변모에 영향을 주기 때 문이다. 더러 일부 작가는 직필(直筆)을 위주로 하는 기존의 서사양식 에 담아내지 않고 새로운 양식을 찾기도 하는데, 이러한 분위기에서 야 담이 생성, 발전하였고 서사양식 또한 변모하게 되었다.[12] 이처럼 조선 후기에는 사실기록을 중시하는 전과 기사조차 야담과 상호교섭하면서 각 서사양식이 재배치되거나 넘나드는 현상이 빈번하게 발생하였다.

성해응의 경우 하나의 이야기를 각각 전이나 기사, 서사한시로 서술 한 만큼 서사양식간의 교섭은 보이지만, 이조후기 서사양식이 자신의 경 계를 넘어 서로 넘나들게 만들었던 구연과정이 확인되지 않는다는 점에 서 주목을 요한다. 이는 야담과의 상호교섭이 보이지 않는다는 점에서

---

12 진재교, 「한국 한문서사양식의 층위와 변모」, 『대동문화연구』 50집, 2002, 104~106면. 구연전통과 이조후기 서사양식의 교섭에 대해서는, 진재교, 「구연전통과 이조후기 서사 양식의 변모」, 『한국한문학연구』 22집, 한국한문학회, 1998 참조

더욱 그러하다. 그렇다면 역사기록인 전이나 기사조차 허구화가 활발하게 이루어지는 상황 속에서, 성해응의 글쓰기는 허구화가 이루어지지 않은 것일까? 만약 그렇다면 이를 어떻게 이해하고 평가해야 할 것인가?

이러한 문제의식을 염두에 두고, 이 절에서는 제 서사양식 간에 일어난 교섭의 실제를 규명함으로써 성해응의 글쓰기 양상과 의미를 살펴보고자 한다. 이 문제를 해명한다면 조선 후기에 활발하게 일어난 서사양식간의 넘나듦의 양상과 의미를 고구(考究)할 수 있을 것이다.[13]

1) 서사양식의 교섭양상

(1) 전과 기사의 경우—「이정익전(李貞翼傳)」과 「기정익이공사(記貞翼李公事)」

「이정익전」은 정익공 이완(李浣, 1602~1674)의 일대기를 시간적 순서에 따라 사건을 중심으로 서술한 작품이다. 이완은 병자호란 때 임경업의 부장(副將)으로 명나라 공격에 나섰으나 이 사실을 미리 명나라 장수에게 알려 사상자가 없도록 하였으며, 또 효종의 북벌정책을 최측근에서 보좌한 인물이다. 「이정익전」은 「기정익이공사」에 비해 분량이 많고 논평이 없는 것이 특징이다. 서사분절에 따라 나누어 살펴보고자 한다.

---

13 본 절에서는 전과 기사, 서사한시 등의 양식적 특성보다는 다양한 서사양식 속에 구현된 글쓰기 양상을 중심으로 논의하고자 한다. 기왕에 각 서사양식의 장르적 특성에 대해서는 규명한 바(손혜리, 「연경재 성해응의 인물기사 연구」, 『민족문학사연구』 24집, 민족문학사학회, 2004; 「성해응의 열녀전에 대하여」, 『한국한문학연구』 35집, 한국한문학회, 2005; 「연경재 성해응의 서사한시에 대하여」, 『대동한문학』 24집, 대동한문학회, 2006 참조) 있으므로, 여기에서는 이러한 선행 작업을 바탕으로 성해응의 글쓰기 양상과 의미라는 보다 거시적인 시각으로 조망해 보고자 한다.

① 이완의 자와 본관 소개

② 부친 충무공 이수일(李守一)의 행적 서술

③ 29세(1630) 때 유흥치가 가도태수 진계성을 죽이고 즉위하자, 이완은 이
   를 조정에 알리고 토벌하려 하였으며 이서에게는 적의 군량미 수송길을
   끊으라고 건의했는데, 얼마 못가 유흥치는 부하에게 피살되었고 이 후
   이서가 임금에게 이완을 추천

④ 영아이대가 안주로 쳐들어와 유비를 위협하고 호시를 옮기려 하자, 이
   완이 군사를 거느리고 매복하여 위협하자 영아이대가 달아남

⑤ 마복탑이 시장의 물화가 오지 않은 것을 빌미삼아 압록강을 건너 안주를
   향하자, 이완은 군대를 정렬하여 이들을 막음

⑥ 1636년 김자점이 정방산성에 주둔하여 이완을 중군으로 삼고 수안군수
   에 제수. 이완은 여러 차례 뛰어난 계책을 세워 적을 무찌름. 강화가 이루
   어지고 청은 금주 공격 때 이완과 임경업을 장수로 삼고자 함. 이완과 임
   경업은 국익을 위해 참가 하였으나 청의 일에 비협조적이었고, 명과 내
   통한다는 의심을 받고 본국으로 귀환

⑦ 효종은 즉위 후 이완을 훈련대장에 제수하고 송시열과 함께 북벌을 도모

⑧ 효종이 승하하고 이완에게 여러 차례 벼슬을 제수하였으나 사직하고 73
   세에 죽다

「이정익전」은 주인공의 본원을 밝힌 도입 부분과 이완의 일대기 중
큰 사건을 중심으로 한 몇 개의 일화로 구성되어 있다. 논평이 생략되
어 있는데, 이는 사적이 인멸되어 불분명한 경우 굳이 사적이라고 기술
할 거리가 없는 인물을 입전할 때 전의 말미인 논평적 기술이 크게 확대
되는 것을 감안한다면, 이완의 경우 사적이 후대에 잘 전수되어 인멸의

우려가 없을 뿐더러 또 구태여 논평이 필요치 않을 만큼 그의 행적이 유명하기 때문인 듯하다.

이 작품은 분량이 긴 만큼 여러 개의 일화로 구성되어 있는데, 모두 이완의 충을 부각시키기 위해 차용된 것이다. 이완이 처음 무과에 급제하면서부터 각종 전투에 참가하여 공을 세우고, 이어 효종의 북벌론을 최측근에서 보좌한 사실에 이르기까지 시간적 순서에 따라 순차적으로 서술되었다. 특히 전의 양식에 걸맞게 이완의 사적을 사실에 근거하여 직서적으로 서술하였다. 대부분 이완의 뛰어난 활약상을 중심으로 서술되었는데, 이 중 주목할 만한 것은 서술분절 ④와 ⑥이다. ④는 후술할 「기정익이공사」의 서사부분으로 두 작품에서 유일하게 함께 원용되는 일화이다. 그러므로 작가가 동일한 이야기를 각각 전과 기사로 서술한 의도를 엿보기에 적합한 자료이다. 여기에 대해서는 「기정익이공사」에서 다시 자세히 논의하고자 한다.

⑥은 병자호란이 일어났을 때 김자점과 함께 청군에 대항하여 펼친 전투를 중심으로 서술한 것이다. 특히 김자점의 명령에 응대하여 당당하게 자신의 계략을 말하는 대목에서 무인으로서 이완의 꼿꼿한 기개가 잘 드러난다. 또 금주 전투에서는 이완의 투철한 대명의리를 확인할 수 있다.

「기정익이공사」는 「이정익전」에 비해 분량이 매우 적은 편이다. 이완을 대상으로 한 전과 기사는 서술내용과 범위, 그리고 시각에 있어 차이가 크다. 그러므로 이를 살펴본다면 동일한 이야기를 각각 전과 기사로 서술한 성해응의 의도가 보다 구체적으로 밝혀질 것이다. 「기정익이공사」는 서술분절을 크게 둘로 나눌 수 있는데, 첫 번째 서술분절은 대략 다음과 같다.

건륭제 때 엮은『개국방략』에 청의 칸이 우리나라에 보낸 국서가 실려 있는데, '지난해에 속주 수신 이만이 안주에 와서 청의 사신을 죽이고자 도모하여 성에 들어가려 한 것이 세 번이었는데, 안주의 수신이 이를 저지하여 비로소 이만이 돌아갔다. 이러한 일을 왕은 모르는데 저들이 사사로이 해치고자 하면서 양국의 우호를 들먹거리기 때문에 이러한 편지를 쓴다'고 되어 있다.[14]

「이정익전」이 논평이 생략된 것과 달리, 이 작품은 기사의 대상이 된 인물의 본원을 밝히는 부분, 즉 도입부가 생략되어 있다. '기사(記事)'는 개인에게 발생한 특이한 하나의 사건을 제보의 경위와 아울러 사실 보고식으로 기록하는 형식을 취하고 있다. 이 글에서 제보자는『개국방략(開國方略)』으로, 이 책은 청나라 고종의 칙명으로 청나라 개국시 사적을 기록한 것이다. 사실을 증빙하고 객관적 근거를 제공하기 위하여 『개국방략』이라는 문헌을 차용한 것이다. 이어 사건의 구체적인 내용이 서술되는데, 이 부분은 앞서 언급한 「이정익전」의 서술분절 ④[15]와 일치하는 대목이다.

『국사』를 살펴보니 지난해는 숭정 기사년이고 속주 수신은 이정익을 가리킨다. 만과 완은 음이 비슷하기 때문에 혼동하여 나온 것이며 속주는 곧 숙천이다. 이때 공은 숙천에 있었는데 오랑캐 장수 영아이대가 오백기병을 거느리고

---

14 『硏經齋全集』속집 책15「記貞翼李公事」. "乾隆時所編開國方略, 載淸汗抵我國書, 有曰: '去歲涑州守臣李萬, 來安州, 謀殺我使臣, 欲入城者三, 有安州守臣諫何爲出此短計, 王不知而我輩妄行, 幸得利則善, 萬一失利則嬰孺亦不能保首領矣.' 力阻之始還, 此事王實不知, 乃伊等私欲加害, 謂兩國和好, 若毁紛亂之際, 知誰爲主, 故發此端耳."

15 비교의 편의를 위하여「李貞翼傳」의 서술분절 ④의 관련 원문을 제시해 둔다. "時虜英俄爾岱, 以五百騎猝入安州, 脅兵使柳斐, 欲移互市安州, 不從, 卽釖擊斐笠, 以兵圍城門. 浣聞之, 發兵, 陳山谷間, 聲言夜將襲之, 英俄爾岱逃去."

안주에 와서 병사 유비를 협박하고 안주로 호시를 옮기고자 하였지만, 유비가 따르지 않았다. 즉시 검을 빼 유비의 갓을 쳤으며 또 병사를 거느리고 성을 에워쌌다. 공이 이 소식을 듣고 병사를 모아 성문을 치고 지나가 산곡 간에 주둔하고는 밤이 되면 습격할 것이라고 소리 높여 말하니, 영아이대가 도망갔다.[16]

이완을 대상으로 한 전과 기사에 공통적으로 소개된 일화로, 그 내용은 대동소이하다. 다만 「이정익전」에서는 여러 개의 일화 중의 하나이지만, 「기정익이공사」에서는 이 사건을 논의의 중심에 두었다. 그러므로 이 일화가 전과 기사에서 차지하는 비중은 각각 다르다. 즉 전에서는 이완의 행적을 드러내기 위해 제시된 여러 개의 일화 중 하나라면, 기사에서는 이 일화를 중심으로 사건이 전개되었다.

이는 기사의 상르석 속성과도 부합하는 바, 기사는 진의 시술구조와 거의 동일하다고 할 수 있으나, 단 하나의 사건만을 다룬다는 점, 그리고 비교적 사건의 전말을 상세히 기록한다는 점에서 그 나름의 특색을 지닌다.[17] 기사의 대상으로 선정된 이야기들은 작가가 흥미를 끌만한 것으로, 기술자의 관점은 어디까지나 사건 그 자체에 집중된다. 더불어 기사는 이문목도의 결과물이므로 대개의 경우 사건을 직접 목격하였거나 믿을 만한 제보자에 의하여 현장으로부터 전해들은 이야기를 기술한 것이므로 사건의 경위나 장면 묘사 등이 비교적 세밀한 편이다.

---

16 『硏經齋全集』속집 책15 「記貞翼李公事」. "考之國史, 去歲卽崇禎己巳也. 涑州守臣, 指李貞翼也. 萬與浣, 音相近, 故乃錯出, 涑州卽肅川也. 是時, 公在肅川, 虜將英俄爾岱, 以五百騎猝至安州, 脅兵使柳斐, 欲移互市於安, 不從, 卽拔釖擊斐笠, 又以兵圍城. 公聞之, 卽調兵, 憂過城門, 屯山谷間, 聲言夜將掩擊, 英俄爾岱逃去."

17 김혜숙, 「전・서사・야담의 대비적 고찰─상호연관성과 관련하여」, 『한국 판소리・고전문학 연구』, 아세아문화사, 1983.

「기정익이공사」는『개국방략』과『국사』등 신뢰할 만한 문헌을 근거로 서술하였다. 특히 조선의『국사』를 원용하여 청의 칸이 조선 국왕에게 보낸 편지가 수록된『개국방략』의 내용을 고증하여, 사건의 발생 연도와 장소 및 구체적인 내용을 파악한 것인 만큼 허구의 틈입이 없는 사실기록임에 분명해 보인다. 그런 의미에서 「기정익이공사」는 기사의 특성을 잘 보여주는 작품이다. 논평에서는 본론에서의 논의를 토대로 영아이대의 무리한 요구를 비판하고『개국방략』에 서술된 내용이 사실과 다름을 밝혀 이완의 충의를 고평하였다.[18] 이것으로 성해응이 「기정익이공사」를 서술한 의도는 분명해진 셈이다.

(2) 전과 서사한시의 경우—「강상효녀전(江上孝女傳)」과 「강상효녀편(江上孝女篇)」

「강상효녀전(江上孝女傳)」은 어린 자매가 남장을 하고 아버지의 원수를 갚기 위해 검술을 연마하여 결국 원수를 죽인다는 이야기로 소재 자체가 매우 흥미진진하다. 이미 앞 시기에 이광정(李光庭, 1674~1756)과 안석경(安錫儆, 1718~1774), 유만주(俞晚柱, 1755~1788) 등이 동일한 소재를 대상으로 각각 서사한시 「동작여자가(銅雀女子歌)」와 한문단편 「검녀(劍女)」, 기사 「서이검희사(書李劍姬事)」를 서술할 만큼 문인들 사이에서 큰 반향을 불러일으켰다. 성해응 역시 이 이야기를 전과 서사한시로 각각 서술한 만큼 소재 자체에 많은 흥미를 가지고 있었음을 알 수 있다.

18　『研經齋全集』속집 책15 「記貞翼李公事」. "英俄爾岱實强行難從之請, 先自壞約束, 欲借我起端, 卒乃瞞其主而諱其逃去狀, 誠亦巧矣. 英俄爾岱之違約, 亦彼所當罪也. 公誠誅之, 斯得矣, 豈可謂私欲加害乎? 公之忠義, 亦賴是而益張矣."

먼저 「강상효녀전」을 살펴보기로 하자. 이 작품은 인물지 「강상열효녀」[19]와 약간의 글자 출입이 있을 뿐 줄거리는 대동소이하다. 대략의 줄거리는 다음과 같다.

강상열효녀는 누구의 자식인지 모른다. 고(故) 판서 정재희는 동작강가에 살았다. 겨울에 두 동자가 구걸하러 와서 아비가 노비추심을 갔다가 억울하게 죽은 저간의 사정을 말하자, 재희는 이들을 불쌍히 여겨 묵게 해 주었다. 날이 저물어 재희 옆집에 병든 한 노파가 밤늦도록 잠을 이루지 못했는데, 두 아이가 원수를 찾아 헤매다가 지금 그 자취를 얻게 된 사실을 엿듣게 되었다. 이어 두 아이는 옷을 입고 집을 나갔지만 노파는 두렵기도 하고 늙어서 뒤따를 수 없었는데, 날이 밝자 승방점에서 살인 소식이 들려왔다. 이윽고 노파가 그 사실을 재희에게 고하자, 재희는 크게 놀라 그들의 종적을 물었으나 알 길이 없었다.

이 글은 '강상효녀는 누구의 자식인지 모른다[江上孝女, 不知誰氏子]'라고 시작하여 주인공의 신원을 밝힘으로써 전(傳)의 본원서술에 충실히 부합한다. 이어 예조 판서를 지낸 정재희(鄭載禧, 1631~1711)의 실명과 관직, 생몰 여부를 구체적으로 서술하여 서사의 객관성에 신뢰감을 부여하였다. 전은 뚜렷한 주제 하에 개인의 사적을 선택적으로 기술하는 것으로, 주인공에게 있어 생애의 가장 단적인 사건을 중심으로 서술된다. 여기에서는 '두 어린 여자가 억울하게 죽은 아버지의 원수를 갚기 위해 검술을 배워 직접 원수를 죽인' 행위를 특기하여 그녀들의 효를

---

19 「강상열효녀」는 「草榭談獻」(『研經齋全集』 권56)에 수록되어 있는데, 「초사담헌」은 후세에 길이 전해질만한 행적임에도 불구하고 그대로 묻혀버릴 지경에 이른 인물에 대한 기록이다. 일정한 형식을 정하지 않고 인물에 대한 기록 그 자체에 치중한 것으로, 인물지를 의도한 것은 아니지만 결과적으로 인물지를 이루었다. 그러므로 일정한 구성이나 체재가 없는 대신, 수록된 인물은 시대와 계층, 국적을 망라하여 두루 실려 있는 만큼 방대하고 폭넓다.

고평한 것임을 알 수 있다. 전의 소재가 되는 일화는 반드시 기술되는 인물의 장처(長處)—인품이든 덕성이든 학문이든 기질이든 기능이든 간에—를 단적으로 드러낼 수 있는 것이어야 한다.[20]

성해응은 이 글에서 사실성을 담보하는 사전 장치—예를 들면, 사실에 근거한 기록양식인 '전'이라는 형식을 취한 점과 정재희라는 실존 인물을 등장시킨 것 등—를 설정한 만큼, 「강상효녀전」은 사실에 근원하여 서술한 역사기록문학으로서의 전의 형식에 충실히 부합한 작품이다. 논찬을 통해 주제의식을 살펴보기로 한다.

> 찬에 말한다. '살인한 자를 용서하지 않는 것은 삼대가 같은 바이다. 성인은 뒤에 법을 집행하는 자가 혹 행함이 밝지 않아 원한이 풀리지 않음이 있을까 염려하였다. 이에 원수를 갚는 의리를 논의하여, 자식이 변에 대처하는 도리를 다하게 하였다. 가령 고요가 사(士)가 되었다면 어찌 이러한 일이 있었겠는가? 강상효녀가 어찌 적상(賊商)을 관에 고발하여 국법으로 그를 죽여야 함을 몰랐겠는가? 그녀는 유사가 적을 밝히지 못하여 자기의 원한을 풀 수 없을까 진실로 두려워하여, 이에 손으로 직접 죽여 없앤 것이니 참으로 열이라 하겠다.'[21]

전체 분량에 비해 논찬의 비중이 상대적으로 높은 편인데, 이는 작가가 강조하는 바가 있음을 의미한다. 성해응은 강상효녀가 연약한 여자의 몸으로 직접 아버지를 죽인 원수를 죽일 수밖에 없었던 이유를 제시

---

20 김혜숙, 앞의 논문, 1983, 603면.
21 『研經齋全集』 권17 「江上孝女傳」. "贊曰: 殺人者無赦, 三代之所共也. 聖人慮夫後之執法者, 或行之不明, 而冤有不得伸者, 爲之論復讐之義, 以盡人子處變之道, 使皐陶爲士, 寧渠有是? 江上孝女, 豈不知告賊商于官, 以王法誅之哉! 彼誠恐有司不能明其賊, 而己之冤不得伸, 乃手自剪除之, 誠烈矣哉!"

하고 있다. 이는 다름 아닌 법을 집행하는 유사(有司)를 신뢰할 수 없다는 데 그 원인이 있다. 아버지의 억울한 죽음을 관에 고발하여 법으로 집행하는 것이 가장 좋은 방법이긴 하나, 당시 법집행이라는 것이 유사가 외압에 굴하지 않고 범인을 제대로 잡을 수 있을지, 또 만약 잡는다 하더라도 상부에서 죄상에 맞는 처벌을 내릴 수 있을지 신뢰할 수 없는 상황이었다. 따라서 강상열효녀는 직접 원수를 죽일 수밖에 없었던 것이다. 이 작품에서 성해응은 강상열효녀의 효를 고평하였으며 나아가 당시 법 집행의 부실함과 이를 주관하는 관료들의 부정함을 비판하였다. 이것은 「강상열효녀」의 논평과 비교해보면 그 서술시각이 보다 분명해진다.

여인은 연약하여 병기를 들고 사람들과 다툴 수 없다. 전기를 살펴보면 여모·총아의 무리가 많지 않으니, 부인이 병기를 가까이 하지 않는 깃은 오래된 법칙이다. 패사에 전하는 홍선·운랑은 그 일이 아득하고 신이하니 아마 말을 만든 자가 가탁하여 설치하였던 것일 것이다. 검협의 무리가 원수를 갚고 어려운 일을 해결하는 것이 어찌 두 여자가 작심하고 소매를 떨쳐 직접 적과 원수를 제거하여 추악한 이를 섬멸하고 마음에 만족하며 의리에 만족하는 것과 같겠는가? 아! 기이하다.[22]

「강상열효녀」는 연약한 여자임에도 검술을 닦아 직접 원수를 갚은 사실에 초점을 두고 그녀의 기이함[奇]을 부각시켰다. 이는 「강상효녀

---

22 『研經齋全集』 권56 「江上烈孝女」. "女人荏弱, 不能操兵刃與人爭. 考之傳記, 如呂母寵娥之倫不多有, 婦人不邇戎器, 古之訓也. 稗史所傳紅線雲娘, 其事誠閃忽神異, 疑寓言者所託設有是也. 卽劍俠之流, 爲人報仇怨解鬪難, 豈若二女之捍然奮袂, 手翦除賊讎, 殲滅淫醜之爲快於心恔於義乎? 吁亦奇矣."

전」과는 서술시각이 분명 다르다. 「강상효녀전」과 「강상열효녀」는 줄 거리가 대략 비슷하다. 그러나 「강상효녀전」은 강상효녀의 효를 특기함에서 나아가 당시 유사들의 법 집행의 부실함을 비판하였다면, 「강상열효녀」는 연약한 여인들이 직접 칼을 들고 아버지의 원수를 갚았다는 기이함을 부각시켰다.

다음은 서사한시 「강상효녀편(江上孝女篇)」[23]으로 4언 24구 전문(全文)을 제시한다.

日暮風焉,	해 저물녘 바람 불고,
江流咽咽.	강물은 흘러가는구나.
足下無菲,	발에 신발이 없는데,
天霜嚴冽.	서리는 몹시 차갑다.
我獨何人,	나는 홀로 어떤 사람인가?
爲孝不卒.	효를 끝마치지 못했구나.
斑斑者虎,	얼룩 무늬진 호랑이,
肆其搏嚙.	제멋대로 잡아서 깨무는구나.
跡而得之,	흔적을 좇아 얻었으니,
不驚其睡.	자는 것을 놀라게 하지 않으리.
利刀在袖,	예리한 칼이 소매에 있으니,
我欲手刺.	내 손수 찌르리라.

---

23 본고에서 의미하는 서사한시는 '개성을 지닌 개별인물이 등장하고 사건의 진행이 있는 시'로 규정한 바 있다. 「강상효녀편」은 '연약하고 어린 여자의 몸으로 검술을 배워 아버지의 원수를 죽인다'는 내용으로, 개성을 지닌 개별인물(강상효녀)과 사건의 진행(검술을 배워 아버지의 원수를 죽이다)이 있는 시로 볼 수 있다.

村舍寂寂,　　　촌사는 고요하고,

月色深邃.　　　달빛은 깊구나.

呢呢私語,　　　사사로운 말 소곤거리니,

雜以涕淚.　　　눈물이 섞여 흐르네.

星光燭地,　　　별빛이 땅을 비추니,

颯然而步.　　　바람처럼 걸어가노라.

處心積慮,　　　마음에 두고 오랫동안 생각하여,

今始有遇.　　　지금에야 비로소 만났도다.

腰支纖弱,　　　허리가 가늘고도 약한데,

蹀蹀殺氣.　　　살기를 밟았구나.

竟陷讐胸,　　　마침내 원수의 가슴을 찌르니,

偉哉英毅.　　　위대하도다, 아름답고 굳셈이여.[24]

　이 시는 앞서 논의한 「강상효녀전」과 연결해서 읽으면 스토리가 보다 선명해진다. 논의의 편의상 4구씩 6단락으로 나눌 수 있는데, 먼저 1~4구는 도입부분으로 시의 전체적인 분위기를 암시한다. 시적 화자는 날씨가 매우 추운데도 신발조차 신지 못할 만큼 고난에 처해있음을 알 수 있다. 시인은 힘겨운 상황임을 직접 서술하는 대신 신발이라는 매개체를 활용하여 간접적으로 형상하였다. 5~8구에서 서사가 본격적으로 전개된다. 시인이 고난에 처한 것은 악행을 저지른 원수에게 원인이 있음을 밝혔다. 원수를 사나운 호랑이에 견준 것은 흥미롭다. 9~12구에서는 악행을 자행하는 호랑이, 즉 원수의 뒤를 쫓아 찾아내고야 만 사실을 서술하였다.

24　『研經齋全集』 권1 「江上孝女篇」.

　　13~20구는 시적 형상화가 가장 뛰어난 구절로, 한 밤중의 고요한 촌사와 그 곳을 비추는 달빛과 별빛, 이처럼 고요하고 평온한 것과 대비시켜 고요한 촌사에서 원수를 죽이기 위해 도모하며, 길을 밝게 비추어 주는 달빛과 별빛을 뒤로 한 채 원수를 죽이기 위해 바람처럼 재빨리 걸어가는 모습을 통해, 시적 화자의 슬프면서도 격앙된 감정이 절제되어 잘 드러난다. 시공간적 배경을 담담하게 서술하여 시적 화자가 원수를 죽이려는 의지와 대비시켜 효과를 극대화하였다. 마지막 21~24구는 논평 부분으로 강상효녀의 행적을 고평하여 이 시를 지은 의도를 표명하였다. 5구와 13구에서 '내[我]'라는 대명사를 거듭 사용함으로써 1인칭 주인공 시점으로 주인공의 비장한 의지를 표출하고 있음을 확인하였다. 그런데 이 지점에서 전지적 작가 시점으로 바뀌면서 자연스럽게 논평으로 이어진다. 시인은 연약한 여자의 몸으로 아버지를 죽인 원수를 칼로 찔러 죽인 강상효녀에 대해 '아름답고 굳세다[英毅]'고 하여 그녀의 효를 적극적으로 평가하였다.[25]

　　「강상효녀편」은 시인이 이문목도한 사실에 근거하여 서술한 작품이다. 주인공인 강상효녀의 입을 빌어 사건을 전개하고 있는 셈이다. 그런데 앞서 언급하였듯이, 이 작품은 「강상효녀전」과 연결시킬 때 그의

25　강상효녀를 대상으로 한 작품으로는, 李光庭의 「銅雀女子歌」, 安錫儆의 「劍女」, 兪晚柱의 「書李劍姬事」 등이 있다. 성해응의 강상효녀에 대한 서술인식의 이해를 돕기 위하여 이들 작품의 개요를 간략하게 소개한다. ① 이광정의 「동작여자가」는 줄거리는 대략 비슷한데, 두 여자아이가 자매가 아닌 주인집 딸과 몸종이라는 점이 다르다. 시의 말미에서 경세적인 논평으로 마무리한 것이 흥미롭다. ② 안석경의 「검녀」 역시 두 여자아이는 자매가 아닌 주인집 딸과 몸종으로, 이들은 아버지의 원수를 갚은 뒤 주인집 딸은 자살하고 몸종은 천하를 돌아다니며 뛰어난 인물을 섬기고자 하여 소응천과 결교하였으나 결국 떠난다는 이야기다. ③ 유만주의 「서이검희사」는 성해응의 글과 서사전개가 많이 다르다. 예를 들면 두 여자아이가 묵고 가는 집의 주인이 정재희가 아닌 남인 정시한이며, 두 여자아이의 아버지가 죽게 된 것도 노비추심을 갔다가 이익을 노린 장사꾼에게 죽임을 당하는 것이 아니라 아버지의 후처가 아무개와 사통하여 그녀들의 아버지를 죽인 것 등이다.

미가 보다 선명해진다. 따라서 이 작품은 「강상효녀전」보다 뒤에 기록된 것으로 보인다. 즉 성해응은 강상효녀에 대한 이야기를 듣고 그들의 남다른 효행을 후세에 전하기 위하여 「강상효녀전」을 서술하였다. 이후 「강상효녀전」에 의거하여 다시 서사와 정회가 어우러진 서사한시 「강상효녀편」을 서술한 것이다. 서사의 객관적 진술에 중점을 둔 「강상효녀전」과는 달리 「강상효녀편」은 시인의 주관적 정회가 잘 표출되어 작품으로서의 완성도가 높다. 특히 13~20구는 시적 형상화가 뛰어나 이 지점에서 성해응이 전과 서사한시의 양식적 특성을 적절하게 활용하고 있음을 알 수 있다.

(3) 기사와 서사한시의 경우—「서영천박열부사(書榮川朴烈婦事)」와 「이복행(義僕行)」

「서영천박열부사」는 영천의 박열부에 대한 송사사건을 소재로 한 기사로, 이 사건은 당시 전국적으로 비상한 관심을 불러 일으켰다. 주인공 박씨의 본원을 밝히면서 작품은 시작되는데, 대략적인 내용은 앞서 소개한 바 있다.

이 작품은 박열부가 관아로 찾아가 자신의 결백을 밝히기 위해서 스스로 목숨을 끊는 과정이 생생하게 묘사되어 있다. 박열부는 관아로 달려가 무죄를 증명하기 위해 젖가슴을 풀어헤쳤다. 이런 결행을 하지 않고서는 원통함을 해결할 수 없는 상황이기 때문이었다. 박열부는 자신의 무죄를 입증하기 위해서 여성으로서의 수치스러움을 무릅쓰고 보편적인 관념에 저항하였다. 이와 동일한 상황이 「의복행」에도 서술되어 있어 주목을 요한다.

婦知此寃終難伸,　　　절부는 이 원통함이 끝내 풀릴 수 없음을 알고,

斷送一縷非所惜.　　　이 한 가닥 목숨 끊는 것 아까울 것 없었네.

(…중략…)

更入縣庭不障面,　　　관아의 뜰에 다시 들어가니 얼굴도 가리지 않아,

奴婢胥隷叢衆目.　　　노비건 아전이건 온 시선이 쏟아지네.

婦言官當知懷胎,　　　절부 말하기를, 관장은 응당 회임한 배를 알 것이요,

安有懷胎似此腹.　　　어찌 회임한 배가 이와 같을 리 있겠소

披開褻體不避羞,　　　속옷을 헤쳐 풀어 부끄러움도 마다하지 않으니,

只欲志節終一暴.　　　다만 나의 지절이 한번 드러내는 것으로 끝났으면.

出至空館仍結脰,　　　공관으로 나아가 그 길로 목을 묶고,

手自緊束重重素.　　　손으로 직접 끈을 칭칭 감았다네.

復有利刀新發硎,　　　다시 새로 숫돌에 간 날랜 칼을 잡아들고,

便能揮霍引自刺.　　　곧바로 발받침을 차버리고 제 몸을 찔렀다네.

「서영천박열부사」가 사건을 위주로 직서적으로 서술되었다면 「의복행」은 시인이 이문목도한 사실에 근거하여 형상화가 강조되었다. 이는 서사의 객관적 진술에다 시인의 주관적 정회가 함께 표출되는 서사한시의 양식적 특성에 기인한 바 크다. 성해응은 서사와 시적 형상화를 염두에 두고 서사한시라는 양식을 차용한 것이다.

「서영천박열부사」는 박열부를 중심으로 사건이 전개되며 만석은 박열부의 억울한 누명을 벗기기 위한 주변인물로 등장한다. 분량이 많은 것은 아니지만, 만석은 사건을 전개하는 데 있어 중요한 역할을 차지한다. 그러므로 성해응은 만석의 행위를 고평하여 별도로 「의복행」을 서술한 것이다. 「의복행」은 송사사건의 전모를 기록한 것이 56구이며 만

석의 행위를 서술한 구절이 24구다. '의복'을 표제로 내세운 것에 비하여 만석에 대한 서술이 간략한데, 그렇다고 해서 만석의 충의에 대한 성해응의 평가가 결코 인색한 것은 아니다. 오히려 박열부 송사사건의 전모를 56구에 걸쳐 미리 서술해 둠으로써 이어 서술될 만석의 충의를 더욱 부각시키려는 사전 장치를 마련한 셈이다.

만석이 주인의 누명을 벗기기 위해 동분서주하는 모습을 살펴보도록 하자.

萬石目見讐自在,	만석은 원수가 건재한 것을 눈으로 보고,
直性那得不忿激.	그 곧은 성격에 어찌 격분하지 않겠는가?
少曾娶入祖述婢,	젊어서 조술의 계집종을 아내로 맞아들여,
生二男子髮覆額.	아들 둘 낳으니 머리털이 이마를 덮었다네.
謂言若曹皆讐物,	너희들은 모두 원수집 물건이라 말하며,
令妻負兒驅遣速.	처에게 아이를 업고 빨리 나가라고 재촉하였네.
我當訴寃向天門,	나는 천문을 향해 원통함을 호소하리니,
主家之讐天當復.	주인댁의 원수 놈 하늘이 응당 보복하리라.
再從蹕路號籲切,	다시 임금의 길을 막고 부르짖어 호소하니,
詞無少餙由衷曲.	말에 조금도 꾸밈이 없어 충정에서 나온 것이라네.
義僕風聲聳一曺,	의로운 종의 풍문 온 조정을 들썩여,
餙令本道無枉直.	본도에 칙령을 내려 잘못을 밝히라 하네.
(…중략…)	
萬石生爲貧家奴,	만석은 나서부터 가난한 집의 종이 되어,
飢寒不得豊衣食.	기한에 옷과 음식 풍족한 적 없었다네.
慷慨報主今乃爾,	강개함으로 주인에게 보답하기 이와 같았으니,

人於此僕誰能役.　　　누구인들 이 종을 부릴 수 있으랴?

我爲歌此激壯烈,　　　내 이를 노래하여 장렬함 드높이노니,

莫謂賤隸無赫赫.　　　천한 노예라 훌륭한 공 없다 말하지 말라.

　전체적으로 시인이 사건을 오롯이 전개하는 전지적 작가 시점을 취하나 7~8구에서 주인공 만석의 1인칭 시점으로 전환된다. 이것은 만석의 직접적인 언술을 통해 사건해결에 대한 굳은 의지를 되새기고, 나아가 그의 강개한 성격을 뚜렷하게 부각시키는 역할을 한다.

　만석은 미천한 노비지만 주인의 수발을 드는 충직한 종에서 머물지 않고 보다 적극적인 행동을 하였다. 즉 박열부가 자결함에도 사건은 해결될 기미가 보이지 않고 오히려 억울한 누명만 쓰게 되자, 만석은 사건의 진상을 밝히기 위해 필로에 하소연하였다. 그러나 박씨의 원통함은 밝혀졌으나 김조술이 귀양을 가는 데 그치자, 만석은 다시 필로에 항소함으로써 결국 김조술은 죽임을 당하였다. 당시 만석의 처는 만석의 주인을 죽인 원수의 종이었는데, 주인을 죽인 원수의 종과는 함께 살 수 없다 하여 처를 내치고, 또 주인의 억울함을 풀기 위해 두 번이나 송사를 한 만석의 행동은 여느 노비와는 분명 다른 적극적인 형상을 띠고 있다. 성해응은 이러한 만석의 충을 가상히 여겨「의복행」을 서술하였던 것이다.

　앞서 언급하였듯이 영천 박열부 이야기는 당시 널리 알려진 터라 성해응 역시 대강의 스토리는 알고 있었을 것이다. 그러던 중 절친한 친구인 김기서가 청도 군수에 임명되면서 이 사건의 재심을 담당하게 되었다. 성해응은 박열부 송사사건의 전말에 대해서 김기서를 통해 보다 정확하고 자세하게 전해들을 수 있었던 것이다. 그리고 이를 근거로 기사와 서사한시를 서술하였다. 이러한 사실은「서영천박열부사」와「의

복행」이 모두 기사와 서사한시의 양식적 특성을 충실히 이행하고 있음을 확인시켜 준다. 또 두 작품의 선후를 짐작하건대, 성해응은 김기서를 통해 박열부 송사사건의 전모를 전해 듣고 「서영천박열부사」를 서술한 뒤, 여기에서 다소 미흡하게 다루어진 만석의 충의를 고평하여 「의복행」으로 특기한 듯하다.

이상에서 동일한 소재를 대상으로 각각 전과 기사, 서사한시로 서술한 작품을 통해 제(諸) 서사양식간의 교섭양상을 살펴보았다. 이어 제 서사양식의 교섭이 갖는 의미를 성해응의 글쓰기 태도와 연관시켜 논의할 것이다.

2) 교섭양상을 통해 본 글쓰기의 특징과 의미

성해응이 동일한 소재를 대상으로 전과 기사, 전과 서사한시, 기사와 서사한시 등 그 양식을 달리하여 서술한 이유는 무엇인가?

이는 몇 가지로 설명할 수 있는데 우선 전과 기사의 장르적 속성을 들 수 있다. 전은 한 개인의 삶을 사실에 근거하여 기술한 양식인 만큼, 역사적 인물을 서술하든 그렇지 않든 모두 사실에 충실하다. 사실에 충실하기 위하여 작가는 역사재료를 객관적으로 탐구하는 태도를 취할 것이 요구된다. 하나는 과거에 이미 있었던 기록이고 또 하나는 일차 사료와 작가 자신의 견문에 의거한 것이다. 어떤 부류의 것이든 경솔하게 믿지 않고 해부 분석과 감별 대비라는 작업을 거쳤다. 역사서술에 있어 가장 중요한 것은 다름아닌 사실에 근거한 객관적인 서술이기 때문이다. 특히 전은 기본적으로 역사산문이기에 그 정도의 차는 있지만 역사에 대한 신뢰를 바탕에 깔고 있다. 전이 인멸에 저항하면서 인물의 덕과 선행을 역사 속에 길이 전하고자 함도 바로 이러한 역사산문으로서의 성격에 연유한다. 또한 전의 창작에 임하는 작가들의 태도가 역사가적이거나 적어도 준역사가적인 태도를 보여주는 것도 이와 관련된다.[26]

　기사는 자신의 견문이나 체험을 기술하여 전하는 서사양식이다. 그내용은 실제 있었던 사실이면 되고 그 형식은 '언제 어디서 이런 일이있었다'는 식으로 사실의 경위를 전달해 주면 된다.[27] 기사는 인물의 언행과 공적을 기술하는 것을 그 중요한 기능으로 하는 '진실되다'는 기본적인 전제가 가능하다면, 역사 서술의 일차자료로서도 손색이 없는비지전장류로 파악한 견해도 있다.[28] 요컨대 기사 역시 실재 있었던 사실에 근거한 기록인 것이다. 성해응이 많은 편수의 전과 기사를 서술한것은 그가 '사실적 기록'을 추구하였음을 의미한다. 그런 측면에서 전과 기사는 사실에 즉하여 직서적으로 기록하려는 '거사직필'의 기록의식을 적절하게 담아낼 수 있는 장르인 셈이다. 여기에는 거사직필의 기록을 통해 한 인간의 사적을 진실되게 전달하고자 하는 의도가 내재된것으로 보인다.

　이 지점에서 성해응의 사가(史家)로서의 투철한 사명감에 대해서 짚고 넘어갈 필요가 있다. 그는 앞서 언급한 것처럼 거사직필의 기록의식을 지니고 종실의 글쓰기 태도를 지향하였으며, 그 과정에서 고증적인학문 방법론을 적극 활용하였다. 자신이 직접 이문목도한 사실에 근거하여 구체적으로 검증하는 작업을 거쳤던 것이다. 특히 기술의 정밀함

26　박희병, 「조선 후기 전의 소설적 성향 연구」, 서울대 박사논문, 1991, 19~20면.
27　조창록, 「조선 후기 기사 연구」, 성균관대 석사논문, 1992, 2면.
28　이희목, 「영재 이건창 산문 연구―인물 기사를 중심으로」, 성균관대 박사논문, 1992, 26면.

을 추구하였고 근거가 분명하지 않은 것은 여러 문헌과 전고를 참고하여 고증하는 등 기록에 있어 분명한 준거를 가지고 있었다. 이러한 의식에 근거하여, 그는 사관(史官)이 투철한 사명감을 가지고 정사(正史)를 기록하는 것처럼 재야에서 이름 없는 하층민들의 훌륭한 사적을 기록하여 후세에 전달하고자 하였던 것이다. 훗날이라도 이들의 사적이 정사에 취재될 수 있도록 기록해 둠으로써 미리 대비하겠다는 의도에서다.

사실적 글쓰기 태도는 그의 학문사상과 긴밀하게 연관된다. 성해응은 '경사(經史)'를 학문의 근본으로 삼았음을 천명한 바 있다. 그리고 '사(史)'를 '경(經)'과 같은 층위에서 논의하였다. 또 그는 역사를 거울에 비유하였는데, 거울을 보면서 현재의 모습을 직시하고 그 속에서 지나온 자취를 반추함과 동시에 앞으로 나아갈 길을 제시할 수 있음을 포착한 것이다. 실제 역시는 거울의 이러한 속성과 부합한다. 이것이 바로 사관으로서의 사명감이 생성되게 된 바탕이며, 나아가 글쓰기 태도의 이론적 근거가 된다는 점에서 매우 중요하다.[29] 이러한 까닭으로 성해응은 사를 중시하여 거사직필의 기록 태도를 견지하고, 전과 기사 등 역사서사문학을 상당수 저술한 것이다.

동일한 소재를 각각 다른 서사양식으로 서술한 이유에 대해서 그 장르적 특성과 연관하여 간단하게 언급하고자 한다. 성해응은 이완을 대상으로 「이정익전」과 「기정익이공사」를, 강상효녀를 대상으로 「강상효녀전」과 「강상효녀편」을, 박열부와 만석을 대상으로 「서영천박열

---

29 史家的인 글쓰기 태도는 성해응만이 구사한 것은 아니며, 18~19세기 고증학의 영향을 받은 문인들은 역사에 대한 관심으로 사가적인 글쓰기 태도를 견지하였다. 洪敬謨와 같은 이는 經史一致에서 한 걸음 나아가 文史一致를 주장하기도 하였다. 이에 대한 자세한 것은 이군선, 「관암 홍경모의 시문과 그 성격」, 성균관대 박사논문, 2002, 58~65면 참조.

부사」와 「의복행」을 서술하였다. 그렇다면 그는 왜 이들을 각각 전과 기사 그리고 서사한시로 양식을 달리하여 서술한 것인가?

무엇보다 이들에 대한 관심 즉 흥미가 유발되었던 듯하다. 소재 자체도 흥미롭지만, 이들의 면면을 가만히 살펴보면 아버지에 대한 효, 임금에 대한 충, 남편에 대한 열, 주인에 대한 충을 충직히 수행한 인물들이다. 즉, 충효열을 실천한 인물에 관심을 갖고 이를 기록한 사실을 통해 각 작품의 주제의식을 확인할 수 있다. 둘째, 충효열을 고취한 인물들을 기록하여 그들의 행적을 후세에 길이 전하고자 하는 데서, 기록에 대한 의지와 재야사관으로서의 사명감을 엿볼 수 있다. 다음으로 각 서사양식의 장르적 특성을 적절하게 활용한 성해응의 문체적 감각을 들 수 있다. 즉 전은 이완과 강상효녀라는 인물을 중심으로, 기사는 이완의 충과 영천 박열부의 열을 부각시키기 위한 사건을 중심으로 서술된 것임을 확인하였다. 그리고 서사한시에서는 서사와 시적 형상화의 적절한 조화를 통해 문학적 형상성을 제고시켰음을 살펴보았다.

마지막으로 서사양식의 교섭에 대해 첨언해 두고자 한다. 성해응은 당시 널리 알려진 이야기를 전과 기사, 전과 서사한시, 기사와 서사한시 등으로 양식을 달리하여 서술한 만큼, 제 서사양식간의 넘나듦이 이루어졌다고 볼 수 있다. 그런데 이는 조선 후기에 활발하게 이루어진 서사양식의 교섭과는 그 양상과 층위가 다르다.

조선 후기에 오면 사실을 중시하고 직필을 기본으로 하는 서사양식에서조차 작가의 입장과 견문의 차이, 기술태도 또는 대상인물과 사건을 바라보는 작가의 시각 등과 같은 다성성(多聲性)을 수용하면서 허구 지향을 드러내었다.[30] 더불어 구연이 서사양식에 광범위하게 들어가 양식의 변모에 영향을 주기도 하였다. 이러한 상황의 전개로 조선 후기

에는 역사서사와 허구서사가 만나게 되는 접점이 점차 넓게 형성되면
서 서사양식간의 교섭양상도 활발해진다. 특히 야담뿐만 아니라 사실
성을 중시하는 전과 기사에도 허구가 틈입되었다. 이처럼 활발하게 이
루어진 교섭의 영향 아래, 여러 문인들은 동일한 소재를 전이나 기사,
서사한시 또는 야담 등의 제 서사양식으로 형상하였던 것이다.

그런데 역사서사문학에 허구화가 틈입되고 야담과도 넘나드는 등
보다 활발하게 교섭하는 것과 달리, 성해응이 서술한 각 서사양식엔 허
구화의 틈입이나 야담과의 교섭양상은 거의 보이지 않는다. 이것은 조
선 후기에 활발하게 이루어진 서사양식의 적극적인 교섭양상과는 층
위를 달리하지만, 동일한 소재를 전과 기사, 전과 서사한시, 기사와 서
사한시 등으로 그 양식을 달리하여 서술한 만큼, 제 서사양식간의 교섭
이 이루어졌다고 평가하기에 충분하다.

30　진재교, 앞의 논문, 103~112면.

제7장

역사지리의 인식과 문학화

1. 공간을 인식한 형식

성해응은 『연경재전집』 「외집서」에서 외집의 체재를 경사자집의 4부로 나누게 된 경위와 그 내용에 대해서 진술한 바 있다. 그 중 「사료편(史料編)」에서는 사료를 기술한 이유에 대해서 자세히 언급하고 있는데, 이는 변경과 산천 등 지리적 공간에 대한 성해응의 인식을 살필 수 있다는 점에서 중요하다.

성해응은 "존주양이의 의리가 천지를 지탱하니 그것을 엮어서 세교에 도움을 줄 수 있고, 변경과 산천에 대한 논의들이 간책에서 빠져있으니 그것을 엮어 조정의 계책에 도움을 줄 수 있으니, 궁극적으로 무용의 학문은 아닌 것이다"[1]라고 하였다. 그가 「사료편」을 저술한 이유는 크게 두 가지이다. 하나는 대명의리론을 고양시켜 세교(世敎)에 도움을 주고자 하는 것이고, 또 하나는 정사(正史)에서 누락된 변경과 산천에 대한 기록을 엮어 둠으로써 조정의 계책에 도움을 주고자 해서이다. 「사료편」은 사료존양류(史料尊攘類)와 사료지리류(史料地理類)가 대부분을 차지한다. 저술의 첫 번째 이유에 대해선 앞서 충렬을 실천한 인물들을 고평하여 전이나 기사, 인물지로 취재한 사실을 통해 확인하였다. 아울러 방대한 분량의 「황명유민전」을 통해서도 재확인한 바이다. 따라서 이 절에서는 저술의 두 번째 이유인 변경과 산천에 대한 인식을 「사료편」을 중심으로 살펴보고자 한다. 5~6장에서 '인물'을 중심으로 한 작품세계를 규명하였다면, 7장에서는 '공간'을 중심으로 한 작품세계를 논의하려는 것이다.

성해응의 공간에 대한 인식은 산수기(山水記)와 지리지(地理志) 등에 잘 나타난다. 그는 「산수기」 2권과 『동국명산기(東國名山記)』[2]를 저술하였으며, 외집의 「사료편」을 통해 사료지리류 8권을 남긴 사실을 확인할 수 있다. 외집은 전체 70권인데, 그 중 「사료편」이 30권임을 감안한다면 지리에 관한 저술의 비중을 가늠할 수 있다. 이처럼 변경과 산천 즉 국토지리와 산수에 대한 저술은 그 양적인 면에서 매우 풍부하다.

먼저 「산수기」에서는 산수경물에 대한 성해응의 애정 어린 시선을 포착할 수 있다. 「산수기」는 국토 곳곳을 유람한 경험의 산물로, 자연 경물 및 그와 관련된 고사(故事)와 고적(古蹟)을 서술한 것이다. 전대 문

1　『研經齋全集』 권13 「外集序」. "且尊周攘夷之義, 撑拄乎天地, 而編之所以裨世敎也, 邊
　　圍山川之論, 遺佚於簡策, 而屬之所以贊廟謨也, 究非無用之學也."

2　후술하겠지만, 『동국명산기』는 「산수기」 하를 저본으로 한 뒤 첨삭한 것으로 「산수기」
　　하와는 별개의 저술이다. 그러나 두 책은 내용이 대부분 중복되며 또 「산수기」 하가 저본
　　인 까닭에, 이 절에서는 논의의 편의상 「산수기」 상하 두 권을 중심으로 서술하고자 한다.

인들이 산수를 유람하면서 호연지기(浩然之氣)를 기르고 심성수양을 했던 것과는 양상이 다르다. 자신의 눈에 비친 자연경물을 객관적으로 직서(直敍)했을 뿐이며, 이는 직접 가보지 않은 장소를 기록할 때도 마찬가지다. 선유(先儒)들의 산수기를 열독하고 그와 관련된 자료를 두루 모아 경승의 위치나 연혁, 일화 등을 기록하는데 치중하였던 것이다. 요컨대 정(情)보다는 경(景)을 위주로 한 사실적 기술이 성해응 산수기의 특징이라 할 수 있다. 변증과 고구 등의 실증적 방법론을 적극 활용한 것은 경물 위주의 사실적 기록 태도로 인한 또 하나의 특징이다. 자신이 직접 견문하거나 그렇지 않은 경우 신뢰할 만한 문헌에 의거한 '거사직필'의 저술태도가 표출되고 있다.

한편 사료지리류에는 우리나라의 대표적인 강과 샘의 위치, 그리고 그 발원지 등을 기록한 「동수경(東水經)」과 「동국천품(東國泉品)」이 있다. 「동수경서(東水經序)」에는 지리고증에 대한 성해응의 관심과 식견이 잘 드러나 있다. 그는 우리나라 사람이 산천의 원류와 지류에 대해 정확하게 알지 못할 뿐만 아니라, 기록조차 대부분 분명하지 않음을 신랄하게 비판하였다. 나아가 부정확한 지식으로 인한 불분명한 기록 때문에 후인(後人)들이 국토지리에 대한 정확한 지식을 얻지 못한 사실을 지적하고 비판의 강도를 더하였다.[3]

실제 「동수경」은 우리나라의 대표적 강인 한강·대동강·압록강·두만강 등 18개의 강에 대한 역사적 연원과 지리적 위치, 발원지에 대해

---

3 『研經齋全集』 속집 책11 「東水經序」. "夫邦國州縣興廢之跡不定, 而獨山川源流條枝, 自古及今, 不能變易故也. 然記之者, 別其源流不審, 錄其條枝不明, 則又不免後人之起疑於其間, 往往以己意亂之也. 東國之始, 鴻荒無徵, 山水之名, 多因中國之書以明之 (…중략…) 中國之人, 不能躬履而目擊, 只憑記誌所載, 而欲明東方之山川, 則安得一一考正乎?"

철저한 문헌고증을 거쳐 상세히 기록하였다.[4] 이처럼 성해응은 조선에 제대로 된 지리지가 없으며 간혹 있다 하더라도 오류가 많은 점을 지적하며 국토지리에 대한 고증적 인식을 제고시켰다. 또 서북 지역의 강토의식에서 비롯한「구성고(九城考)」·「육진개척기(六鎭開拓記)」·「서북강역변(西北疆域辨)」·「서북변계고(西北邊界考)」·「사군고(四郡考)」 등에서 역사지리에 대한 인식과 서북 지역에 대한 변경의식을 확인할 수 있다.

따라서 산수기와 지리지 등의 저술을 통해 공간에 대한 인식, 즉 동국(東國)의 변경과 산천에 대한 인식을 파악하고자 한다. 이를 통해, 성해응의 동국의 산수에 대한 관심과 애정, 그리고 서북 지역으로 확장된 국토애를 볼 수 있을 것이다. 더불어 산천과 변경에 대한 남다른 인식은 고증적인 학문 성향과 연관이 깊다는 점을 염두에 두어야 한다. 산수와 국토지리에 대한 관심은 비단 그만의 것이 아니라, 18세기 말에서 19세기 초에 걸쳐 조선 학계에 널리 유행한 고증적 학문 태도와 밀접한 상관관계가 있다. 때문에 산수와 국토지리에 대한 성해응의 남다른 관심과 인식, 그리고 방대한 저술은 조선 학계의 이러한 분위기를 반영한 것이기도 하다.

18~19세기에는 고증학에 대한 관심의 결과 연구대상도 기왕에 고증학의 주류를 이루었던 금석학은 물론이고, 음운학·역사학·지리학 등 각 분야로 확산되었다. 이중환(李重煥, 1690~1756)이『택리지(擇里志)』를 저술한 이래, 신경준(申景濬, 1712~1781)은『강계지(疆界誌)』를 편찬하였으며 관찬(官撰)이기는 하지만『동국문헌비고(東國文獻備考)』와『여지고(輿地考)』를 편찬하기도 하였다. 특히『강계지』는 고대국가의 건국·국

도(國都)·강계(疆界)와 고지명의 연혁을 전고(典故)에서 발췌 인용하여 서술한 뒤 신경준의 견해를 붙인 매우 흥미로운 저술이다. 홍양호(洪良浩, 1724~1802)는 일찍이 영조에게 지리학의 중요성을 진언한 바 있으며, 자신이 직접 지리지 편찬에 참여하기도 하였다. 또『북새기략(北塞記略)』의 「공주풍토기(孔州風土記)」·「백두산고(白頭山考)」·「발해고(海路考)」 등에서는 역사적 연고권을 가진 북쪽 지방의 강역에 관심을 가질 것을 촉구하고, 실지(失地) 회복에 대한 강한 의지를 표명한 바 있다.[5] 이종휘(李種徽, 1731~1797)는『동국여지잡기(東國輿地雜記)』를 기록하였는데, 역사지리에 대한 고증이 주를 이룬다.

한편, 이덕무는 문자학이 갖는 중요성을 간파하여 집중적인 연구를 시도하였으며,[6] 유득공은 음운학에 상당한 관심과 조예를 갖추고 있었다. 그리고 발해의 옛 땅을 회복해야 한다는 일념으로『발해고』를, 북방 역사의 연원을 밝히기 위해『사군지』를 저술하였다. 북방영토를 회복하고자 하는 의식에서 국토지리, 특히 북방에 많은 관심과 지식을 가졌던 것이다.[7]

이처럼 역사에 대한 인식을 바탕으로 국토지리의 고증에 관심을 갖고 각종 지리지를 저술한 것은 18~19세기에 절정을 이룬다. 성해응 또한 그 정점에 서서 고증적 학문자세를 바탕으로 산천과 변경에 남다른 관심과 식견을 갖고 산수기와 지리지 등을 저술한 것이다. 성해응의 국

---

5   홍양호의 국토지리에 대한 관심과 고증적 태도에 대해서는, 진재교,『이계 홍양호 문학연구』, 성균관대 대동문화연구원, 1999, 99면~126면 참조.

6   李德懋,『靑莊館全書』권19「洪太和(元燮)」. "不侫近間, 爲周顒沈約之學, 汗靑無期, 堪令人頭白."

7   유득공의 역사인식과 서북 지역에 대한 서술은 송기호, 「유득공」,『한국의 역사가와 역사학』상, 창작과비평사, 1994 참조.

토지리와 공간에 대한 인식은 역사지리학적인 성격이 강하다. 역사지리학은 역사의 공간을 연구대상으로 하는데, 구체적으로 과거의 지역적 공간을 그 대상으로 한다. 역사지리학은 몇 가지 범주로 나눌 수 있지만, 여기서는 인문현상을 주목한 경우만을 대상으로 하며, 그 대상으로 하는 공간이 시간적으로 역사적 과거에 속한다는 것뿐이다. 연구의 주 대상 자료는 문헌기록 및 고지도, 유물·유적 외에 과거의 역사를 간직한 현재의 자연과 경관, 그리고 지명 등이 된다.

요컨대 학술적으로 공간을 인식한 것은 역사지리학으로 포섭할 수 있다. 이 시기에 지도의 발전과 기행의 유행, 그리고 산수기의 대량 생산 등 문학적으로 공간을 인식하던 경향이 성해응의 산수기와 지리지에도 여실히 표출된다. 이에 그의 산수기와 지리지를 중심에 두고 역사지리를 문학적으로 포착한 양상을 규명하고자 한다.

2. 「산수기(山水記)」와 그 성격

성해응의 「산수기」는 상하 2권으로, 우리나라 곳곳의 명승지를 유람하고 기록한 것이다. 모두(冒頭)에 유람의 배경과 장소, 그리고 이를 기록한 이유에 대하여 자서(自序)의 형식으로 서술하였다.

「산수기」 상(上)은 부친 성대중의 임소(任所)를 따라 다니면서 유람한 곳과 자신이 부임한 임소 주변을 유람한 것에 대한 기록을 담고 있다. 주로 임소 주변의 명승지와 그에 관련된 고인(故人)과 고사(故事)를 기록한 것이다. 이는 어려서 부친의 임소를 따라다니고 장성해서는 자신이 지방관으로 재직하게 되면서 이루어진 경험의 산물이다. 자신이 직접 유람할 장소와 시기를 정하는 등 보다 적극적이고 자발적으로 산수 유람을 계획한 것은 아니라는 점에서, 후술할 「산수기」 하(下)와는 차이가 있다. 「산수기」 상에 서술된 유람 지역은 성대중과 성해응의 임소로 한정되어 있긴 하나, 유년 시절부터 시작된 유람의 여정은 많은 지역을 포괄하고 있다.

부친의 임소로는, 그의 나이 8세(1767) 때 선사(仙槎, 지금의 울진)의 불영사(佛影寺)와 주천대(酒泉臺)를, 이어 죽령(竹嶺)·단협(丹峽)·제천(堤川)·원주(原州) 등지를 유람하였다. 17세(1776) 때 운산(雲山) 임소로 따라가 영변(寧邊)의 묘향산(妙香山)과 약산(藥山)·동대(東臺), 안주(安州)의 백상루(百祥樓), 평양(平壤)의 내외성(內外城), 동선(洞仙)·청석(青石), 송악(松嶽)의 고도(古都) 등을 두루 유람하였다. 24세(1783) 때에는 흥해(興海)의 조령(鳥嶺)·낙동강(洛東江), 영천(永川)의 조양각(朝陽閣) 등을 유람하였다.

자신의 임소로는 43세(1802) 때 서해를 방문하여 영보정(永保亭)·안흥도(安興島)와 백제의 고도(古都)를 유람하였다. 44세에 화양동(華陽洞)을 방문하였고, 45세에 단양(丹陽)·청풍(清風) 등을 유람하였으며, 잇따라 호좌(湖左)의 산수를 유람하고 돌아왔다. 또 구체적인 연도를 알 수 없으나, 고향 근처의 금수(金水)·옥병(玉屏), 철성(鐵城)의 보개산(寶盖山)·전담(蕈潭) 등을 유람한 기록도 확인할 수 있다.

이처럼 성해응의 유람 지역은 경상도의 울진과 흥해, 강원도의 원주, 충청도의 제천과 안흥도, 평안도의 운산과 영변 및 안주와 평양, 황해

도의 동선과 청석, 경기도 북서부의 송악과 동음 및 철성 등 조선 전역
에 걸쳐 있다.

「산수기」하는 성해응의 자발적인 의지로 오랜 시간동안 계획한 끝
에 이루어진 유람 기록이다. 유람 장소와 기록 분량이 「산수기」상보다
훨씬 많다. 「산수기」하는 성해응이 직접 유람한 곳도 있지만 와유(臥遊)
의 기록 또한 상당부분을 차지한다.[8] 직접 유람하지 않은 곳에 대해서는
다른 사람의 산수기나 지리지를 참고하여 기록하였다. 그러므로 「산수
기」상에 비하여 좀 더 체계적으로 정리되어 있어 독자의 이해를 돕는
다. 조선을 크게 경도(京都)·기로(畿路)·해서(海西)·관서(關西)·호
서(湖西)·호남(湖南)·영남(嶺南)·관동(關東)·관북(關北) 등 9곳으로
나눈 뒤, 각 지역의 명승지를 다시 세부적으로 기록하였다.

흥미로운 것은 『동국명산기』[9]의 존재이다. 「산수기」상하 2권은 『연
경재전집』의 권50과 51에 수록되어 있는데, 『동국명산기』는 『연경재
전집』에 수록되지 않은 채 한 권의 책으로 따로 간행되어 있다. 문제는
「산수기」와 『동국명산기』의 관련 여부인데, 『동국명산기』는 체재와
수록된 순서, 내용 등을 살펴볼 때 「산수기」하와 대부분 일치하지만
부분적으로 첨삭이 있다. 또 「산수기」상하 각 편의 모두(冒頭)에 자서
(自序) 형식으로 서문이 붙어 있는 반면 『연경재전집』에는 「명산기서

---

8   『研經齋全集』권51「山水記」하. "畿路之白雲·彌智·逍遙·晚翠·寶盖·天摩·天聖
諸名山, 或覩或未覩, 皆以幽靚稱."

9   『동국명산기』의 현전하는 판본으로는 조선총독부에서 간행한 국립중앙도서관본이 있
다. 그 첫 면에 "이 책은 한일간 '문화재 및 문화협력에 관한 협정' 제 2조의 규정에 의하
여 1966년 5월 28일자 일본 정부로부터 반환된 도서임"이라고 명기되어 있으며, 마지막
면에 明治 42(1909)년 7월에 인쇄되고 발행된 기록이 있다. 이러한 사실을 통해, 『동국명
산기』는 조선총독부 통치하에 조선의 산천과 지리에 대한 정보를 입수하여 자료를 정리
하고자 한 일환으로 수집되었던 것으로 추정된다.

(名山記序)」가 별도로 존재한다. 그런데 「명산기서」를 자세히 살펴보면, 이는『동국명산기』의 서문으로 보인다. 따라서 「산수기」하와『동국명산기』는 각각 다른 책임에 분명하다.『동국명산기』와 많은 부분 일치하긴 하지만 「산수기」하를 전재(全載)하여『동국명산기』라고 이름붙인 것은 아닌 것이다.

이 책들은 「산수기」상의 자서에 "辛未早秋, 凉意初生, 意想搖落, 輒復信筆, 追記舊遊"라고 한 구절을 통해, 신미년 즉 1811년에 저술된 것임을 알 수 있다.[10] 「산수기」하는 "余嘗作山水記, 記所嘗遊者"라고 하여, 1811년으로부터 적어도 몇 년이 지난 뒤에 저술된 것이다.『동국명산기』는 「산수기」하와 체재 및 내용이 상당부분 일치하는 것으로 보아, 「산수기」상하를 기록한 뒤 조선의 명산을 체계적으로 정리해 두고자 하는 의도에서 저술한 것으로 보인다.

1) 경물(景物) 중심의 사실적 기록

산수기는 산수자연을 유람하고 그 속에서 느낀 흥취를 기록으로 남긴 것이다.[11] 보통 산수기는 산수자연이라는 객관적 경물과 그 속에서 느

10 　『研經齋全集』권50 「山水記」상.
11 　진필상은 "여행자가 직접 경험한 것의 기록을 遊記라 하고, 아름다운 산천경색을 묘사하였지만 결코 작가가 친히 여행하여 본 것이 아닌 경우는 보통 유기라 칭하지 않고 山水記라 칭한다"(진필상, 심경호 역, 앞의 책, 102면)고 하여, 유기와 산수기를 구별한 바 있다. 그런데 앞서 살펴보았듯이, 성해응의 「산수기」상은 자신이 직접 유람한 곳이며 「산수기」하는 직접 유람한 곳도 있고 그렇지 않은 곳도 있다. 따라서 본고에서는 성해응 자신이 「산수기」라는 표제를 단 만큼 '산수기'라는 용어를 그대로 사용하였다. 더불어 성해응이 직접 유람한 곳과 와유한 곳을 모두 「산수기」에 포섭한 점을 감안하여, '산수기'는 '산수에 대한 기록'을 의미하는 광의의 개념으로 사용하였음을 밝혀 둔다.

끼는 유람자의 정취 및 사상을 천명하고 주제를 심화시키는 의론 등으로 이루어져 있다. 그러므로 경(景)·정(情)·의(議)가 유기적으로 구성되는 경우가 일반적이다. 그런데 성해응의 산수기는 경물을 객관적으로 묘사할 뿐 정회나 의론은 거의 표출되지 않는다. 이것은 성해응 산수기의 가장 큰 특징이기도 하다. 산수기의 서술상 특징은 묘사의 사실성에 있다. 산수·지명·고적·관련 역사인물을 사실적이고 객관적으로 서술하는 것이 산수기의 가장 중요한 요건이다. 성해응이 '거사직필'의 저술태도와 기록에 대한 강렬한 의지를 지니고 있음을 앞서 확인한 바 있다. 그렇다면 산수기 또한 성해응의 기록의식에 여실히 부합된다. 그의 기록의식이 산수기에 어떻게 투영되어 있는지 확인해 보기로 한다.

성해응 이전에 이미 허목(許穆, 1595~1682)에게서 객관적 경물을 위주로 묘사한 산수기의 계보를 찾아볼 수 있다. 성해응은 「산수기」 하의 서문에서, "우리나라 사람의 문장은 산수를 기록하는데 부족하다. 다만 허미수(許眉叟)의 『기언(記言)』만이 훌륭하므로 많이 취하였다"[12]라고 말한 바 있다. 「산수기」를 저술함에 있어 허목의 『기언』의 영향을 많이 받았음을 명시한 것이다. 실제 『기언』에 수록된 산수기와 성해응의 「산수기」를 살펴보면, 유람한 명승지의 경물을 중심으로 한 사실적 묘사가 매우 비슷하다. 그 내용은 허목의 산수기를 한층 더 간략하게 정리한 것이다.

허목과 성해응은 산수기 뿐만 아니라 전반적인 작품 세계가 매우 유사하다. 특히 산문이 그러한데, 허목의 산문은 인물에 관한 기사가 많은 부분을 차지한다. 이러한 저술태도는 허목이 지닌 인간에 대한 관심

12　『硏經齋全集』 권51 「山水記」 상. "東人文章, 短於記山水, 獨許眉叟記言爲善, 故多取之."

과 철저한 기록정신의 소산이라고 할 수 있다. 나아가 당대 인물들의 행적을 기록하여 후일의 역사적 자료로서 의미를 지닐 것으로 기대하였다. 국토산하에 대한 기록과 지리지도 적잖이 남겼는데, 기행물에 나타나는 특징은 보편적 산수관과는 뚜렷한 차이점을 보이고 있다. 성리학자들처럼 그들의 이념을 산수라는 공간에 투영하지 않았으며, 동시대 문인 학자들처럼 산수를 보고 느낀 심미적 흥감을 사실적으로 묘사하지도 않는다.[13]

즉 허목의 산수기는 이념과 감흥을 묘사하는데 치중하는 것이 아니라, 산수경물의 객관적·고거적 서술을 추구하고 있다. 뿐만 아니라 그 산수 경물을 둘러 싼 지리적 위치와 민간 풍속, 고사와 고적, 역사적인 사실 등을 기술하는데 치중하였다.[14] 이러한 특징들은 성해응의 「산수기」에서 그대로 포착된다. 성해응 자신이 허목의 『기인』에서 많은 영향을 받았다고 고백한 만큼, 허목의 산수기와의 연관성을 염두에 두고 성해응 「산수기」의 특징을 논의하고자 한다. 이를 통해 성해응의 「산수기」 저술 의식과 그 특징이 보다 선명하게 밝혀질 것이다.

먼저 '빙산(氷山)'에 대한 두 사람의 기록을 제시하여 영향관계와 구체적인 특징을 살펴보도록 한다.

① 「빙산기(氷山記)」─ 허목

【氷山, 在聞韶南四十七里, 山積石磊磈, 多竅穴, 若蠶若扉若圭戶若竈若房, 殆不可數記. 立春寒氣始生, 立夏氷始凝, 至夏至之極, 氷益壯, **寒氣益冽**, **雖大暑盛德在火**, **爁燠方盛**, **寒冽地凍**, 草木不生, 立秋氷始消, 立冬寒氣盡,

---

13　권진호, 「미수 허목의 상고정신과 산문세계」, 성균관대 박사논문, 2000, 97~99면.
14　위의 논문, 134~135면.

至冬至之極, 竅穴皆虛, 以見氷於無氷之節, 志異, 故山謂之氷山, 溪謂之氷溪】嘗聞天地之氣, 春夏則呴嘘發育, 沍陰在內, 秋冬則闔歙閉藏, 溫厚在內, 此盖巖竇竅穴, 疏通無底, 地中伏陰之氣, 於是焉泄矣. 故立春而始寒, 立夏而始氷, 夏至而氷壯, 立秋而氷消, 立冬而氷盡, 冬至而竅穴虛, 則一陰一陽, 消長往來之氣, 驗矣. 然槩論地氣之磅礴, 東南爲不足, 故其浮疏泄漏者如此. 其西百數十里主屹下, 有潮汐泉, 去海上四百餘里, 其盈涸, 與海爲消息云.**15**

② 「빙산(氷山)」 - 성해응

氷山, 在聞韶南四十七里, 山積石磊塊, 多竅穴, 若雷若扉若圭戶若竈若房, 殆不可數. 立春寒氣始生, 立夏氷始凝, 至夏至之極, 氷益壯**氣益寒**, **雖大暑地凍**, 草木不生, 立秋氷始消, 立冬寒氣盡, 至冬至之極, 竅穴皆虛. 故山謂之氷山, 溪謂之氷溪.**16**

성해응은 허목의 「빙산기」 중【 】표시한 부분만을 발췌하여 「빙산」을 서술하였다. 빙산의 위치와 모양, 그리고 명칭의 유래를 서술한 부분은 ①과 ②에 공통적으로 기술되어 있으나, ②에서는 ①의 '嘗聞~' 이하를 취하지 않았다. 성해응은 "천지의 기운은 봄여름에는 내뿜어 발육하기 때문에 응결된 음기가 안에 있고, 가을 겨울에는 거두어 간직하기 때문에 온후한 것이 안에 있다고 한다 ……"라는 구절을 과감하게 삭제함으로써, 허목보다 한층 더 간략하면서도 집약적인 서술을 구사하였다.

허목의 「빙산기」에서 취사선택된 구절을 눈여겨보면 성해응의 산수기 저술의식을 파악할 수 있다. 즉 빙산이라는 자연 경물의 위치와

---

15 허목, 『記言』 권28 「山川」.
16 『研經齋全集』 권51 「山水記」 하.

모양, 명칭의 유래에 관한 구절만 취한 것으로 미루어 그가 중요시하는 것을 짐작케 한다. 또 「빙산기」에서 취하여 기록한 부분을 면밀히 살펴보면, 단지 취하여 기록한 것만이 아님을 알 수 있다. 인용문 ①의 '寒氣益冽'은 ②에서 '氣益寒'으로 줄었으며, ①의 '雖大暑盛德在火, 爛燠方盛, 寒冽地凍'은 ②에서 '雖大暑地凍'으로 대폭 축소되었다. 의미를 파악하는데 무리가 없다고 판단되면 가능한 한 글자 수를 줄여서 더욱 간결한 기록을 추구한 것이다. 이러한 특징은 '미지산(彌智山)'에서 보다 구체적으로 검증된다.

③ 「미지산기(彌智山記)」—허목

【彌智山, 京城東百五十里, 彌智絶頂伽葉, 伽葉北, 迷源小雪. 又其北古貊地, 今壽春花山, 山水最深, 迦葉下妙德潤筆, 潤筆下竹杖, 竹杖南上元. 古時, 惠莊大王幸上元, 作逆鼇道場, 仍圖畫其事, 令太學士恒識之】 其下妙寂, 妙寂下有高麗菩提塔碑, 龍門最大伽藍, 惠莊時, 大鑄佛鐘於龍門佛事甚嚴, 賜佛珠百八藏三寶龍門下, 有龍門隱者祠.[17]

④ 「미지산(彌智山)」—성해응

彌智山(秤龍門山), 在京城東百五十里, 其絶頂曰迦葉, 迦葉之北, 迷源小雪. 又其北古貊國也, 迦葉下曰妙德, 曰潤筆, 曰竹杖之峯, 皆峭絶, 竹杖之南上元, 惠莊大王幸上元作道場. 又圖畫其事 令太學士崔恒記之.[18]

미지산의 위치와 명칭, 상원사(上元寺)에 혜장왕(惠莊王)이 행차하여

17　허목, 『記言』 권27 「山川」.
18　『研經齋全集』 권51 「山水記」 하.

도장(道場)을 일으킨 사실과 그 일을 그림으로 남긴 것은 ③과 ④가 대체적으로 일치한다. 자연 경물의 위치와 모양, 명칭 등을 누락하지 않고 기록한 사실을 다시금 확인함으로써, 자연 경물에 대한 객관적 묘사가 성해응의 산수기에서 차지하는 비중은 보다 분명해진다.

④에서는 ③의 '其下~' 이하 구절이 빠져있는데, 이 역시 작가의식의 발현인 바 미지산을 기록함에 있어 중요하지 않다 여긴 구절을 과감히 생략한 것이다. 두 작품을 비교해보면 「미지산」이 「미지산기」보다 간략하다. 예를 들면 ③의 '彌智絶頂伽葉'은 ④에서 '其絶頂曰迦葉'으로 서술되어 있다. 미지(彌智)가 앞에서 한 번 나왔기 때문에 반복하지 않고 대신 '其'를 사용하여 중복을 피하고 간결미를 추구하였다. 또 ③에서는 없던 '在' '曰' '之'를 ④에서 삽입하여 문장의 의미를 보다 분명하게 전달하려 하였다.

①과 ③에서 확인하였듯이, 허목의 산수기는 전반적으로 편폭이 짧고 간결하며 산수경물의 객관적 서술에 치중하였다. 이는 작가의 주관적 감정을 가급적 배제하고 객관적 거리를 유지함으로써 일차적으로 후인들의 여행안내서의 기능을 충실히 수행하고 있다. 성해응은 "미수의 『기언』만이 훌륭하여 취할 만하다"라고 하였던바, 특히 산수경물을 객관적이면서도 간략하게 서술한 방식을 적극적으로 수용하였던 것이다. 그런데 성해응의 산수기는 허목의 산수기보다 간략하게 서술되어 있음에도 의미전달은 훨씬 분명하다. 이는 성해응이 허목의 산수기를 읽고 자신의 산수기를 저술하였다는 점에서, 후학자로서의 유리함이 작용하였을 것이다. 그러나 성해응은 허목의 산수기를 선택하였고 이를 그대로 옮긴 것이 아닌 취사선택을 하였으며, 그 과정에서 보다 간략하면서도 집약적인 서술을 구사하여 의미를 뚜렷하게 부각시킨 것은,

분명 성해응의 산수기 저술의식이다.

한편 성해응은 백두산에 남다른 관심과 애정을 표출한 바 있는데 "그러므로 「명산기」를 엮어 동국의 여러 산이 백두를 조종으로 삼음을 밝힌다"[19]고 하여, 「명산기」의 편찬 의도를 암시하였다. 「백두산」은 「산수기」에는 수록되지 않고, 『동국명산기』의 마지막 장에 수록되어 있다. 이는 성해응이 『동국명산기』를 저술할 때 백두산에 대한 기록을 따로 첨입한 것으로 보인다. 그는 백두산을 직접 유람한 것은 아니지만, 백두산이 동국의 산 중 종장(宗匠)임을 일찍부터 인식하였다. 이에 백두산을 직접 유람한 문인들의 기록을 읽으면서 유람하지 못한 아쉬움을 달래며 「백두산」을 기록한 것이다.

삼지는 허항령을 지나 5리를 가면 이른다. 삼지에서 백두천까지 23리, 백두천에서 연지봉까지 27리, 연지봉에서 목극등비까지 18리, 목극등비에서 대택까지 8리다. 왼쪽 못은 둥글고 오른쪽 못은 네모나고 가운데 못은 넓으면서도 둥글어 15리쯤 된다. 섬은 둥그런 부평초 같고 나무는 책수 같다. 맑아서 밑을 보면 노니는 물고기를 헤아릴 수 있으며, 오리는 사람을 보고 놀라지 않는다. 백두는 서북에 있고 소백은 동북에 있으며 침봉과 허항령은 서남에 있고 보다는 동남에 있으니, 진실로 아름다운 곳이다.[20]

허항령(虛項嶺)에서 출발하여 삼지(三池) → 백두천(白頭泉) → 연지

---

19 『研經齋全集』 속집 책11 「名山記序」. "是故, 編名山記, 以明東國羣山祖於白頭."

20 成海應, 『東國名山記』. "三池過虛項嶺, 行五里而至. 自三池, 向白頭泉二十三里, 自泉至臙脂峯二十七里, 自峯至穆克登碑十八里, 自碑至大澤八里. 左池圓, 右池方, 中池廣而圓, 可十五里. 島嶼如圓萍, 樹木如籛水. 淸見底, 游魚可數, 鳧鴨不驚人. 白頭在西北, 小白在東北, 枕峯虛項在西南, 寶多在東南, 洵佳境也."

봉(臙脂峯) → 목극등비(穆克登碑) → 대택(大澤)에 이르는 거리를 구체
적으로 소개하고 있다. 이어 삼지를 구성하는 세 연못의 모양을 서술하
고, 그 곳에 있는 섬과 나무를 각각 부평초와 책수에 비유하였다. 다시
삼지를 기점으로 백두(白頭)·소백(小白)·침봉(枕峯)과 허항령(虛項
嶺)·보다산(寶多山)의 위치를 설명하는 것으로 끝을 맺는다. 마치 지도
한 장을 펴놓고 각 곳을 일일이 짚어가며 거리를 알려주는 듯하다.

백두에 이르는 길을 서술한 것으로 어찌 보면 너무 소략하다. 동국의
조종산인 백두산에 대한 감흥이나 빼어난 정기를 받아 기상을 떨치려
는 의지의 표명 등은 찾아볼 수 없다. 삼지를 중심으로 한 주위의 경관
을 객관적이면서도 꼭 필요하다 여긴 사항을 위주로 묘사하였을 뿐이
다. 처음에는 각 지점간의 거리를 제시하고 이어 삼지의 모양을 구체적
으로 묘사하였다. 다음에는 삼지의 주변 배경에 대해서 서술함으로써,
경물을 사실적으로 간략하게 서술하려 하였음을 알 수 있다.

성해응은 백두산에 대한 관심과 애정을 또 다른 차원에서 표출하였
는데, 백두산에 대한 철저한 지리적 고증이 그것이다.[21]

저 백두산은 하늘 위로 우뚝 솟아올라 있다. 왼쪽 지맥은 두만강을 끼고 동
으로 뻗어 깊은 숲이 무성하고 오른쪽 지맥은 압록강을 끼고 서로 뻗어 바위
와 골짜기가 험벽하여, 모두 괴기한 것을 낳고 훤걸찬 것을 길러주니, 말갈과
여진이 이 때문에 일어날 수 있었다. 가운데 지맥은 꿈틀거리고 빙빙 돌며 올
라가 기이한 금강과 설악이 되니, 마치 석가가 물외에 우뚝이 서있는 것과 같

---

21 이는 성해응의 남다른 영토의식을 보여주는데, 성해응은 백두산정계비가 세워짐으로써
조선의 북방영토가 축소됨을 탄식할 뿐만 아니라 북방경계선에 대한 수비를 강조하고
나아가 失地회복을 주장하였다. 여기에 대해서는, 다음 절 '국토지리와 강역의식의 표
출'에서 자세히 논의하고자 한다.

다. 왼쪽으로는 맑은 기운을 내뿜어 백악이 되니 우리나라 억만년의 도읍이 되었고, 또 조령에서 그 기세를 떨치며 멀리 호(湖)로 들어가 남북을 갈라놓아 찬란한 문명의 기운이 생겼다. 그러므로 우리나라의 유학이 남쪽에서 일어난 것이 매우 많다. 그러나 백두는 동북의 황막하고 먼 곳에 있기에 중국의 성왕(聖王)과 철벽(哲辟)이 제사지내지 않는다. 그럼에도 태어나는 이는 모두 영이하고 뛰어난 자들인데, 이곳을 보는 자는 그저 괴기한 것을 찾는데 그쳐 그 본체가 어떠한지를 살피지 못한다. 내 듣건대, 백두가 간직한 단아함과 아름다움은 북방 오랑캐의 기운과는 다르며, 길이 편하여 가파른 곳을 에워잡고 올라야 하는 어려움이 없어 중화롭고 정수한 사람과 닮았다고 하니, 이 어찌 인자와 지자가 즐기기에 부족하겠는가?[22]

백두산의 세 줄기가 뻗어 각각 조선의 명구(名區)기 되었음을 밀한 것으로, 백두의 지맥은 '幽晦稠密'하고 '巖壑阻險'하기 때문에 그 영험한 기운을 받아 말갈과 여진 등의 북방 국가가 이 지역에서 산생할 수 있었음을 설파하였다. 예로부터 중국의 임금들은 오악(五嶽)에 제사를 지내 국가의 안녕과 뛰어난 인재를 기원하였지만, 백두는 너무 외떨어졌다 하여 제사지내지 않았다. 그럼에도 불구하고, 백두의 정기를 받고 태어난 이들 중 뛰어난 이가 많은 것에 대하여 자부심을 표출하였다.

더불어 힘들게 백두산에 오른 이들이 다만 괴기한 것만을 찾는데[搜怪

---

22 『硏經齋全集』 속집 책11 「名山記序」. "夫白頭之山, 挺拔于大荒之中. 其左枝挾豆江而東, 幽晦稠密, 右枝挾鴨江而西, 巖壑阻險, 皆産魁奇而毓桀驁, 靺鞨・女眞之所以起也. 其中條蜿蟺扶搖, 爲金剛雪嶽之奇, 如釋迦頎然立于物表. 左抽淸淑之氣爲白嶽, 爲我萬億年之都, 又振其勢於鳥嶺, 迂入于湖而分南北焉, 蔚然有文明之氣, 故國朝儒學, 發于南者甚衆. 然白頭以其在東北荒遠之界, 故中華聖王哲辟, 不之祀焉. 而其産皆靈異殊倫者類, 而觀之者, 亦搜怪探奇而止, 未能審其體爲如何也. 余聞其蘊藉端麗, 不似幽朔之氣, 路徑便穩, 無攀援峭嶄之艱, 類中和精粹之人, 此豈不足爲仁知之所樂乎?"

探奇]서 멈춘 것을 안타까워하였다. 산수를 유람하는 사람들은 흔히 '괴기(怪奇)'한 것, 즉 산수 승경의 괴이(怪異)하고 기특(奇特)한 것을 찾는데 몰두하고 그러한 승경을 찾아 심원한 회포를 풀 수 있다면 그것으로 만족한다. 그렇다면 성해응은 여기에서 만족하지 않고 무엇을 더 찾고자 한 것일까? 이는 성해응이 산수를 유람하는 이유와도 관련이 있을 것이다.

성해응은 부친의 임소를 비롯한 전국의 명승지를 유람하고 선인들의 산수유람 기록을 열독함으로써, 이미 직간접적으로 많은 산수유람을 경험한 터였다. 성해응이 이처럼 두루 산수를 유람하고 기록을 남긴 이유는 무엇일까?

넉넉하고 예쁘고 기괴하고 아름다운 것이 도대체 인간과 어떤 관계가 있단 말인가? 바로 기회를 얻어 풍경을 구경하게 되면 즐거움을 취하고 근심을 풀고 답답한 것을 뚫리게 하고 번잡함을 쏟아내는 것이니, 그것을 얻음에 깊고 얕음이 있다. 그러나 티끌먼지에 자취가 얽매이고 벼슬에 뜻을 두어 진퇴의 발걸음이 얽매이고 이끌리다 보니 다만 그 경지에 이를 길이 없는 것이다. (…중략…) 그러나 산수의 정취를 취하는 것이 어찌 여기에서 그치겠는가? 『시경』의 '큰 산에 신이 내려와 보(甫)와 신(申)을 낳았다'는 구절을 보면, 정기를 온축하여 때때로 뛰어난 인물을 배출하고 세상에 도움을 주는 것은 산악과 강하에서 구름을 내고 비를 일으키는 것과 같은 것이다. 그러니 어찌 다만 한 때의 경에 감발되어 즐거움을 취하고 근심을 풀고 답답한 것을 뚫리게 하고 번잡함을 쏟아내게 하는 데서 그치겠는가?[23]

---

23 위의 책, "夫彼紆餘姸妙奇怪美麗者, 顧何與於人? 乃隨遇而發其境, 其所以取娛紆憂開鬱瀉煩者, 得之有深淺. 然拘跡於塵壒, 嬰懷於軒冕, 進退跬步, 局促牽連, 則顧無由致其境焉(…중략…)然取山水之趣, 豈止於是也哉? 觀夫詩經所訓維嶽降神, 生甫及申, 則知

성해응은 산수를 유람하는 목적을 제시하였다. 하나는 산수 유람을 통해 즐거움을 얻고[取娛] 근심을 풀며[紓憂] 답답한 것을 뚫리게 하고[開鬱] 번잡함을 쏟아내기 위해서[瀉煩]이다. 이는 산수 유람을 하는 이들이 보편적으로 성취하고자 하는 목표이기도 하다. 또 하나는 산수 유람을 통해 정기(精氣)를 온축하여 뛰어난 인재를 배출하고자 함이다. 세상을 다스리는 데 도움이 되도록 하려는 경세적 측면을 강조한 셈이다.

성해응은 특히 후자를 강조하였는데, 산수 유람을 통해 즐거움을 얻고 근심을 풀며 답답한 것을 뚫리게 하고 번잡함을 쏟아내는 등 한 개인의 호상(豪爽)에 그쳐선 안 된다고 생각한 것이다. 산수를 유람하면서 후자의 정취까지 아우르는 사람이 있는데, 이는 산수를 유람하는 사람의 국량에 달려 있다. 그 사람의 국량이 크고 깊으면 터득함 또한 크고 깊어 산수의 진정한 정취를 느끼게 될 터이다. 그렇지 않다면 천하의 이름난 산수를 유람하고서도 즐거움을 얻고 근심을 푸는 등 호상에 그치게 될 뿐이다. 물론 그렇다고 하여 호상 차원에서의 산수유람의 의미가 덜어지는 것은 아니다. 다만 산수를 유람하면서 느낄 수 있는 단순한 흥취보다는, 산수의 정기를 가슴에 온축하여 세교에 도움 되는 것을 더욱 중요하게 여긴 것이다. 이것은 유자(儒者)로서 지닌 경세의식의 또 다른 표현인 셈이다.

성해응은 산수 유람의 의미를 산수의 풍광을 즐기는 것에 한정하지 않고, 나아가 산수의 정기를 받고 그것을 온축하여 경세에 이를 것을 요구하는 등 보다 적극적인 의미를 부여하였다. 산수 유람을 통해 산수의 괴기(怪奇)한 정취를 마음껏 호흡하고, 그 과정에서 보다 세교적인

其能蘊精蓄氣, 往往産夫奇偉之人, 以裨補于世, 如嶽瀆之出雲而興雨, 豈徒一時觸境, 而取娛紓憂開鬱瀉煩而止哉?"

측면을 지향한 성해응의 경세가로서의 의식을 읽을 수 있다.

2) 고사(故事)와 고적(古蹟)의 적극적 수용

성해응은 「산수기」를 서술할 때 명승지의 위치와 유래, 그와 관련된 전설이나 민담, 역사적 인물에 관한 기록을 빠짐없이 기록하고 있다. 따라서 이 절에서는 명승지와 관련된 고사(故事)와 고적(古蹟), 역사적 인물과 민간 전설 등을 「산수기」에 적극적으로 수용한 양상을 살펴보고, 그 의미에 대해서 논의하고자 한다.

「간월도(看月島)」는 고사를 수용한 예로, 크게 세 단락으로 나눌 수 있다. 첫째 단락에서는 먼저 위치를 소개하여 간월도가 서산 바닷가에 있음을 간략하게 기록하였다. 그 다음 구절이 흥미로운데, 이곳에서 신승(神僧) 무학(無學)이 잉태되었음을 밝힌 것이다. 여기에서도 간월이란 명칭의 유래에 대해서 서술하였다.[24] 두 번째 단락에서는 간월대와 관련된 역사적 인물과 사적에 대해서 자세히 설명하였다.

고려 정신보는 중국의 절강인으로 송에서 벼슬하여 형부원외랑이 되었다. 원이 천하를 통일하자 신보는 이를 부끄러워하여 바다 건너 동으로 와서 섬 가에 살다가, 뒤에 서산 대사동 읍 남쪽 5리에 옮겨 살았다. 그곳에 있는 망운도성(望雲島城)은 즉 신보가 지은 곳이다. 서산 정씨는 모두 신보의 후손이다. 저

---

24   『研經齋全集』 권50 「山水記」 上 「看月島」. "看月島在瑞山海上, 神僧無學之所孕也. 海水由元山興嶺而至, 滙于島下, 島若浮萍, 每四月十九夜, 八月十六夜, 月上時, 其光橫亘東西, 如虹橋之可躡, 其廣若匹練, 此看月之所由名也. 島上有小刹曰: '白蓮', 陋不堪宿."

허형과 오징의 경술과 문학은 진실로 칭찬받을 만하나 모두 지조를 잃고 원을 섬겼다. 신보는 바다가로 유락하여 홀로 절개를 온전히 하였으니, 아마도 기자 이후 오직 한 사람일 뿐이다. 지금은 그 터를 잃어버렸다.[25]

송(宋)과 원(元)의 교체기에 멸망한 조국 송을 위해서 지조를 지키며 떠돌다가 바다 건너 서산(瑞山)에 안착하게 된 정신보(鄭臣保)에 대한 이야기다. 자신의 이익을 위해 지조를 버리고 원을 섬긴 허형(許衡)과 오징(吳澄)의 행위와 대비시켜 서술함으로써 정신보의 충절을 더욱 부각시켰다. 충의를 지킨 역사적 인물에 대한 성해응의 관심은 이미 확인한 바 있다. 주목할 것은 이러한 관심이 「산수기」에도 적극적으로 표출되었다는 점이다. 즉 「간월도」의 많은 지면을 할애하여 충절을 지킨 정신보의 행적을 서술하였다. 정신보 고사를 통해 간월대와 관련한 사적이 더욱 풍부해진 셈이다. 간월대를 서술하며 정신보라는 인물의 절행(節行)을 삽입함으로써, 그의 충절을 포창하여 역사에 길이 남기게 된 효과를 이루었다.

세 번째 단락은 허목의 「월영대기(月影臺記)」를 참고하여, 월영대의 위치와 월영대에서 바라본 달의 운행 등에 대해서 기록하였다. 허목은 「월영대기」에서 월영대의 위치와 유래를 설명하면서 그에 얽힌 최치원의 사적과 전설을 인용하였다. 월영대의 주변 경관에 대한 소회를 서술하기보단 전적으로 최치원의 고사를 서술하는데 주력한 것이다.[26] 성

25 　위의 책, "高麗鄭臣保, 中州浙江人, 仕宋爲刑部員外郞. 胡元混一天下, 臣保恥之, 浮海而東, 居島上, 後移于瑞山大寺洞邑南五里. 有望雲島城, 卽臣保所築. 瑞山之鄭, 皆臣保之後也. 彼許衡・吳澄經術文學, 誠足稱也, 皆失身事元. 臣保流落海外, 獨能全節, 蓋箕子後一人也. 今失其址."

26 　권진호, 앞의 논문, 141~142면.

해응이 허목의 산수기에 많은 영향을 받은 사실을 확인하였던바, 고사
와 고적을 적극적으로 수용한 양상 역시 마찬가지다.

> 백운산은 영평의 동쪽에 있는데 맑고 그윽하며 기이하고 빼어나다. 산 속에
> 있는 절 역시 백운이라 이름하였다. 골짜기 밖에 선유담이 있고 골짜기 깊은
> 곳에 조계폭이 있다. 또 앞에는 태평동이 있고 못 옆에는 도리평이 있는데, 옛
> 날에 동은처사 이의건이 살던 곳이다. 도리평 아래를 농암이라고 하는데 문
> 간 김공이 자호를 삼은 곳이다. 또 완의대·타맥암·명월기는 시내를 따라
> 가파른 절벽으로 되어 있는데, 모두 문간공이 이름을 붙였다.[27]

백운산(白雲山)은 영평(永平) 즉 지금의 경기도 포천군 동북쪽에 위치
한 산이다. 포천은 창녕 성씨의 세거지로 성해응 본인이 생장한 곳일
뿐 아니라, 관직에서 은퇴한 뒤 여생을 보낸 곳이기도 하다. 따라서 성
해응은 포천 주변의 명승지를 잘 알고 있었으며, 관련되는 인물과 고사,
지명의 유래 등에 대해서도 남다른 지식을 지니고 있었다. 그럼에도 불
구하고 「백운산」에 대한 기록은 이처럼 간략하다. 이는 자신이 잘 아는
곳이라 하여 분량을 늘이거나 더욱 자세하게 기록한 것이 아님을 말해
준다. 그렇다면 분량이 짧고 소략하다 하여 그 곳에 대한 지식과 애정
이 부족한 것이 아님도 짐작할 수 있다. 성해응은 자신이 판단하기에
중요한 사실을 중심으로 간략하게 기록하는 태도를 지향하고 있음을

---

27 『研經齋全集』 권51 「山水記」 下 「白雲山」. "白雲山在永平東, 淸幽奇秀, 山中有寺, 亦曰
白雲. 洞外有仙遊潭, 洞奧有曹溪瀑, 又前有太平洞, 潭傍桃李坪, 故洞隱處士李公義健所
居. 桃李坪之下曰農巖, 文簡金公所自號也. 又有玩漪臺·打麥巖·明月磯, 緣溪峭壁, 皆
文簡所名."

다시금 확인할 수 있다.

다시 「백운산」에 대한 기록을 살펴보기로 하자. 먼저 산의 위치를 묘사하였고 이어 백운사(白雲寺)를 중심으로 선유담(仙遊潭)·조계폭(曹溪瀑)·태평동(太平洞)·도리평(桃李坪) 등의 승경으로 시선을 옮겨 간다. 특히 농암(農巖)은 원래 도리평 아래를 가리키는 지명으로, 김창협이 이곳에서 말년을 보내다가 그 아름다움에 반해 자호를 삼았던 곳이다. 김창협은 백운산 근처 곳곳의 명승지에 일일이 명명(命名)을 할 만큼 애착을 보였다. 백운산 근처의 지명과 관련하여 김창협의 고사를 인용함으로써, 그 내용을 보다 풍부하고 흥미롭게 만들었다.

「만취대(晚翠臺)」는 민간에 떠도는 이야기를 적극 수용한 예로 전문을 제시하기로 한다.

> 만취대는 가평현 서남쪽 운하천에 있는데 양주와 접경이다. 북쪽에서 흘러 온 물이 만취대 아래에서 연못을 이루는데 몹시 맑다. 세상에 다음과 같이 전한다. "세종이 사냥을 나섰다가 이곳에 이르러 앉은 터가 있다고 한다. 장사인 낭삼패는 발이 한 척이나 되었는데, 세종이 사랑하여 많은 토지를 하사하였으며, 그리하여 그 땅에 장사지내니 무덤이 매우 컸다고 한다."[28]

만취대의 위치를 간략하게 서술한 후, 만취대와 관련하여 세상에 전하는 이야기를 인용하였다. 「만취대」는 전문이 66자에 불과한 짧은 기록인데, 세종과 낭삼패(浪三牌)에 관한 고사가 전체 분량의 반을 넘는

---

28 위의 책, 「晚翠臺」. "晚翠臺, 在嘉平縣西南雲霞川, 與楊州接境. 水從北來, 至臺下爲潭, 甚淸. 世傳世宗射獵至此, 有御坐基. 有力士浪三牌者, 足大至一尺, 上愛之, 多賜土田, 仍葬其地, 墳甚大."

만큼, 민간고사와 관련된 기술의 비중을 가늠할 수 있다. 「지리산(智異山)」도 이와 비슷한 예로서, 먼저 청학동의 위치를 서술하고 이어 청학봉과 청학동의 유래를 민간 전설과 연결시켜 서술하였다.[29]

이상에서 살펴보듯이, 성해응은 민간에 널리 알려진 설화나 전설 등의 고사를 산수기에 적극 수용하였다. 또 각 명승지와 관련된 역사적 인물과 사적에 대해서도 빠트리지 않고 기록함으로써 보다 풍성하면서 흥미로운 산수기를 창작하였으며, 이를 통해 우리나라 산천경물에 대한 인식의 제고를 촉구하기도 하였다. 그렇다면 산수기에 고인(古人)과 고사 및 고적 등에 관한 이야기를 적극적으로 수용한 것은 어떤 의미를 갖는가?

인물이나 지명과 관련된 설화만이 아니라 산수에 어우러져 있는 특정한 문화유산은 산수미를 심화하거나 확장하면서 그에 특수한 의미를 부여한다. 즉, 유적(遺蹟)이 환기하는 '역사적 기억'이나 '문화적 기억'은 산수미에 대한 미적 체험의 한 중요한 모멘트가 되는 셈이다. 다른 나라의 산수보다 우리 산수가 한층 더 친근하고 다정하게 느껴지는 것은 이 점에 연유하는 바 크다. 뿐만 아니라, 산수의 미적 인식에 '규정성(規定性)'과 '방향'을 부여한다는 점에서도 주목된다. 즉 지명의 유래나 그에 얽힌 전설 등은 종종 산수의 미적 인식에 민족적 주체성을 부여한다.[30]

요컨대 성해응은 자연경물의 위치를 간략하게 서술하고, 그와 관련

---

29 위의 책, 「智異山」. "靑鶴洞, 由雙溪石門, 過玉簫東壑, 皆深水大石, 人跡不通, 從雙溪北崖, 隨山曲而上, 攀傳巖壁, 至佛日臺. 前石壁上南向立, 乃俯臨之, 石洞嶄巖, 其西南石峯, 舊有鶴巢. 山中人相傳, '鶴玄翅丹頂紫脛, 日色下見, 翅羽皆靑, 朝上于杳冥, 夕歸于巢, 今不至者, 幾百年'云. 故峯曰: '靑鶴峯.' 洞曰: '靑鶴洞.' 南對香爐峯, 東爲三石峯, 其東壑皆層石奇巖, 臺上刻玩瀑臺."
30 박희병, 「한국산수기연구」, 『고전문학연구』 제8집, 한국고전문학회, 1993, 224~225면.

된 명칭의 유래와 민간에 전해 오는 전설이나 설화, 역사적 인물 등을 두루 기록하였다. 성해응의 산수기는 이 두 가지의 요소로 구성되어 있다. 경물위주의 사실적 묘사는 성해응의 기록의식과 긴밀하게 연결된다. 성해응은 사실에 근거한 직서적 글쓰기 태도를 지향하였으며 이는 실제 그의 작품 속에서 여실히 표출되었다. 산수기 역시 산수에 대한 기록인 만큼, '거사직필'의 기록의식은 유감없이 발휘된 셈이다. 그러므로 산수에 대한 정회나 의론보다는 경물을 위주로 견문한 바나 전거(典據) 또는 신뢰할 만한 문헌을 참고하여 산수기를 저술한 것이다. 그리고 산수의 승경에 대해 사실적으로 기록하면서 관련 명칭의 유래나 전설 및 인물 등을 적극 수용함으로써 명승지와 관련된 소중하면서도 흥미로운 정보를 제공해 주었다. 자국의 인문지리와 풍속적 내용을 보다 풍부하게 제공하여 국토의 아름다움을 재인식히는데 도움을 주었다고 평가할 수 있다.

3. 국토지리와 강역의식의 표출

성해응은 산수 유람의 자취를 기록으로 남기는데 치력하였다. 「산수기」는 전국의 명승지를 직접 유람하거나 와유한 경험의 산물이었다. 산수 유람을 통한 국토산하에 대한 관심과 해박한 식견은 자연스럽게 국토지리의 고증적 고찰을 통해 서북 지역에 대한 영토인식으로 확장되었다. 본 절에서는 성해응의 국토지리에 대한 관심을 확인하고 고증적인 접근태도를 살펴볼 것이다. 나아가 영토인식에 기반하여 서북 지역과 그 민(民)들에게 관심을 가진 의미에 대해서도 논의하고자 한다.

1) 국토지리의 고증적 인식

성해응은 "동인의 문장은 산수를 기록하는 데 부족하다"고 하여, 조선 문인의 산수기에 대해 비판한 바 있다. 또, "동인은 황량하고 정밀하지 못하여 패수를 3곳이라 하고 대방을 2곳이라 한다"[31]고 하였으니, 이는 조선 문인이 산수경물을 세밀하게 관찰하고 고증하는 인식이 부족함을 지적한 것이다. 조선에서는 산수의 명칭이나 유래와 관련하여 근거할 만한 자료가 없으면 대부분 중국의 문헌을 참고하였다. 그런데 중국 사람들은 지리지를 작성할 때 직접 답사하지 못한 곳은 해당 지역의 지리지에 의거하여 작성하고는 하였다.[32] 이것은 조선의 경우도 마찬가지다. 직접 답사하지 못한 조선의 지역에 대해서는 조선에서 자체 제작된 지도나 지리지에 의거하여 명칭을 기재한 것이다. 그런데 이때의 문제는 해당 지역의 지리지 자체의 오류 가능성이다. 오류가 있는 해당 지역의 지리지를 검증하지 않은 채 인용한다면 오류를 답습할 수밖에 없을 것이다.

이에 성해응은 고증을 통한 정확한 기록의 필요성을 진작에 주목하

31　『研經齋全集』속집 책11「東水經序」. "東人荒蕪不精, 指浿水爲三, 指帶方爲二."
32　위의 책, "中國之人, 不能躬履而目擊, 只憑記誌所載, 而欲明東方之山川, 則安得一一考正乎?"

고 그러한 기록을 남기기 위해 노력하였다.

> 그러므로 나는『도경』을 고찰하여 고금의 연혁과 명칭의 변천을 상세히 탐
> 색하여『동수경』이라 하였다. 우리나라 사람들은 이 책을 보고 아득하여 근
> 거가 없는데 이르지 않게 되고, 중국 사람들은 이 책을 보고 미혹되고 어지러
> 워 망령되이 찾는데 이르지 않게 된다면 다행일 것이다.[33]

이 글은『동수경(東水經)』의 서문으로 저술 의도가 분명히 드러난다. 성해응은『동수경』에서 한강을 비롯하여 동국을 대표하는 강을 제시하고 그 연원과 명칭의 변천에 대해서 상세히 기록하였다. 이 책을 통해 조선 사람은 산천을 기록할 때 근거할 바가 있기를 기대하였고, 중국인들은 오류를 재인용히는 우를 범하지 않기를 바란 것이나. 동국의 지리에 대해 치밀한 고증을 통한 정확한 기록을 강조하고 중요시하였음을 알 수 있다.

지리에 대한 철저한 고증의식은 패수(浿水)와 살수(薩水)의 위치를 설명하는 데서 보다 분명하게 드러난다. 그는「패수변(浿水辨)」을 지어 패수의 위치에 대해 전해오는 여러 설을 소개하고, 각각의 설에 대해서 자세히 변증하였다. 19세기 전반에 패수와 살수의 지리 고증을 놓고 학자들은 저마다 의견을 제시하였는데, 성해응 역시 이 문제에 대해서 조인영과 수차례 서신을 주고받았다. 성해응은 이 서신에서 패수는 대동강이며 살수는 청천강임을 여러 문헌 속 사례를 들어 고증하였다. 그가 패수의 지리적 위치를 고증하는 과정을 살펴보도록 하자.

33　위의 책, "余故考圖經, 而詳其古今之沿襲與夫名稱之變易, 爲之東水經. 東人見之, 不至鹵莽而失據, 華人見之, 不至迷亂而妄索, 則幸矣."

또 대동을 패수라 하고 청천을 살수라 한 것은 모두 분명한 증거가 있습니다. 『여지승람』에서는 본국의 경내에 세 개의 패수가 있다고 여긴 듯합니다. 하나는 『사기』에서 '위만이 동으로 패수를 건넜다'고 하였기 때문에 압록을 패수라 하였습니다. 둘째는 『당서』에서 '평양성 남쪽 물가가 패수다'라고 하였기 때문에 대동강을 패수라 하였습니다. 셋째는 『고려사』에서 평산부 저탄을 패강이라 하였습니다.[34]

성해응은 대동강이 패수로 청천강이 살수로 일컬어진 것에 대해, 우리나라의 대표적 지리지인 『동국여지승람(東國輿地勝覽)』에서 조선에 3개의 패수가 있다고 한 사실을 포착하고 그 근거 자료를 제시하였다. 실제 『동국여지승람』의 패수에 대한 기록은 성해응의 기록과 대동소이한데,[35] 성해응의 기록이 보다 구체적으로 서술되어 패수의 3가지 설에 대하여 자세하게 파악할 수 있다.

성해응은 대동강이 패수며 청천강이 살수라는 사실에 확신을 갖고 이에 대한 명증(明證)을 제시하기에 이른다. 패수의 정확한 위치를 파악하기 위해서 각종 문헌을 두루 참고하여 고증하였다.

『요사』를 인용하여 "요양의 패수가 진짜 한나라의 패수다"고 하였는데, 이는 진실로 그렇지 않습니다. 『요사』는 본래 오류가 많습니다. 이미 요양부를 평양이라고 하였으니, 어쩔 수 없이 그 강을 가리켜 패수라고 지목한 것입니

---

34 『研經齋全集』권13 「答趙義卿(雲石)書」. "且如大同之爲浿, 淸川之爲薩, 具有明證. 輿地勝覽疑本國境內有三浿水. 其一史記衛滿東渡浿, 是以鴨綠爲浿水也. 其二唐書平壤城南涯浿水, 是以大同江爲浿水也. 其三高麗史以平山府猪灘爲浿江."

35 李荇, 『新增東國輿地勝覽』51권 「平安道」 「平壤府」 「山川・大同江」조 참조.

다. 『요사』가 지어지기 전 『당서』에서 '평양의 남쪽에 패수가 있다'고 분명히 말했기 때문입니다. 이는 전사(前史)에 집착하다가 다른 곳을 잘못 가리킨 것이니 각주구검한 격입니다. (…중략…) 『한서·지리지』에서는 '패수현의 물이 서쪽으로 증지에 이르러 바다로 들어간다'고 하였습니다. 허씨의 『설문』에는 '패수가 낙랑과 누방에서 나와 동으로 바다에 들어간다'고 하였으며, 일설에는 패수현에서 발원한다고 하기도 하였습니다. 역도원의 『수경주』에서 '내가 변방의 사신을 방문하였는데 고려국이 다스리는 성은 패수의 남쪽에 있다'고 말하였습니다. 관서의 『도경』을 살펴보니, 증지현은 지금의 용강 지역이며 누방현은 지금 영원 지역이고 패수현은 지금 양덕 지역이며 고려의 수도는 지금의 평양부입니다. 이 원류와 지맥으로 살펴본다면 패수가 대동강이 아니고 무엇이겠습니까? 저탄을 패강이라 하는 것은 더욱 근거 없는 것이니 분별할 필요도 없습니다.[36]

패수의 정확한 위치를 고증하기 위해 『당서(唐書)』·『요사(遼史)』·『한서(漢書)·지리지(地理志)』·『설문해자(說文解字)』·『수경주(水經注)』·관서 지역의 『도경(圖經)』 등의 역사서와 지리지를 두루 참고하였다. 패수의 3가지 설 중 패수가 대동강임을 증명하기 위하여 나머지 두 설의 오류를 문헌고증을 통해 입증한 것이다. 특히 비교적 개연성이 있다 여겨지는 압록강을 패수라 한 설에 대하여 집중적으로 논변하였으며, 여러 문헌을

---

36 『研經齋全集』 권13 「答趙義卿(雲石)書」. "其引遼史云, '遼陽浿水, 眞漢之浿水.' 此誠不然. 遼史本多謬訛, 旣以遼陽府爲平壤, 則又不得不指一水爲浿水. 遼史未撰之前, 自有唐書, 明言其南涯浿水故也. 此執前史而錯指他界, 猶刻舟而求劍也 (…중략…) 漢書地理志浿水縣水, 西至增地入海. 許氏說文曰, 浿水出樂浪鏤方, 東入海, 一曰, 出浿水縣. 酈道元水經注曰, 余訪蕃使, 高麗國治城在浿水之陽. 考之關西圖經, 增地縣今龍岡界也, 鏤方縣今寧遠界也, 浿水縣今陽德界也, 高麗國治今平壤府. 以此源流支派考之, 浿水非大同而何哉? 猪灘之爲浿江者, 尤屬杜撰, 不足多辨."

탐독하는 과정에서『요사』가 많은 오류를 범하고 있다는 사실을 발견하고 이를 비판하기도 하였다. 마침내『한서 · 지리지』·『설문해자』·『수경주』 등의 내용을 변증하여 대동강이 패수임을 규명하였다. '패수현의 물이 서쪽으로 증지에 이르러서 바다로 들어간다' · '패수는 낙랑과 누방에서 나와 동쪽으로 바다에 들어간다" · '고려국이 다스리는 성은 패수의 남쪽에 있다'고 한 사실을 종합 고찰하면 바로 대동강이 패수가 된다.[37] 이처럼 문헌을 통해서 국토지리를 치밀하게 고증하는 태도는 그렇지 못한 기록이나 저술에 대한 비판으로 이어졌다. 다음 글은 김부식(金富軾)의『삼국사기(三國史記)』에서 패수의 위치를 잘못 비정한 것에 대한 비판이다.

김부식의『삼국사기』는 중국의 역사를 수합하여 도리어 우리의 역사를 증명하였으니, 그 엉성함과 착오는 헤아릴 수조차 없다. 그러니 패하를 지금의 저탄이라고 한 것은 이상할 것도 없는 것이다. 우리나라가 처음에는 문헌이 부족하였고 산수에 대한 기록도 본래 정해진 명칭이 없었다. 다만 민간에서 부르는 대로 부르다가 결국에는 국사에까지 오르게 되었던 것이다. 만약 구별하지 않는다면 잘못되지 않은 것이 드물 것이다.[38]

---

37 문헌 중심의 실증주의가 갖는 한계에 대해서 지적한 연구결과도 있어 참고할 만하다. 심경호 교수는「문헌고증과 해석, 그리고 현실에의 매개적 참여」(『중국어문학지』7집, 2000, 87~89면)에서, 정약용이 문헌을 존신한 결과『我邦疆域考』를 저술할 때『삼국사기』와『동국통감』및 중국의 역사서를 문헌 비판 없이 신빙하여 조선 8도의 역사적 연혁을 고찰하였음을 언급하였다. 특히 정약용이 조선과 춘천의 상고사를 고증한 내용은 현재의 고고학적 연구 결과와 비교할 때 문헌 중심의 실증주의가 지닌 한계가 뚜렷이 나타난다고 지적하였다. 또 전통적 문헌고증에서 드러난 가장 큰 한계는 문헌 자체를 역사적 산물로서 파악하는 관점이 결여되었으며, 특히 경학에서는 경전 성립의 층위를 논하는 데로 나아가지 못하였음을 비판하였다.

38 『研經齋全集』권13「答趙義卿(雲石)書」2. "至若金富軾三國史, 蒐合中國之史, 反證東事, 其疎漏差訛, 指不勝屈, 而所稱浿河之指今猪灘, 誠無足怪. 東國之初, 旣少文獻, 山經水志, 本無定名. 只從俗呼呼之, 遂登國史, 苟不能區別之, 鮮不錯謬."

고려시대를 대표하는 정사인 『삼국사기』도 실은 중국의 역사 기록을 토대로 우리의 역사를 증명한 것으로, 일국(一國)의 정사임에도 많은 오류를 지니고 있음을 신랄하게 비판하였다. 참고할 문헌이 부족하고 산수에 대한 기록도 전해진 것이 거의 없기에, 패수를 저탄으로 규정하는 데까지 이르렀다는 것이다. 심지어 민간에서 부르던 산수의 명칭을 그대로 부르다가 아무런 검증 없이 국사(國史)에까지 오르게 된 상황을 개탄하였다. 결국 이러한 오류가 반복 누적되어 지리적 위치나 지명에 대한 부정확한 명칭들이 후세까지 그대로 이어진 셈이다. 이에 철저한 고증을 통해 오류를 식별하고 바로잡을 것을 강조하였다. 철저한 고증의 부재는 다만 지리적 위치나 명칭의 오류에서 그치지 않는다. 인문지리에 대한 부정확한 지식이나 오류는 때로 국토를 잃어버리는 심각한 결과를 초래하기도 한다. 다음 글은 이러한 상황을 잘 보여준다.

이제(李濟)는 말하기를, "설한령 내의 땅에는 들어갈 수도 없고 임토·옥동은 아주 험준하여 지나갈 수가 없다. 저들은 가다 험준한 곳을 만나면 마땅히 스스로 멈출 것이다"라고 하였는데, 그 계책이 얼마나 어리석은 것인가? 목극등은 오라 지방에 있었으므로 우리나라와의 거리가 그다지 멀지 않았으니, 우리 강역에 대한 지식이 어찌 당시 조정의 여러 신하들보다 못했겠는가? 또 자기 군주의 명을 받들었으니 어찌 두렵다고 스스로 그만두려 했겠는가? 다만 백두산의 남쪽, 의주와 토문 두 강의 한계를 상세히 알 수 없어서 두루 살피고자 한 것이다. 그런데 조정에서는 토문강의 원류와 백두산의 남쪽 지맥의 경계를 정하는 논의도 하지 않았고, 나아가 지방 관원을 파견하여 결정하도록 하였다. 그리하여 이런 계책으로 그치려 하였으니 얼마나 어리석은가?[39]

숙종 38(1712)년 두만강과 토문강을 경계로 하는 백두산정계비가 세워짐으로써 북방영토가 축소되게 된 사정에 대해서 설명하고 있다. 백두산정계비를 둘러싼 저간의 사정에 대해서는 좀 더 구체적인 설명이 필요할 듯하다. 백두산 정계 당시 청(淸)의 책임자였던 목극등(穆克登)은 1692년에 이미 한 차례 조선을 방문한 적이 있다. 이 무렵 평안도 위원(渭原) 백성들이 압록강을 넘어 청의 막사에 침입하여 청인(淸人) 5명을 죽이고 인삼을 약탈한 사건이 발생했다.[40] 이 사건을 조사하기 위해 목극등은 조선의 봉황성(鳳凰城)에 회동하였다. 더욱이 그들은 당시 『대청일통지(大淸一統志)』를 편수하고자 하여 동북방의 경계까지 두루 살피며 조선의 강역에 대해 조사하려고 하였다. 그런데 이때까지도 우리 조정에서는 이러한 사정을 전혀 알지 못하였다. 다만 목극등이 우리나라를 염탐하려 든다고만 여기고 이제(李濟)를 평안도 관찰사에 부임시켜 대비하려고 하였다.[41]

그러나 이제는 지형의 험준함만 믿고 사태의 심각성을 전혀 인지하지 못한 형편이었다. 또 정계에 참여하였던 접반사 박권(朴權)과 함경

---

39 『研經齋全集』권14 「穆克登定界碑跋」. "濟之言曰: '薛罕嶺內地不可假, 林土 · 玉洞絶險不可通, 彼行遇險, 當自止.' 其計何其迂也! 克登在烏喇地方, 距我國不甚寥闊, 知我疆域, 豈下於當時廟堂諸臣乎? 且奉其主命, 豈肯縮胸而自沮乎? 特白頭之南, 義州 · 土門二江之限, 不能詳, 故欲周察之也. 廟堂不講定土門之源與夫白頭南支之界, 至而援邊臣而定之. 乃欲以計止之, 何其迂也!"

40 渭原 犯越 사건에 대해서는, 金得榥, 『白頭山과 北方疆界』, 思社硏, 1987, 67~69면 참조. 이 사건 이후 청인들은 위원에 와서 난동을 부렸으나 지방관이 뇌물을 주어 돌려보냈다. 그러나 이것이 후에 알려져 범인들은 체포되고 조선과 청의 관리가 위원에서 회동하여 현지 조사를 마친 후에 다시 봉황성으로 가서 위원에서 난동을 부린 청인까지 심문하여 사건을 결말지으려 하였다. 이후 청은 범인의 처벌을 조선 국왕에게 일임하기로 하여 사건은 일단 가라앉게 되었고, 1712년 목극등 일행이 백두산을 탐사하는 일로 이어졌던 것이다.

41 『研經齋全集』권14 「穆克登定界碑跋」. "肅宗壬申, 克登因我渭原民越境殺淸人, 至鳳城會査, 因欲周覽我東北邊界. 時淸人將修一統志, 欲審於疆域. 而朝廷不知, 以爲克登將窺覘我, 以李濟有幹力可仗, 差送平安觀察使以待之."

감사 이선부(李善溥)는 직무를 유기하였던바, 이곳이 험난하다는 이유를 들어 양측 책임자가 직접 갈 필요가 없다고 목극등에게 권유한 것이다. 일행 중 몇 명과 조선의 역관 및 길잡이 정도가 가면 충분하리라 여긴 것이다. 결국 이들은 백두산의 수원처(水源處)를 직접 조사하지 않았던 반면, 목극등은 조선의 군관 및 통역들과 함께 이곳을 조사하여 토문강원으로 경계를 책정하게 되었다.[42] 성해응은 바로 이러한 조선 측 신하들의 안이한 태도를 비난하였던 것이다.

조선과 청은 1712년 5월 백두산을 경계로 국경협정을 맺었다. 이 협정은 현실적으로 여러 가지 면에서 우위를 점하고 있던 청의 요구대로 이루어진 것으로, 무엇보다 가장 큰 문제는 정계비의 문안(文案)에 양국의 경계를 '東爲土門, 西爲鴨綠'이라 한데서 발생한 토문강(土門江)과 두만강(豆滿江)의 비정문제였다. 압록강(鴨綠江)을 경계로 한 서북 일내는 그 경계가 분명하여 양국 간에 큰 문제가 되지 않았으나, 백두산 이동(以東) 지역은 국경이 모호하였기 때문에 문제가 생긴 것이다.

때문에 조선 후기 북방영역에 관심을 가진 신경준(申景濬)·홍양호·정약용·이규경(李圭景) 등 일군의 지식인들이 토문강과 백두산의 비정문제를 고증하기에 이르렀다. 이 중 신경준과 홍양호의 설은 주목할 만하다. 신경준은 토문강은 백두산의 동쪽에서 발원된 것으로 그 하류가 두만강에 합류된다고 하였다. 홍양호는 토문강의 근원이 백두산의 동쪽에 있으며 백두산의 서남방 40리에 있는 북증산 앞에서 두만강으로 흘러드는 반면, 두만강은 백두산의 동쪽에서 발원하여 육진 지역을 거쳐 동해로 흘러든다고 보았다.[43] 당시 백두산 주변을 기행하거

42　조광, 「조선 후기의 변경의식」, 『백산학보』 16호, 백산학회, 1974, 164~165면.
43　위의 논문, 169~172면.

나 백두산 정상에 올랐던 인물들은 실지 체험을 통해 정계의 잘못을 들추어내기도 하였다.[44]

성해응의 국토지리에 대한 관심과 식견은 문헌에 잘못 전해진 오류를 지적하고 바로잡는 것에서 나아가 직접 지리서를 제작하고 저술하는데 이른다. 그는 우리나라 곳곳의 명승지를 두루 유람하고 백두산이 동국의 조종산임을 밝힌 『동국명산기』를 기록하였다. 또 동국의 여러 강의 원류와 지류를 각각 고증하고 그 근원이 한강임을 밝힌 「동수경(東水經)」을 저술하기도 하였다. 국토지리에 대한 관심은 자연스럽게 변방의 영토문제로 이어진 바, 이는 8권에 달하는 사료지리류(史料地理類)를 통해서 확인할 수 있다. 특히, 「서북강역고(西北疆域考)」·「육진개척기(六鎭開拓記)」·「구성고(九城考)」·「서북강역변(西北疆域辨)」·「서북변계고(西北邊界考)」·「사군고(四郡考)」 등에는 성해응의 변방 영토에 대한 의식이 잘 드러나 있다. 이에 대해서는 다음 절에서 자세히 논의하도록 할 것이다.

이상에서 성해응은 동국의 국토지리의 명칭과 위치에 대해 실사(實事)를 통한 실증적 근거와 이를 바탕으로 한 지리지 저술을 주장하며, 역사와 지리에 접근할 때에는 철저한 고증의식으로 임해야 함을 재삼 강조하였다. 그리고 이러한 의식은 자연스럽게 변경에 대한 영토의식으로 확장되었다.

---

44 洪良浩·申光河 등의 지식인들이 여기에 해당하는데, 이와 관련해서는 진재교, 「18세기의 백두산과 그 문학」, 『한국한문학연구』 26집, 한국한문학회, 2000, 146~150면 참조.

2) 서북 지역에의 관심과 강역의식

성해응은 서북 지역[45]의 관리로 떠나는 이들에게 지역민을 불쌍히
여겨 선정을 베풀 것을 여러 차례 당부한 바 있다. 이존수(李存秀,
1772~1829)에게 서북민을 잘 다스릴 것을 당부하면서, "옛날 우리 세종대
왕께서 육진을 개척하실 때 실질적인 변방계책을 세워, 죄를 지은 자는
온 가족을 이주시켰는데 사족이 진실로 많이 섞여 있었다. 또 임진란 때
왜구를 피해 떠돌다가 대부분 돌아가지 못하였으니, 그 종족으로 남쪽
에 거처하는 자는 대부분 현달하였는데 저들은 오래도록 침윤당했으
니, 이것이 북쪽사람들이 울울함을 품은 까닭이다"[46]라고 하여, 서북민
들이 정치적으로 차별받게 된 역사적 근원을 서술하였다. 이에 대해서
는 다음 글에서 구체적으로 드러난다.

나라의 풍속이 문을 숭상하고 무를 억제하여, 한강 이남에는 유학하는 선비
가 많고 이북에는 활 쏘고 말 타는 재주를 숭상하였는데 그 벼슬하는 씨족이
모두 남쪽에 미치지 못하였다. 또 간혹 문학과 벌열로 이름난 집안이 있더라
도 드러내놓고 칭찬하지 않는다. 또 북방이 개척될 때에 남방의 세족가운데

---

45 '西北'은 사전적으로 평안도·함경도와 황해도를 함께 가리키는 용어였다. 그러나 關防
이라는 측면에서 외국과 국경을 마주한 평안도와 함경도만을 지칭하는 경우가 많았다.
그 경우 '西北 兩界'식으로 대상을 두 도로 제한하는 단어를 덧붙이기도 하였지만, 그저
'서북'으로만 지칭하는 경우도 적지 않았다. 예를 들어, 『萬機要覽』의 軍政편에서 '서북
武士'는 모두 평안도와 함경도의 무사들만을 지칭하는 개념이었다.(오수창, 『조선 후기
평안도 사회발전 연구』, 일조각, 2002, 10면) 본고에서는 이를 참고하여 '서북'을 지역적
으로 평안도와 함경도 두 도를 병칭하는 협의의 의미로 사용하였다.

46 『研經齋全集』속집 책11 「送北伯李尙書(存秀)序」. "昔我世宗朝, 開拓六鎭也, 爲實邊計,
犯罪者, 全家徙之, 士族固多參錯者. 又壬辰之亂, 避寇流落, 而多不得歸, 其宗之居南者,
多顯達, 彼乃仍舊沈淪, 此北人之所以齎鬱也."

죄를 얻어 변방으로 옮긴 자와 임진왜란 때 피란하여 숨어 있던 자들은 모두 그대로 눌러앉아 스스로 빠져나오지도 못했다. 남쪽에 남아 있던 일가들 중에는 현달한 이가 많았지만 거기에 낄 수 없었으니, 이것이 서북지방 사람들이 울분을 품은 이유이다.[47]

성해응이 유득공의 『사군지』에 쓴 서문으로, 서북 지역민들이 조정에 울분을 품은 이유에 대해서 조목조목 서술하였다. 서북 지역에 거주하는 민들은 조선 초 북방이 개척될 때 남방의 세족(世族) 중에 죄를 지어 옮겨진 자와 임진왜란 때 난을 피하여 북으로 올라온 자들이 대부분이다. 그런데 이들은 이곳에 정착하게 되면서부터 더 이상 발신(發身)할 수 없게 되었다. 학문적 혜택을 받지 못하였으며 간혹 뛰어난 역량을 지녔다 하더라도 출신 지역에 얽매여 관리로 현달할 수 없었던 것이다. 서북 지역 출신들은 조정에서 관리로 입신할 수 없었을 뿐만 아니라, 어렵게 관직을 얻는다 하더라도 별장(別將)이나 만호(萬戶) 같은 무관말직에 불과하였다. 따라서 이들의 불만은 일시적인 것이 아닌 국초부터 지속되어 왔으며, 그 대상도 전 계층을 망라한다는 점에 그 문제의 심각성이 있다. 이러한 여러 가지 문제점이 누적된 결과 서북 지역의 구조적인 병폐가 불거지면서 결국 홍경래의 난 등이 발발하였던 것이다.

서북지역과 그 민들에 대한 성해응의 잦은 발언은 이들의 울분이 단순한 불평불만이 아닌 국가와 조정을 위협할 만한 존재가 될 수도 있다는

---

47 『研經齋全集』 속집 책17 「四郡志序」. "國俗崇文抑武, 漢水之南, 多儒學之士, 以北尙弓馬之材, 其仕宦氏族, 皆不及于南. 又或有文學閥閱可稱者, 不甚表異之. 且當北路開拓也, 南方世族得罪徙邊者, 與夫壬辰之亂避地奔竄者, 皆底滯而不得自拔. 其一派之在南, 多顯達, 而莫得齒焉, 此西北之人, 所以齎鬱也."

걱정과 두려움에 기인한다. 그러므로 그는 서북 지역과 민에 남다른 관심을 갖고 많은 기록을 남겼다. 특히 서북 지역을 다스리기 위한 방법을 「속죄언(續罪言)」을 비롯한 8편의 논문을 통해 논리적이고 체계적으로 제시하였다. 서북 지역은 인삼 등의 특산물이 풍부하고 중국과의 교역에서 나온 각종 물품들이 모여들어 재화가 풍부하긴 하나, 풍부한 재화가 도리어 백성들을 더욱 살기 어렵게 만들었다.[48] 탐관오리들이 백성들에게 특산물을 채취하도록 강요하고 이것을 중앙의 관리에게 뇌물로 주는 등의 악순환이 반복됨으로써, 서북 지역은 도둑이 많아지고 풍기까지 거칠어지게 된 것이다. 이러한 실정을 다음 글에서 자세히 살필 수 있다.

조정에서 그 지방에 의지하는 것이 진실로 많은데 도리어 멀고 황량한 곳에 베푸는 혜택은 영호남만 못하여 그저 내비려 둘 뿐이다. 이 내문에 남욕스러운 수령과 빚쟁이 장수들이 다방면으로 백성을 학대하여 백성들은 삶을 유지하기도 힘들어 그런 사정이 그대로 지금에 이르렀다. 부역과 전쟁이 이어지고 거기다 굶주림과 전염병으로 시체가 길에 가득하고 마을은 텅 비어버렸다. 상처를 입은 나머지 사람들도 제대로 소생하지 못할까 걱정스럽다. 이것은 참으로 놀랍고 두려워할 일이니 그들을 구휼하고 어루만져 줄 때이다.[49]

---

48 조광, 앞의 논문, 176~177면. 邊境論者들이 서북 지역을 개발해야 할 중요한 이유로 경제적인 여러 이익을 거론하였지만, 이 지역의 개발을 막는 중요한 이유 중의 하나가 바로 이 지역에서 산출되는 인삼이라는 경제적인 이익을 확보하려 했던 특권층의 태도 때문임을 지적하였다. 따라서 폐사군의 복구 문제를 비롯한 이곳의 개발을 주장하는 제안이 나올 때마다 이에 반대하는 중요한 이유가 바로 '蔘場의 확보'였던 것이다.

49 『研經齋全集』 권12 「雜著」 「續罪言」. "朝廷之倚之者亦重, 而顧乃荒遠之所施經制, 不與嶺湖同, 直漫置之耳. 由是墨倅債帥, 多方而虐民, 民不聊生, 馴至于今, 致用兵革, 因之以饑饉癘疫, 積屍載路, 閭里皆空, 創殘之餘, 恐無以蘇完. 斯誠警惕恐懼, 振施征繕之會也."

서북 지역민들의 비참한 생활상에 대하여 논한 글이다. 서북 지역은 중앙에서 멀리 떨어졌다는 이유로 학술과 문화적인 면에서 소외를 당했을 뿐만 아니라, 민들은 기본적인 생계까지 위협을 받는 처지였다. 서북 지역 위정자들이 중앙의 관리가 소홀한 틈을 타 자신들의 이익 챙기기에만 급급하여 무분별하게 민들을 착취한 것이다. 이 지역민들은 혹독한 세금 징수와 인삼 채취 등의 부역에 동원되어 힘겨운 삶을 영위하였다. 심지어 전염병까지 돌자 살아남은 이들은 무거운 세금징수와 부역으로부터 벗어나기 위해 야반도주를 하여 마을은 텅 빈 상태에까지 이른다. 바로 이들이 먹을 것과 잠잘 곳을 찾아 헤매다가 유민이 되거나 군도(群盜)가 된 것이다.[50]

성해응은 이러한 상황과 현실을 포착하고 서북 지역에 부임하는 이들에게 선정을 베풀 것을 당부하였다. 서북민들의 울분에 대해서 충분히 공감하고 연민을 느끼는 한편 경세의 측면에서는 이들의 소외와 상처를 어루만지고 그 대책을 마련하여 혹시라도 발발할 민란의 가능성을 사전에 봉쇄하고자 하는 의식이 공존하고 있음을 알 수 있다. 이제 경세가로서 서북 지역을 다스리기 위한 구체적인 개혁안을 살펴보기로 하자.

청북의 선비들 중 어떤 이는 경전에 밝아 벼슬에 나아가기를 생각한다. 그러나 오늘날 경전에 밝은 이들은 다만 입으로만 읽을 뿐 실용적인 것은 없다. 과거에서 경전에 능숙한 자를 발탁한들 문치에 무슨 도움을 받겠는가? 무를 장려하여 변방을 지키는 것만 못한 것이다. 문(文)과 무(武)는 한가지이다. 그

---

50   이에 대한 자세한 것은 진재교, 『이조 후기 한시의 사회사』, 소명출판, 2001 참조. 과도한 조세 징수와 심지어 농번기에도 동원되는 부역을 피하기 위해 생긴 유민은 비단 서북 지역에서만 발생한 것은 아니지만 그 강도에 있어서 더욱 심한 것은 분명하다.

런데 지금 사람들은 그에게 말타기와 활쏘기를 잘한다고 하면 성을 내고 문사(文史)를 잘한다고 하면 기뻐하니, 이 풍속은 더욱 고쳐야 할 것이다.[51]

이 글은 「장인재(獎人材)」로, 조선 왕조의 지나친 숭문(崇文)태도를 비판하고 나아가 무(武)도 함께 장려하여 국가의 위기에 무인을 적극 활용할 것을 주장하였다. 문과 무는 각각의 쓰임과 특장이 있으니, 문인만 지나치게 우대하여 무인들이 상대적 박탈감을 느낀다면 이는 결국 심각한 국력 저하로 이어진다는 논리다. 성해응이 문과 무의 일치[文與武一]를 주장한 것은 상당히 흥미롭다. 홍경래의 난이 발발한 직후 민란의 재발을 방지하기 위한 대책의 일환으로 작성된 글임을 염두에 둔다 하더라도, 무의 가치를 문과 동급에 둔 것은 성해응이 개명적인 의식과 실학적 사고를 지녔다고 평가하기에 충분하다.

이것은 그가 황폐해진 서북 지역을 개혁하기 위한 대안으로 제시한 것이기는 하나, '문여무일(文與武一)' 논리를 개진한 것은 분명 선진적인 면이 있다. 성해응이 학문적으로 많은 영향을 받은 선배학자 유득공 역시 『사군지』에서 조선의 '숭문억무(崇文抑武)' 정책을 비판하면서 북방영토를 강건하고 상무적인 기질의 고향으로 생각한 바 있다. '문여무일'의 주장은 성해응의 경세학과 직접 연결되는 것으로, 그는 학자가 아무리 경전에 해박하더라도 실생활에서 사용할 수 없다면 무용지물임을 강조하였다. 학문을 하는 이는 실제 민생과 세교에 도움 되는 정치나 계책을 세워야 하고, 무인들은 활쏘기와 말타기 등을 연마하여 국

---

51 『研經齋全集』 권12 「雜著」 「獎人材」. "淸北之士, 或明經而圖進取. 然今之明經, 徒口讀而無實用, 每大比之歲, 雖擢其嫺熟者, 顧何補於文治哉? 不若獎其武以壯邊圉, 文與武一也. 今之人謂之便弓馬則慍, 謂之善文史則喜, 此俗尤宜革也."

방에 치력함으로써 각자 자신이 처한 상황에서 최선을 다해야 함을 말하였다. 그러기 위해서는 지나치게 문만 숭상하고 무를 천시하는 사회적 분위기부터 쇄신되어야 함을 주장하였다. 여기에서 그가 무엇보다 학문의 실생활에서의 쓰임, 즉 경세적 측면을 중요시하고 있음을 분명히 확인할 수 있다.

서북 지역과 관련한 급진적인 개혁안은 이서(吏胥)의 수를 줄이자는 주장에서도 표출된다.

> 논자들은 '이서를 줄여라'고 말한다. 이서는 주(州)에 몇 사람 군(郡)에 몇 사람 등 어찌 정해진 국법이 없겠는가? 그런데 지금 그 몇 배나 많은 사람이 있는 것은 법이 제대로 시행되지 않기 때문이다. 그러니 옛 제도를 따라 녹봉으로 먹고 살 수 있게 해 주고, 금하던 것을 철회하여 벼슬을 할 수 있도록 하는 것이 더 좋다. 만약 이서들이 스스로 아낄 줄 알아 죄를 범하지 않게 된다면, 이것으로 충분할 것이다.[52]

이 글은 「통이서(通吏胥)」로, 이서의 수는 주에 몇 사람, 군에 몇 사람이면 충분한데 지금은 그 몇 배나 증가되어 인력의 낭비가 심한 것을 지적하였다. 이서는 관(官)에서 녹봉을 받지 않는다. 여기에서 바로 이서가 민을 착취할 수밖에 없는 구조적인 병폐가 발생하는 것이다. 따라서 이들에게 녹봉을 지급하여 먹고 사는 문제를 해결해 준다면, 부당하게 백성들을 착취하지 않을 것이라는 논리다. 관에서도 이들에게 녹봉을 준다면 재정상 부득이 이서의 수를 줄일 수밖에 없을 것이며, 그에 따

---

52 위의 책, 「通吏胥」. "議者曰: '減吏胥.' 吏胥之數, 州幾人郡幾人, 豈不有國制乎? 今之蓓蓰者, 法不行爾. 莫若遵古制, 給祿而代食, 撤禁而通仕. 使吏知自愛而不犯罪, 則斯可矣."

라 자연스럽게 이서의 수는 감축될 것이다. 이서의 신분에서 벗어난 이들은 조세와 부역의 의무를 지는 농민으로 돌아갈 테니, 결국은 국가에 도움이 된다.

궁극적으로 성해응의 서북 지역에 대한 관심과 대책의 제시는 소수의 세도가들에게 권력이 집중되고 민에 대한 수탈이 가중되던 19세기 전반의 세도정치를 비판하는 의미가 있다. 당시의 서북 지역이 청과의 무역을 통해서 경제적으로 크게 성장하는 지역이었음에도 불구하고, 그 경제적 기반이 중앙의 세도가와 이에 결탁한 지방관들에 의해 수탈되는 상황을 목격하면서 그의 비판 정신은 형성되었다.[53] 또 그는 노비 세습 제도의 폐지를 주장하였는데, 현실적으로 노비를 많이 축적한 자는 세도가였으므로 세도가에 의해 노비제 폐지론이 좌절되는 현실을 비판하기도 하였다.

서북 지역과 그 민에 대한 관심과 대책의 제시는 점차 범위가 확장된다. 피폐해진 서북 지역을 다스리기 위한 개혁안을 제시한 데 이어 서북 지역을 정비하여 북쪽 경계를 강화하자는 주장을 펼치기에 이른 것이다. 「복설의(復雪議)」는 청에 대한 원수를 갚기 위한 장문의 의론이다.

전술하였던바, 성해응의 집안은 대대로 철저히 대명의리론을 견지하였다. 그는 조선 후기 대명의리론을 총정리한 『존주휘편』의 편찬에 참여하면서 청에 더욱 부정적인 인식을 갖는다. 더구나 이적(夷狄)인 청이 중국을 장악한 뒤 거만한 청의 사신이 조선을 방문하여 공덕도 없이 금이나 비단을 요구하고 병자년에 조선을 살린 것이 도리어 청의 은공이라 할 때는 청에 대한 반감이 증폭될 수밖에 없었다.[54] 성해응은 대명의리

---

53 김문식, 「성해응의 한학 중심적 한송절충론과 경세론」, 『조선 후기 경학사상 연구』, 일조각, 1996, 114면.

론의 관점에서 청에 부정적인 인식을 가졌으며 연행사의 전문(傳聞)을 통해 청이 점차 쇠퇴해 가는 것으로 판단하였다. 그런데 청이 갑자기 망하게 되면 조선에도 중대한 영향을 끼치게 된다.

> 그렇지만 청이 갑자기 망하는 것은 실로 우리의 근심거리다. (…중략…) 저들은 천하를 오랫동안 훔칠 수 없음을 스스로 알고 있다. 그런데 저들이 패한다면 분명 오라 땅 영고탑으로 돌아갈 것이니, 그곳은 곧 우리의 국경과 인접한 지역이다. 저들은 우리의 형세를 살펴, 우리가 강성하다면 예전처럼 우호를 유지할 것이오 만일 약하다면 습격하여 차지하고자 할 것이다.[55]

만약 청의 세력이 약화되어 중원에서 쫓겨난다면 원래 그들의 본거지였던 오라(烏喇) 땅 근처 영고탑(寧古塔) 일대의 만주 지역으로 퇴각할 것이고, 이는 바로 압록강과 두만강을 경계로 조선의 서북 지역과 청이 직접 대치하는 상황으로 전개되어 조선의 근심거리가 되는 것을 의미한다. 더구나 고려시대에 금(金)이 원(元)에게 쫓기면서 우리의 북방 지역을 공격한 선례가 있고 19세기 전반의 북방 경비가 거의 무방비 상태임을 감안한다면, 청의 멸망은 조선에게 엄청난 위기를 초래할 수 있는 문제였다.[56]

---

54 『研經齋全集』 권32 「復雪議」. "我之所授號者, 皇朝之賜也, 所履者, 皇朝之封也, 所儀章而臨者, 皇朝之制也, 無往而非皇朝之物也? 虜乃肆然據帝位, 徒責金繒於我, 以丙子之存我國, 反德我東國, 誠有血性者流, 豈不以寸鐵加其使乎?"

55 위의 책, "雖然, 淸之忽亡, 實我之憂也 (…중략…) 彼誠自知天下非久盜之物, 敗則當歸於烏拉寧古塔, 皆我隣境也. 瞰我之勢, 若强梗, 則如前修和好, 若柔弱則欲襲而有之也."

56 위의 책, "昔金爲蒙古所逐, 盡殄於靑城, 東方固無憂也. 乃遼東部衆, 奔崩潰決, 爲患於我境, 金始金山之類, 搏噬跳梁, 高麗之强, 非我朝所可方, 然借强於蒙古, 久而後始定, 遼東之虜不甚多, 猶發難如是, 若金國之衆, 悉傾於東, 爲害, 豈可言哉?"

성해응의 이러한 인식은 당시 조선의 지식인들에게서 어렵지 않게 확인할 수 있다. 18세기 말로 들어서면서 조선의 지식인들은 청이 약화되고 있다는 조짐을 곳곳에서 포착하고 있었다. 이러한 상황은 19세기에 들어와서도 마찬가지여서, 유득공은 순조 1(1801)년 『주자전서(朱子全書)』 선본(善本)을 구하기 위해 연행하였는데 연행 일정의 상당 부분을 청의 민란상황을 살피는 데 할당하였다.[57] 또, 당시 세도정국을 주도하던 김조순(金祖淳, 1765~1832)은 자신의 연행 경험을 토대로 18세기까지도 번성하던 청이 19세기에 들어 약화되어 가는 것으로 파악하면서 중국에 일이 생기면 조선도 영향을 받게 될 것이라는 우려를 표명하였다.[58]

청의 약화가 조선에 영향을 끼치게 될 것이라는 인식은 청의 건국 직후부터 있어 온 것이다 조선의 지식인들은 청이 곧 망할 것으로 생각하였으며 만일 망하여 그들의 본거지로 돌아가게 될 경우, 조선 측에 길을 빌려달라거나 물자를 대라는 등의 요구를 할 것으로 예상하였다. 당시 이러한 예측의 기저에는 청이 망할 것이라는 기대와 망해야 한다는 당위론적 사고가 강하게 깔려 있던 것이 사실이지만, 한편으로 명청교체기 당시의 경험은 중국의 정세불안이 곧 조선의 주권침해로 파급된다는 점을 인식시켜 주는 계기가 되었다.[59]

더구나 청의 경우 그 근거지가 만주 동북 지역이라는 사실로 인해 중

---

57 柳得恭, 『燕臺再遊錄』, 『燕行錄全集』 60, 동국대 출판부, 2001.

58 金祖淳, 『楓皐集』 권15 「送桐漁李判書赴燕序」. "不佞之使燕, 今二十年矣. 當時瞻聆, 猶謂富盛. 近聞紀綱日壞 風俗日渝, 生靈日困, 財用貨賄之源, 日以耗涸, 閭閻市肆之業, 日以蕭條, 人才之眇眇, 日不及曩昔, 而猶且粉飾太平晏然無警, 夫以天下之廣且大, 其敝也如此, 而能無事者, 未之有也. 彼之敝, 我之憂也."

59 兪莘煥, 『鳳棲集』 권3 「送淵泉洪公如燕序」. "我國迫近燕京, 如內服諸侯, 故燕京有難, 我國輒在徵兵之科, 自皇明時, 已赴深河之役, 在淸則丁丑以後, 五年之間, 三悉我賦."

국에서 왕조 교체가 일어날 경우 그 혼란의 여파가 명청 교체기보다 훨씬 심각할 것으로 예상되었다. 이러한 청의 세력 약화에 대한 위기의식은 청이 안정되어 가던 18세기에 들어서도 지속되면서 심지어 북방 지역 방어론으로 나타나기도 하였다. 더욱이 18세기 말에 들어 청의 멸망이 현실적 가능성이 있는 것으로 확인되면서 보다 설득력을 가지고 확산되었다.[60]

이러한 국제질서와 관련하여 성해응 또한 일국적 시각을 넘어서는 시대조류를 피부로 민감하게 느끼고 있었던 듯하다.

또 청인의 법령은 훌륭하지만, 지금 우리 사신이 그들의 정원에 들어갈 경우 정원에 깔려있는 눈 때문에 옷이 더럽혀질 것이다. 또 소주·항주의 직물은 성글어 격식에 맞지 않고 사신에게 하사한 비단은 모두 치수에 부족하다고 한다. 기강이 해이하고 재용이 고갈됨이 이와 같으니, 저들이 무엇을 믿고 존재하겠는가? 중국에 변고가 있으면 우리는 곧 환란을 당하게 되니 원과 명의 말기를 보면 알 수 있다. 어찌 경계하지 않겠는가?[61]

그는 연행가는 조카 성우증을 전송하면서, 이덕무와 유득공 등 연행 사절단에게 전해들은 전문(傳聞)에 근거하여 청의 대궐에 눈이 쌓여 있

---

60 노대환, 「19세기 전반 지식인의 대청 위기인식과 북학론」, 『한국학보』 76, 일지사, 1993, 33면. 朴趾源은 『熱河日記』에서 조선의 사신과 접촉하는 중국인들이 가짜 정보를 팔자 조선 사신들은 청이 곧 멸망할 것이라고 오해한다는 사실을 지적한 바 있다. 청의 멸망이 현실적으로 가능한가의 문제는 차치하고라도, 여러 문헌에서 확인하듯 18세기 말~19세기 초반 조선의 학자들이 청의 멸망 조짐을 예측한 것은 분명해 보인다.

61 『研經齋全集』 권13 「送從子祐曾入燕序」. "且胡人以法令勝, 今我使入其庭, 庭雪不掃, 至汚衣裳. 且蘇杭之織, 疎薄不中程, 所賜使臣緞帛, 皆不滿尺度. 其紀綱之弛, 財用之竭, 又如此, 彼何恃而自存哉! 中國有變, 我輒受其患, 胡元及皇明之季, 可知也. 何不戒哉?"

으며 조선 사신에게 하사한 비단들의 치수가 기준에 맞지 않음을 언급하였다. 청의 기강해이와 재용고갈을 간파하고 그것이 청의 쇠락조짐임을 예견한 것이다. 이어 청의 멸망이 조선에 미칠 여파에 대해 우려를 표명하고 경계할 것을 부탁하고 있다. 성해응과 세교가 있던 조인영은 김정희(金正喜)와 함께 북한산 순수비를 조사하고 고증할 정도로 금석문에 깊은 관심과 조예를 지니고 있었으며, 당시 정계와 학술계의 중심에 있던 인물이다. 그들 역시 건륭 대까지도 번성하던 청이 19세기에 들어 쇠퇴하는 것으로 보고 청의 약화가 조선에 끼칠 영향을 염려하였다.[62]

이상에서 성해응의 서북 지역과 그 민에 대한 남다른 관심과 애정 및 서북 지역에 대한 영토의식을 살펴보았다. 성해응은 서북민들의 울분에 대해서 충분히 공감하고 연민을 느꼈으며, 그들을 구제할 적극적인 방책을 제시하였다. 즉 인재 등용의 차별과 탐관오리들의 부정부패의 실상을 정확히 지적하여, 서북민들이 조정에 울분을 품고 반란을 일으킬 수밖에 없는 구조적 모순에 대해서 강하게 비판하였다. 조정이 이전과 마찬가지로 이들을 함부로 대한다면 민란이 재발할 수도 있음을 경고하여, 이들을 위한 구체적인 정책을 시행하여 어루만져 줄 것을 당부하였다. 이 지점에서 서북민들의 고통과 울분을 이해하고 민란 재발을 방지하기 위해 애쓰는 경세가로서의 면모가 강하게 표출된다. 특히 서북 지역을 정비하기 위한 일환으로 '문여무일(文與武一)'을 주장하여

---

62 趙寅永, 『雲石遺稿』 권9 「送內兄癡叟學士(起燮)行臺之燕序」. "且康熙之建元六十載矣, 乾隆之建元六十載矣, 相繼而亨天下, 若斯之久也. 地東至于黑龍江, 西諭哈密, 北則沙漠之外, 而南之緬甸臺灣, 并爲內服, 幅員之廣, 又莫盛乎此時也 (…중략…) 華夷消長之運已屆, 而中原恐自此多事矣. 吾東方最近遼藩, 天下有變, 實先受之. 漠然無陰雨之備, 亦以自彊者, 此計之失而虎國之術亦疏矣. 是可與不知者道哉!"

무(武)의 가치를 적극 제고하였으며, 나아가 서북 지역의 국경수비를 보다 철저히 할 것을 제안하기도 한 만큼, 그를 경세적 실학자라 평가하기에 충분하다.

제8장

결론

　본고는 조선 후기 정조·순조 연간에 활동한 학자이자 문인인 연경재(研經齋) 성해응(成海應, 1760~1839)의 학문과 문학에 대해서 논의한 글이다. 성해응은 정조 당대 최고의 인재들이 모인 규장각의 검서관에 발탁되어 활동하였다. 당시 검서관은 서족(庶族) 출신 문사 중 뛰어난 학적 역량을 지닌 이들이 주로 선발되었기에 그의 학문적 역량은 널리 인정을 받은 셈이다. 검서관 재임시절 국가에서 주관하는 각종 편찬사업에 참여하였는데, 이때 이덕무(李德懋)·유득공(劉得恭)·박제가(朴齊家)·이서구(李書九) 등 걸출한 문사들과 본격적으로 교유하고 학문의 폭을 넓히는 계기가 되었다. 또 규장각에 비장(秘藏)된 국내외의 많은 진귀한 문헌을 열람할 수 있는 기회를 얻어 다양한 독서체험을 바탕으로 학자로서의 역량을 한껏 제고시키기도 하였다.

　이처럼 당대를 대표하는 문사들과의 폭넓은 교유와 독서체험은 훗날 그가 방대한 분량의『연경재전집(研經齋全集)』을 저술하게 된 동인이 되었다. 『연경재전집』은 150여 권에 달하는 방대한 분량과 함께 18~19세기 당대의 학문과 사상·문학·역사·지리·서화·금석 등을 폭넓게 아우르는 종합저술로서 자료적 가치가 뛰어나다. 그럼에도 불구하고 성해응의 학문과 문학은 그동안 학계의 주목을 받지 못한 채 사실상 방치되어 있었다.

이러한 이유로 본고에서는 성해응과 그의 저술『연경재전집』을 주목하여 그의 학문과 문학 활동을 살펴보고 그 특징과 의의를 구명(究明)하고자 하였다. 성해응은 40여 권의 시문을 저술하였는데, 산문의 비중이 절대적이며 또 그의 문학적 역량이 잘 표출된 만큼 산문을 논의의 중심에 두고 시를 통섭하였다. 앞장에서의 논의를 총괄하여 성해응의 학문과 문학세계의 특징 및 그 성과를 정리하고자 한다.

2장에서는 성해응의 가문적 배경과 교유관계에 대해 살펴보았다. 이는 궁극적으로 그의 학문관이나 문학세계의 기저를 형성하는 만큼 기본적이면서도 중요한 사항이다. 그의 가문은 비록 서족이긴 하지만 대대로 진사나 생원이 끊이지 않았다. 또 통신사행의 제술관이나 서기는 문학적 역량이 뛰어난 서족 출신의 인사가 도맡았는데, 그의 집안은 3대를 이어 제술관과 서기로 종사했던 만큼 문한에 있어서는 당대 어느 사대부 집안에도 뒤지지 않는 서족 중의 명문가였던 셈이다. 특히 부친 성대중(成大中, 1732~1809)은 정시 문과에 급제하였으며, 정조의 지우(知遇)를 받아 서족 출신으로는 이례적으로 종3품 북청부사에 임명되었을 만큼 뛰어난 문한을 지닌 인물이다.

성해응은 이러한 가문적 배경 아래 일찍부터 학문에 두각을 드러내어 그의 나이 29세 되던 해인 정조 12(1788)년 규장각 검서관에 선발되었다. 검서관으로 재임 시 이덕무의 박학한 학문 성향과 유득공의 역사지리학에 대한 관심 및 고증적 학문 태도에 지대한 영향을 받았다. 그 결과, 이덕무의 「뇌뢰낙락서(磊磊落落書)」의 영향을 받아 「황명유민전(皇明遺民傳)」을, 「송사보전(宋史補傳)」의 영향으로 「송유민전(宋遺民傳)」을 저술하였다. 또, 유득공의 『발해고(渤海考)』와 『사군지(四郡志)』의 서문을 쓰고 『사군지』 제작에 직접 참여하기도 할 만큼, 그의 역사인식과 지리지 저술에 영향 받았음을 알 수 있다. 선배 학자와의 학적 교유를 통해 학문에 대한 인식의 지평을 확장시킬 수 있게 된 것이다.

3장에서는 학문관과 문예인식에 대해 논의하였다. 성해응은 '한학과 송학을 합하여[合漢學宋學]' '그 요체를 잡아[俱操其要]' '박문약례(博文約禮)'할 것을 주장하였다. 이것은 성해응의 학문과 문학을 이해하는 데 있어 매우 중요한 키워드이다. 즉, 송학의 의리학에 사상적 토대를 두어 충효열 등의 의리를 진작시켰으며, 한학의 영향을 받아 경사(經史)뿐만 아니라 시문(詩文)과 서화·금석·이기 등 다양한 분야에 두루 관심을 갖고 이를 기록하여 박학한 학문 성향을 견지하였다. 또 변증(辨證)과 고구(考究)를 통한 실증적인 방법으로 접근하는 고증적 학문 태도를 지향하였다. 요컨대, 그는 '박문약례(博文約禮)'와 '한송겸장(漢宋兼掌)'의 학문자세를 지니고 실천하였던 것이다.

성해응은 부친인 성대중의 서화에 대한 관심과 당대 유명한 예인(藝人)들과의 교유를 통해 어려서부터 서화와 고동 및 음악에 대한 남다른 관심과 취(趣)를 가졌다. 서화란 말기(末技)이긴 하지만 신묘한 경지에 이르게 되면 충분히 즐길 수 있다고 하여 서화의 효용성을 긍정하였다. 또한 관심에서 머무르지 않고 서화와 고동을 적극 수장(收藏)하고 많은 기록을 남기기도 하였다. 「서화잡지(書畫雜識)」는 서화에 대한 제발(題跋)

110제를 기록한 것으로, 박학하면서도 종실(從實)한 기록 태도가 잘 드러나 자료적 가치가 크다. 「서죽하애이금사문후(書竹下哀李琴師文後)」와 「부서죽하애이금사문후(復書竹下哀李琴師文後)」는 성해응의 음악적 감성과 지향이 잘 표출되어, 그동안 학자로서의 면모가 강하게 부각되었던 성해응의 섬세한 예술적 감수성을 확인할 수 있는 중요한 작품이다.

4장에서는 저술의 방향과 태도에 대해서 논의하였다. 『연경재전집』은 본집(本集)과 외집(外集), 속집(續集)으로 이루어져 있는데, 특히 외집은 경(經)·사(史)·자(子)·집(集)의 4부 체재로 구성되어 있어 주목을 요한다. 외집의 4부 체재는 당시 유행한 총서류 전집의 영향을 받은 사실과 아울러 박학고증적인 학문 성향이 여실히 드러나기 때문이다. 『연경재전집』에 수록된 시문은 40여 권인데 인물을 중심으로 한 산문이 많은 비중을 차지한다. 인물의 사적을 기록하고 형상함에 주로 전과 기사, 인물지의 형태로 포섭하였다. 전과 기사는 분량이 압도적인데 「황명유민전」과 「송유민전」을 비롯한 작품에 총 1,200여 명이 입전되어 있다. 포창할 만한 인물을 폭넓게 취재하고 기록한 만큼 조선 후기 인물 백과사전이라고 평할 수 있다.

성해응은 '거사직필(據事直筆)'의 저술태도를 견지하였는데, 이는 사실에 근거하여 객관적으로 기록하고자 한 의식의 소산이다. 따라서 기록의 정확성과 정밀성을 추구하였으며, 자신이 직접 견문하거나 역사 사료에 근거하여 신뢰할 만한 취재원(取材原)이 있을 경우에만 기록을 남겼다. 또 자신의 기록과 타인의 기록이 다를 경우 양자를 모두 수록하여 후인의 평가를 기다렸다. 이러한 의식은 전이나 기사, 인물지 뿐만 아니라 역사지리에 관한 저술에서도 여실히 표출되었다. 즉 산수기(山水記)는 경물을 중심으로 한 객관적인 서술을 하였으며, 역사지리지 또한 철저한 문헌고증을 바탕으로 기록하였다. 변증과 고구를 통한 고증적 학문 태도를 지향하고 실천한 것이다.

5장에서는 기록정신과 문학화에 대해 논의하였다. 성해응은 인물에 대한 많은 기록을 남겼던바, 시공(時空)과 신분·성별·국적을 망라하여 인물지를 지향하였으며 충효열 등의 의리를 충실히 수행한 하층민을 주된 취재대상으로 삼았다. 충과 관련하여 병자호란을 배경으로 한 기록이 많은데, 이는 그의 가문적 배경과 관련이 있다. 이러한 연유로 그는 부친과 함께 『존주휘편(尊周彙編)』을 편찬하였고 방대한 분량의 「황명유민전」을 저술하였다.

또 힘겨운 상황 속에서도 꿋꿋하게 열을 실천한 하층여성들을 주목하여 전이나 기사로 기록하였다. 성해응의 열녀에 대한 인식이 다소 보수적인 것은 사실이나, 상층의 열녀보다 하층의 열녀를 그리고 남성보다 여성의 도덕적 우월성에 대해 감탄하고 있다는 점에서 사대부들이 열녀를 입전함에 있어 자신의 우월성을 이면에 내재하고 있는 것과는 양상이 다르다. 이러한 의식의 연장에서 최하층민인 노비나 기녀들이 주인을 위해 충과 열을 실천함으로써 직분에 충실한 면모를 포착하여 문학적으로 형상화하였다. 이는 「의복전(義僕傳)」과 「의기전(義妓傳)」 및 몇 편의 기사를 통해 구체적으로 확인할 수 있는데, 여기에서 성해응의 중요한 의식을 발견할 수 있다. 즉, 자신과 당색이 다르다 하더라도 고평할 만한 사적에 대해서 긍정적으로 평가하고 이를 기록한 사실을 통해 그가 객관적이고 공정하며 유연한 사고의 소유자임을 알 수 있다. 이러한 태도는 결국 그의 기록에 신뢰감을 부여하여 저술의 가치를 드높이는 역할을 하였다.

당대의 뛰어난 예인들에 대한 다양한 기록을 남기기도 하였는데 이와 관련하여 「서화잡지」를 눈여겨볼 만하다. 우리나라 서화사의 비조(鼻祖)라 할 수 있는 김생(金生)과 한호(韓濩)로부터 동시대를 살다 간 인물을 총망라하였다. 110제에 이르는 많은 작가와 작품이 소개되어 있으며 종실(從實)한 기록 태도가 잘 드러나 자료적 가치가 크다. 서화가에 대한 간략한 인적사항, 시문과 화풍의 특색에 대한 평가, 관련 일화 등을 간결하면서도 적실하게 묘파하여 18~19세기 당대의 문화와 예술에 대한 유용한 정보를 제공해준다.

6장에서는 성해응의 서사에 대한 관심과 성과를 확인하였다. 성해응의 서사한시는 이조시대 서사시를 논하는 장에 빠지지 않고 소개될 만큼 일찍부터 작품성을 인정받은 바 있다. 특히 「전불관행(田不關行)」·「유객행(有客行)」·「의복행(義僕行)」은 형상화가 뛰어나고 주제의식이 선명하여 성해응의 시적 역량을 가늠하기에 좋은 작품이다. 이들을 통해 서사한시에도 객관적 진술을 구사하였음을 알 수 있다. 이는 성해응 문학에 있어 중요한 키워드인 '서사(敍事)'가 산문뿐만 아니라 시에도 포섭되어, 그의 문학을 통섭하는 중요한 특징임을 확인하였다는 점에서 매우 중요한 의미를 갖는다.

한편, 성해응은 이완(李浣)과 같은 역사적 인물이나, 강상효녀(江上孝女)와 영천 박열부처럼 당대에 널리 알려진 이야기를 전이나 기사, 서사한시로 그 양식을 달리하여 서술한 바 있다. 즉, 이완에 대해서는 「이정익전(李貞翼傳)」과 「기정익이공사(記貞翼李公事)」를, 강상효녀에 대해서는 「강상효녀전(江上孝女傳)」과 「강상효녀편(江上孝女篇)」을, 영천 박열부에 대해서는 「서영천박열부사(書榮川朴烈婦事)」와 「의복행(義僕行)」을 각각 기록하였다. 넓은 의미에서 서사양식간의 교섭이 이루어진 것이다. 이처럼 동일한 소재를 제(諸) 서사양식으로 거듭 서술한 것은 무엇보다 이야기 자체에 대한 흥미가 컸던 것으로 보인다. 기록된 인물을 살펴보면, 임금에 대한 충·아버지에 대한 효·남편에 대한 열·주인에 대한 의리를 실천한 이들이다. 충효열 등의 유교적 가치 이념을 충직하게 실천한 이들에게 남다른 관심과 애정을 갖고 그들의 사적을 포착하여 제 서사양식으로 서술한 것이다. 인멸될 뻔했던 이들의 사적을 후세에 길이 전하고자 하는데서, 기록에 대한 의지와 재야사관으로서의 사명감을 엿볼 수 있다. 또 각 서사양식의 장르적 특성을 적절하게 활용한 성해응의 문체적 감각을 주목해야 한다. 전은 이완과 강상효녀라는 인물을 중심으로, 기사는 이완의 충과 박열부의 열을 부각시키기 위한 사건을 중심으로, 서사한시는 서사와 시적 형상화의 적절한 조화를 통해 문학적 형상성을 제고시키기 위해 서술된 것임을 확인한 비이다.

7장에서는 성해응의 공간에 대한 인식, 즉 역사지리를 문학적으로 형상화한 산수기와 지리지를 중심으로 논의하였다. 역사에 대한 인식을 바탕으로 국토지리의 고증에 관심을 갖고 각종 지리지를 기록한 것은 18~19세기 학자들에 이르러 정점을 이룬다. 이들은 청대 고증학의 영향으로 다양한 학문 분야에 관심을 가졌으며 특히 지리학과 관련하여 많은 저술을 남겼다. 성해응 또한 고증적 학문 태도와 방법을 바탕으로 산천과 변경에 대한 남다른 관심을 지니고 산수기와 지리지를 저술하였다.

그는 산수자연을 기록할 때 정(情)과 의(議)보다는 경물 위주의 사실적인 묘사를 주로 하였다. 직접 유람하지 못하고 와유(臥遊)한 기록을 남길 때는 선인들의 산수기를 열독하고 관련 자료를 두루 모아, 경물의 위치나 연혁, 관련 일화 등을 정확하게 기록하였다. 또 당대 논란이 되었던 패수(浿水)의 위치를 문헌고증을 통해 비정하였다. 나아가 북방 경계에 있는 서북 지역과 그 민(民)을 주목하고, 그들의 불만과 고통에 공감하며 이를 제도적으로 개혁하기 위해 「속죄언(續罪言)」을 비롯한 8편의 논문을 기록하였다. 이 글을 통해 서북민들의 고통과 울분을 이해하고 민란의 재발을 방지하기 위해 애쓰는 경세가로서의 면모가 강하게 표출된다. 특히 서북 지역을 정비하기 위한 일환으로 '문여무일(文與武一)'을 주장하여 무(武)의 가치를 적극 제고하였으며, 서북 지역의 국경수비를 보다 철저히 할 것을 제안하기도 한 만큼, 성해응은 경세적 실학자라 평가하기에 충분하다.

성해응은 뛰어난 학적 역량과 기록에 대한 강한 의지를 소유한 학자이자 문인이다. 그의 문학작품은 대부분 충렬의 고취를 지향했던 만큼 의식세계는 보수적인데, 사실에 의거한 객관적인 기록 태도를 견지하고 실천한 만큼 기록하고 저술함에 있어 공정하고 균형 잡힌 시각을 지녔다고 할 수 있다. 그러므로, 학적 역량과 거사직필의 기록 태도가 오롯이 표출된 『연경재전집』은 그 방대한 분량과 더불어 일차자료로서의 가치가 크다.

이상을 통해, 그동안 경학가로 알려진 성해응의 학문적 체계와 지향 및 문학에 대하여 보다 면밀하게 살펴보고 분석함으로서 18세기 후반에서 19세기 초반을 살다 간 뛰어난 문인학자의 한 사람으로 자리매김하였다. 성해응은 '박문약례(博文約禮)'의 학문자세를 바탕으로 종실(從實)한 글쓰기를 구사하였으며, 전과 기사·인물지·산수기·지리지·서화비평 등 다양한 영역에서 보다 다채롭고 풍성한 성과를 획득하였다. 이는 성해응이 학문적으로 많은 영향을 받았으며 기존에 서족문학을 거론하면 으레 언급되던 이덕무·유득공·박제가 등의 연암그룹 북학파 문학과는 또 다른 성과를 낳은 것이다.

새로운 작가를 발굴하여 그의 학문과 문학세계를 논의함으로서 그 특징과 의미를 규명한 작업은 한국한문학의 외연을 확장시켰다는 점에서 의미가 있다. 그 작가가 뛰어난 학적 역량을 지니고 주목할 만한 방대한 저술을 남겼다면 더욱 그러하다. 더욱이 성해응은 기존의 북학파 서족문인과 그들의 문학에 집중되었던 조선 후기 한문학사에 또 다른 획을 긋고 서족문학의 새로운 지평을 열었다는 점에서 그 의의를 찾을 수 있다. 특히 성해응의 문학적 성취는 18~19세기 한국 한문학사에서 의미가 적지 않았던 만큼 그 위상을 가늠해 볼 수 있다.

뿐만 아니라 조선 후기 학술사와 지성사에서 그가 차지하는 비중이 결코 작지 않았던바, 이에 대해서는 보다 정치한 논의가 필요하다. 본고의 성취를 비탕으로 경사(經史)에 대한 전면적이고 체계적인 논의가 이루어질 수 있을 것으로 기대한다. 이를 통해 조선 후기 한문학사에서 차지하는 성해응의 학문적·문학적 위상과 의의를 정확하게 파악할 수 있을 것이다. 더불어 18세기에 주로 활동했던 북학파 서족문인과의 교유가 활발하였으며 학문적으로도 많은 영향을 받았던 만큼, 이들의 교유와 영향관계 또한 구체적인 자료 검토와 분석을 통해 면밀하게 살펴보아야 한다. 이러한 작업을 통해 조선 후기 서족문학의 구도를 총체적으로 그려볼 수 있을 것이다.

참고문헌

1. 자료

金箕書,『和樵謾稿』, 연세대학교 소장본.

金道洙,『春洲遺稿』,『한국문집총간』 219, 민족문화추진회.

金祖淳,『楓皐集』,『한국문집총간』 289, 민족문화추진회.

羅　　烈,『海陽詩鈔』, 연세대학교 소장본.

南公轍,『金陵集』,『한국문집총간』 272, 민족문화추진회.

南有容,『雷淵集』,『한국문집총간』 217~218, 민족문화추진회

朴齊家,『貞蕤閣集』,『한국문집총간』 261, 민족문화추진회.

朴　　琮,『鐺洲集』, 성균관대학교 소장본.

朴趾源,『燕巖集』,『한국문집총간』 252, 민족문화추진회.

徐命膺,『保晩齋集』,『한국문집총간』 233, 민족문화추진회.

徐宇輔,『秋潭小藁』, 서울대학교 규장각 소장본.

徐有榘,『楓石全集』,『한국문집총간』 288, 민족문화추진회.

徐瀅修,『奎章總目』, 국립중앙도서관 소장본.

成　　璟,『獨靑遺稿』, 昌寧 成氏 家臧本.

______,『獨靑軒集』, 昌寧 成氏 家臧本.

成大中,『靑城集』,『한국문집총간』 248, 민족문화추진회.

______,『靑城雜記』, 고려대학교 소장본.

______,『日本錄』, 고려대학교 소장본.

______,『仙槎漫浪集』, 고려대학교 소장본.

______,『靑城親筆簡札』, 고려대학교 소장본.

成　　琬,『翠虛集』, 국립중앙도서관 소장본.

成祐曾,『茗山集』, 昌寧 成氏 家臧本.

______,『茗山詩稿』, 昌寧 成氏 家臧本.

______,『茗山燕行錄』, 昌寧 成氏 家臧本.

成駿鎬,『葉樵遺稿』, 昌寧 成氏 家臧本.

成海應,『研經齋全集』,『한국문집총간』273~279, 민족문화추진회.

______,『研經齋全集』, 오성사, 1982.

______,『研經齋書種』, 국립중앙도서관 소장본.

______,『蘭室書種』, 국립중앙도서관 소장본.

______,『東國名山記』, 국립중앙도서관 소장본.

成憲曾,『溫陽公文集』, 昌寧 成氏 家藏本.

成孝基,『疎溪集』, 昌寧 成氏 家藏本.

______,『疎溪漫錄』, 昌寧 成氏 家藏本.

柳得恭,『燕臺再遊錄』,『燕行錄全集』60, 동국대학교 출판부, 2001.

______,『泠齋集』,『한국문집총간』260, 민족문화추진회.

俞莘煥,『鳳棲集』,『한국문집총간』312, 민족문화추진회.

李奎象,『幷世才彦錄』,『一夢先生文集』, 경인문화사, 1993.

______,『韓山世稿』, 성균관대학교 소장본.

李德懋,『靑莊館全書』,『한국문집총간』257~258, 민족문화추진회.

李書九,『惕齋集』,『한국문십총산』270, 민속분화주진회.

李長載,『蘿石舘稿』, 성균관대학교 소장본.

李重煥,『擇里志』,『近畿實學淵源諸賢集』6, 성균관대학교 대동문화연구원, 2002.

李馨溥,『溪墅稿』,『韓山世稿』, 성균관대학교 소장본.

任　　堕,『天倪錄』, 국립중앙도서관 소장본.

丁若鏞,『與猶堂全書』,『한국문집총간』281, 민족문화추진회.

正　　祖,『弘齋全書』,『한국문집총간』262~267, 민족문화추진회.

趙　　曮,『海槎日記』,『國譯 海行摠載』Ⅶ, 민족문화추진회.

趙寅永,『雲石遺稿』,『한국문집총간』299, 민족문화추진회.

洪奭周,『淵泉集』,『한국문집총간』293, 민족문화추진회.

許　　穆,『記言』,『한국문집총간』98~99, 민족문화추진회.

國譯『新增東國輿地勝覽』, 민족문화추진회.

國譯『眉叟記言』, 민족문화추진회.

國譯『靑莊館全書』, 민족문화추진회.

國譯『弘齋全書』, 민족문화추진회.

『內閣日曆』(影印本)

『論語』(影印本)

『大典通編』(影印本)

『樂記』(影印本)

『安定羅氏大同譜』(影印本)

『周易』(影印本)

『抱川郡志』, 포천군지 편찬위원회, 1997.

『昌寧成氏桑谷公派譜』, 美和出板社, 1985.

『忠淸道邑誌』, 서울대학교 규장각 소장본, 2001.

『韓國系行譜』, 보고사, 1992.

『CD ROM 국역조선왕조실록』, 서울시스템.

『CD ROM 사고전서』, 서울시스템.

『CD ROM 사마방목』, 서울시스템.

『CD ROM 사부총간』, 서울시스템.

顧炎武, 『金石文字記』, 中華書局, 1985.

歐陽修, 『歐陽修全集』, 中華書局, 2001.

歸有光, 『震川先生集』, 上海書店, 1926.

陶宗儀, 『輟耕錄』, 世界書局, 1963.

徐師曾, 『文體明辨』, 旴晟社, 1984.

梁啓超, 『淸代學術槪論』, 臺灣商務印書館, 1968.

楊　愼, 『升菴集』, 上海古籍出版社, 1991.

王象之, 『輿地紀勝』, 中華書局, 1992.

魏建功, 『皇明遺民傳』, 北京大學出版部, 1936

程　榮, 『漢魏叢書』, 吉林大學出版社, 1992.

朱　熹, 『原本韓集考異』, 文淵閣 四庫全書 별집 1.

2. 단행본

권중달,『명말청초사회의 조명』, 한울아카데미, 1992.

고연희,『조선 후기 산수기행예술 연구』, 일지사, 2001.

김균태 편저,『문집소재 전자료집』, 계명문화사, 1986.

김득황,『백두산과 북방강계』, 사사연, 1987.

김명호,『열하일기 연구』, 창작과비평사, 1990.

______,『박지원 문학연구』, 성균관대 대동문화연구원, 2003.

김문식,『조선 후기 경학사상연구』, 일조각, 1996.

김용덕,『한국제도사연구』, 일조각, 1983.

김지남, 이상태 역,『조선시대 선비들의 백두산 답사기』, 혜안, 1998.

김태준,『조선한문학사』, 조선어문학회, 1931.

김혈조,『박지원의 산문문학』, 성균관대 대동문화연구원, 2002.

류재일,『이덕무 시문학연구』, 태학사, 1998.

박광용,『영조와 정조의 나라』, 푸른역사, 1998.

박종채, 김윤조 역,『역주 과정록』, 태학사, 1997.

박찬승,『한국중세사회 해체기의 제문제』下, 한울, 1987.

박희병,『한국고전인물전 연구』, 한길사, 1992.

서대석,『고전소설연구』, 정음사, 1979.

송기호,『한국의 역사가와 역사학』상, 창작과 비평사, 1994.

송재소 외,『이조후기 한문학의 재조명』, 창작과비평사, 1983.

송준호,『유득공 시문학 연구』, 태학사, 1988.

심경호,『한문산문의 미학』, 고려대학교 출판부, 1998.

______,『조선시대 한문학과 시경론』, 일지사, 1999.

안대회,『18세기 한국한시사 연구』, 소명출판, 1999.

______ 외,『조선 후기 소품문의 실체』, 태학사, 2003.

오수경,『연암그룹 연구』, 한빛, 2004.

오수창,『1894년 농민전쟁연구』2, 역사와비평사, 1992.

______,『조선 후기 평안도 사회발전 연구』, 일조각, 2002.

유봉학,『연암일파 북학사상 연구』, 일지사, 1995.

______,『조선 후기 학계와 지식인』, 신구문화사, 1998.

유홍준,『조선시대 화론연구』, 학고재, 1998.

이규상, 민족문학사연구소 한문분과 역,『18세기 조선인물지』, 창작과비평사, 1997.

이병도,『한국유학사략』, 아세아문화사, 1986.

______,『한국유학사』, 아세아문화사, 1987.

이성무,『조선시대 당쟁사』2, 동방미디어, 2000.

이 옥, 실시학사 고전문학연구회 역,『이옥전집』, 소명출판, 2001.

이우성,『한국의 역사상』, 창작과 비평사, 1982.

______ㆍ임형택 역,『이조한문단편집』, 일조각, 1993.

이원식,『조선 통신사』, 민음사, 1991.

이종주,『연꽃속에 잠들다』, 태학사, 2005.

이혜순,『조선 통신사의 문학』, 이화여자대학교 출판부, 1996.

______,『한국의 열녀전』, 월인, 2002.

______,『조선시대의 열녀담론』, 월인, 2002.

이화형,『이덕무의 문학연구』, 집문당, 1994

임형택,『이조시대 서사시』하, 창작과비평사, 1992.

______,『실사구시의 한국학』, 창작과비평사, 2000.

장덕순,『한국의 인간사』2, 신구문화사, 1965.

정석종,『전통시대의 민중운동』하, 도서출판 풀빛, 1981.

정옥자,『조선 후기 문화운동사』, 일조각, 1988.

______,『조선 후기 문학사상사』, 서울대학교 출판부, 1990.

정진헌,『실학자 유득공의 고대사 인식』, 신서원, 1998.

진재교,『이계 홍양호 문학연구』, 성균관대 대동문화연구원, 1999.

______,『이조후기 한시의 사회사』, 소명출판사, 2001.

______,『알아주지 않은 삶』, 태학사, 2005.

차장섭,『조선 후기 벌열 연구』, 일조각, 1997.

최봉영,『조선 후기 당쟁의 종합적 검토』, 정신문화연구원, 1992.

하우봉,『18세기 한일문화교류의 양상』, 한국 18세기학회, 2007.

한국미술연구소 역,『국역 근역서화징』, 시공사, 1998.

벤저민 엘먼, 양휘웅 역,『성리학에서 고증학으로』, 예문서원, 2004.

진필상, 심경호 역,『한문문체론』, 이회, 1995.

3. 논문

〈학위논문〉
권진호,「미수 허목의 상고정신과 산문세계」, 성균관대 박사학위논문, 2000.
고석규,「19C 향촌지배세력의 변동과 농민 항쟁의 양상」, 서울대 박사학위논문, 1991.
김경천,「고염무의 경학과 어학에 관한 연구」, 고려대 박사학위논문, 1996.
김영진,「조선 후기의 명청소품 수용과 소품문의 전개양상」, 고려대 박사학위논문, 2003.
김윤조,「강산 이서구의 생애와 문학」, 성균관대 박사학위논문, 1991.
김채식,「어당 이상수의 산수론과 동행산수기 분석」, 성균관대 석사학위논문, 2001.
김혈조,「연암 박지원의 사유양식과 산문문학」, 성균관대 박사학위논문, 1992.
남재철,「이서구 시문학 연구」, 성균관대 박사학위논문, 2002.
박희병,「조선 후기 전의 소설적 성향연구」, 서울대 박사학위논문, 1991.
손혜리,「청성 성대중의 문학론과 문학 활동」, 성균관대 석사학위논문, 2000.
______,「연경재 성해응 산문의 연구」, 성균관대 박사학위논문, 2005.
안대회,「백탑시파의 연구」, 연세대 석사학위논문, 1987.
양원석,「연경재 성해응의 시경학 연구」, 고려대 석사학위논문, 2000.
오수경,「18세기 서울 문인지식층의 성향」, 성균관대 박사학위논문, 1989.
윤재민,「조선 후기 중인층 한문학의 연구」, 고려대 박사학위논문, 1990.
이경미,「연경재 성해응의 기사연구」, 경북대 석사학위논문, 1998.
이경아,「남공철의 문학사상」, 성균관대 석사학위논문, 1996.
이군선,「관암 홍경모의 시문과 그 성격」, 성균관대 박사학위논문, 2002.
이명학,「삽교만록 연구」, 성균관대 석사학위논문, 1982.
이성호,「이조후기 한시의 서사적 경향과 형상화 방법」, 성균관대 석사학위논문, 1993
이희목,「영재 이건창 산문 연구」, 성균관대 박사학위논문, 1992.
전희진,「이규상의 '병세재언록'에 대한 연구」, 성균관대 석사학위논문, 1999.
정민웅,「조선왕조 후기의 대청회화교섭」, 홍익대 석사학위논문, 1983.
정은진,「표암 강세황의 미의식과 시문창작」, 성균관대 박사학위논문, 2004.
정혜윤,「강한 황경원의 산문에 대한 연구」, 성균관대 석사학위논문, 2000.

조창록, 「조선 후기 기사연구」, 성균관대 석사학위논문, 1992.

______, 「풍석 서유구에 대한 한 연구」, 성균관대 박사학위논문, 2002.

최경렬, 「청성잡기연구」, 성균관대 석사학위논문, 2003.

〈일반논문〉

김경천, 「고염무 고증학의 성격과 의의」, 『중국어문논총』 15, 중국어문연구회, 1998.

김기서, 「진경산수화」, 『간송문화』 21, 한국민족미술연구소, 1981.

김문식, 「성해응의 경학관과 대중국인식」, 『한국학보』 70호, 일지사, 1993.

______, 「18세기 후반 서울 학인의 청학인식과 청문물 도입론」, 『규장각』 17, 서울
    대 규장각한국학연구원, 1994.

______, 「『송사전』에 나타난 이덕무의 역사인식」, 『한국학논집』 33집, 한양대 한국
    학연구소, 1999.

______, 「성대중의 가계와 교유인물」, 『문헌과 해석』 22호, 문헌과해석사, 2003.

김영진, 「유득공의 생애와 교유, 연보」, 『문헌과 해석』 29호 문헌과해석사, 2005.

김철범, 「이조후기 산문론에서 '견식'의 문제」, 『한문학보』 9집, 우리한문학회, 2003.

김혜숙, 「전·서사·야담의 대비적 고찰—상호연관성과 관련하여」, 『한국판소리·
    고전문학연구』, 아세아문화사, 1983.

노대환, 「19세기 전반지식인의 대청 위기인식과 북학론」, 『한국학보』 76호, 일지사, 1993.

문덕희, 「남공철의 서화관」, 『동방학』 1집, 한서대 동양고전연구소, 1996.

______, 「남공철의 『금릉집』에 보이는 중국서화에 대한 인식」, 『미술사학연구』 213
    호, 한국미술사학회, 1997.

박철상, 「유득공의 사서루와 추사」, 『문헌과 해석』 29호, 문헌과해석사, 2005.

박현욱, 「조선 정조조 검서관의 역할」, 『서지학연구』 20집, 서지학회, 2000.

박혜숙, 「서사한시의 장르적 성격」, 『한국한문학연구』 17집, 한국한문학회, 1994.

______, 「한국 한문서사시 연구」, 『한국한문학연구』 22집, 한국한문학회, 1998.

박희병, 「한국산수기연구」, 『고전문학연구』 8집, 한국고전문학회, 1993.

배재홍, 「조선 정조대 규장각 검서관」, 『조선사연구』 5집, 조선사연구회, 1996.

서경요, 「성해응의 경학사상에 관한 고찰」, 『대동문화연구』 15집, 성균관대 대동문
    화연구원1982.

______, 「조선조 후기 학술의 고증학적 성격」, 『유교사상연구』 7집, 한국유교학회, 1994.

손혜리, 「청성 성대중의 문학론에 대하여」, 『문헌과 해석』 22호, 문헌과해석사, 2003.

______, 「청성잡기 연구」, 『동방한문학』 23호, 동방한문학회, 2003.

______, 「연경재 성해응의 인물기사 연구」, 『민족문학사연구』 24호, 민족문학사학회, 2004.

______, 「성해응의 열녀전에 대하여」, 『한국한문학연구』 35집, 한국한문학회, 2005.

______, 「연경재 성해응의 서사한시에 대하여」, 『대동한문학』 24집, 대동한문학회, 2006.

______, 「18~19세기 초 문인들의 서화감상과 비평에 관한 연구」, 『한문학보』 19집, 우리한문학회, 2008.

______, 「성대중의 사행체험과 『日本錄』」, 『한문학보』 22집, 우리한문학회, 2010.

______, 「조선 후기 문인들의 顧炎武에 대한 인식과 수용」, 『대동문화연구』 73집, 대동문화연구원, 2011.

송준호, 「선비 정신의 시학」, 『한국한문학논문선집』 45, 불함문화사, 2002.

심경호, 「다산 정약용과 석천 신작의 교유에 대하여」, 『연민학지』 1집, 연민학회, 1993.

______, 「문헌고증과 해석, 그리고 현실에의 매개적 참여」, 『중국어문학지』 7집, 중국어문학회, 2000.

안대회, 「서얼시인의 계보와 시의 사적 전개」, 한국고전문학회 편, 『문학과 사회집단』, 집문당, 1995.

______, 「이수광의 지봉유설과 조선 후기 명물고증학의 전통」, 『진단학보』 98, 진단학회, 2004.

안순태, 「남공철의 문예취향과 한시」, 『한국한시연구』 12집, 한국한시학회, 2005.

양원석, 「성해응의 시경학 – 문헌학적 방법론을 위한 시경연구」, 『어문논집』 48, 민족어문학회, 2003.

이가원, 「연암문학과 문체파동」, 『인문과학』 10집, 연세대, 1963.

이병도, 「成研經齋與其學術略述」, 『稻葉還曆記念滿鮮史論業』, 1938.

______, 「홍경래난과 정주성도」, 『백산학보』 3호, 백산학회, 1967.

이병찬, 「성해응과 신작의 고증적 시경학 연구」, 『한국한문학연구』 29집, 한국한문학회, 2002.

이종묵, 「와유록 해제」, 『한국학자료총서』 11, 한국정신문화연구원, 1997.

______, 「유산의 풍속과 유기류의 전통」, 『고전문학연구』 12집, 한국고전문학연구회, 1997.

이지양, 「이옥 문학에서 남녀 진정과 열절의 문제」, 『한국한문학연구』 29집, 한국한문학회, 2002.

이혜순, 「열녀상의 전통과 변모」, 『진단학보』 85, 진단학회, 1998.

정　민, 「한국역대산수유기취편 해제」, 민창문화사, 1996.

정옥자, 「정조의 학예사상-홍재전서 일득록 문학조를 중심으로」, 『한국학보』 11
　　　호, 일지사, 1978.

정환국, 「조선 후기 인물기사의 전개와 그 성격」, 『한국한문학연구』 29집, 한국한문
　　　학회, 2002.

조　광, 「조선 후기의 변경의식」, 『백산학보』 16호, 백산학회, 1974.

조병한, 「청대의 사상-경세학과 고증학」, 『강좌중국사』 IV, 지식산업사, 1989.

지교헌, 「금릉 남공철의 생애와 학문-서화에 주안하여-」, 『한국사상과 문화』 12,
　　　한국사상문화학회, 2004.

진재교, 「이조후기 현실주의 시문학의 다양한 발전」, 『민족문학사강좌』 上, 창작과
　　　비평사, 1995

＿＿＿, 「구연전통과 이조후기 서사양식의 변모」, 『한국한문학연구』 22집, 한국한
　　　문학회, 1998.

＿＿＿, 「18세기의 백두산과 그 문학」, 『한국한문학연구』 26집, 한국한문학회, 2000.

＿＿＿, 「한국 한문서사양식의 층위와 변모」, 『대동문화연구』 50집, 성균관대 대동
　　　문화연구원, 2002.

＿＿＿, 『해양시초』해제, 연세대학교, 2004.

황수연, 「기녀 전불관의 자의식과 '수절'」, 『열상고전연구』 16집, 열상고전연구회, 2002.